永不消逝的军歌

石钟山
作品

江苏凤凰文艺出版社
JIANGSU PHOENIX LITERATURE AND ART PUBLISHING, LTD

图书在版编目（CIP）数据

永不消逝的军歌 / 石钟山著. — 南京：江苏凤凰文艺出版社，2018.6
ISBN 978-7-5594-1914-9

Ⅰ. ①永… Ⅱ. ①石… Ⅲ. ①长篇小说－中国－当代
Ⅳ. ①I247.5

中国版本图书馆 CIP 数据核字(2018)第 071733 号

书　　名	永不消逝的军歌
著　　者	石钟山
责任编辑	孙建兵
出版发行	江苏凤凰文艺出版社
出版社地址	南京市中央路 165 号，邮编：210009
出版社网址	http://www.jswenyi.com
印　　刷	江苏凤凰通达印刷有限公司
开　　本	718×1000 毫米　1/16
印　　张	21
字　　数	388 千字
版　　次	2018 年 6 月第 1 版　2018 年 6 月第 1 次印刷
标准书号	ISBN 978-7-5594-1914-9
定　　价	39.80 元

目录

第一章　拯救

“营长，人都跑光了，哪还有卖酒的呀！”

“找哇！活人还能叫尿憋死？”

硝烟弥漫的街道里，到处都是断壁残垣，虽有冷枪不时传来，但比起刚刚过去的枪炮声，显得寂静多了。三营营长高大山和他的警卫员伍亮，两人正在瓦砾中，顺着一家又一家的店铺，匍匐前行。

他们在寻找哪里有卖酒的酒家。

“营长，咱天下闻名的十七师都进城了，东总首长咋还不让咱上啊！”

“你才穿破几条裤衩，懂得啥？不让咱上那是东总首长觉得还值不当的让咱上！等别人都不行了，那才看咱们的哩！”高大山骄傲地告诉伍亮。

他们所说的东总首长，就是东北战场总指挥的首长。

一酒幌子，忽然出现在他们的面前，高高地飘扬在一面残墙的前边。

“伍子，看！”高大山不由惊喜地喊道。

伍亮一看，便高兴得猫似的跳了过去，跳到了那一家酒家的门前，急急地往里敲起房门。但那门却怎么也敲不开，也没听到有人的回音。

“我们是解放军！是自己的队伍！开门吧老乡！”伍亮喊道。

里边还是没有任何的回音。

高大山一看急了，他急急地爬了过去，把门一推，就把门推开了。

原来酒家的屋顶都被炸飞了。两人一下就愣了。

“营长，师长要是知道咱违抗他的军令来找酒，非给咱一人一个处分不行！”伍亮突然提醒道。

“胡说！快找！”高大山没有搭理伍亮的提醒，找不到酒，高大山像是不肯离开。

伍亮知道营长的脾气，只好往屋里给他乱掀，但哪里都没有酒的影子。

“咋会没有酒呢！”高大山就是不肯相信，他说，“门口明挂着酒家的幌子。”

伍亮心想，屋顶都炸飞了，哪还能有酒呢？正纳闷，突然听到了营长的惊叫：

“伍子，壶拿来！快！”

伍亮转身一看，看见营长正蹲在一个酒瓮的身旁，他早已经打开了酒瓮，正陶醉地对伍亮说：

“香！香！好！”

一颗子弹嗖地飞过来，打在伍亮身旁的墙上，伍亮像是无事一样，他看了看墙上的弹洞，把一只军用水壶递给了高大山，但嘴里却提醒一句。

“营长，掌柜的不在，这酒咱咋买？”

高大山愣了愣，他看了看空空的屋子，于是喊道：

“老乡！老乡！有没有人？生意还做不做了！”

话声刚落，高大山便回头告诉伍亮：“没有人！”

伍亮显然知道营长什么意思，说：“营长，你说过的，我们不能乱拿群众的一针一线！”

高大山的脸一下就呆住了，他暗暗地吞了吞咽喉里的酒瘾，很不情愿地盖上酒瓮的盖子，往门前爬去，一边爬一边频频地回过头去，恋恋不舍地看着那个眼看着与他离去的酒瓮。

爬到门外的时候，高大山又停住了，他不肯就这样离开，那可是一瓮好酒呀！

“老乡，我们是解放军，今儿冒着敌人的子弹来照顾你的生意，你却躲起来！你不够意思呀！”高大山喊道，“可是话说回来，我既是来了，还是得照顾你的生意！这样吧，我先买走你一壶酒，等我们把东辽城全解放了，再来还你钱！你可记好了，我是赫赫有名的四野十七师183团三营营长高大山，高大的高，大山的大，山，就是大山的山。”高大山喊完，转身爬了回去。

“营长！”后边的伍亮猛地把他叫住了。

“咋啦？”

“这样行吗？”

“咋不行？”

“人家店里没人。”

“你咋知道人家店里一定没人？这么大个店，人家还舍得扔下跑了？说不定躲在哪儿呢，不敢出来，其实我刚才的话，他们都听见了！……对不对老乡？”他故作姿态地等了一会，然后说，“我知道你们都听到了，你们同意了！你们也记住了我是谁了！那就让我把水先打走吧，以后我再来还钱！就这样，那我就不客气了！”

伍亮知道营长在玩花招，但他无可奈何。高大山两下就回到了酒瓮旁边，打开了酒瓮的盖子，迫不及待地品了一口。酒当然是好酒，美得高大山都陶醉地闭上了眼睛，好久才回过神来，美滋滋地对伍亮招呼道：

“伍子，你也来一口！”

“这玩意喝下去像火烧，我才不受这份罪！”

“你懂个屁！酒是啥？酒是粮食的魂儿！喝酒就等于吃粮食的魂儿，比玉米？子粥顶事儿！这店里的酒比兴城的老烧刀子还好！你没福气！”

高大山装了满满的一壶，然后吩咐伍亮：“记住这一家人家的门牌号码，打完仗来还钱！”

门牌上写着：东辽城东大街143号，林家老酒。

伍子看了看门牌号码，记在了心里，但嘴上却没有做声。

“伍子，今天咱没破坏群众纪律，对不对？”

伍亮还是没有做声。

高大山不高兴了。

“哎，你这个伍子，记住这个地方没有？打完仗来还钱！”

“记住了！”

“好同志，懂得服从领导了，口头表扬一次，不记档案！”

战斗又打响了。

高大山把酒往嘴里一倒，再把嘴一抹，提枪就飞出了战壕。

“三营的，还活着的，都跟我上！”

高大山大声地呐喊着，迎着弹雨向敌人冲去。

战士们像一群猛虎，跃出战壕，跟着营长，向敌人的阵地猛扑了过去。

指挥所里，师长看到了，团长也看到了，他们为高大山的凶猛而兴奋，也为高大山的酗酒而担心。

“他的酒壶不是被你给没收了吗？”团长说，“他肯定是又喝了酒了。”

“快，派个人去问问，看高大山是不是还活着。弄明白了，马上回来报告！”

警卫员应了一声，转身跑出了门去。

高大山和伍亮已经冲进了市里，回头一看，他们竟把身后的战士，不知抛到哪里去了。

这是一条空寂的街道。枪声已在远处。

“伍子，还有酒吗？”

高大山在墙角里朝伍亮伸过手去。

伍亮看他一眼，将水壶递给他。

高大山一口把壶里的酒喝了个精光，然后摇了摇，觉得不可思议。

“没有了？怎么就没有了？”

他把酒壶往远处一扔，身子摇晃了起来。

“营长，你不会是醉了吧？”

“胡说！这一点酒能流到哪儿？伍子，你说咱俩这是摸到哪儿来了？”

看了看前边那栋大楼的模样。伍亮说：“看这样子，怕是摸到敌人心脏里来了。”

高大山细细一看，果然，暗暗高兴起来，他说：“伍子，这回咱俩要不就革命到底，要不就能干出一件大事来了！前面那幢楼，很可能就是东辽城中敌人的最高指挥部！”

伍亮还没有回过神来，高大山猛然高声叫道：

“同志，为了新中国，前进！”

高大山已经飞奔着扑进了前边的大楼里。

那果然是敌军的指挥部。敌军的指挥官们，正在大楼的地下室里忙得昏头转向的，可他们做梦也没有想到，一个解放军的指挥官竟从天而降，站立在了他们的面前。

“缴枪不杀！放下武器！我们是中国人民解放军！”

高大山的呐喊声，吓得敌军的指挥官们，一时都傻了眼了，他们面面相觑，似乎不敢相信。

“举起手来！”

跟随而来的伍亮，一梭子子弹扫射在那些人的头顶上。吓得那些敌军的指挥官们，来不及弄清是怎么回事，便纷纷地举起了自己的双手。

“这是什么地方？”

高大山指着眼前的一个敌官问道。

“是，是国民革命军，新编第九十七军军部！”

“真的？”高大山问道。

“真的。”敌官回答。

高大山于是放声豪笑起来。

一个东辽城的敌军指挥部，就这样被醉酒的高大山给拿下了。

高大山刚刚命令司务长李满屯，留下来清点俘虏，团部通讯兵飞马过来，停在他的前边。

“报告三营长，前面村庄发现大批敌人，团长命令你们营火速追击！”

高大山回了一声是，便翻身上马，然后对身边的尚守志命令了一声追，便朝前边的村子追去。然而，前边村子里早已空无一人。高大山和伍亮他们没有停留，随即往村外的荒野追去。

荒野上，大批的敌兵正在一边逃走，一边乘机抢劫，到处是兵荒马乱的景象。

一个敌兵追上来，从难民中揪住一名女子，在拼命地往外拉。

这女子就是秋英。她的哥哥也在旷野里的难民中拼命地奔逃。

“哥！快来救我……”秋英朝着人群中的哥哥大声地呼救着。

听到妹妹的呼救声，秋英的哥哥刚一回头要救下秋英，却被那敌兵一刺刀捅在了身上。

“妹子，快逃！……”临死前，哥哥朝她喊叫着。

秋英一看，吓得半死，一边绝望地叫着哥哥，一边跑进了前边的难民人群之中。

但她并不敢停下来，她在人群中慌不择路地奔逃着，一直逃到了一条小河边，才停了下来，急急忙忙地躲进了河边的芦苇丛中。

难民们谁都不肯把身上的行李白白地送给那些同样在逃跑的国民党士兵，但他们如何也厮打不过逃兵，都先后地倒在了那些敌兵的刀枪之下。直到高大山和他的士兵追来，敌兵们才丢下手中的行李和女人，没命地往前逃去。

“伍子，注意搜索残敌！”

高大山在河边跳下马来，两人向河边警惕地搜索着。

苇丛中秋英看到了走来的高大山和伍亮，但她不知道他们是什么人，她以为他们就是刚才的那些国民党士兵，吓得浑身发抖，她一边注视着他们，一边悄悄地往身后的河退去。

那是一条汹涌的河。

突然，伍亮发现了苇丛中的秋英。

“营长，那里有人！”

“出来！我们是解放军，缴枪不杀！”伍亮朝着秋英的方向一边喊，一边冲了过去。

秋英哆嗦着走了出来，突然冲高大山跪下，如鸡啄米似的，一边不停地磕头，一边哭着：

“长官，你饶了我吧！饶了我吧，我才十三岁！”

高大山一惊，他似乎听出秋英的话是什么意思，对伍亮说道：“把她拉起来！”

秋英却不让拉，她与伍亮厮打着，从伍亮的手里挣脱出来，准备往河边奔跑。

“营长，瞧她把我们看成啥人了！”伍亮生气地说。

秋英忽然就站住了，她摇晃着身子，回头绝望地盯住了高大山。

“哥，你等着我，英子跟你一起走！”

高大山浑身一震，脸色都变了。高大山有个妹妹就叫英子，小的时候，就是他牵着她在外流浪的。

“伍子，她刚才喊啥呢？”

高大山不相信地回过头去，问了一声伍亮。

伍亮望着高大山，一下愣住了。

就在这时，秋英却转身往河边飞奔而去。

“不好，她要跳河！快去拉住她！”高大山话声刚落，秋英已经纵身跳进了河里。高大山一边回头对伍亮说快救人，一边跑往河边，奋不顾身地跳进了河里。后边的伍亮也跟着跳进了河里。河水湍急。高大山和伍亮，几经沉浮，才终于抓住秋英，把她拖到了岸上，将她紧紧地抱在怀里。

“英子！英子！你醒醒！”

高大山猛烈地在摇晃着昏迷不醒的秋英，眼里不由涌出了泪花。

“英子！英子！你是不是英子？我是你哥！快醒醒！”高大山不停地摇晃着。

慢慢地，秋英睁开眼，她看着高大山，忽然惊恐地要从高大山的怀里挣扎出来。

“你放开我！你是谁？放开我！”高大山的手吓得一松，将秋英放下了。

秋英跌跌撞撞地站起，刚要往前逃走，却突然被喊住了。

“你，给我站住！”就在高大山扑倒秋英的同时，一发炮弹吱的一声，落在了他们的身边，厚厚的尘烟将他们盖住了。

高大山紧紧地搂着秋英，深情的激动，让他不由自主地闭上了眼睛。

“你你你……快放开我……”秋英从高大山的怀里挣脱开去，仇恨地打量高大山和伍亮，“你们……你们都是啥人？想……对我干啥？”

伍亮看一眼激动的高大山，大声地解释道：“老乡，你把我们看成啥人了？我们是中国人民解放军，是穷人的队伍，你别害怕，我也是穷人出身，这是我们营长，他和你我一样，是穷人！我们来了，你被解放了！”

秋英目光里这才忽然消逝了戒备，突然，她蹲下去，放声大哭。

高大山也悄悄地背过了身去，眼里一下涌满了泪水。

只有一旁的伍亮，感到不可理解。

过了一会，高大山走到秋英面前，努力让自己平静下来。他说：“丫头，别哭了！我有话问你！”秋英还是哭。高大山说：“我叫你别哭你就别哭了！”但秋英还是止不住。高大山一时便气恼了，他说：“咋回事？我说过叫你别哭了！”秋英吓了一跳，这才慢慢地止住了哭声，抬头默默地望着高大山。

“你叫英子？”

秋英没有回答，想了想什么，呜地又哭了起来。

“你姓啥？家在哪？你的亲人呢？”

秋英越发哭得厉害起来。

伍亮忍不住了：“哎，我们营长问你话呢！你倒是说话呀！”

秋英仍然没有回话，只顾埋头呜呜地痛哭着。

这时，高大山背过身去，手抖抖地从衣袋里掏出一样包裹得很仔细的东西，里边是一把长命锁。他把长命锁递给伍亮：“帮我拿给她瞅瞅，问她见没见过！”

伍亮吃惊地看着营长的长命锁，没有接下。

高大山说：“我叫你把这个拿去让她认认，你没听见？”

伍亮只好接了过来，把长命锁递到秋英面前。

“哎，我说老乡，我们营长让你看看这个，见过吗？”

高大山紧张地注视着秋英。

秋英不哭了，她看了看伍亮，又看了看长命锁，半晌，摇摇头，说她没有见过。

高大山不由一脸的失望。

“再看看！真不认识它？”高大山像是不相信。

秋英还是摇着头。

伍亮只好将长命锁还给了高大山，让营长收回了身上。

看着秋英，伍亮不由生气起来，他说：“挺大的人了，不知道自己姓啥叫啥，家在哪里！营长，说不定她是个傻子！”

话刚落地，秋英突然回过了嘴来。

“你才是傻子呢。我叫英子，我们家姓秋，我们不是这里人，我们是逃难来的！”

“家里还有人吗？告诉我，我们好帮你找！”高大山极力地让自己平静下来。

秋英于是又哭了起来，秋英说：“我家没别人了！”

高大山的脸上，忽然就打战了起来。“你哥呢？刚才我听你叫哥，他在哪？你还有没有爹娘？”

伍亮似乎知道高大山在问什么，又一次吃惊地回望他。

秋英说：“我爹跟我娘早就死了，我只剩下一个哥，他讨饭把我拉扯大……”

“那你哥……他人呢？”

“你们来之前……也叫他们给打死了！”

一片失望的阴云，厚厚地覆盖在高大山的脸上。

“叫他们打死了？”高大山似乎不愿相信，他说，“不是他撇下你，然后一个人跑回屯子里喊人去了吗？”高大山在极力地提示着，他希望她就是他的妹妹。可秋英却惊讶地望着他，她突然不哭了。她说：“大哥，你说啥呢？我听不懂你的话！”高大山这才回过了神来，他说：“不不……我是说，你，你是不是亲眼看见你哥哥死的？”

秋英点点头：“是的，是我亲眼看见的。”说完，又呜呜地哭了起来。

半晌，高大山平静了许多，他说：“那你知不知道你老家在哪呢？说出来，我们想办法帮你回去！”秋英说：“不知道，自小我就没家了。”高大山于是将身上的干粮袋解下，丢给秋英。“那你把这个收下吧，回头向村里走，找当地政府。”

说完，他和伍亮上马要走。

秋英猛擦一把眼泪，不哭了。

“去吧，丫头，别害怕！全中国都要解放了，再不会有欺负你的人了！”

但秋英的身子却突然剧烈地颤抖了起来。“大哥，我怕！”说着眼泪也落了下来。

一看秋英的眼泪，高大山脸上的肌肉又跳起来了，他的眼里也不由得又涌出了泪花，他想了想，把秋英叫了过来，他说：“那好吧，你先跟我们走，我们把你送到前面的村里去！”高大山一拉，把她拉到了马上，慢慢地策马往前走去。

伍亮在后边默默地看着，心里有种说不清楚的东西在暗暗地流动着，好像在替他们暗暗高兴着什么。

马上的秋英和高大山却是神情各异。秋英一边嚼着干粮，一边想着什么，忽然勇敢地喊了一声高大山：

“大哥！”

高大山吃了一惊，问：“丫头，你是喊我？”

“这马上就咱俩，我不喊你喊谁？”

高大山这时看了看面前的秋英，说：“丫头，你到底想说啥？”

秋英说：“你救了我的命，我又无亲无靠的……这会儿我又不想叫你大哥了，我叫你哥吧！”

高大山不觉浑身一震。

秋英说：“大哥，行不行啊？”

“行！叫啥都行！”但他心里却怎么也无法平静。

“哥，你救了我的命，也知道了我叫秋英，可我还不知道你叫个啥哩！”

“想知道？”

“想知道！”

“高大山。高大的高，大山的大，山，大山的山！”

“高大的高，大山的大，山，大山的山！……好，哥，我记下了，一辈子都忘不掉了！”

秋英继续啃着干粮，但她已经有点心不在焉了。忽然，她回头望着高大山，大胆和狡黠地说：“哥，我刚才没对你说实话！”

高大山的身心又是一震，敏感地看了一眼秋英。

“你没对我说实话？”

“嗯。我不知道你们是不是好人，就没说实话！”

“那你这会儿说吧！”

“今年我不是十三，我十八了！”

“啊，你十八了？”高大山没觉得有什么奇怪，其实，他早就看出来了。

秋英嗯了一声。高大山说：“就这些？”秋英又嗯了一声：“就这些。”

高大山突然停下马来。

“丫头，你是不是忘了，你不姓秋，你姓高，老家在关外的靠山屯，对不对？”

“不，哥，这回是你错了。我咋会是关外的人哩？我是关内人，我也不姓高，我就姓秋，我真的没骗你！”

高大山只好又一脸失望地打马向前。

村里的夜晚静悄悄的。

伍亮打饭回来的时候，看见高大山正在洗脸。伍亮将饭放下，看着高大山发呆。高大山说：“我又不是你新娶的媳妇，老瞅我干啥！”伍亮笑了笑，刚想走，被高大山喊住了，他说：“伍亮，给我站住！”伍亮说：“营长同志，又有啥指示？”高大山说：“那个叫秋英的丫头安置好了吗？”伍亮说：“报告营长，我把她交给了乡政府，他们都安置好了！”

高大山想了想什么，在地上踱了两个圈子，刚坐下准备吃饭，伍亮忍不住问了起来。

“营长，那个丫头到底是谁？”

“谁？哪个丫头？”

“今天从河里救出来的那个丫头。你们是不是早就认识？”

“胡说！我咋会认识她？这是哪里？这是关内！”

伍亮摇摇头，说：“不对。我看你和她就不像生人！你头一眼瞅见她，脸色就不一样了！……你还叫她认那把长命锁……”

高大山不由放下了碗筷，默默地看着前边的墙面，不知如何回话。

看见营长好像情绪不好，伍亮的心里暗暗地紧张起来。

“营长，我是不是又说错话了？我要是说错了，你就批评我，关我禁闭也行！”

高大山慢慢地转过了身来，他说：“伍子，我的事、我们家的事有好些你肯定还不知道……我十三岁就参加了抗联，你知道为啥？……你还记得不，南下的时候，在火车上，有一回你说，革命成功了，回家去开烧锅子，酿酒，我跟你发了脾气……我告诉你，我们老高家原先在老家靠山屯就是开烧锅子的，我的酒量是打小跟我爹练出来的……”

伍亮默默听着，默默地看着眼前的高营长。

高大山说：“我们家除了我，还有个妹妹，叫英子……”

伍亮暗暗地啊了一声，说：“她也叫英子？”

高大山点点头，说：“日本人占了东北，那年冬天，半夜里冷不丁包围了屯子，说是要抓抗联……抗联没抓到，他们却血洗了屯子，见人杀人，见鸡杀鸡，一个活物也不给留，临走还放了一把火，我爹我娘舍不得一辈子辛苦操持的烧锅子，叫他们烧死在火里……我娘当时就死了，爹过了半天才咽气……他老人家咽气前拉着英子的手，将她交给我，说，你妹妹才三岁，我和你娘一死，你就是她在世上的最后一个亲人……无论多难，就是要饭，你也要替爹娘把英子拉扯成人……爹还让妹妹在我面前下了跪，叫了我一声哥！我扑通一声跪在爹面前……我……对他老人家发下了重誓，答应一定要把英子拉扯大……”

“后来呢？”

“可是后来……后来我没做到！日本人烧了屯子，我们无家可归，我就带着英子天天沿山边子要饭。那年冬天，我们兄妹俩实在无处可去，只能回靠山屯，夜里，英子走着走着，一不小心就掉进了冰窠子里，我又冷又饿，黑灯瞎火的，一个人咋也没力气将她救出来，就跑回屯子里喊人……我从屯子这头跑到那头，嗓子都喊哑了，一个人也没喊出来……再跑回去，已经没有英子了，我也不知道她是不是真叫狼拉走了，只捡到了爹娘生下她时戴在她脖子上的长命锁……”

“营长，我……”

“伍子，就是那年，我一跺脚当了抗联！不赶走小日本，咱中国人就没活路！……我也明白英子早就不在人世，可我既没亲眼见到她的尸首，心里就不相信她真是死了！……这些年在队伍上，我没有一天忘掉过她，夜里一闭眼，老觉得她还活着，不知哪天我就能找到她……英子今年也是十八岁，跟昨天咱救下的丫头一般大！”

伍亮说：“营长，现在我明白了，你为啥一直带着那把长命锁！”

高大山摇摇头，说：“不，你不一定全懂。一晃十几年过去了，我和英子就是当面相见，谁也认不出谁来了！可是她，不会认不出这把长命锁！”

伍亮默默地看着营长，他在替他难过。

高大山说：“伍子，这些事到你这儿拉倒，别再说出去！”

伍亮说：“为啥？”

高大山说：“就是今天，我还是觉得英子没死，我也不想让别人觉得她死了！”

伍亮于是暗暗点头答应。

第二天一早，高大山带着部队刚要离开村子，走没多远，就被秋英追上来了。高大山说：“伍子，你不是把她交给乡政府了吗？她咋缠上咱了？”伍亮无可奈何地哼了一声，迎着秋英，调转了马头，拦住了匆匆跑来的秋英。

“哎，你这个人，咋老跟着我们？”

“谁跟着你啦，我是跟着他！”

高大山一听就知道说他，便也催马走了回来。

“我说你这丫头，不是把你安置好了吗？你还跟着我们干啥？”

秋英盯着高大山，嘴里一时不知说些什么。

高大山说：“好了，英子妹子，你是叫英子吧？你心里想啥我懂！我们是解放军，打河里把你救出来是应该的……这不，我们还要去打仗，你不能跟着！回去吧！”

秋英却不走，她凝望着高大山，嘴里还是说不出话来。

“上马！”

高大山吩咐了一声伍亮，两人转身朝前边的队伍追了上去。

谁知走没有多远，高大山回头一看，看见秋英又跟到了后边。高大山一下生气了。

他大声地吩咐伍亮：“伍子，去，把她撵回去！”伍亮回了一声是，便打马回头，在前边拦住了秋英。

高大山想想不对，觉得她是冲自己跟着来的，便也打马回过了头来。

“妹子，你咋不听话呢？我说过了，我们是野战部队，要去打仗，打仗是要死人的！快给我回去！”高大山说。秋英不说话，她目光闪闪的，竟也显得一脸的怒意，但她嘴里不说。

伍亮说：“你再不回去，我们营长可要生气了！”

“我已经生气了！”高大山吓唬道。但秋英还是不说话，她赌气地看着高大山。伍亮说：“你要是再不走，我们营长一生气，那可不得了！”秋英还是不动。高大山看着眼前的这个女孩，真的忽然就生起了气来。

“你走不走？”

“不走！”秋英突然地回了一句。

高大山不由惊讶起来。

“为啥？”

“为你救了俺！”

秋英的眼里现出了委屈的泪花。高大山吃了一惊，他说：“我不是说过了吗？救你是应该的。我们是解放军，要救天下所有的受苦人，包括你！所以……好了，你走吧！”

“我不！”

秋英又大声地说道，显得异常地倔强。高大山不由又生气了。

他说：“妹子，你也不小了，怎么就不听话呢！”

秋英说：“高大山，你这会儿还知道你有一个妹子？你走的时候，咋没想起你昨儿还认下了一个妹子！你这个人，说话不算话，你就压根儿没把我当成妹子！”

高大山又吃惊起来，说：“我，没把你当成妹子？”

“没有！要是你记得我这个妹子，走时就不会一声不吭！”秋英一脸的愤怒。

伍亮只好走过来，说：“哎，我说你这个人年纪不大，咋还这么难缠呢！我们营长就是认你这个妹子，我们也得出发，也得打仗，你也不能跟着，你说是不是？”

秋英却对伍亮生气了，她说：“这儿是我跟我哥说话，没你啥事儿！……哥，你想不让我跟着也行，得答应我一件事！”

“啥事儿？快说！说完了快回去！”

“我不想当你妹子了，你娶了我吧！”高大山大吃一惊，脸色都被她吓变了。

高大山说：“胡说！你这个秋英，咋说话呢你？这种话也是一个女孩子乱说的？”

“你不答应？”秋英问。

高大山转过身去，不想再理她，刚要走，后边的秋英大声地威胁道：“你不答应，我就跟着！”

“你跟着也不行！快回去，别胡闹！”高大山猛地回过身来，对着秋英大声地吼道。

秋英却走上来一把就搂住高大山，说：“哥，不，高大山，我没胡闹！我昨天想了一夜了。你就得娶我，不娶我不行！”

伍亮连忙走过来将她挡开。“你这个人咋搞的，啥呀就让人家娶你，一个丫头家，也不知道害臊！你昨天刚和我们营长认识，今儿就非让他娶你，也太没道理了！”

秋英说：“我说过了，这没你的事儿，站一边去！他就得娶我！我有道理！”

伍亮说：“你有啥道理？”

秋英凝视着高大山，自己的脸也一下红了起来，嘴里吞吞吐吐的，说：“我一个黄花大闺女，他一个大男人，我都叫他抱过了，他不娶我谁娶我！”

看着这大胆的秋英。高大山的脸面也一下通红了起来，一时不知如何是好。

伍亮说：“你这个人，太不像话！我们营长是要救你才抱了你，要不你早死了！”

秋英却不依不饶地说：“那他后来还搂过我呢！”

伍亮一时觉得又生气又好笑，他说：“哎，我说你都想些啥呀！我告诉你，那会儿是在战场上，他要是不把你扑倒，护着你，那会儿说不定你早叫炮弹炸飞了，世上就没你这个人了！懂不懂！”

秋英说：“可这会儿我还活着！他抱了我，又搂了我，他是天底下头一个抱过我又搂了我的男人，他不娶我就不行！”

伍亮只好回过头去，看着自己的营长。高大山一时没有办法，声音跟着也沉了起来，他说：“英子，回去！别再闹了，我家里有媳妇！”

秋英的脸突然慌了，她说：“你撒谎！你昨儿说过的，你一个亲人也没有了！”

高大山一时语塞，说：“没有也不行！我们有纪律，不能随便结婚！”

秋英说：“为啥？”

高大山说：“全中国还没最后解放，仗还没打完呢！”想了想，不觉沉重起来，他说：“妹子，你也闹够了！我们要行军，要打仗，确实不能让你跟着！你的遭遇是让人同情，没有家，没有亲人，跟我一样，我也有个妹子叫英子，可是……”

秋英这才忽然一惊，她说：“你也有个妹子叫英子？”

“对，她也叫英子。我那妹子要是活着，和你一样，今年也是十八。可惜她死了！”

“死了？……哥，我想起来了！昨儿一见面你就叫我看那个东西，那把长命锁，就是你妹子英子留下的，是不是？”

高大山说：“对。昨天我一看到你，就想到了她！可你不是她……英子妹子，你也没有家，没有亲人，我也没有家，没有亲人，要是你不嫌弃，就真的认下我这个当兵的做个哥，我也认你做个妹子，行不？”

秋英不由高兴起来，她说：“行！”但一转念，就又改口了，她说：“不行！”高大山说：“咋不行？我认了你这个妹子，你认了我这个哥，你也有了亲人，我也有了亲人，多好！”

秋英说：“不，我还是得让你娶了我！你一定得娶了我！”

这时，前方响起催号声，高大山着急了起来，他说：“英子，话就说到这，我们走了！”说完，与伍亮飞身上马，却被秋英忽然抓住了缰绳。她怒目一瞪，盯着高大山，说：“不行，你没给我个准话儿，我就是不让你走！”高大山只好又一次跳下马来，他说：“妹子，你这是干啥呢？我为啥一定要娶你？就因为我抱过你，趴在地上保护过你？”

秋英怔怔地望着他，她突然明白对方已经看透了她的心了，脸色不由一下刷白，她丢开马缰绳，扭头就往回跑去，一边捂着脸，大声哭起来。

高大山一看不对，脸上的肌肉跟着也一跳一跳的，心里替她感到难过。

“英子，妹子，站住！”

高大山突然大声地朝秋英喊了过去。但秋英没有停下，她继续地哭着往前奔跑。高大山像是担心出了什么意外，便翻身上马，追过去把她拦住了。

秋英说：“你干啥……”

高大山说：“妹子，你听我说……”

秋英说：“我不听你说，你走吧……”

但高大山却死死地把她拦住了。

高大山说：“秋英，你听我说嘛！”

秋英这下站住了，她直直地盯着他的眼睛，半晌，说：“哥，你答应娶我了？”

高大山说：“不……我不是这个意思。”话刚落地，秋英脸色一沉，又呜呜地哭了起来，哭得高大山的心一下都乱了，他朝她突然大声地吼道：“你不哭行不行！”

“不行！你救了我，又不娶我，把我一个人扔在这人生地不熟的地方，我能不哭？你说你认我当妹子，你这一走，天南海北，我上哪儿找你去！我一个黄花大闺女，叫你又搂又抱的，你不娶我，我以后还嫁给谁？你不是救了我，你是害了我！咋能不哭？我就是要哭！”秋英也朝高大山歇斯底里地吼道。吼完，又是放声地大哭起来。

高大山吓得脸色灰白，半晌，只好说：“妹子，哥就是答应娶你，这会儿也不行，哥还要打仗，能不能活着回来也不知道，哥是个军人，要革命到底！这些事你不懂！”

一听这话，秋英的哭声没有了，她抬起头来，惊喜地看着他，说：“你答应娶我了？”

高大山哼唧了半天，不知如何回答。

秋英却告诉高大山，她说：“哥，妹子这会儿就站在你面前，我就是个苦命人，我就是个逃荒要饭的穷丫头，我也是个和你妹子英子一样的女孩子，我也是个人！这会儿你就对我说吧，你是不是答应娶我？你答应就答应，不答应就说不答应，哥，说完这句话，你就撇下我走好了！我不会再跟着你！今儿我不怕害臊，没脸没皮地缠着你，不就是想听你说出这句话吗？你就是心里一百个不想娶我，连说句这样的话也不能吗？”

高大山一时好像丢了脸面似的，他突然把心一横，说：“好，妹子，哥答应娶你！”

“哥，你真的答应了？”

“真的！”

但高大山的眼睛却不去看她，他的眼里泪光闪烁着。

“哥，好人，你不是要骗我吧？”

“妹子，我高大山是个顶天立地的男人，说过的话永不反悔！”

“哥，你要是答应了，不管你走多远，十年二十载，也不管你走到天涯海角，我都留在这儿为你守着，我要等你回来把苦命的英子接走！”

高大山点点头。秋英说：“哥，我还是不信！你要是真想让我信你的话，就给我留下点念想！”

高大山说：“妹子，我说过答应了就是答应了。你瞧，这会儿我身上除了枪、子弹，啥也没有，能给你留啥念想？”

秋英说："你有！就在你身上！"

高大山一下想起来，望着她。

秋英痴痴地望他。

高大山慢慢取出长命锁，郑重地将它交给了秋英。

秋英接过后便慢慢地往后退去了，她说："哥，你走吧！不管走到哪里，我都不怕你会忘了我了！"

高大山倒像石头似的站着了，他为这事感到有点说不清楚的沉重。

秋英的眼里也在流泪，但对她来说，那是幸福的，她一脸都在笑。她说："哥，走吧，就是到了天涯海角，也不要忘了英子！仗打完了，要是还记得我，就来找我！"

高大山还是一动不动。

秋英说："哥，你能把你亲妹子英子的长命锁留给我，就是你不真想娶我，秋英也知足了！我没看错，你是个好人，你心疼我这个苦命的丫头！"说完，她转身跑走了。

看着跑去的秋英，高大山的眼里流出了泪来，默默地。

往回走的时候，伍亮有点想不通，他说："营长，仗打完了，你真要回来娶她？"高大山停下马来，沉思了一会，说："不。伍子，我结过婚！"伍亮不觉吃了一惊。高大山说："我爹在我还小的时候就给我订了个童养媳，娘家姓王，穷人的丫头也没个名儿，都叫她王丫。十三岁就让我跟她圆了房。就是那年，日本人祸害靠山屯，我没了家，带英子出去要饭，王丫被娘家人接回去。英子没了以后我一跺脚投了抗联，再没回去过，十几年没个音信，也不知道她是死是活！"伍亮听后却不高兴了，他说："营长，你这就不对了啊！你娶过媳妇，可刚才又答应了这一个，还说打完了仗来娶她！"高大山只好怔怔地回头望着秋英远去的方向，说："伍子，我还是觉得她像英子！我这会儿想，十几年前那天夜里，说不定我跑回屯子里喊人，英子被哪个好心人救走了，后来不知咋地就跟着人家进了关，成了难民，流落到了这里！你瞧，连口音都变了！"伍亮说："你是说你是要用那句话留住她，等革命成功了，你再来认这个妹子！"

"哼，你到底明白了一回！"

高大山给伍亮丢下了一句话，便打马往前走了。

后边的伍亮不由一愣，心想：我傻吗？我本来就不傻呀！

第二章　回家

一个后来紧紧跟了他一辈子的女人，竟然就这样开始了，这是高大山怎么也没有想到的，因为后来不久，他喜欢上了一个叫做林晚的女军医。那是在一次行军的路上。那天，他的部队和别的部队，在路上被堵住了。

最着急的，是师医院的马车，当时被夹在最中间。

争吵声一时喊成一片。

高大山一看急了，从马上跳下来，一边往前挤着，一边大声地喊叫："都别争了，听我的指挥！"

有两个女孩却不听他的，她们就是林晚和另一个姓杜的军医。她们看到高大山过来嚷嚷，也急得马上跳下了马车。

"喂，你是谁？我们是十七师的，听说过十七师吗？让我们先过！"

林晚对高大山嚷道。

高大山一听不由吃了一惊，问道："你们是十七师的？"

林晚说："怎么着？"

高大山说："你们是十七师的，我咋没见过你们？"

杜军医盯了高大山一眼，问："你们也是十七师的？"

伍亮过来大声地喊道："我们是十七师183团三营，这是我们营长高大山！听说过高大山吗？打东辽城喝醉酒端了敌人第九十七军军部的人，就是他！"

林晚和杜军医没见过高大山，眼光不由有些崇敬起来，但却不肯退让。

林晚说："听说过又咋地！既然是十七师的，就该给女同志让路！我们是师医院的前方救护队，还不给我们把路让开？"高大山被她的大胆豪爽和青春靓丽吸引住了，他看着她，不由暗暗地笑了起来。

"你这个人，老瞅着人家笑啥？"林晚看到了高大山停在自己脸上的目光。高大山这才不好意思地严肃了起来，他回头对部队道：

"听命令！给师医院救护队把路让开！"

路，就这样被让开了。望着往前走去的林晚，高大山对身边的伍亮，情不自禁地说了一句：

"这丫头片子，挺泼辣的！我喜欢！"

但他哪里想到，他一直欠人家酒钱的那一家酒家，就是林晚家的。

部队要回东北老家剿匪的那一天，吕师长前来车站送行，师长一上来就在高大山的身上发现了什么。

“高大山，打了埋伏是不是？交出来！”师长说。

“没有！啥埋伏呀！没有没有！自从南下入关，你让我戒酒，我连酒啥味儿都忘了！没有没有！”高大山对师长说道。

吕师长却不理他，说：“高大山，把埋伏交出来！”

高大山看看无奈，只好从屁股后乖乖地取出一个新的军用小酒壶。

“嗬，又整了一个新的！行啊你高大山！违反纪律你还上了瘾了！”

师长哼一声，拧开盖尝了一小口，说：“不错，有点像东辽大曲，没收了！”

高大山看着被没收的酒壶，感到心疼，他说：“师长，你别又没收了，你看我好不容易……我又没喝，就是背着，连闻闻都不让啊！”

吕师长说：“高大山，你喝酒的名气大得很呢，连四野首长都知道了！”

高大山觉得有些惊慌，说：“四野首长怎么也知道我能喝酒呢？”

吕师长说：“岂止四野首长，连毛主席、朱总司令都知道你喝酒的名气大了！毛主席有一次对朱老总说，像四野十七师的高大山，就是越喝酒越能打，在东辽城端了敌第九十七军军部，这样的同志要喝酒，你们就让他喝嘛！”

高大山听傻了，他不相信，说：“师长，你是在批评我吧？要是批评我，就明白着说，你这弯子也绕着大了些，叫我听着咋像是表扬哩！”

吕师长说：“表扬？为着你在喝酒的问题上屡教不改，我真想关你禁闭！可是四野首长、毛主席、朱总司令都知道你了！朱老总还说，等全国解放了，他要在北京开一个全国战斗英雄大会，请你去，还要当面给你敬酒呢！”

高大山心里不禁暗暗得意起来，但面上不愿承认，他说：“你看这你看这，夸得我怪不好意思的！”这么说着之时，他忽然觉着不对，对师长认真起来，他说：“哎，师长，既然毛主席都说过让我喝酒，你那个戒酒的命令，是不是也该撤了？”

吕师长说：“我才不会撤销自己的命令哩！是四野首长让我把命令撤了，是毛主席、朱总司令把我的命令撤了！”

高大山不由激动起来，他说：“师长，毛主席英明啊！毛主席万岁！朱总司令万岁！”

吕师长把高大山的军用小酒壶揣到腰里。

高大山一看急了，跟着师长叫了起来：“师长，你怎么……不是说……”

吕师长从身后取出当初没收的美制军用小酒壶，说：“你叫唤啥？那个不好的我留下了，这个好的还给你，谁让你的名气那么大呢！”高大山连忙伸手去接，吕师长又缩回去。吕师长说：“高大山，你别得意，毛主席和朱总司令也就是高兴了，说那么一句。你给我记好了，县官不如现管，酒你可以喝一点，但要是误事，看我怎么收拾你！”

高大山连忙一个立正，说：“是！”

吕师长说：“高大山，这次回东北，要路过靠山屯，你十几年没回去了，顺道瞅瞅去，看家里还有人没人！”

高大山说：“没人了，啥人也没有了。”

吕师长说：“那个王丫呢，你总该打听一下下落吧？”

高大山的心里好像被什么刺了一下，低低地应了一声：“是！”

师长一走，高大山便迫不及待地打开师长还过来的酒壶，然后倒了一杯，洒在了地下。

旁边的人看了都吃了一惊。教导员说：“老高，这是咋啦？这么好的酒……”

高大山说：“我戒酒了！”

“戒酒，就你？”伍亮不相信，他说，“营长，我可听说过一个笑话：有个酒鬼，把家里的三垧地都喝光了，有个闲人就说，你咋不戒酒呢？酒鬼就叹气说，唉，咋不想戒呢，戒酒真难啊！你看我们邻居家的赵二，他都喝掉六垧地了，都戒不了呢。这时赵二过来了，问，你们说啥呢？闲人就说，我们在说戒酒难的事，你们猜赵二是咋说的？”

“他咋说的？”高大山问道。

伍亮说：“他说，戒酒啥难，我都戒了十八回了！”

高大山却告诉伍亮：“这回，我是真要戒酒！”

教导员说：“老高，到底为啥？”

高大山说：“连毛主席、朱老总都知道我高大山喝酒的名气大，特地撤了师长的命令，让我喝，你们说，这酒我还能不戒？”

高大山的靠山屯是一个不大的屯，进村的那一天，高大山头一个碰上的就是刘二蛋。

刘二蛋说：“大山哥，十几年一点信儿也听不到你的，都说你打鬼子那会儿就死了，死在深山沟子里，叫狼吃了……”高大山说：“可不是差点叫狼吃了咋地！”刘二蛋说：“大难不死，必有后福，这会儿你抖了，当大官了吧？”伍亮说：“他现在是我们营长，全军闻名的战斗英雄，毛主席都知道他！”刘二蛋一听不得了，说：“哎哟哟，小时候我就说你比咱们这一茬子人都有出息！大山哥，这回能多住些天吧？”高大山说：“不，我们执行任务，顺道回来瞅瞅。二蛋兄弟，你知道俺家还有人活着没有？”

刘二蛋脑袋随即就低了下去，半晌，问道："大山哥，你是不是想问个嫂子的实信儿？"

高大山点点头。

刘二蛋的脑袋又低了下去，半晌，说："死了！早没这个人了！"

"咋死的？啥时候？"

"你家叫日本小鬼子祸害了以后，她不是回娘家去了？那时候，就怀上了你的孩子！"

"怀了我的孩子？"

刘二蛋说："大山哥，这是真的！王丫嫂子怀着你的孩子，就在你投抗联的第二年夏天，她把孩子生下来，是个儿，起了个名字叫大奎！"

"大奎？孩子呢？后来呢？"

刘二蛋说："孩子是活下来了，王丫嫂子命苦，死了，产后没吃没喝，又闹鬼子又闹饥荒，全家都饿死了，只剩下了这孩子，叫屯子里的赵老炮收养了。他们老两口子四十多了还没孩子，就把他当亲儿子养，现在都长成半大小伙子了！"

高大山的心因此落了下来，他沉默了半晌，转口问道："二蛋，有没有人听到过我妹妹英子的信儿？"

刘二蛋一惊，说："英子？英子不是那年掉到冰窠子里，叫狼吃了吗？"

高大山只好改变话头，说："那……我爹我娘的坟还在吗？"

刘二蛋说："早没了！你们家没了人，坟还留得住？年年山上下来大水，都说你们家人死绝了，也没人帮着添土，一年一年，可不就……"

高大山忽然一阵难受，他抓起炕桌上的一碗水，一饮而尽，回头对伍亮说："走，咱们走！"

刘二蛋一急，跟着大山跳下炕来，说："哎，大山哥，这是咋说的，刚回来走啥哩！"

高大山不说话，大步往外走去，刘二蛋哪里肯放，在后边紧紧地追着。

二蛋说："大山哥，你不能就这样走哇，屯里人你还没见呢！"

高大山只顾一边大步地走着，一边让伍亮把马牵来。

刘二蛋一时有点云里雾里的样子，他说："大山哥，俺知道屯里的人对不住你，对不住你们家！可是你听我说……"高大山不听，他一上马就一个挥鞭，飞驰而去了。

追上来的伍亮，也觉得有些不对劲，他说："营长，咱就这么走了？"

"不这么走怎么走？"高大山不想理他。

“你不想去看看大奎？”伍亮提醒了一句。

高大山愣了一下，他痛苦地想了想，最后说：“不看了！我这个爹，一天也没养过他，人家从小到大一把屎一把尿把他拉扯大，我到了这会儿，哪还有脸去认儿子？走！师长还等着我抓姚得镖呢！”

姚得镖是七道岭的土匪头子。

高大山想一人进山，与姚得镖谈判。

吕师长却有些担心，他告诉高大山：“姚得镖盘踞七道岭几十年，恶贯满盈，自己也知道就是投降，人民政府也不会饶过他。你一个人去劝降，他会听你的？明知自己末日来临，这会儿他见一个杀一个，你不是去找死？”

高大山说：“师长，姚得镖现在和许大马棒、蝴蝶迷连成一气，我军打这个，那个出来抄我们的后路，打那个，这个又出来袭扰我军后方机关。同时打这两路土匪，咱们的兵力又分散，容易被他们各个击破。我是这么想的，我要是去了，哪怕能在短时间内稳住姚得镖，我军就能集中兵力将许大马棒收拾掉！”

吕师长说：“这个办法是好，可是你能保证他不杀你？”

高大山说：“我不能保证！但我敢保证他两三天内不会杀我，我和他在抗联时期毕竟有一段交情，我又是去谈判，他如今虽说是土匪，可这个人讲交情，我去了以后，我军要是能抓住这两三天消灭了许大马棒，姚得镖就孤立了，这时候哪怕是给自己留点幻想，他也不见得敢杀我！”

吕师长还是没有被他说服，师长想了想，还是觉得不行。他说：“不行，还是太冒险！”

高大山不由激动起来，他说：“师长，我家里连一个活人也没了！我高大山眼下是一人一身，啥牵挂也没有！既然毛主席、朱总司令都把我当成亲兄弟看，为了解放全中国，我咋能舍不下这条命！师长，下决心吧，我有感觉，只要你们打得顺利，我高大山死不了！”

吕师长暗暗地被高大山感动了，点点头，便答应了他。

高大山准备出发之前，二营营长陈刚来了。他给高大山扛来了一坛酒。

高大山说：“老陈，这是干啥？”

陈刚说：“为你送行！”

高大山说：“不行。你知道的，我戒酒了！”

陈刚说：“那是以前，今儿你得破戒！”

高大山说：“不！我说过戒酒就戒酒！”

陈刚说："你是不是毛主席的战士？"

高大山一惊，说："是！"

陈刚说："毛主席说了，像四野十七师183团的高大山，上战场以前就让他多喝点，为了打胜仗！"

高大山一愣，陈刚说："你听不听毛主席的话？"

高大山不再多嘴，回头对伍亮大声地喊道："给我拿大碗来！"

两人对坐着，一碗一碗地豪饮起来。

高大山告诉陈刚："这回我上山去会姚得镖，主攻许大马棒匪帮的任务让给你了！"

陈刚说："没有你高大山跟我争，主攻任务非我莫属！"

高大山说："好好打！打漂亮点儿！"

陈刚说："放心，别忘了，我带的是连战连胜营！"

高大山说："就是动作慢一点也没关系，三两天内，姚得镖不敢把我咋地了！"

陈刚说："你放心走吧，不等姚得镖想好是不是杀你，我就拿下了许大马棒，回头将七道岭也收拾了。"

高大山说："好！这酒不错！还有吗？再给我拿一坛来，我送给姚得镖！"

陈刚回头就喊通迅员拿酒去了。

高大山扛着一坛酒，果然就出门往姚得镖的匪窝去了，走到七道岭下的时候，他把伍亮叫住了。他说："伍子，你回去吧！"伍亮说："不，我是你的警卫员，我的任务就是保护你的安全！"高大山说："伍子，你跟我不一样，你家里还有老爹老娘，你还想着革命胜利后娶个大屁股媳妇，开个烧锅子呢！"伍亮说："我要开烧锅子是为你。你要是回不来，我开啥烧锅子！"高大山说："别说丧气话！我说过能回来个囫囵的就能回来！你的烧锅子开定了！"伍亮说："那我也不回去！我也想去会会这个姚得镖！"高大山说："不行！"

伍亮正想回话，高大山忽然想起了什么，不由大叫起来。

他说："伍子，我差点忘了大事，你一定得回去！"

伍亮说："为啥？"

高大山说："头一件，咱在东辽城东大街林家老酒铺买的那壶酒还没还给人家钱；第二件，咱们队伍入关，我认下一个叫秋英的女子做妹子，说过全国胜利了把她接到身边！这两件事，我都还没有办呢！"

伍亮却不傻，他说："营长，要是你回不来，啥事也办不成了，我不能让你一个人去！”

高大山一时拿伍亮没有办法，只好眨巴着眼睛，跳下马来。

高大山说：“要不这么办，咱俩商量一下。”

伍亮以为营长真的有事商量，不想刚一下马，就被高大山摔倒在了地上。

伍亮说：“营长，你这是干啥？”

高大山说：“伍子，委屈你了。”说着解下伍子自己的腰带把他的双手系上了，然后，转身上马。

“营长，你不能一个人去呀。”地上的伍亮依然朝高大山吼道。

但高大山不理他，他一溜烟就打马走远了，任凭后边的伍亮拼命叫喊。

吕师长知道后随即命令陈刚，率领部队包围小孤山，天亮前发动总攻。谁知，陈刚的部队在山林里还没有发出枪声，高大山就从山上的小路下来了。

匪首姚得镖被几个土匪抬着，从山上下来了。一群土匪跟着一个手举白旗的小土匪，从山上下来了。高大山就走在姚得镖的身边，走得摇摇晃晃的，一看就知道，又是喝醉了酒了。

看见陈刚的时候，高大山一下就乐了。

“陈营长，咋地，来接我来了？”

陈刚简直有点不敢相信，他说：“高大山，就你一个人，这些人全给俘虏了？”

高大山说：“有一个词儿叫说降。说降，不是俘虏！”

陈刚说：“高大山，我还就不服了，你快说，你到底使了啥法术？”

高大山说：“不是法术，是战术，懂不懂，二营长同志。”

看着挺胸昂头而去的高大山，陈刚拦住了被抬着的姚得镖。陈刚说：“姚得镖，他高大山咋就一个人把你拿下了？说！”

姚得镖说：“酒。他送给我一坛好酒。我喝不过他，说话要算数，就降了！”

陈刚不信，说：“胡说！”

姚得镖说：“你想错了。你想想，共产党里有高营长这样的汉子，我还能不服吗？日本人在的时候，我服过吗？没有！张大师、老蒋，我服过吗？没有！可是对你们共产党，我服！你们共产党里有能人！”

这一下，高大山更加出名了。他作为全军闻名的战斗英雄，他和陈刚去了一趟北京，朱老总果真亲自走到他的身边，给他敬酒！这是他回来的时候，对吕师长说的。他说：“我和陈刚当时被安排坐在边儿上，我心想坏了，这么多人，都是各路的英雄，毛主席和朱老总肯定看不到我俩了！可那酒好哇，茅台！我正想喝呢，朱老总由四野首长陪着向我们这边走过来了，大家都起立鼓掌，我也起立，可没想到总司令是冲我来的！那时候我肯定是傻了，老总都走到我跟前，我还在一个劲鼓掌，这时就听四野首长说，高大山同志，朱总司令给你敬酒来了！我一愣，以为是自己的耳朵听错了！这时陈刚就站在我旁边，拿大拳头这么朝我腰眼里一捅，我才明白刚才没有听错，总司令真是冲我来了！”

“后来呢？”师长问。

“啥后来呀？我都懵了，我赶紧给总司令敬礼，说一声首长好！下面啥也想不起来了，光知道傻乐，这时就听总司令说，高大山同志，听说你打仗是英雄，喝酒也是英雄，我代表毛主席敬你一杯酒！我一听就更晕了，跟驾了云似的，赶紧举起酒杯，一仰脖把酒喝了，举起拳头就喊：总司令万岁！毛主席万岁！后来就听总司令说，高大山同志，别这么喊，要喊就喊群众万岁，人民解放军万岁，共产党万岁！”

“往下讲往下讲！”师长听得都激动起来了。

“再后来，总司令就问我，全国都解放了，只剩下一个台湾了，高大山同志，你打算咋办？我说总司令，我去打台湾！总司令和四野首长就笑了，说，用不了那么多人打台湾，咱得建设咱的社会主义！我说那我就去建设社会主义！总司令又说也不能人人都搞建设，还是得有人留下来保卫国防。高大山同志，我看你就适合留下来保卫国防！”

吕师长说：“总司令真这么说了？”

高大山说：“当然，不信你问陈刚！”

吕师长说：“那你当时咋说的？”

高大山说：“我还能咋说？我啪的一个立正，说总司令命令我留下来保卫国防，我就一辈子留下来保卫国防，一辈子不脱军装！”

还酒钱的那一天，高大山呆在林家酒铺的门前不敢进，他让伍亮替他先进。伍亮却也不想进，高大山说，这是命令。伍亮才没了办法。但房里空空的，伍亮进去的时候，没看到一个人。

“有人吗？掌柜的在吗？”

伍亮连喊了几声，才看到一个姑娘从里边走了出来。

这姑娘就是林晚。

两人一眼就都认出来了。

伍亮说：“我是183团三营营长的警卫员伍亮！”

林晚说："我是咱们十七师师医院的林晚！"

伍亮说："你好！"

林晚说："你好！"

伍亮忽然就纳闷起来，他说："林军医，你怎么在这儿？"林晚说："这儿就是我的家呀！伍亮同志，你怎么也到这儿来了？是不是你给你们高营长打酒来了！"伍亮马上掩饰说："不，不是。是这么回事，一年前咱们部队在这里打仗，有个同志，我就不说他是谁了，馋酒，领导批评他多次，他都改不了……"林晚一下就听出了什么，她说："我还听说他有个毛病，越喝酒越能打仗，酒喝得越多功立得越大，当初喝醉了酒，一个人端了敌人的军部，打下了东辽城。我还听说，前不久就是他一个人赤手空拳，提着一坛子酒，进了七道岭，硬是把土匪头子喝败了，不费一枪一弹让土匪投了降……"伍亮一下吃惊起来："林军医，我们营长干的那些事，你还啥都知道？"林晚说："伍亮同志，你有点小看人。我也是十七师的人哪！"伍亮说："哎，那就好了！你知道打东辽城那天，我们营长是喝了谁家的酒才端掉了敌人的军部吗？"林晚说："谁家的？"伍亮说："你们家的！"

"我们家的……"

不知怎地，伍亮看见林晚的脸上，忽然泛出了一片红晕。

伍亮说："林晚同志，你还光知道我们营长喝了你们家的酒端了敌人的军部，可你不知道他还犯了一个大错误！"林晚没有听懂，她问："什么大错误？"伍亮说："这件事只有我知道。他趁着你们家那天没人，偷偷地打了一壶酒，也没给钱，就带上了战场。这不，他让我还酒钱来了，现在，我代表我们营长，向你和你们家表示深刻反省！"

林晚的脸一下就更红了。

但她同时感到了惊讶，她说："你说什么？高营长能一人打下东辽城的敌军军部，就是因为喝了我们家的酒？"伍亮说："不错！"林晚说："那太好了！我们家的酒也为东辽城的解放作了贡献！"她朝门外说道："伍亮同志，你一定是和高营长一块来的，他这会儿就在门外，是不是？"不等伍亮点头，她已经拉着伍亮往门外走来。

门外的高大山当然也一眼就认出了她。林晚一看就笑了，她说："高营长，听说你来还这一家的酒钱。好，把钱还给我吧。""还给你？"高大山当时不知道，他一下就愣了。伍亮告诉他："营长，这里就是林军医的家。当初你不给钱打走的就是林军医家的酒！"高大山于是不好意思起来，他拿眼瞪了瞪伍亮，说："你……啥都给林军医说了？"伍亮说："承认错误还不痛快点儿？我都说了！"

高大山说："你看这你看这……林军医，老掌柜的在家吗？"

林晚笑望着他的窘态，说："我爹我妈给我爷爷奶奶上坟去了，你要是还钱，交给我好了！"

高大山把钱掏出来，递给林晚，说："总共是一壶酒，不知道钱够不够。"

林晚不接，她说："不够！"然后眼睛定定地望着他不放。

高大山有点吃惊："不够？……那我可没带钱了，伍子，你身上有钱吗？"

伍亮说："我身上哪有钱哪！"

高大山不相信了，他说："林军医，这钱还不够？"

林晚说："我说不够就不够。没带钱你就先欠着，你不是已经欠了一年了吗？"

高大山看着伍亮，发现伍亮一直在看着他，便转过脸去，看着一旁的林晚。

林晚的脸早已悄悄地红了，红得羞答答的。

第三章　寻夫

夜里，从林家酒铺回来的路上，高大山的心情特别的好。

他说："伍子，你看今儿的月亮多大，多漂亮！自打十几岁离开靠山屯，打了这么多年仗，我都没见过这么大这么圆的月亮！"伍亮说："月亮从古至今就这样，你今天才发现它好看。"高大山说："月亮好看，树林子也好看，人也好看，酒也好喝！"伍亮知道营长的心情，说："说说实话吧，月亮好，树林子好，酒好，都是假的，人好看才是真的！"高大山一下笑了，他说："伍子，林军医确实好看，比起跟陈刚相好的那个杜军医来，好看多了！我要是娶老婆，就娶林军医这样的！"

伍亮说："可你已经答应娶别人了！我看你是忘了！"

高大山说："我没忘。打了这么多年仗，我心里就装着两件事，一是还林家酒钱的事，二就是关内认下的那个妹子了！"

伍亮说："你忘了，那时你说的是要娶人家！"

高大山说："伍子，你糊涂！当时我好像对你说过，我是觉得她是我失散了十五年的妹子！这会儿我也觉得她是！当时要是不那么答应她，她兴许就不想活下去了！我那样做，不只是要她等我，还是要救她，不让她往绝路上想！"伍亮说："那这会儿呢？全国都解放了，你咋还没去接她呀！"高大山说："我现在不去接她，是我还没有给她准备好一个家。伍子，告诉你，我想结婚了！只有结了婚，有一个自己的家，能让小英过上好日子，我才能去接她！”

伍亮说：“你真要结婚？跟谁？”

高大山说：“不知道！可是为了小英，我不能再拖了，跟谁结婚都行，但是要快！”

伍亮说：“营长，你到底是醒着还是醉了？”

高大山说：“伍子，你跟我这么多年，还不知道我？只要是好酒，我喝得越多，脑瓜子就越清楚，越明白！”这一点，伍亮心里相信。

关内的秋英正在和一位叫翠花的大婶在田里忙活。秋英每天盼着的就是前边的大路上，什么时候出现高大山的影子。看她的那副样子，翠花婶说了：“小英，我说你就别瞅了，人家一走就是一年半，要是心里还有你，早就来了，我说你就死了心吧！”

秋英噘着嘴，没有回话。

翠花婶说：“要说我那个娘家侄子狗头也不赖，虽说腿有点残疾，可是不影响做农活啊……像你这样，家没个家，亲人也没有一个，能嫁给狗头这样的就算是烧高香了！”

秋英还是没有理她。

翠花婶忽然生气了起来。她说：“好了，你在我家也待了这么久了，就是块冰也该焐化了，愿不愿意嫁给狗头，你给我一个痛快话儿！”

秋英还是不给她回话。

夜里，翠花婶便悄悄地叫来了一个人，两人在屋里商量着过两天带来几个人，要把秋英神不知鬼不觉地弄走，然后让秋英和她的侄儿狗头生米做成熟饭了再说。不料，住在隔壁的秋英却听到了，当天深夜，她就偷偷地溜出了翠花婶的家，朝着城里的方向，拼命地逃跑。

几天后，秋英便出现在了沈阳的火车站前。她高高地举着一块牌子，向过往的行人们示意着，让人看那牌上的字。那是她请了别人写的。牌子的上边，是五个大字，写着：“寻夫高大山。”大字的下边，用小字写着：“我叫秋英，寻夫高大山，他是四野十七师183团的营长。请沿途的好心人告诉我他的部队在哪里。”有人问她：“你们有多久没通音信了？”秋英说：“快两年了！”

有人便感叹起来，说：“现在全国都解放了，你要是还没接到男人的信儿，是不是牺牲了？”

秋英说：“不，我男人没牺牲！他活着！他是四野十七师183团的！前些天有人还在报纸上看见他的照片！他跟朱总司令喝过酒！”

她话刚说完，一位大嫂突然停了下来，回头看着秋英，问道：“你刚才说什么，你说你男人在哪个部队？”

秋英说：“四野十七师183团！大姐，你知道？”

那大嫂一下就兴奋了起来，她说：“我男人也在十七师183团，他们这会儿驻在东辽城呢！”

秋英简直不敢相信自己的耳朵，她说：“大姐，你说的可是真的？”

“真的！当然是真的！”那位大嫂一把将她拉了过来。“我也到部队找我男人！咱们正好一路走！”

她告诉秋英：“我叫桔梗，我男人叫陈刚，也是四野十七师183团的营长！”

秋英说：“大姐，我姓秋，叫秋英。”桔梗说：“秋英好，秋英这名字，比我的桔梗好听多了！”

她拿出干粮，掰一半给秋英说：“你那男人也真不是东西，全国都解放了，也不给你往家打个信，叫你关里关外地寻他！哎，他不是进了城就把你忘了，又找了个洋学生吧？”

秋英浑身一震，她说：“大姐你可别这样说他！他不是这种人！你这话我不信！”

桔梗说：“哎哟哟，我说你真够死心眼的，眼下这些男人，咋能这么相信他们？他们现在是谁？打了胜仗，当了英雄，自己都不知道自己姓啥了，你要是再不多个心眼，他真能把你给甩了，找一个漂亮的洋学生！”

秋英好像听出了什么，便笑着说：“大姐，你是说自己，还是说我？”

桔梗一听生气了，说：“哼，说你还是说我自己？我跟你还不一样！跟你说吧妹子，我十三就给他们老陈家当童养媳妇，今年都二十六了，俺们陈刚打小就瞧不上我，十五岁他爹叫他跟我圆房，他小鳖犊子死活都不干，跑出来投了八路，一晃就是十几年。这十几年我在他们家当牛做马，人都熬老了，可他胜利了，进了东辽城，偷偷给他爹打了一封信，说不叫我知道他在哪，你想这事儿还有个好？他爹还算有良心，对我说媳妇你得赶紧找他去，晚了说不定他就是别的女人的男人了！这个没良心的！我一听他爹说得在理，不能在家死等，就拾掇拾掇来了！”

秋英说：“大姐，你是个爽快人，我喜欢你！”

桔梗说：“妹子，我要是个男人，一准也喜欢你！瞧这小脸长的，哪个男人见了，哈喇子还不得流出来！”

秋英说：“大姐，看你说的！俺男人可不是你说的那种人，他是个好人，要不是他在战场上救了我，世上早没我这个人了！”

列车上，两人又一路地聊个没完。

桔梗说：“你是说，他救你的时候，你就认定要嫁给他了？”

秋英忽然得意起来，她说：“人家当时可没那个意思，我呀，就想了个主意！”

桔梗说：“啥主意？”

秋英说：“第二天部队开拔，我就跟着他们走，他就问我，你为啥跟着我们走呀？我就说我咋不跟着你走？我一个黄花大闺女，都叫你抱过了，是你的人了，不跟你走跟谁走？”

桔梗笑说：“妹子，真没看出来，你治他们男人的鬼点子还真多！”

秋英暗暗地笑在心里，她说：“他当然不让我跟着走啦，我就说不让我跟着你们也行，你先娶了我！”

桔梗说：“他上了你的套儿？”

秋英说：“哪有那么容易！他开头不情愿，顶不住我死缠硬磨，跟了他们一程又一程，他就答应了。”

桔梗说：“答应了娶你？”

秋英说：“答应是答应了，可他们部队还要去打仗，我就是想立马让他娶我，也娶不成！”

桔梗说：“那你就放他走了？你不怕他到时不认账吗？”

秋英说：“我有这么傻？这事我早就想到了！我让他临走给我一个信物。大姐，你看，就是它！”

她从怀里掏出那个被重重包裹的长命锁，给桔梗看。

桔梗说：“这不就是个小孩子家戴的长命锁吗？俺们那疙瘩家家孩子都戴，你能信这个？”

秋英说：“大姐，你不懂。这是他亲妹子戴过的东西。他妹子也叫小英，是他最后一个亲人，死了！”

桔梗说：“哎哟，咋死了呀？”

秋英说：“反正是穷人家的事儿呗，说是去要饭，掉到冰窠子里，叫狼拉走了，只给他留下这个，打仗时他整天将这东西带身上，看得比自个儿的命都重。可为了让我相信他不会忘了自个儿说的话，就把它给了我！”

桔梗说：“我有点明白了。他忘不了他妹子，就忘不了这把长命锁；他忘不了这把锁，也就忘不了对你说过的话，忘不了你！”

秋英看着长命锁，不由陶醉地躺进桔梗的怀里，她说：“大姐，这咋跟做梦似的哪？”

桔梗说：“妹子，这不是做梦，是真的，咱们的好日子就要到了。”

桔梗哪里料到，她心中的丈夫陈刚，正喜气洋洋地忙着指挥他的战士帮他布置新房，他准备跟杜军医结婚。屋子里，又是贴喜字，又是挂灯笼，弄得他自己的战士都有点纳闷，心想：“营长，你和杜军医还没登记，咱这会儿就把喜字贴出来了？”

从陈刚门前经过的高大山，也感到莫名其妙。

他说：“老陈，干啥呢？”

陈刚说：“干啥呢，你不都看见了？胜利了，不打仗了，我要娶媳妇！”

高大山连忙下马，走进陈刚的新房，里里外外地看了一眼，然后回头目不转睛地盯着陈刚。

陈刚说：“这么瞅我干啥？”

高大山说：“我瞅你又咋地了，你又不是老虎。”

陈刚笑了笑，说：“我就是老虎。”

高大山看不惯陈刚的那种笑脸，转身就又回到了马上，对伍亮说：“伍子，走！不就是娶个媳妇嘛，这也值得高兴？”陈刚在后面笑得更开心了，他说：“高营长，有能耐也赶快搞一个！仗打完了，大家都争着抢着搞对象，结婚入洞房，你要是晚了，可就只能拣剩下的了！”

走没多远，高大山果然被陈刚的话给牵住了。高大山对伍亮说：“这个陈刚，他是不是瞧不起我？”

伍亮一听笑了，说：“营长，人家这是结婚，又不是打仗！”

高大山说：“都进入和平年代了，眼下结婚就是打仗，咱们也得赶早朝前冲！我高大山打仗没输过他，娶媳妇，也不能输给他！”

高大山打马直奔师部，他想找师长谈谈结婚的事情。

师部里，团长正跟师长谈论陈刚等人申请结婚的问题，不想，突然有人大喊一声报告，便闯了进来。吕师长回头一看，是高大山，还没来得及动嘴，高大山先说话了。

高大山说：“师长，我要结婚！”

吕师长看看团长，不由笑了起来，他说：“哈哈！哈哈！喜事都挤到一堆了，连高大山也要结婚了，对象是谁呀？”高大山说：“还没有！请师团首长先批准我结婚，像陈刚那样也给我一套房子，我这就去找对象！”

吕师长忽然生气了，他说：“高大山，没喝酒吧？”

高大山说：“没喝！保证没喝。”

吕师长说：“没喝你给我滚回去。连个对象还没搞到手，我批准你结啥婚，还想要房子！”

高大山说：“报告师长，找对象耽误不了！我都想好了，速战速决，你一边批准我结婚，给我找房子，我一边去谈对象，到时候，保证请你主持婚礼，喜酒我也让你们可劲儿造！”

吕师长忽然想起了什么，对高大山说：“高大山，我问你，是不是看见陈刚布置新房，你就着急了？同志，这不是打仗，你回回都要跟人家争个高低，这是结婚过日子，不一样，懂不懂？”

高大山说：“报告师长，我看没啥不一样！战场年代攻山头，和平年代娶媳妇，都是进攻，我高大山都不能输！”

团长这时说话了，他说：“好好好，高大山同志也是三十多岁的人了，就是自己不说，组织上也在考虑你的婚姻大事。你说吧，是要组织上帮忙，还是凭自己的能耐谈一个？”

吕师长说：“他有啥能耐？”

高大山一听急了，他说：“师长，你也别拿土地爷不当神仙。你们告诉我，陈刚的对象是不是组织帮忙的？”

吕师长说：“人家是自己谈的，自由恋爱。下手比你早！”

高大山就更不服气了，他说：“比我早又咋啦？早种的庄稼不一定早收！”说着他一个敬礼。“报告师长，我也要自己谈，自由恋爱！我今天就去谈，谈好了明天你们就批准我结婚，给我找房子，后天我就办喜事，行不？”

吕师长说：“高大山，今天你要是有能耐找到一个媳妇，我就明天批准你结婚！”

高大山又是一个军礼，走出了门外，对伍亮说：“上马！”

伍亮说：“营长，咱们这是去哪？”高大山说：“去哪？谈恋爱去呀，还能去哪？”

然后打马往师部医院狂奔。

高大山要找的当然是林晚。而这时候的林晚，正在医院旁的白桦林，和王大安走在一起。看着她那蹦蹦跳跳的样子，王大安不由问道：“小林子，这两天挺高兴的？碰上啥喜事儿了？”林军医说：“你说啥呢！我又不是小杜，马上就要和陈营长结婚。我能有啥喜事？”

王大安说：“不见得吧？万一也有个赵营长李营长呢？”

林晚默默着，没有回话。

王大安忽然就认真了起来：“有没有？要是没有，我可就发起进攻了！”

林晚还是没有说话，她只是低着头，捡她的小花。

王大安心里急了，他说：“小林子，我们都是革命战士，革命战士也会有爱情生活。我现在以一个革命同志的名义正式问你，到今天为止，有没有你心中已经看上的人？”

林晚这时抬起头来，脸一下红了，刚看了王大安一眼，就又闪开了。

王大安连忙将脸转开。

“好，我不看你。你说吧！”

“有！”

“谁？能不能告诉我？”

“不能！”

林晚说着，一边唱着歌一边快步地往前跑走了。看着远去的林晚，王大安原地站着傻了，他心里想：“除了我，她还能看上谁呢？”

忽然，林晚在前边的林子里瞅见了跨马飞过的高大山，她一下就愣住了。看着她那痴痴的样子，王大安慢慢地走到了她的身边，他说：“我知道你心里看中的人是谁了！好，我祝你们幸福！”

说完，王大安走了。林晚想跟着王大安一起走，可走不到两步，她自己又停下了。

她看到高大山已经远远地看到了她。

高大山问了一声伍亮：“伍子，你看我今天咋样？”

然后把马交给了伍亮。

伍亮说：“昨天咋样，今天就咋样！”

高大山说：“你就不觉得我今天特别精神，像个冲锋陷阵的样子？”

伍亮装着打量了他一下，说：“没看出来！”

高大山丢了一声没眼力劲儿，就朝林晚走来了。

望着越走越近的高大山，林晚下意识地摸了摸自己的脸，她的脸在阵阵地发烧。

高大山啪的一个立正，向林晚行了一个军礼，说：“林晚同志，你好！”

林晚有点慌乱，还礼说：“高营长，你好！”

高大山眼睛紧紧地盯着林晚的脸："林晚同志，我是高大山，中国人民解放军四野十七师183团三营营长，1934年参加革命，共产党员，立过大功三次，小功十八次，今年三十一岁，未婚。我决定，从今天起开始和你谈恋爱，请你同意明天和我结婚！"

林晚吓了一跳，脸色都变了，她突然一声惊叫，转身跑开了。

高大山并没有就此罢休，他大叫着："哎，哎，你别跑呀！你跑啥哩……"随后追去。没多远，就站住了。伍亮跑过来，问："营长，你咋地人家啦？"高大山生气地说："我咋地她了？我是一个革命军人，一个堂堂的男子汉，我能咋地她！我就说我是高大山，决定跟她谈恋爱，请她同意明天和我结婚，她叫一声就跑了！这种知识分子……"

伍亮纳闷，问："就这些？"

高大山说："可不就这些。"

伍亮觉得不对，他说："这么说她不该跑啊！……哎，我明白了，肯定是你的嗓门大，把人家吓住了！营长，你当这还是在战场呢，扯开大嗓门吼一声，缴枪不杀，人家就乖乖地举手投降？恐怕谈恋爱这种事，这么做不行！"

"那你说咋才行？好像你比我还有经验！这种事，搁谁都是大闺女上轿——头一遭儿！"他心里说："我还就不服这个气了！战场上多少硬仗我都打下来了，我就不信我高大山要谈恋爱了，就不行！"慢慢地，他朝林里的林晚走去。

林晚那一跑，把自己给跑累了，她靠着一棵树，直喘大气。她看见高大山追了上来，却不愿再跑了，她愣愣地看着高大山，没有做声。

这一次，高大山的嗓门果然低了下去，就连脑袋也是低低的。

"林……军医，我向你检讨！我的嗓门大，刚才我的话要是吓住你了，请你原谅！我给你道歉！"真的给她深深地鞠了一躬。他说："林晚同志，谈恋爱谈恋爱，恐怕先得谈……好吧，不管咋说咱们也是老战友，大军入关时就认识了，我高大山是个直人，谈话不喜欢拐弯抹角，我今天来，就是想向你求婚！我还有一句话要对你说，自打头一回看见你，我就忘不了你了！就想娶你！我觉得你这人好，爽快，合我的脾气！对了，你们家的酒也不赖，你的酒量也大……你甭误会，娶老婆当然首先要考虑人品好不好……也就是说，打头一天起，我心里就觉得你是我高大山的老婆了！我这人没啥文化，可是我也有不少优点，我革命意志坚定，作战勇敢，对党和人民忠心耿耿，认准是对的事情一定去做，碰上多大困难也不会屈服。我……你咋啦？"

林晚的眼里，忽然就涌出了泪水来。

高大山因此不安起来，他说："林晚同志，是不是说着说着我的嗓门又大了……要不，我再给你鞠一躬？"

林晚说："我没啥，你……要是还有话，就往下说吧！"

"当然了。"高大山说，"你可能觉得，我今天头一回来求婚，就要你明天跟我结婚，性子太急了！可是不这样不行啊同志！来前我都向师长拍过胸脯子了，说我今天一定能找到对象，让他明天就批准我们结婚，给我们找房子，后天就办喜事！我高大山是个军人，对上级说话就是立了军令状，说今天找到就一定得找到，不然我就在首长面前白拍胸脯子了！再说我们二营长陈刚这几天也要结婚，连新房都布置好了，对象就是你们医院的小杜军医。我高大山跟他陈刚是老战友，也是老对手，多少年在战场上从没输给过他。现在不打仗了，要娶媳妇过太平日子了，我也不能输给他！我是军人，你也是军人，上了战场咱就不能打败仗，你说是不是？"

说着说着就抬起头，高大山目光炯炯地盯住了林晚。

林晚被他的热烈和真情所感染，脸上渐渐现出了笑容。

高大山说："林医生，我的话还没完。我打算今天和你谈恋爱，明天找房子，后天结婚，还有一个原因。这件事除了我的警卫员伍亮，谁都不知道。因为今天要跟你谈恋爱，后天我们就要结婚，必须讲给你听听……"

林晚脸上的神情不知不觉变得专注起来。

高大山说："林晚同志，整个十七师，上到师长政委，下到战士，都知道我高大山十五年前参加抗联时就没了家，没了一个亲人！其实不是！我还有个妹子叫小英，三岁那年掉进冰窠子里，我到屯子里喊人……回来就再没有找到她……"

说着，他猛然打住，眼睛湿润了。

林晚同情地望着他，不知如何是好。

高大山说："当时我觉得她一定死了……我回屯里喊人时叫狼拉走了……可我也一直怀疑她没死，她会不会让好心人救走了！大军入关后，我在战场上救了一个女的，她就叫英子，她说她身边的亲人都死光了，也只剩下了她一个了！不知道为啥，我又老觉得她就是我妹子！我越是不这么想就越要这么想，这回我再不能把她丢了，再丢了她，我就再也找不回来她了！"

有泪水从他的脸上悄悄地落了下来。

林晚不觉问道："高……营长，她眼下在哪？"

高大山说："关内。当时部队正在南下，我不能带她走，认了她以后把她寄放在当地老乡家里，那会儿我不知道自己能不能活到胜利，给她一个家，现在胜利了，全国解放了，我只要结了婚，有了一个家，就能去把她找回来了！”

“那你为啥还不去？”林晚倒替他急了起来。

高大山说：“林晚同志，只有你同意和我结婚了，我高大山才会有一个家，我也才能去接她回来，也给她一个家！”

林晚的脸一下红开了，她没吭声。

高大山不觉有点急了，他说：“我说林晚同志，我把啥都说了，是死是活，是杀是剐，同意还是不同意，你得给我一个痛快话儿！”

林晚看了高大山一眼，说话了：“高营长，你是全国闻名的战斗英雄，人人都知道你，可……可这是谈恋爱呀，今天就让我答应你，我……我办不到……”

“好，谈恋爱也行，你们知识分子就是事多。要不这样吧，你先跟我去见师长，就说咱们的事就算定下来了，先让他批准我们结婚，给我们找房子，我们再慢慢谈，你要谈多久，咱就谈多久，两不耽误，你看如何？”

林晚点点头。

两人一齐来到了师长面前。吕师长一听，笑了，说：“有你这么谈的吗，结婚不批，房子有的是，你愿意挂灯笼你就挂去，啥时候小林子亲口说要和你结婚了，我再给你出介绍信。”

高大山一想也行，就找李满屯打开了陈刚隔壁一套房间，进去了。

陈刚觉得莫名其妙，抓住李满屯，问：“满屯，不，李助理，老高这是干啥呢？”

李满屯笑笑说：“你干啥他就干啥呗！”

陈刚还是不明白，他说：“满屯你说啥呢，我干啥他干啥？总不是我结婚，他也结婚！”

李满屯说：“人家可不是要结婚？先谈后结。”

陈刚不由生起气来，他说：“不像话！这高大山怎么又是战场上那一套，悄没声地就抄了人家的后路！”他突然大喊了一声：“小刘！”把自己的警卫员叫了过来。

“咱们俩现在开始，兵分两路，一分钟也不能放松，我这就去师部找团长，要他马上跟师里打电话，批准我结婚；你去师医院告诉杜军医，就说结婚的日子提前了，明天就结，叫她做好准备！”

小刘说：“营长，这是啥意思呀？”

陈刚说：“啥意思？高大山！不能让他赶到我前头！”

小刘说：“是！”

两人分头出门去了。

高大山的新房装好那天，二营和三营的战士，一边用留声机给陈刚放着《婚礼进行曲》，一边使劲地敲锣打鼓，用唢呐拼命地吹着《百鸟朝凤》，一声盖过一声，那热闹的气氛，被正好找来的桔梗和秋英远远就听到了。

“这是谁在结婚哪？”桔梗问道。

给她们带路的战士说：“不是，是二营营长陈刚和三营营长高大山在进新房。”

桔梗一听怪了，她说：“我来时没给陈刚打信呀，他咋知道我要来，还提前就准备了新房呢？”

带路的战士不觉奇怪起来，他说：“咋？你们来陈营长高营长不知道？”

这一说，秋英的脸色变了，她说：“大姐，错了！”

桔梗说：“啥错了？”

秋英说：“咱们来晚了，陈大哥和高大山要跟别人结婚！”

话刚说完，秋英身子一软，就倒在了地上。吓得桔梗和战士忙把她扶起。

桔梗大声地喊叫着：“秋英妹子，你醒醒！你醒醒呀！……”战士也跟着不停地喊：“嫂子！大姐！你醒醒！”他知道是自己的话把秋英给吓住了，连忙告诉她们，说：“高营长和陈营长还没结婚呢！这是他们两个营的人正在给他们闹新房呢！”

秋英的眼睛突然就睁大了起来，她说：“大兄弟，你说，他们真的还没跟别人结婚吗？”

战士说：“没有！要是结了我们就该知道了！”

秋英的身子一下坚强起来，她拉了一下桔梗，说：“大姐，咱们找他们去！”

桔梗也早就生气了，嘴里说：“这个栓柱，挨千刀的货，我找到他，先问问他，他还有良心没有！他跟别的女人结婚，我咋办？我跟他没完！走，咱们哪也不去，就去把他们给别的女人准备的新房占住！呸，想瞒着我娶别的女人，休想，除非打我桔梗的尸身上踏过去！”

两个女人抛开带路的卫兵，气势汹汹地往新房走去。

陈刚当时不在新房，他正在团长那里说跟杜军医结婚的事。

团长告诉陈刚：“你和小杜结婚的事师里已经批准了，明天就去办结婚登记，让政治部给你开介绍信。”

话刚落地，陈刚的警卫员跑了进来，说：“营长，不好！出大事了！”

陈刚说：“啥大事儿？”

小刘说："你媳妇来了！"

陈刚说："胡说！"

小刘说："真的！开头我还以为是你娘来了呢，看上去岁数挺大的！可后来她自己说，她叫桔梗，是你自小的童养媳，到部队圆房来了！"

不等团长说话，陈刚一把就拉住警卫员，飞出了门外。

"就她一个？我爹没来吧？"

"你爹是没来，可跟她一块来的还有一个，也是到部队找男人结婚的！"

"一个我都受不住了，还有一个！这会儿她们在哪？"

"在新房里，她还口口声声说，只要进了那个屋子就不打算出去了，说你要是敢跟别的女人结婚，她就寻死，她连上吊的绳子都找好了！"

团长早已悄悄地站在了他们的身后，他一脸怒色地告诉陈刚："我都听见了！看你把事情闹的？叫你回老家处理好了再回来和小杜结婚，你说你处理好了！这是处理好了吗？我收回刚才的话，这事没办好前，师里和团里不能批准你和小杜结婚！"团长突然盯住了小刘："你说另外还有一个，他是谁？"

小刘说："是高大山的。"

团长的脸色不由沉了下去。

然而，高大山听说秋英到来的时候，却高兴得很，他马上就把消息告诉了林晚。

他说："林晚，我妹子小英来了！"

林晚说："我听说了！"

两人于是看秋英来了。

秋英默默地坐在屋里，动也不动，她好像在默默地听着桔梗从隔壁传来的哭闹声。高大山和林晚走进来的时候，她慢慢地回过头来。高大山就像看到了亲妹妹一样，两眼慢慢地就潮湿了。但秋英的眼光很快就落在了林晚的身上。高大山刚刚问了她一声："小英，你来了！"她好像回了他一句什么，声音虚虚的，脑袋一歪，就昏倒在了地上。

高大山抢上前一步抱住了她，嘴里不停地喊着："小英！小英！你醒醒！我是你哥！"

秋英紧紧地咬着牙关，没有睁开眼睛。

林晚愣了半天，才记起上来帮忙，帮高大山把秋英抬到床上，掐住秋英的人中，把秋英从昏迷中掐醒了过来。秋英看看高大山，又看看林晚，随即放声大哭起来。高大山受不了她的哭声，背过脸去，痛苦地对秋英说道："小英！小英！别哭！听哥的话，别再哭了！”

只有林晚，愣愣地瞧着他们，不知如何是好。

秋英双手捂脸，间或从指缝间看一眼高大山和林晚，继续大声地哭泣着。急得高大山直转圈子，嘴里不停地叫唤着：“小英，别哭了！你这是哭啥？不准哭！”

正说着，秋英突然一倒，又一次昏了过去。

高大山说：“快，林晚，快来，救救她！”林晚却好像从秋英的身上发现了什么，但她一时不好开口，只好掏出听诊器，要帮秋英检查，就在这时，林晚看到秋英的眼睛在悄悄地睁开，狠狠地盯了她一眼。

林晚因此收起了听诊器，对高大山说道：“她没病，她挺好的！……三营长，她没事，我走了！”说完，就毅然地走了出去。

高大山知道情况不对，转身就跟了出来，他刚一转身，后边的秋英就又放声大哭。

一直追到了外边的小树林里，高大山才追上了林晚。

高大山说：“林晚同志，你怎么能这样？”

林晚说：“高大山，你能不能告诉我，她到底是你什么人？”

高大山说：“我不是告诉过你了，她是我在战场上找到的妹妹小英！”

林晚说：“可我听说，她自己对人不是这么说的！她说她不是你妹妹，她是你没过门的媳妇！你当初不但答应了要娶她，还给她留下了信物！”

高大山觉得一句话说不清楚，他着急地告诉林晚：“你听我多解释几句行不行？我当时是答应要娶她，可那是我的缓兵之计……”林晚一听脸色大变。她说：“你自己承认说过要娶她了？”高大山说：“不错！可是……”林晚不等他可是什么，就激愤地往前走了。

高大山说：“林晚，你能不能听我把话说完！”

林晚不听，她快步地跑着，只想以最快的速度，逃离眼前的高大山。

骑马过来的伍亮看着愣愣的高大山，说：“营长，咋地啦？新娘子跑了？”

高大山说：“伍子，你来了就好了！赶紧去撵上林晚，我说小英是我妹子她不信，你去对她说，这事只有你能替我说清了！”伍亮说：“行！这事交给我！”就打马向前面追去。

不一会，伍亮回来告诉他：“行了！没事了。”

高大山说：“你跟她咋说的就行了？”

伍亮说：“我对她讲了你当初是咋救了小英，又怎么安置她，她又怎么叫你娶她，你为了将她留在当地就暂时答应了，你给她留下的不是定情的信物，是你亲妹子小英戴过的长命锁，你只是认她做妹子！”

高大山说：“本来就是这样嘛，后来呢？”

伍亮不说了，伍亮示意他自己往后看看就自己知道了。

高大山往后一看，果然看到林晚已经出现在了林子的边缘。

悄悄地，伍亮就离去了，只留了高大山和林晚。小树林里静悄悄的。两人慢慢地就又走到了一起。可林晚告诉高大山：“就算我相信你，事情还是没有解决。它刚刚开始！”高大山好像没有听懂，他说：“啥刚刚开始？你们知识分子说话我咋时常听不明白哩？”林晚说：“对你，对我，对小英，事情都刚刚开始！”高大山说：“你这话到底是啥意思！”林晚说：“你把她当成亲妹子，我也愿意把她当成你的亲妹子，可她自己并不认为她是你的妹子，她自己只认她是你没过门的媳妇！她千里迢迢从关里找到东北，不是来认你这个哥，是来跟你结婚！”

高大山这一下沉默了。

林晚也默默地凝视着高大山，良久，突然转过了身去。

高大山突然一惊，说：“林晚，你怎么啦？”

林晚擦了擦眼泪，望着远处，说：“我真担心……”

高大山说：“你担心啥？你啥也不用担心！”

林晚说：“我担心她，也担心你，更担心我自己……我怕到了最后，你不能不在我们两人中间选一个！我担心自己可能不是你要选的那个！”

高大山一下就感动了，他说：“林晚，你能这么说话我真高兴！可是你也听我说一句话！我对你说过，伍子也对你讲过，小英她只是我妹子，她就只是我妹子，我要结婚，只可能是跟你！”

林晚说：“老高，我们都是革命军人，还是战友，咱们就把话说到明处吧！趁现在一切都还来得及，你就做决定吧，我等着！不要只考虑我，也要考虑她，秋英像我一样，也是一个女人！”

说完，林晚转身跑了，头也不回。

高大山回到新房里时，看见秋英正趴在炕上抽泣，战士送上来的饭菜，一直摆在桌面上，她动也不动，早都凉了。看见高大山进来时，才转过了身来，说了一声：“哥，你来了。”

看着刚刚装修好的新房，高大山还是很满意的，他告诉秋英：“小英，你看这新房漂不漂亮，以后这是哥的家，也是你的家。我现在和林军医谈恋爱呢，很快我们就结婚了，到时咱们一家三口过日子，多好。”

谁知他这么一说，秋英的眼泪，又慢慢地流下来了。

高大山知道秋英的泪水是什么意思，他说："小英，有些事你可能已经知道了，很多话别人都告诉你了，当初我在关内答应娶你，这话不是真的！十五年前我丢了妹子，自打见了你，就把你当成亲妹子了！我把长命锁送给你，只是想让你留在那个村子里等我，我寻思，我这边一有了家，就去接你。小英，你千里迢迢来找哥，哥高兴，你就是不找，哥跟林军医结婚后也要去找你。你没有家，你哥也一直没家，你哥想着一定要快成个家，好把你接来，让咱们老高家的也有了家！……小英，你来了好！来了好啊！来了哥就不用去关内接你了！你来了，我也就不用时常夜里梦见你，惦记你了！你来了，咱老高家里活下来的这两个人，就团圆了！"

说着说着，高大山的眼泪也哗哗地涌了出来。

他说："我想让你跟我们一起好好过日子！全国解放了，天下穷人都翻了身，咱们老高家的两个人，也该过上好日子了！妹子，打今儿起，你再也不会无家可归，哥再也不会让你到处流浪、受人欺负了！"

秋英却一下震惊了，她愣愣地望着他，没有吭声。

"可是你要是像隔壁那个女人一样，哭着闹着非要嫁给我，我也告诉你一句实话，那办不到！不是我不心疼你，哥心疼你！可是哥只能把你当成我失散了十五年又找回来的妹子来疼！哪有哥娶妹妹的，这不行！"

秋英绝望地闭上了眼睛，呜呜地哭了起来，直哭得高大山有些浑身打战，他说："小英，你不哭行不行？"他说："日本鬼子，逼得咱家破人亡，哪怕你不是我亲妹子，也是个受苦的丫头，你没有亲人，我也没有，你既然来了，就认下我这个哥，相信我就是你的亲哥！妹子，连中国革命都成功了，你还哭啥？仗打完了，咱穷人就要过好日子了，哥不想再看到你哭！哥一见到谁哭这心就疼！妹子，咱的眼泪流到头了！哥这会儿就是听不得人哭！"

他说着把脚一跺，往外走了。出门之前，他突然又回过身来，指着桌上的饭菜对秋英吩咐道：

"你把桌上的饭吃了！好好睡！哥明天再来看你！"

第四章　结婚

吕师长知道后，当即就发起了脾气来，他告诉张团长："不是我要批评你们，你们做得就是不细！为啥不派个人到他家里调查清楚？这不就出事儿了？哼，胜利了，当英雄了，就变了，看不上乡下老婆了！……一进城就换老婆，这样的事在别的部队行，在我吕敬堂的十七师就不行！陈刚呢，来了没有？”

“来了！”门外的陈刚自己应道。

“进来！”

吕师长看了一眼陈刚，就生气了。

“看你那样儿，好像还有了理似的！说吧，打算咋办！”

陈刚说：“师长，我新房都布置好了！给我啥处分我都认了！不让我跟小杜结婚，不行！”

吕师长一听愤怒了。他说：“怎么着？你是茅坑的石头，臭硬啊你！我问的不是小杜，我问的是你那乡下找来的老婆！”陈刚说：“那是小时候父母包办的，不算数，现在都新社会了，我要婚姻自主。我非小杜不娶！”说着干脆蹲了下去。吕师长一看大怒，说：“陈刚，给我站起来，立正！”

陈刚只好一个立正，头却昂得高高的，望也不望师长。

吕师长说：“好哇，你英雄啊，好汉哪，打了几个胜仗，缴了几条破枪，到北京参加了英模会，就不知道自己是姓啥啦！你……”

陈刚顶嘴说：“我知道自己姓啥！”

吕师长说：“我看你不知道！你要是知道你自己姓陈，是一名共产党员，为人民打天下的革命战士，今天站在我面前，就不是这种态度！你知道不知道，就因为你向组织隐瞒家里还有媳妇这个情况，我就能处分你！”陈刚感到委屈，他大声地抗议着，说：“她不是我媳妇！她是我爹为我娶的童养媳，我就是反对我爹要我和她圆房，才跑出来参加革命！”吕师长对团长说：“你听听！陈刚，童养媳就不是媳妇？童养媳也是咱的阶级姐妹！她不但受阶级压迫，还受你们家的压迫！那是双重压迫！我看你忘本了！阶级感情有问题！你危险了同志！”

陈刚倔强地扭着脖子，不再说话。

吕师长却越说越烦躁起来了，他说：“你咋又不说话了？装哑巴你就能过关了？休想！想改正错误还来得及，小杜那边，组织上已经代你去做解释工作了。人家表示理解！现在组织上要的是你的态度！”

陈刚一惊，突然蹲身放声大哭了起来。

团长这时也走过来，说：“陈刚同志，有问题解决问题，哭啥？心里有话就讲出来！”

陈刚呼地就站起来，冲着吕师长喊道：“师长，你处分我吧！关禁闭也行，撤职也可以，啥我都想好了，不让我和小杜结婚，也行！但要我跟那个女人结婚，你杀我的头算了！”

“你以为我不敢怎么着？来人，把他关起来！”

两个持枪的警卫应声而入。

“把他带走，关禁闭室！没我的命令，不准放！”

“关就关，你就是杀了我的头，我也不娶她！”

陈刚喊叫着，跟着两个持枪的警卫，往外走去。

高大山一直在门外蹲着，看见了陈刚出来，连忙站起。陈刚却只瞥了他一眼，哼了一声，就扭头走了。

团长在屋里也为陈刚的脾气担心，他对师长说：“师长，陈刚是条宁折不弯的汉子，你就是把他关上几天，到时候他还是不听你的，又咋办？”

吕师长说：“咋办？接着关！新社会了，谁要想再当陈世美，让咱们老区的阶级姐妹哭哭啼啼当秦香莲，我先要让他自个儿不痛快！同志，我们是胜利了，可我们要这样干，刚刚拿生命支援我们打下江山的老百姓是要骂娘的！我们这么做是丧良心……哎，对了，小杜那边的工作做得咋样了？”

“哭了一场。可是还是愿意服从组织决定。”

“哼，这就好！他非人家不娶，现在人家不愿嫁给他了，看他咋办！”

团长却笑了，他说：“师长，你觉得咱们这么处理对不对？这是不是有一点干涉他人婚姻自由的嫌疑呀？”

吕师长说：“我就干涉了！啥恋爱自由，我看他们是乱爱自由！进了城就忘了家乡的老婆，国民党可以，共产党不行！对了，还有一个呢！高大山来了没有？”

高大山随着一声“来了”，大步地迈进了屋里。

吕师长说：“高大山，你恐怕也看见了，陈刚已叫我给关起来了！说吧，你打算咋办？是不是也想蹲禁闭室？那里头地方很大，还能歇着，天天有人送饭！”

高大山突然雷鸣一般，朝师长吼道：“师长，我对你有意见！”

吕师长诧异地说：“对我有意见？说呀！”

高大山说：“我和陈刚不一样，你把我当成他，这不对！”

吕师长说：“你跟他的情况哪不一样？说给我听听！”

高大山说：“今天到部队来找陈刚的确实是他老家的童养媳，可是跟她一起来找我的，是我在战场上拣到的妹子！”

吕师长说：“妹子？不对吧，我咋听说是你在战场上认下的老婆呢？她是来找你完婚的呀，咋又成了妹子了？”

高大山说：“师长，我说是我妹子就是我妹子！”

然后，又把救秋英的经过对师长和团长说了一遍。说得师长都感动了起来，他沉吟了半晌，说："真是这样，那我就饶了你！可有一条，你后天要和小林子结婚，不行！结婚前得先把小英的工作做好，叫她认你这个哥哥！"

高大山的心里，一下就乐开了。

深夜，桔梗睡不着，便悄悄地溜出了门来，敲开了秋英的房门。

秋英也睡不着，正趴在桌边望着灯火，一边望一边在默默地流泪。

桔梗说："妹子，还没睡？"

秋英这才站了起来，说："大姐，是你？"

桔梗看了看桌上一动没动的饭，说："咋，你一天都没吃饭？"

秋英说："不想吃。"桔梗说："傻！吃！吃了饭才有力气跟他们闹！我就要看看，这都新社会了，妇女也都解放了，他陈刚还能眼睁睁地看着我桔梗上吊！"

秋英默默地没有做声。

桔梗说："妹子，别害怕，我有个喜信儿要给你说！"

秋英说："啥喜信儿？"桔梗说："听说了吧？咱那两个黑心贼叫他们领导给关起来了！……哼，想甩掉咱再找洋学生？没门儿！"

秋英脸色大变，说："大姐，你说我哥也跟你们陈刚大哥一起叫人关起来了？"

桔梗忌妒地说："人家都不要你了，还我哥我哥的！……是呀，不只是关起来了，他们领导还发了话，要是他们不回心转意，还要撤他们的职，法办他们呢！"

秋英说："真的？你听谁说的？"

桔梗说："我听外头站岗的说的！啊，我真高兴！真解气！"

秋英却脸色苍白，慢慢坐了下去。桔梗说："妹子，咋啦？心疼那个不愿意娶你的人了？"

秋英不动。

桔梗将秋英推了推，说："到底是咋啦嘛？"

秋英的脸上忽然流下泪来。

桔梗说："哎哟妹子，咋哭起来了，咱该高兴！俺那个陈刚，你那个高大山，这会儿只有两条路可走，一条就是乖乖地听话，就在这两间新房里娶了咱；还有一条就是让他们领导狠狠地治他们，撤他们的职，让他们蹲大狱！"

秋英却说："大姐，我这会儿明白了，他没骗我，当初他答应娶我，是想把我留在那儿，打完了仗再去接我。他十五年前丢的是妹子，一直想找回来的也是妹子，他在心里，一直把我看成是妹子！可我不是他妹子！我不是！我心里明白！他老家在东北，在靠山屯；我老家在关里，相差几千里地呢！他姓高，我姓秋！

他也不是我哥！我哥叫留柱，已经不在了，我亲眼看见他让蒋介石的兵用枪打死了！……他就是想妹子想疯了，错把我当成他亲妹子了！为了我这个妹子，他啥都愿做！”

“那你就让他娶了你，反正你不是他亲妹子！”

“不。他不会。他的心已经给了林军医了，人家比我漂亮，又有文化，他该娶的是她！”

“你这个人，千里万里跑来找他，想让他娶了你，这会儿又胳膊肘朝外拐，向着人家！要不……做不了夫妻，你就给他当妹子，这也比你再回到关里嫁给那个瘸腿的啥狗头强多了！”

“不。大姐，我要是糊里糊涂认了，就是骗他，就对不住他，也对不住他死去的妹子！因为我不是！”

桔梗不由吃惊起来：“你妹子也不想认，又不想逼他娶了你，你想咋？都这会儿，你总不会打退堂鼓吧！”

秋英点点头，说：“大姐，你难道还没看出来，他心里喜欢那个林医生，他在这套房里张灯结彩要娶的也是那个林医生，不是我！我也不是他妹子，高大山是谁？高大山是我的救命恩人，不是他我早在河里淹死了，早让炮弹炸碎了！我就是不能嫁给他，也不能恩将仇报，再留在这儿害他呀！明儿，我就走！”

“可你是逃出来的，你能往哪走？”

高大山怕的是失去英子，失去英子对他来说，就是再一次失去妹妹。这就是高大山的妹妹情结，这种情结，伴随了他一生……

天一亮，秋英就找高大山来了。伍亮正在院里刷牙，看见秋英进来吃了一惊，问道：“你咋来了？”秋英说：“我哥住哪儿？”伍亮一听她的称呼当时就愣了，朝身后指了指，说：“就这儿！”秋英一出溜，就钻进了屋里，然后麻利地扯下床上的床单被褥，还有衣服鞋袜，塞进了一个大木盆里。伍亮上来把她拦住了。

秋英却不理他，她问他：“水井在哪？”

伍亮说：“你想干啥？”

秋英说：“我问你水井在哪？”

伍亮说：“营长不在，我不能让你把他的东西带出这间屋！”

秋英说：“我不是他妹子吗？我是他妹子，临走前是不是该帮他洗洗衣服啥的？”

伍亮说：“你要走？”

秋英说："要走！"

伍亮说："那你还找来干啥？"

秋英说："跟你说有啥用？快告诉我，水井在哪儿？"

伍亮只好让开路："是自来水，在前面！"

看着走去的秋英，伍亮觉得纳闷，心想这是咋地了，哪跟哪呀，不明白！真是不明白。

秋英在水房里正一边洗着，一边哼着：小白菜，叶儿黄，三四岁，没了娘……高大山突然闯了进来，一脚踢飞了她身边的脸盆。

"这是干啥？地主老财使丫头吗？都给我拿走！"高大山对身边的伍亮喊道。

秋英马上过去将脸盆和脏衣服捡回来，护住不让伍亮拿走。

她说："高大山，你吆喝啥？我高兴洗，你管不着！"

高大山一下就不气了，他说："英子，帮哥洗衣服呢？"

秋英不看他，爽快地说："唉！"

高大山说："心疼哥了？"

秋英说："对，心疼哥了！"

高大山说："事情都想通了？"

秋英说："想通了！"

高大山说："愿意认我这个哥了？"

秋英却大声吼了起来，她说："不！"

高大山一转身，走出了水房。伍亮紧紧地追在后边，说："营长，你说咋办吧？"高大山说："啥咋办？"伍亮说："只要你一句话，我就叫人再把她弄回你的新房里去！她不听话，咱也关她禁闭！"

高大山却把手挥过了头顶，说："去去去！"说着背手走远了。

秋英洗完了那一大堆东西，就收起包袱准备走人了。她从怀里取出那把高大山当时送她的长命锁，最后看一眼，包好，然后珍重地放在桌上。一出门，就被门外的哨兵拦住了。

"秋英……大姐，你上哪去？"

秋英头也不回，只管直直地往前走，像是恨不得马上逃离这个地方。

哨兵只好捡起桌上的长命锁去找伍亮，伍亮一看长命锁，就跑到训练场找高大山去了。

高大山正给几名连队干部安排训练课目，一看到伍亮手里的长命锁，就急了起来。

“她往哪走了？”

“听营门哨兵说，奔火车站了！”

“那还愣着干啥？快追！”

秋英没走到火车站，高大山跑马过来把她拦住了。高大山说：“英子，你大老远地来了，又一声也不吭就走，这是干啥？为啥不跟我说一声就走？”秋英哼了一声，却不理他。高大山抓住秋英的手，不让她走，说：“走，跟哥回去！你也太任性了！”秋英却拼命地挣扎着。

“不！放开我！”

“你是咋回事儿！我让你跟我回去！”

“我不！我干吗跟你回去？我是你的啥人？你又是我的啥人？”

“你是我妹子！我是你哥！”

“我不是！你认错人了！”

“你怎么知道你不是？我说你是，你就是！”

秋英忽然平静了下来，说：“高大哥，你放开我行不行？我就是要走！”

高大山说：“为啥？你就不能不走？”

秋英说：“不能。你知道为啥？”

高大山说：“我不知道！”

秋英说：“你知道。我不是你妹子。我要是，就不会走了！”

高大山的心情忽然就沉重起来，他说：“英子，你听我说！哥就你这一个妹子，你也就我一个哥！你就不能……把自己当成我妹子？我打仗打到关里，好不容易才把你找回来，你咋就不懂哥的心？”

秋英流泪了，她回头看着高大山，不知如何表达内心的激情，她说：“哥，我想过……可我知道自己办不到。我办不到你懂吗？我要是留下，就会像过去那样一天天想着你，要嫁给你，那样我自个儿就完了，你和林军医的日子也完了，我是不会让你们过好的！”

高大山沉默了半晌，只好硬着心肠，问道：

“那你……打算去哪？”

秋英说：“不知道。”

高大山说：“还回关里？”

秋英摇摇头说：“不。我背着翠花婶一家人跑出来，也不想再回到那里去！”

高大山大声地吼了起来：“那你去哪？天底下哪里还有你一个家？你还想一个人四处流浪？”

秋英的眼里还在悄悄地流着泪，她慢慢往后退，一边离开一边大声地对高大山说："哥，你回去吧！回去结婚吧！你有你的命，我有我的命！从今往后，你过你的好日子，我走我的路，咱们本不是一家人，你和林军医好好过日子吧！我走了！"

高大山雕像一样站着，他不愿看她。

秋英转身就狂奔起来。

高大山猛然回头大声地喊了过去："你，站住！"

秋英几乎吓了一跳，站住了，但她没有回头。

高大山声音颤抖着，说："英子，往后咱还能见面吗？"

秋英说："哥，恐怕难了！"

高大山说："你会不会请人给我写信，让我知道你去了哪？"

秋英说："不会！我也不想！"

高大山说："为啥？"

秋英说："我要是给你写信，就还会想着你答应过我的话！想着你会娶我，那我心里就会难受！就会活不下去！哥，我走了以后，只能想法子让自个儿把你忘得干干净净！我会把你忘个干干净净的！"

高大山说："你是不是说，今生今世，我再也见不着你了？"

秋英说："对！"

高大山的身子在激烈地颤抖着，看着秋英又往前走去的身影，高大山忽然觉得一阵眩晕，他显然受不了了，他大叫了一声，又把秋英给喊住了，他朝秋英走过去，默默地盯着她，就像盯着一个陌生人。

高大山说："英子，你真不是我妹子？"

秋英点着头。

高大山说："你真是另外一个人？"

秋英还是点着头。

高大山说："你这一走，我们真的见不上面了？"

秋英仍然给他点头。

"那我要是答应娶了你呢？……"高大山突然问道。

秋英一下就傻了，她看着眼前的高大山，一时不知如何开口。

"回答我！要是我答应娶你，你就能留下来不走，一辈子也不离开我吗？"

秋英的眼里开始掉下了泪来。

高大山一把拉起她的手："走，跟我回去！"

秋英忽然害怕起来，她说：“大哥，你要干啥？”

高大山说：“我——要——娶——你！”

高大山和林晚再次见面的时候，他低头告诉她：“林晚同志，我不能和你谈恋爱了！”林晚说：“当初要谈的是你，今天不谈的也是你。”高大山说：“我决定了，要跟秋英结婚！”林晚说：“她又不是你在战场上找回来的妹子了？”高大山说：“她不是！其实我也早知道她不是，我是在欺骗我自己！”

林晚的矜持一下全部崩溃了，泪水一下流了一脸，转身就跑走了。

高大山原地站着，突然大声地说：“林晚同志！我原来想，你能听懂我的话！可这会儿看，我错了！”

林晚猛地站住，她说：“高大山，你的妹子是个女人，我就不是一个女人吗？你还有啥话，快说吧！”

她在前边并没有回头。

高大山说：“林晚同志，我高大山堂堂一个男人，革命战士，说出话来从没反悔过！”“可你这回反悔了！”

“这回不一样！”

“有啥不一样？”

高大山说：“你没有尝过无家可归四处流浪的滋味，你不知道一个女孩子，要是身边连个哥也没有，就会掉进冰窠子里冻死，要么就会叫狼吃掉！……”

林晚的心一下软了，她慢慢地回过了头来。高大山说：“可是我尝过，我妹子英子也尝过，秋英她也尝过！这样的滋味，我不想再让天下哪一个女孩子再尝第二遍！秋英不是我妹子，可她和我死去的妹子一样，也是个命苦赛过黄连的丫头！我不想让她就这样走，不想再让她去受苦！……你知道吗？”

林晚说：“老高，你啥也别说了，我懂你的心了！……好了，我祝你们幸福！”

高大山默默地望着她，说：“林晚同志，你也会幸福的。”

林晚说：“高大山同志，我们还是好战友，好同志！”

然后，她对他说了一声再见，就往前头也不回地跑走了。

过了好久，高大山才突然想起什么，他掏出身上的长命锁，递给伍亮。

“伍子，快上马，帮我把这个给她！”

“又是长命锁？人家会要？”

高大山说：“我高大山一生一世没有辜负过人，可我负了林晚！你把这个交给她，她就明白了！”

伍亮不再多嘴，拿了长命锁就追林晚去了。

林晚拿到长命锁的时候，感到惊异，她说：“这是……”伍亮说：“这是长命锁！我们营长妹子英子死后留下的！从参加抗联的第一天，直到全国解放，营长都一直随身带着它！”

林晚说：“我知道，就是大军入关后，他给了秋英当作他要娶她的信物。”

伍亮说：“事情我都对你解释过了！那时营长只是想留住她，以后好去找她，没有别的意思……”

林晚说：“你别说了！”她拿过长命锁，反复地把玩着，最后还是塞回了伍亮的手里。她说：“我不要！回去告诉你们营长，秋英不是他妹子，我也不是，我只是……也永远只会是他的战友和同志，我不想要他这件东西！”说完转身继续往前走去，伍亮怎么喊，她也不回头。

伍亮只好回头告诉高大山。不想高大山竟没有骂他，而是拍了拍自己的脑袋，说：“这几天没喝酒，是我脑瓜又不清楚了！林晚同志，好同志啊！我敬重她！”

结婚前，高大山答应了秋英一件事，到禁闭室去说服陈刚，秋英希望陈刚也娶了桔梗，她告诉高大山，如果不是桔梗，她也许找不到部队，她秋英也可能找不着他高大山。高大山提了一坛酒，就找陈刚来了。看见高大山进来，陈刚很不在乎地哼了一声。高大山说：“你哼啥哼？”陈刚说：“我愿意！你来干啥？”高大山说：“老战友蹲禁闭室，能不来看看？”

说着，高大山把酒和一包花生米放在了陈刚面前的桌上。

陈刚说：“我烦，不想喝酒！”

高大山不管，只管斟酒，说：“你真不喝？”

陈刚说：“不喝！”

高大山说：“陈刚，你以为我是师长派来的说客呀？我不是。我是你的老战友，来给你送行的！”

什么送行？陈刚暗暗吓了一跳，他说：“送行？你给我送啥行？”

高大山说：“当初我孤身一人去七道岭跟姚得镖谈判，你带来好酒为我送行。过几天你就要离开部队，我当然不能不来给你送行！来吧，坐下喝酒！”

高大山说着举起了酒碗。

陈刚一脸的惊慌，他说：“你胡说些啥？谁过几天要离开部队？你把酒碗放下，说明白了再喝！”

高大山却自己一饮而尽，然后指着对面的酒碗，说：“喝吧，咱们两个，在战场上出生入死十几年，现在是喝一回少一回了！”

陈刚真的慌张起来了，他突然站了起来，在屋地上乱转，说：“不行，我不信！就因为我不答应和桔梗结婚，师长就让我离开部队？我陈刚十几岁入伍，在部队里长大，这里就是我的家！除了这里，我哪也不去！”

高大山说：“喝酒喝酒！别说它！”

陈刚一把夺过他的酒碗，咣一声砸在桌上，两手揪住高大山。

“老高，你不能喝了！你得把话给我说清楚了，说不清楚我饶不了你！”

高大山继续喝自己的，不管他。

“老陈，我还得告诉你一件事，小杜已经决定离开你，调到军区总医院了。”

“高大山，你说啥？”陈刚简直吓坏了。

“我说小杜知道了你跟桔梗的事，认为你欺骗了她的感情，一怒之下离开了你，调走了！”

“真的？”

“可不是真的？我啥时候骗过你？今天走的！”

陈刚的身子颓然坐了下来，目光空空的。高大山说：“据我所知，也就是这几天，师里就会来人正式宣布让你离开部队的决定……”陈刚猛地打断了高大山的话，他说：“不！我犯了啥错了，他们不要我了？我不走！让他们枪毙我好了，我就是不走！”高大山说：“要想不走就娶了桔梗！陈刚，在这件事上我可不服你的理了！”陈刚说：“不，打死我也不娶她！不让我娶小杜我也不娶她！”陈刚愤怒得像一头黄牛，在屋里来来往往乱转着，他说：“不行，我去找师长，找政委！我要对他们说，咋处分我都行，我就是不离开部队！”

陈刚说着眼泪都掉了下来。

高大山说：“先喝酒！哭啥哭？男子汉大丈夫，顶着天立着地，刀架到脖子上，该喝酒也得喝酒！”陈刚抹了一把泪，抓起了酒碗，说：“喝就喝，我还怕你？”

几碗过后，两人便酩酊大醉了，只是没有一人倒在脚下。

高大山突然一拍桌子，说：“陈刚同志，你变了！”

陈刚说：“我变啥了？”

高大山说：“你的阶级感情变了！你忘了咱们革命是为啥了！”

陈刚说：“你给我说清楚，我的阶级感情哪变了？我没变！”

高大山说：“我问你，我们枪林弹雨出生入死十几年，多少战友……刘二侉子，张大个子，还有苏连长，多好的人，东北大学的高材生啊……都牺牲了，尸首在哪都找不见，咱们为了啥？”

陈刚说：“你别给我上课！为了啥？我懂！为了天下穷人翻身，大伙都过上好日子！”

高大山说：“你说一套做一套，言行不一！”

陈刚说：“我言行不一？我言行一致！”

高大山说：“你不娶桔梗，就是不让她这个受苦的阶级姐妹翻身！人家在你家里苦守十几年，侍候你的父母，等着革命胜利和你圆房，过好日子，你倒好，革命胜利了，看上好的了，不要人家了！她咋办？不要她，她就连个家都没有了，她咋活下去？你不是不让她翻身又是啥？”

陈刚一时语塞，只有闷闷地喝酒。

高大山说：“你说话呀？为了这个，你连部队也不想待了，这么多的老战友，你都不想要了！革命几十年，枪林弹雨，你就为了一个杜医生！陈刚，我向来敬重你是好样的，可这一回，我瞧不起你！”陈刚不肯轻易认输，他说：“高大山，别光说我！你不是也不想娶千里迢迢来找你的秋英，另外看上林晚吗？你有啥资格说我！”高大山说：“陈刚，我要是娶了秋英，你愿意娶桔梗吗？”陈刚说：“你不是喝醉了吧？这是真话？”高大山说：“我没喝醉，我问你呢！”陈刚说：“我不信！你要娶秋英，我就娶桔梗！”高大山说：“大丈夫一言即出，驷马难追！”陈刚说：“大丈夫一言即出，驷马难追！”

“好，干！”

“干就干，干！”

又一大碗下肚之后，高大山看看差不多，便告诉陈刚，说：“陈刚。你听清了，明天我就要和秋英结婚！”陈刚一愣，站了起来，说：“你说的不是酒话吧？”高大山说：“我这人你知道，我啥时候说过酒话！”

陈刚深深地望着高大山，酒醒了大半。

“老高，说实话，你娶她不娶林晚，真的心甘情愿？”

“老战友了，今儿我就跟你说说心里话。我确实有点舍不得林晚，可是……可这会儿想想，我决心娶秋英还是对的！林晚同志没有我，一辈子的日子也坏不到哪儿去，可是秋英没我，真不知道她能不能活呀！”

陈刚心想这倒是，慢慢地，他竟被高大山的想法感动了。

“为了让咱们的阶级姐妹和咱一起翻身，咱们就娶了她们吧！喝酒！”高大山又举起了酒来。

陈刚却愣着不动。

高大山说："喝下这碗酒，明天咱们这两个没死在战场上的人，一块和我们的阶级姐妹结婚！要不是毛主席，我高大山不会有这一天，英子她也不会有这一天！我们两个人一块办喜事，热闹！"

陈刚的眼里慢慢地渗出了眼泪，他慢慢地举起酒碗，说："老高，这会儿我真想跟你打一架！"

"为啥？"

"为着你对秋英的感情，你生生地把我给说服了！"

说打就打，两人放下酒碗，脱了外衣，就在地上摔起了跤来，一直摔得两人都气喘吁吁地躺在了地上。

陈刚说："老高，我可是有话在先，不是我听了你的话改了主意。我改主意，是因为我现在明白了，一辈子没有小杜医生，我能活下去，不让我在部队待，我一分钟都没法活！"

婚礼那天，高大山一家出事了。

深夜，准备睡觉的时候，高大山忽然发现家里多了一坛酒。那酒坛的上边缠着一块红绸带，高大山有些吃惊。他问秋英："这坛酒打哪来？谁放这儿的？"秋英却摇着头，说："不知道……"

高大山说："伍子呢？"刚要往屋外喊，被秋英喊住了。她说："都啥时候了，伍子早睡了！"

高大山因此却睡不下了，他披上衣裳就往外走。

他对秋英说："你先睡吧，我出去一会儿！"

秋英意识到了什么，冲过去挡住他，说："不，你不能走！我不让你走！"

高大山说："咋？我就出去一会儿……"秋英说："我问你，你是不是知道这坛酒是谁送的？"高大山说："你说啥呢？"

秋英说："不，你知道！是不是？"

高大山说："英子，天太晚了，睡吧！"

秋英说："不，我不睡！你不给我说实话！这是林军医送来的，对不对？"

高大山没有回答，秋英便回身扑倒在炕上，哭了起来。

但高大山不理她，看了她一眼，往外走。

秋英第二次拦住他说："高大山，你不能走！我问你，你都跟我结婚了，她为啥还要送给你酒！"

高大山突然发火说："我也说过不要再哭，你咋又哭了？"

秋英摇晃他说："说呀，你先回我的话！你咋不说呀？"

高大山不说话。

秋英大哭说："高大山，你娶了我，心里还想着她，她心里也想着你，你……你们一块欺负我！"

高大山勃然大怒，说："秋英，我说过不让你哭，你又哭！哭！好日子不知道好好过，哭吧，我查铺去了！"

秋英忽然不哭了，她说："查铺？这时候查什么铺呀？"

高大山说："这时候不去啥时候去？"

走去没有多远，秋英拿起一件衣服追了出来，给他披上，说："多穿件衣裳吧！"高大山没有多嘴，披了衣服，就走远了。秋英回到炕上坐着，在衣袋里摸到了那把长命锁，默默地戴在脖子上，似乎有了这个，她觉得林晚想夺走她的高大山，那是不可能的，她有长命锁在保佑她，眼里一下充满了自信。

高大山是找伍亮来了。醒来的伍亮告诉他，是林晚让人捎到新房来的。

高大山忽然就沉默了，他的心情又复杂了起来。

伍亮说："营长，有件事我不知道该不该对你讲！"

高大山说："啥事儿？"伍亮说："听师医院的人说，林军医要结婚了！"

高大山说："是吗？和谁？啥时候？"

伍亮说："王军医，王大安！听说是后天！"

这天晚上，高大山没有回到屋里和秋英睡在一起，而是让伍亮往床里挤一挤，就跟伍亮挤在一起了。

他几乎一夜都在想，后天林晚结婚，那我给她送什么呢？

第二天早上，桔梗在河边洗衣服的时候，发现了秋英的神情郁郁寡欢的，觉得奇怪，开口便问道："妹子，咋啦？夜里是不是睡得太少？"说得秋英脸都红了，她说："大姐，你说啥呀？"桔梗说："看你这个样儿，肯定没睡够！"不想，秋英却连连地摇着头。

桔梗说："那你给大姐说说，他待你咋样？"

秋英极力地掩饰着，说："你说谁？"

桔梗说："你知道我说谁！"

秋英说："啊，你是说高大山？他待我挺好。"

桔梗说："不对吧。快说实话，高大山他咋地你了？不行我和我们陈刚找他去，大姐给你报仇！"

秋英突然啜泣。

一看秋英那样，桔梗着急起来了，她说："快说呀，到底是咋啦！如今是新中国，咱们妇女也解放了，再说了，嫁了人咱还是干姊妹，这两个男人要是敢欺负咱，咱就一块儿想办法，跟他们斗争！"

秋英说："大姐，真的没啥！"

桔梗说："我看不像！不说是吧？不说拉倒！"

桔梗这一说，秋英急了，像是生怕没人关心似的，她说："大姐，高大山昨天就没上我的炕！"

桔梗一听这还了得，呼地就站了起来。"这个高大山！我找他去！"

秋英却连忙拉住了她。她说："别别，大姐，千万可别！说出去人家笑话！……再说了，高大山他就是不上我的炕，他也是我的人了，你说是不？"

回到家里，桔梗当即就告诉了陈刚。陈刚一听，说道："不会是……""不会是啥？你快说明白了！他是不是心里还想着那个林军医，嫌弃俺们英子！"陈刚说："不是嫌弃英子。老高不是那样的人，他娶了谁就会跟她过一辈子的！""那是为了啥？哪有两口子……"陈刚忽然就笑了，他说："不好说！老高的麻烦大了！到了这会儿，他一定是还把秋英看成自己的妹子，你想，他要老这样想，咋能上她的炕！"

桔梗觉得这话在理，说："真要是这么回事儿，该咋办呢？"陈刚说："要说也好办。今晚你备席，我请他喝酒，再找几个人帮忙，把他灌个大醉，给秋英抬回去！"

"抬回去以后呢？"

"看把你笨的！抬回去以后不就上了她的炕了？剩下的就看秋英自己的本事了！"

"趁他醉得不行，脱他的衣裳！"

"还有，你告诉秋英，以后她不能再让高大山叫她妹子，她也不能再叫高大山哥！到了节骨眼上，她得多说小时候自己家里的事，说多了，高大山心里的云彩就散了，他们就能做夫妻了！"

第二天晚上，他们果然就把高大山灌得大醉，然后搀扶着，把高大山丢到了新房的炕上。

等到高大山迷迷糊糊睁开眼睛的时候，发现身边的秋英脱得就像个没皮的小猫一样，正在钻他的被窝。高大山吓得马上惊慌地坐了起来，秋英不让他起来，她一个猛扑，就把他压倒了。高大山说："妹子！英子，你干啥？"

秋英说："高大山，你妹子英子早就死了！十五年前她就掉到冰窠子里冻死了，叫狼拉走了！我是秋英，是你老婆！你娶了我三天都不上我的炕，你对不起我！”

高大山忽然瞪大了眼，惊骇地望着秋英，慢慢地，他清醒了，他的眼里忽然就流下泪来。

一看高大山流泪，秋英也忽然难受了起来，她说：“老高，不，哥，你别哭，只要你不难受，叫我干啥都行！……好，你不想跟我睡在一块，我走，你一个人睡！”高大山一把拉住了她。秋英就势倒在了他的怀里。秋英说：“哥，我真的不是你妹子！你老家在东北，在靠山屯，我老家在关内，在刘家集。我记事儿早，一岁的事我都记得清楚，我记得我们那个镇子紧靠着黄河，我们家屋后还有一片藕塘，一到六月，就开满荷花……可恨第二年我们的房子、我们的地，都让爹还了高利贷，又赶上饥荒，一家人就去逃难，爹娘饿死在路上……”

高大山盯着秋英没有作声。

秋英说：“哥，我知道你心里疼，你想你的死去的妹子都想疯了！可是你心里再疼，你再想她，世上也早就没这个人了！你要是愿意把我当妹子，就把我当成她好了！我们做不成夫妻，就像亲兄妹一样过日子，行不？”

她要爬起来穿衣服，被高大山拉住了。

高大山说：“不……你说得对，英子她早就死了！我心里就是再难受，再想把她找回来，也不能了！你确实不是她，你是秋英，是另外一个人！是我老婆！除了你，我高大山在世上再没有第二个亲人了！”

这么说过之后，高大山竟哭得牛吼一般。

秋英说：“老高，高大山，哥，你说过不让我再哭！你说过革命胜利了，咱们穷人不能再流眼泪了，咱的泪流完了，你今儿也别哭，行不行？”

高大山的哭声戛然而止，望着秋英，就像望着一个刚刚发现的人。

秋英轻轻叫一声说：“哥……”

高大山说：“别叫我哥，叫我高大山！”

他盯着她的脖子。秋英觉得高大山的眼光怎么怪怪的，觉得不可理解，但她忽然就意识到自己脖子上的长命锁，她赶忙取下来，放到了一边去。

高大山眼里的光黯淡下去。秋英说：“老高，我以后不叫你哥了，行吗？”

高大山说：“行啊。”

秋英说：“你看，去掉了长命锁，我就只是秋英，只是你老婆了，你也只是我男人，是不是？”

高大山点点头，看着秋英，渐渐地动情起来。秋英觉得一阵脸红，噗地就把灯吹熄了。

屋里忽然就没有声音了，一直挤在窗外的桔梗还想再听听什么，却被陈刚拉走了。

陈刚说："走吧！没动静就是革命成功了！知道不？"

但高大山心里并没有因此而忘了林晚的事，一大早，他就找伍亮去了。他说："伍亮，给林军医的东西送去了？"伍亮说："送去了。"高大山说："她说啥没有？"伍亮说："林军医和王医生说让我替他们谢谢你。""你看到他们结婚了？""看到了，挺热闹的。师首长去了好几个！"高大山的心情这才好像慢慢地松了下来。伍亮说："营长，你今天是不是心里特高兴，特敞亮，就像心里头的一块乌云散了，太阳又出来了，特想唱唱歌，是不是？"

高大山说："伍子，你小子还真猜出领导的意图来了！行，咱们来一首歌怎样？"

两人说着竟对天大声地唱起了歌来，唱得整个天好像都跟着颤悠悠的。

秋英的问题是，怎么也做不好饭，时常在厨房里忙得一脸的锅灰。高大山回来一看，就生气了。

他说："你咋啦？"

秋英说："我咋啦？没咋。"

高大山突然就愤怒了。

他说："去把你的脸洗洗！你现在不是过去的秋英，你是我高大山的秋英，光荣的革命军人家属！"

秋英吓了一跳。"好好好，我这就去洗！"一转身就跑到厨房洗脸去了，但她最怕的还是自己的饭菜做得不好。她一边在厨房里擦脸，一边忧心忡忡地回头偷看着高大山。果然，高大山又愤怒了。

高大山噗的一声，把嘴里的饭菜一口吐在了地上。

"这做的是啥饭？这么难吃！"高大山大声吼道。

秋英眼圈一红，跑进了里屋，关上门，哭了起来。

高大山这才忽地一愣，啪啪地拍着自己的脑门，去求秋英开门认错。

"好了好了，是我错了！我这两天上火，嘴苦，不是你的饭苦！"

秋英看见高大山又回到了桌旁，大口大口地吃了起来，这才慢慢地又现出了笑容，坐到高大山的身边。

秋英说："老高，我连个家常饭都做不好，你别要我了，咱们离婚吧！"

高大山说："你说啥话呢？我高大山三十多了，好不容易革命成功，娶个媳妇，被窝还没暖热呢。"

秋英说："离了婚你和林军医结婚吧。人家一定比我会做饭！"

高大山说："秋英，你说啥呢？头一条，你不会做饭，这是你的责任吗？是万恶的旧社会害了你！你一个长年逃荒要饭的女孩子，家也没有一个，能学会做啥饭？还有，我既然和你结了婚，就不会再去想林军医，你把我看成啥人了？……再说人家林晚同志这会儿也结婚了，我和她现在是同志和战友关系，对，只能是这种关系……"

秋英慢慢回头，脸上现出笑容说："你说林军医她……她嫁人了？"

高大山说："可不是嫁人了嘛！"

秋英说："嫁给谁了？"

高大山说："哎，你还挺关心人家的！我还奇怪了，你一直提防人家，人家结婚了你不就没有心病了？干吗还要问这么清楚？"

秋英被说到了心里，不觉一阵脸红，上去就拉扯住了高大山不放。

"你说啥呢，人家就是想知道呗！"

高大山说："以后心思多用在家务活儿上，别老惦记着别人结不结婚！好了，我告诉你，林军医嫁给了师医院的王军医！"

秋英果真就满脸放光起来，她一把搂住高大山的脖子，狠狠地亲了一口。

弄得高大山竟愣愣地看了她半天，像是不认识一样。

秋英却满脸的幸福，她说："看啥看，不认识我了？"

高大山说："嗯，是有点认不清了。今天，就这一会儿，比哪天都漂亮！"

秋英一把推开他，说："去你的！"她突然向里屋走去，回头说："哥，你等等！"转身，她端出了一坛酒来。

"来，看看，媳妇对你好不好。知道你喜欢喝酒，就给你准备了一坛！"

高大山却忽然发现了坛上的红绸带。

那是林晚送给他的酒。

他说："我想起来了！我说这坛酒哪去了，原来是你给藏起来了！"

秋英说："对，就是我藏起来了！我还差点给你扔窗户外头去呢！我就是不想让你喝！"

高大山说："那你咋不扔呢？你能干出来，这我都看出来了，你能干出好多事呢……可你今儿干吗又把它拿出来了？"

秋英得胜地说："我今儿高兴！我今天想让你喝！好了，晚上回来喝吧！"

秋英于是把那坛酒又藏了起来。

然而，在秋英的心里，她最放不下的还是林晚，悄悄地，她背着高大山，就找林军医林晚来了。这天，林晚和王大安正好在屋里，开门的正是林晚，她一见就愣住了。倒是秋英装得十分的大方。

她说："林军医，你还认得我？"

林晚说："认得认得。你是高大山同志的爱人秋英同志，进来吧！"

秋英手里提着一个点心匣子，她把它递给林晚，说："头一次上门，也没啥拿的。"

林晚有点不好意思，她说："秋英同志，你看你，来就来了，这多不好意思。"

秋英硬将点心匣子塞到林晚手里。"拿着拿着，一定得收下。俗话说得好，瓜子不大是人（仁）心，拿着拿着。"说着就走进了林晚的家里，一边打量着林晚的家，一边说："早就听我们老高说你和王军医结婚了，我就说呀要来看看你们，可就是没有空儿，你知道的，老高他一心都在工作上，家里大事小情他都不管，只靠我一个，这不就拖到今天……"

林晚说："谢谢，谢谢。"一边给秋英让坐。

秋英刚坐下又马上站了起来。

她说："哎哟我说，还是你们有文化的人，布置个新房也这么漂亮，哎我说，我咋没见王军医呢？"

林晚一直站着，不知道她究竟要做什么，听她这么一说，心里就全明白了。

林晚说："哦，他在，你等等。"

林晚说着走进了里屋。王大安说："谁来了？"林晚悄声地说："183团三营高大山营长的爱人。"王大安也吃了一惊，他说："她就是原先说的高大山的妹子？"林晚悄声地说："小声点，可不就是她！"王大安暗暗就笑了，他说："她来干啥？她应当把你视为情敌呀！"林晚说："你少胡说！我知道她来干啥。她是想来亲眼看看我和你是不是真结婚了！她是到咱家查铺来了！"王大安说："我明白了！好，咱叫她看看。不就是演一出二人转给她看嘛，这我王大安还不会？一准叫她在咱家坐不住。"

王大安胳膊将林晚一拥，要往外走去。林晚却脸红了，她说："你放手，当着外人，你这是干啥？"王大安说："你别动，听我的，没错！"

王大安把红着脸的林晚搂出了里屋。秋英一看，话没说，自己就红起了脸来。

晚上，高大山刚一进家，就发现秋英一人坐在饭桌前，面前放着酒坛和酒杯，满面春色。他走过去闻了闻，吃惊地问道："英子，你喝酒了？"秋英说："喝了。"高大山看了看酒坛里的酒。

"你还喝了不少？"

"喝了不少。"

高大山说："你你你……你咋能乱喝酒呢？你没事儿吧？要不我先扶你上炕躺一会儿去！真是的，一个女人，乱喝啥，不是糟蹋好东西吗，你当你是高大山呢！"

秋英不动，她不让他扶。

她说："今儿我就是想喝酒……每天看着你喝，我就想尝尝酒是啥味儿……开头味儿是不好，多喝两杯味儿挺好的，越喝就越香，我就多喝了……"

高大山这才看清事情到了哪一步了。他说："秋英，你喝醉了！"

秋英笑说："哈哈！哈哈！我喝醉了？我没喝醉！我还从没喝醉过呢！哥，我要告诉你一件事，你要是知道了，非生气不行！哈哈，可你就是生气，我也高兴！今儿我想喝酒，就是因为我心里高兴！哈哈，今儿我才觉得我秋英是真的嫁给你高大山了！再没人跟我抢男人了！"

高大山不由严肃起来，说："英子，你要告诉我啥事儿？"

秋英顺势倒在了高大山的怀里。她说："今儿我去看林军医了。哈哈，人家的新房比咱家漂亮！人家王军医挺好的人，两口子那个亲热劲儿，我都不好意思说出口，说说我的脸就发烧。林军医嫁给王军医，那是嫁着了！王军医会疼女人，比你强！"

高大山由吃惊而渐渐平静，说："英子，你真去林军医家了？"

秋英猛然从他怀中挣脱，坐回到凳子上，发酒疯说："当然去了。你不高兴了是吧？你不高兴我也要去，我就是想去看看，她林军医和王军医过得咋样，她要是跟人家过得不好，就是心里还有你，可这会儿人家过得挺好，这就是说，人家心里没有你高大山了！不管你高兴不高兴，反正今儿我高兴！"

高大山并不高兴，默视着她。

秋英摇晃着站了起来，满满地斟了两杯，给高大山举了起来。

她说："老高，高大山，来，陪我喝酒！"

高大山说："我不喝！"

秋英说："高大山，考验你的时候到了，你喝不喝？"

高大山对她默视良久，禁不住大笑了起来。

秋英说："高大山，你干吗要笑？你笑啥？"

高大山仍在笑，他接过秋英给的酒杯，说："好，我陪你喝！干杯！"

说完一饮而尽。

秋英说："不行，你还没说你刚才为啥冲我那么笑。快说！"

高大山又笑起来了，可他逗着她，他说："我不说！"

秋英却逼上来："你不说不行！"

高大山说："我笑我自己！我笑我一点儿也不懂你们老娘们儿的心！可是今儿我知道了！英子，你今儿成了我高大山的老师了！"说着又斟了一杯酒，说："来，老师，为你今天高兴，为以后我们好好过日子，干杯！"

"干杯！"

第五章　婚变

日子就这样过下来了。

高家和陈家，转眼也变了模样，篱笆圈了起来，小鸡也在到处乱跑。

秋英正在房前的菜地里干活，干得汗淋淋的。桔梗走过来，在篱笆墙站住了。

她说："妹子，别干了，歇会儿，你又不是他们老高家的长工！"

秋英说："我不累，把这块地挖完！"

桔梗说："打算种上点啥？"

秋英说："你种啥我就种啥！"

桔梗说："都这时候了，种别的晚了，种点萝卜吧！"

秋英说："行，就种萝卜！"

桔梗说："妹子，瞅空我还想养一群鸭子，半年就下蛋，把鸭蛋腌起来，冬天给陈刚下酒！"

秋英这时停了下来，说："大姐，那我也喂！"

桔梗说："咱们女人哪，要是想跟他们男人好好过日子，浑身的劲儿使都使不完！"

秋英说："可不是，得好好过日子！老高常说，革命都胜利了，媳妇都娶到家了，再不把自个儿的日子过得红红火火，咱都对不起毛主席！"桔梗哈哈地笑着走开了。

而在他们男人的心里，他们一个是盼望着打仗，一个就盼望他们的媳妇快点给他们生儿子。

有一天，俩人打靶结束走在回家的路上，陈刚忍不住就悄悄地问道：

“老高，结婚好几个月了，秋英怎么没一点动静？”

高大山说：“啥动静？”

陈刚说：“装啥糊涂！”

看陈刚的那副脸色，高大山忽然就明白了。

他说：“你先说，桔梗有动静了？”

陈刚不想说，可有点忍不住，最后说：“有了！俩月了！”说着，一副很高兴的样子，嘴里也轻轻地哼起了小曲儿。

高大山心里有点暗暗的钦佩。

他说：“陈刚，靶场上枪法你不行，炕上枪法可够准的，咋就俩月了，不是有人帮忙吧？”

陈刚说：“去！说正经的，你们秋英怎么啦？”

高大山当然不会让着陈刚，随口就吹起了牛来，他说：“当然有了！我就是不屑告诉你罢了！”

说完嘴里也哼起了二人转，乐滋滋地往前走着。

陈刚却一眼就看出来了。他说：“高大山，你说假话了！哈哈，别人看不出，我还看不出？”他赶了几步上来，对高大山低声问道：“哎，我说你是不是不行啊，要不早点到医院看看。有病就得治，啊！”

高大山脸上挂不住，立马就停了下来。

“你咋知道我不行？咱走着瞧，谁行谁不行，还不一定呢！”

一进屋，高大山就把秋英给喊住了。

秋英说：“咋啦？”

高大山没说，只走到秋英的跟前，蹲下来，往她的肚子里听着什么。

秋英说：“干啥呢你？”

高大山说：“我听听里头的动静。哎，有动静吗？”

秋英脸一红，说：“啥动静啊？”

高大山没有听到什么，心里有点着急起来。

他说：“我说你咋就不急哩。告诉你吧，人家桔梗肚里可是有动静了！”

秋英一时脸红得不知跟高大山说些什么才是。

桔梗的肚子，真的是越来越明显了，她端着衣物，往河边洗衣服的时候，好像路都找不着了似的，一步一步，慢慢地走着，秋英见了，便赶忙地跑过去。“大姐，小心点儿！”“没事儿！”

那样的桔梗是很幸福的。

看着桔梗的大肚子，秋英羡慕极了。

她说："大姐，孩子动静大吧？"

桔梗说："可不是！天天夜里蹬他妈呢！"说着困难地蹲下去，把衣物慢慢地泡到水里，一边问秋英："妹子，还是没一点动静呀？"

秋英失望地摇摇头，说："没有。"

桔梗的话于是就来了，她说："要说不该呀，你和高大山身体都挺好的！"

秋英只有低下头去洗衣。

桔梗低声接着问道："他还那么急吗？天天趴到你肚皮上去听？"

秋英低声地告诉她："可不是嘛！"

桔梗于是笑了。

她说："这些男人！我说呀，你也别急，说不定是谁的事儿呢！万一是他高大山不行呢？"

秋英听着就惊慌起来。她说："大姐，可别这么说！高大山不会有事儿！我一定能给他生个白胖的大小子！"

桔梗说："瞧你，我就说说他又咋啦，看你把他心疼的！"

不久，桔梗的孩子就生下来了，是一个儿子。

陈刚给儿子起了一个名字，叫陈建国。

秋英的肚子这时也微微有一些隆起。高大山高兴得不时地把耳朵贴在上边，细细地听着。

秋英因此感到欢喜，她说："听见了？"

高大山说："没听见！"

秋英不满地说："咋会没听见哩？你儿子的小心肝跳得咚咚响呢！"

高大山再听，笑容像一朵花一样绽开。

秋英说："听到了？"

高大山说："听到了！好！好样的！我老婆好样的，儿子也是好样的！我得赶紧告诉陈刚，我老婆也怀上了！他有儿子，我也有儿子了！老婆，谢谢你！你是有功之臣，这会儿想吃啥，我给你弄去！"

秋英娇声地说："老高，这会儿我嘴里没味儿，想吃辣的！"

高大山的笑容马上就缩了回去，他说："酸儿辣女，你会不会搞错了？"

秋英吓了一跳，慌忙改口说："我又不想吃辣的了，我想吃酸的！"

高大山说："这就对了！等着，我这就去给你弄酸的去！"

高大山给秋英提着一串葡萄，刚刚走回到路上，陈刚告诉他："战争爆发了！"

高大山问："什么战争？"

陈刚说："朝鲜战争，爆发了！中央、毛主席决定出兵朝鲜！"

这一听，高大山也乐了，他把拿给秋英的葡萄给扔得远远的。

他走近陈刚，问："再说一遍！你是不是说，要打仗了？"

陈刚说："对！咱们部队和朝鲜只有一江之隔，这一仗，看样子咱们是要参加啦！"

高大山说："好！有仗打就好！没仗打我都憋坏了！"

是要打仗了！

吕师长正在师部会议室里号召进入一级戒备状态，话没说完，就听到会议室的外边，忽然响起了嘹亮的军歌声，把他们的会议都给震了。

练歌的，正是高大山的三营官兵，和陈刚的二营官兵，一个个都全副武装着，早就进入了一级戒备状态了。最先到的是高大山的三营，陈刚把二营也拉来的时候，高大山有意见了。

他对陈刚说："我们来这儿练歌，你们来干啥？"

陈刚说："操场这么大，你们能来练，我们就不能来练？"

陈刚对全营喊道："唱歌！"

两个营于是在操场上较劲起来，歌声一阵高似一阵地传了开去。

吕师长一看就气愤了，他说："又是高大山跟陈刚，这两人怎么又掐起来了！他们想干啥？"

只有团长笑了，他说："师长，他们是在向你请战，都想第一批入朝呢！"

秋英是从桔梗的嘴里听到高大山要去打仗的。她一听就吓坏了。

她说："你……说啥？"

桔梗说："咱们的男人，要出国打仗了！"

桔梗的话一落地，秋英两眼一怔，就倒在了地上，而且倒进了医院。

高大山赶到医院的时候，秋英早已经在林晚的手里醒了过来。看见高大山来到床边，她就死死地抓住了他的手，一直回到家里，都不肯放松。

她说："哥，你别走，我害怕……"

她说："哥，咱不去打仗！我不让你去！"

高大山一惊，脸黑了下来，要推开她说："你这个女人，你说啥呀？"

秋英死死将他抱住说："你是我的！我就是不让你去！你去了，子弹可没长眼！你就是不能去！”

高大山发怒，三下两下将她推开说：“你给我离远点儿！你说的是啥？没觉悟！不像话！”

秋英又扑上去说：“高大山，你敢给我去！你要是敢去，我就死给你看！”

高大山又将她推开说：“秋英，我警告你！你这是在拉我的后腿！我高大山是个革命军人，是毛主席的战士，朱总司令跟我喝过酒！是他让我一辈子留在部队，保卫国防！眼下敌人快打到家门口了，你却要拦住不让我上战场，这，办不到！”

秋英慢慢地往后退，一直退到炕边，顺手拿起一把剪子说：“高大山，你可别后悔，你要是不怕再也见不到老婆孩子了，就去打仗！”

高大山上前一把夺过剪刀，奋力扔到窗外。他说：“秋英，你走！你现在就给我走！你以为你现在还是个普通的老百姓吗？不，自打你进了军营，你就成了革命军人的家属，是我高大山的老婆！国家干吗要养我们这些当兵的？我们干吗要天天呆在这儿，摸爬滚打地训练？就是等着新中国有一天要我们去战斗、去赴汤蹈火、危急时义无反顾地冲上去！我高大山就是为保卫新中国留在部队里的！没仗打我周身上下都不舒坦！就你这个觉悟，不配做军人的老婆，我……我要跟你离婚！”

秋英惊骇地看着高大山那暴怒的脸，软了下来，扑到他的身上，说：“哥，你咋这么跟我说话？你又不心疼妹子了？不心疼自个儿的儿子了？他还没见过他爹啥样儿，你就要狠心撇下我们走了？要是你在战场上有个三长两短，我们娘俩儿还咋活？啊啊啊……”

高大山说：“秋英同志，你给我打住！哭啥呢你！我再说一遍，你是军人家属，是我高大山的老婆，我儿子生下来，是军人的儿子，我高大山的儿子！他长大了，知道他爹是谁，一定会为我骄傲，因为他爹在新中国最需要男人出发打仗时没有犹豫，他爹是个英雄！你以为我真愿意打仗？我不想好好在家陪你过幸福的新生活？可是帝国主义已经把战火烧到我们家门口了，身为军人，我能坐着不管吗？你的责任是留在家里生孩子，把儿子带大，让他接他爹的班，当兵保卫国防；我，上前线杀敌立功，不打败侵略者不收兵，这是我的责任！国难当头，我们谁都不能忘记自己的责任，懂了吗？”

这么一说，秋英慢慢地就刚强起来了，她说：“高大山，今儿我才知道我嫁给谁了！我是嫁给了你！我现在知道了，你真想去打仗，你天天说的想的都是打仗！现在有仗打了，正合了你的心意！我就是想拦你，我也拦不住！”她猛地将高大山从身边推了个趔趄，她说：“高大山，你走吧！你走！我和孩子把你舍出去了！……可我还是得嘱咐你几句，上了战场你可要自己当心点儿，小心躲那东来的西来的枪子儿！高大山，走了你就甭记挂我们娘俩儿，我们既能把你舍出去，就是再难也能自个儿活下去！打今儿起，我就当家里没你这个人了！走吧！快走！”

高大山往外走了两步，又站住了，回头又看了秋英一眼，却看到她并不看他，她朝他背着脸。

高大山说：“妹子，我知道你是好样的！高大山的老婆，错不了！”

高大山的脚步声还没有走远，秋英突然想起什么，她在箱子里乱找，终于找到了那把长命锁。夜里，高大山换了志愿军军装回到屋里的时候，她将长命锁默默地挂到他的脖子上。

秋英说：“哥，这会儿就当我不是秋英，我是英子，是你的亲妹子！我把爹娘给我的长命锁系在你脖子上，让它保佑你平平安安地出发，平平安安地回来！”

高大山一下就激动了，激动得默默地掉下了眼泪。

那是为秋英流的。

火车站里，军歌阵阵。站台上全都是与出征将士们挥手告别的亲人。

军列就要开动了，桔梗才看到秋英在一名战士的帮助下，推着一车东西挤了过来。

秋英一边挤一边喊着：“老高，高大山，等一等！”

桔梗说：“这是啥呀？”

秋英说：“酒！林家老酒铺的好酒！让高大山带到战场上去！”

伍亮在车上也看到了，他捅了捅高大山：“营长，看，嫂子给你送啥来了！”

高大山眼睛一亮，大声叫道：“好！好老婆，好样的！”

伍亮说：“嫂子，你今儿是咋啦？平时把我们营长管那么紧，连酒是啥东西他都快忘了！”

秋英说：“这时候不让他喝啥时候叫他喝？不是说他越喝酒越能打胜仗吗？叫他喝！打完了胜仗，好叫他早点回家！”

高大山说：“老婆，好好在家待着，我在前头打了胜仗，喜报给你寄回来，你在家生了儿子，写信给我报喜！”

秋英说：“高大山，放心走吧！你给我记好了，你是囫囵着去的，也得给我囫囵着回来！要是缺条胳膊少条腿，我可不干！”

桔梗一听，也悄悄地叮咛起了陈刚来。

“你听见了没有，你也得给我囫囵着回来！缺条胳膊少条腿，我也不干！”

军列缓缓地开动了。

秋英和桔梗忽然抱在一起，禁不住呜咽起来。

林晚也到了朝鲜战场。

她与高大山的相遇，竟在炮火纷飞的山坡上。她当时正在抢救一名伤员，而炮弹正在她的四周猛烈地爆炸。高大山是在望远镜里看到的，他不知道那就是林晚，他只是发现有人还在战火中不顾生命危险地狂奔。高大山一下就吼起来了。

高大山喊道："那是谁？不要命了！"说着，他带着伍亮，就冲了过去。

山坡上，到处都是尸体。林晚正忙着给一位伤员做紧急包扎，高大山抢在一颗炮弹落下之前，将林晚扑倒在了弹坑里。

硝烟过后，高大山才发现眼前的林晚，不觉大吃一惊，但他随即就愤怒了。

他说："你怎么上来了？这是你们女人待的地方吗？"

林晚说："我也是个军人。跟你一样，我也是第一批入朝的！"

"敌人的炮火太猛了，我命令你，赶快撤下去！"

林晚却倔强地说："高大山同志，你无权命令我！我的阵地就在这里！"

"我是这座高地的最高首长，我现在命令你撤！"高大山对林晚吼道。

又一发炮弹飞来，高大山将林晚一提，躲进了前边的战壕里。

"老高，你怎么样？"林晚忽然问道。

高大山说："你说啥？"

林晚说："你怎么样？"

高大山说："我挺好的！今天我们已经打败了敌人的十三次进攻！"

林晚说："我是问你，和秋英的日子过得咋样？"

高大山一愣说："啊，还行！王军医怎么样？"

林晚说："他也挺好，他也入朝参战了！"高大山说："好样的！哎，你们领导是怎么安排的？让你一个女同志上前沿阵地！"

林晚说："本来没有女同志上前沿阵地，是我自己要求的！"

高大山说："你不要命了！敌人的炮击一停止，你就给我下去！"

林晚说："下去不下去，也得看我有没有完成任务！"

林晚突然发现前方有一个伤员，等到高大山不注意，她忽地就跃出了战壕，一边冒着敌人的炮火，一边对伏在不远处的一个担架队说："担架，快，跟我来！"

一发炮弹尖叫着飞来。高大山一看不好，大喊一声："林晚，给我趴下！"说着已经飞身跳出了战壕，再一次将奔跑中的林晚扑倒在自己的身下。

"林晚同志，这是我第二次救你了！你要是再不下去，就没有第三次了！我命令你们撤！"

林晚说："高大山同志，谢谢你救了我的命！可是我说过了，我的战斗岗位就在这里！你有你的责任，我有我的！快回到你的指挥阵地去吧！"

正说着，伍亮在远处高声地叫喊着："营长，敌人上来了！"

"快上阵地！"林晚催促道。

高大山刚要走，忽然回头喊道："林晚，我有个东西要送给你，你要不要？"

林晚说："啥东西？"

高大山一把摘下脖子上的长命锁说："给你这个！别说这是迷信！戴上它，带着担架队快下去！"

林晚说："这是你妹子留下的东西，我不能要！"

高大山说："我一定要给你呢？林晚，我没有别的意思，这会儿它和爱情什么的都没有关系，我就是不想让你出现意外！"

林晚默默地望着他，她感动了，她接过来戴在脖子上。

"好，我带担架队下去了。你快回阵地吧！"

高大山的心里一下落实了许多，他转身奔向阵地，一边跑，一边回头喊着：

"等打完了仗，你再把长命锁还给我！"

"我记住了！"林晚眼里涌满了泪花。

高大山走后，秋英几乎没有睡过好觉，她时常梦中惊醒，大声地号啕着，把隔壁的桔梗吓得常常深更半夜地跑到她的屋里。桔梗说："秋英！妹子！你咋啦？"秋英愣愣地坐在床上，满脸的泪水。

她说："高大山死了！"

桔梗赶紧去捂她的嘴巴："胡说！"

秋英说："我梦见他叫炮弹炸死了！"

桔梗愤怒地说："胡说胡说胡说！他在前头活得好好的！今天有人从前线回来，还说刚在前线见过他呢！你做噩梦了！"

可秋英还是不停地哭着："不，高大山死了！他这个人一打仗就不要命，还不被打死？啊啊啊，没有高大山这个人了……"

说得桔梗都心烦了起来。她拼命地摇着她，歇斯底里地喊着："妹子，你再这么胡说我就不理你了！高大山活得好好的，俺陈刚也活得好好的，他们谁都没死！咱是他们的亲人，只要咱心里都不那么想，他们就不会死！你知道吗？"

秋英突然不哭了，她直着眼睛看桔梗，仰面向后倒去，闭上眼睛。

桔梗不知她怎么回事，惊讶地看着她。

忽然，秋英又惊坐了起来，哭声又呜呜地飞出了嘴巴。

桔梗一下害怕了，她说："咦，你是不是魔症了，又梦见啥了？"

秋英又不哭了，她瞪着大眼："大姐，要是我生个闺女，高大山他该不高兴了！再说了，孩子生下来，我一个人也弄不了他！"

桔梗生气地说："不是还有我嘛，还有大伙嘛！你放心，孩子生下来，我帮你带！"

秋英向后一倒，慢慢地竟又睡着了。

桔梗不禁摇摇头，只好一直地看着秋英睡熟了，才长长地叹了一口气，悄悄地离去。

秋英快要生产的时候，又托李满屯把几坛好酒送到了高大山阵地上。高大山一看就高兴了，他让李满屯回家转告秋英："怎么还没给我生儿子呢？我们都快把敌人撵过三八线了，她还没把我儿子给生出来！动作太慢！……我在前线打胜仗，她在后方给我生儿子！要是生不出儿子，我可不答应！"

李满屯笑笑说："行！我回去原话传达！"

李满屯从前线回来不几天，秋英就生了，但秋英生的却是一个女孩。秋英一下就傻了。她说："不！她们弄错了！我生的是个儿子，不是闺女！她们弄错啦！"医生说："同志，你怎么乱说啊！你生下来的就是女孩，我们大家都在这儿，连屋也没出，咋会给你弄错了！"

秋英便横在床上大哭。

她说："高大山想要的是男孩，他走时我告诉他要生的也是男孩，我怎么给他生了个丫头呢？"

桔梗告诉她："如今新社会了，男女都一样。"

秋英却不停地摇头，她说："不，不，不一样……"

从医院回到家里，秋英时常看着哭哇哇的孩子，理也不理，只是愣愣地看着大哭。

桔梗说："孩子哭成那样，你咋没听见似的，怕是饿了，快去喂喂她！"

秋英却还是不动。

桔梗说："你到底是咋啦？孩子生下来你就噘着嘴，快去喂她呀！"

秋英说："大姐，我又不想要这个孩子了！"

桔梗说："胡说！不管是男是女，她都是你身上掉下来的肉！你不心疼我还心疼呢。"

秋英还是不理。

桔梗抱起高敏硬塞给秋英说："你真的狠心不要她是不是？你真不要我要！我和陈刚还正缺个闺女哩！"

就在秋英给女孩喂奶的时候，她告诉桔梗："大姐，你去告诉老李，别把我生女孩的事说出去！高大山正在打仗，他一直盼着我给他生小子，要是知道我生的是丫头，他心里一定不痛快！他心里不痛快，就打不好仗，说不定就不能活着回来了！"

知夫莫如妻呀！秋英这么一说，倒把桔梗的心给说软了，她不由替她也掉下了泪来。

"好！好！咱就给他写信，说你给他生了个七斤六两的大胖小子，让他高高兴兴地打仗，早点打赢了回家！……嘿，我天天劝你，其实心里也跟猫抓似的，不知道俺们家的人这会儿在哪，人世上到底还有这个人没有……"

秋英一下捂住桔梗的嘴。

她说："大姐，可不许胡说！我们老家有个规矩，亲人在外头，家里人一句不吉利的话都不能说，这忌讳灵着哩！你刚才啥话也没说！我也没说！"

秋英的信，高大山是在战场上看到的。

高大山带着他的战士，带着他的酒，正坚守在一块阵地上，打退了敌人一次又一次集团性的进攻。对高大山来说，那些敌人都是自己送上来的，不揍白不揍！打呀！一边打，一边不断地把手伸给身后的伍亮。

他那要的不是别的，而是他的酒壶。

伍亮就在这时从交通壕里跑过来，将一封信递给他。

他说："营长，嫂子来的信，快看看，八成是生了！"

战士们也跟着高兴地围过来，满嘴地嚷着："营长，念念！"

秋英的信上写道："高大山我夫，见字如面。你在朝鲜战场上还好吧……"

高大山说："好，我好得很！"

秋英接着往下写道："六月五号，我平安产下一子，重七斤六两，母子平安。"

高大山于是大叫一声："哇！我有儿子了！我老婆给我生了个儿子！"

战士们一听营长生了儿子，都欢呼着把高大山抬起，一直抛向天空。

转身，高大山就在掩体的战壕里，给陈刚打去了一个电话。

他说："二营吗？我找你们营长！"

接电话的就是陈刚。

高大山乐了，他说："你就是陈刚呀。我是谁？你听出来了？陈刚，我有个好消息告诉你！高大山也有儿子了！秋英给我生了个七斤六两重的大胖小子！我得意啥？我当然得意！革命有接班人了！我老高家又有一个当兵的！你那儿子，你那儿子跟我儿子不能比！我儿子生下来就七斤六两，你儿子生下来只有五斤半，跟个脱毛小鸡子似的……哈哈，赶快换老婆吧！你那老婆不行！我高兴疯了！我就是高兴疯了……”

高大山的笑声，把正要轰轰炸响的枪炮声都像是要盖住了。

伍亮说：“营长，敌人又开始进攻了！”

高大山啪的一声放下电话，提枪跑出战壕。

“同志们，跟我上！”

伍亮拍了拍身上的酒壶，跟着高大山就往前冲杀。

家里的秋英，仍然不时在梦中惊醒，她总是一次次地在梦中看到高大山死去，死在轰隆隆的枪炮声中。直到桔梗有一天把李干事给她的一张从战场上带回来的照片，才让她放下了心来。

转眼间，三年就过去了。

秋英心里最感激的，当然是桔梗。

她说：“大姐，要不是你，我和高敏真不知道咋活下去！”

高敏就是她的女儿。

桔梗说：“说啥呢你。没有他们男人咱就不活了？没有他们，咱们照样生孩子，腌酸菜，过日子！”

秋英说：“大姐，你胡说啥呢！”

桔梗笑说：“咋？我说的不是实话？老高和陈刚走了三年，你不是生了高敏，我们不是带着两个孩子，又支前，又操持家，结结实实地活过来了？！”

秋英说：“看你说得轻巧。我就不信夜里睡到炕上，你就一点儿不想陈刚大哥！”

桔梗说：“咋不想哩，要是不想呀，说不定还活不下来了呢！”

两人说着就哈哈大笑起来，笑得两眼流出了泪水。

整个阵地都被炸成了焦土了。

有些人仿佛就是为了战斗而生的，高大山就是这样的男人。这一天，他光着头，自己扛着机枪和他的战士们一起，几乎不分白天黑夜，已经连续地打退了敌人的七十九次反攻。

他的酒坛，也一个一个地，几乎全都被他和他的战士们喝空在了阵地上。

他命令伍亮：“通知各连，加强阵地，准备迎接敌人的第八十次冲锋！”

转身，就找酒去了，可抱起一个，是空的，再抱起一个，还是空的。

只剩了墙角那一坛了。

那是他特意给自己留着的。

那就是结婚那天，林晚送给他的那坛酒。

然而，一发炮弹尖叫着飞来，竟把他的酒坛炸成了无数的碎片，每一片里都汪汪地闪亮着一些残酒。

高大山顿时大怒了。

“打仗就打仗，干吗炸人家的酒坛子！他们不让我高大山喝酒，我高大山也不让他们好过！”

他提枪要走，忍不住又跑了回来，拿起那些破瓦片，一片一片地把那些残酒喝下。

嘴里哼着：“好酒！好酒！”

这时，二营的阵地上出现了险情，一大批的敌人正冒着腾空的烈焰蜂拥着，冲向陈刚他们的山头。

高大山一看不好，忽然在二营阵地侧后也发现了敌人的迂回部队！

他猛然一声大叫：“不好！这帮鬼子啥时候也学会抄后路了！副营长！”

“到！”

“二营被包围了！情况紧急！陈刚那里要是撑不住，我军一线阵地都要垮！你留下指挥部队，我带七连去救陈刚！”

“要不要先向团里报告一下！”副营长说。

“报告个屁！报告完黄花菜都凉了！七连，跟我走，你立即向团里报告！”

副营长还来不及回答，高大山已经向战士们呐喊了起来：“七连的听着，凡是能战斗的，都跟我上！”

二营阵地上的陈刚，也早就看到了包围上来的敌人。他们在纷纷解掉身上多余的装具，砸碎了手中的武器，每人怀抱着一枚手雷，集合站在一起。

“同志们，我们为祖国、为朝鲜人民献身的时刻到了，准备吧！”

陈刚对战士们大声地说着，然后带头唱起了军歌。

就在他们准备与阵地同在的时候，有人看到了冲杀过来的高大山。

“营长，咱们有救了！”有人高声地喊道。

陈刚一看大喜，顿时激动起来。

“是三营长，是高大山！好样的，他来救我们了！”

陈刚和战士们随即甩出了身上的手榴弹，冲向敌人，捡起地上的刀枪，迎接高大山，与阵地上的敌人展开了血肉横飞的白刃战……

高大山一时杀得两眼血红。

敌不住的敌兵，纷纷往回逃命。

伍亮一看乐了，朝着高大山大声地喊叫着："营长，敌人逃跑了！"

高大山却没听见，他说："啥？你说啥？"

"我说包围二营的敌人被打退了，二营主阵地保住了！"伍亮更大声地说。

高大山这时才发现，眼前的敌人早已不知了去向，他摇摇晃晃地站住了。

他说："真的？这帮敌人也这么不抗揍？"

他突然哈哈大笑起来。

就在这时，一发炮弹呼啸着落在他的身旁，随着那一声巨响，高大山飞向了空中，不等高大山落地，伍亮大叫了一声："营长！"就扑了过去……

第六章　幸存

前线的包扎所里全都是人，担架进进出出，医生和卫生员，全都紧张地忙碌着。

一副担架飞一样奔跑进来，担架上，躺着浑身缠满了绷带的高大山，早已不省人事。

伍亮急得满眼是泪，哭腔地对医生说："医生同志，快救救我们营长！这是我们营长！快救救他！"伍亮不由分说，就拉着所长，把他拉到高大山的担架边，所长一看，随即摇摇头，摆手让担架员抬走，然后吩咐一旁的卫生员。

"登记一下，183团三营营长高大山。"

伍亮一听急了，紧紧地拉着所长不放。

"咋啦？我们营长咋啦？"

"他死了！"所长说。

"你胡说！谁死了？我们营长不会死！他是高大山！他不会死！"

所长却走开了，有数不尽的伤员在等着他。伍亮却紧追不舍。

伍亮说："你别走！你不能走！你得把我们营长救活！"

所长生气地甩开他，说："你这个同志，懂不懂科学？人死了还能救活？"

伍亮愣一下，猛地拔出了手枪，追上去一下戳在所长脑门上。

所长被吓坏了："你……你……你要干什么？"

伍亮说："快去救我们营长！今天要是救不活他，我毙了你！"

旁边的人一看不好，几个人几乎同时地扑上来，抱住他，夺下了他的手枪。

"同志！快救我们营长！他是高大山！他不会死！我求求你们！"

伍亮奋力地挣扎着，喊叫着。但所长没有理他，因为包扎所里到处都是伤员。

这时，刚刚做完手术的林晚，在里边的手术室里听到了，她一愣，匆匆地走了出来。

伍亮连忙抓住了林晚。"林医生，快去救我们营长！去晚了他就活不成了！"

"他在哪？"

"他们说他死了，把他抬到死人堆里去了！"

林晚脸色一变，俩人飞一样往外跑去，一直跑到烈士的停放处。

那里，堆满了一具具缠满绷带的烈士。林晚和伍亮一具一具地看着，寻找着高大山的身影。

伍亮大声哭着喊："营长，你在哪儿？营长，你在哪儿？"

倒是林晚显得异常地冷静，她说："别喊！他听不见的。你别喊。"

林晚走过了一具又一具，突然，她回过了头来。她认出了高大山。她蹲下去猛地扒开他胸前的绷带和衣服，伏到了他的胸口上听着。

"担架过来，他还没死！"

林晚对担架员大声地喊道。

伍亮一听也跑了起来。

俩人拿到了担架，就把担架员推开了，林晚和伍亮两人一前一后地抬着，把高大山从烈士堆抬了出来，抬进了帐篷。林晚给高大山做了一些紧急处置后，将高大山送上一辆卡车。

他们没有离开大卡车，他们就坐在高大山的身边，跟着卡车，在敌机不停轰炸的公路上飞奔着，把高大山送出了前沿战场。

林晚和伍亮把高大山刚一拉走，陈刚和他的警卫员小刘就来到了前线的包扎所的门前。

"医生！医生！"陈刚朝里面大声地喊着，但没有一个人理他，所有的人都在忙着。

陈刚抽枪朝天就是一枪，里边的所长这才匆匆走了出来。

"谁在这里放枪！谁？"所长喊道。

陈刚走到所长面前，失态地吼道："高大山呢？高大山在哪？"

"什么高大山？我们这里接收的伤员多着呢，谁能记得住！"

陈刚一把揪住所长，凶神恶煞一般。

“你是谁？你叫啥名字？你不知道别人，不能不知道高大山！今天要不是他支援了我们，我军的阵地早就完了！你们这个包扎所里的人，都得统统地当俘虏你知道吗？他在哪里？快说！”

所长只好回身对卫生员说：“给他查查！”

“牺牲了。”卫生员告诉陈刚，“183团三营营长高大山，牺牲了！”

陈刚两眼一下就瞪圆了。

“你胡说！高大山怎么会死！别人会死，他不会！”

所长也生气了，他说：“183团的人咋都这样！同志，牺牲了就是牺牲了！你就是毙了我，他也是牺牲了！”

“那人在哪？就是牺牲了，我也要看看！”陈刚跟着吼道。

所长对卫生员说：“带他去找找。”

卫生员说：“所长，好像是运走了！”

“运走了？”

“运走了！”

陈刚怔怔地站着，突然蹲在地上，失声地痛哭起来。转身，陈刚爬到了高高的山头上，对着高天大声地嚎叫着：“高大山——！老高！我的好兄弟——！你干啥要走——！仗还没打完——！咱们还没有再好好地喝一回酒——！咱俩还没有较完劲——！你对得起谁呀你——！你对不起老婆孩子，也对不起朋友——！对不起我——！你这个逃兵——”

这个时候的高大山，已经抬到了火车站。林晚和伍亮正要把他抬上回国的火车。

押车的军官上来阻住了。“怎么搞的，死人也往车上抬？”

伍亮上去和他大声地争吵。“谁是死人？他没死！”

押车军官说：“刚才医生查过了，说他死了！”

林晚挤上去：“同志，我就是医生，这个伤员确实没死！”

押车军官疑惑地把林晚打量了一番。

林晚说：“我是十七师师医院外科的林晚，你要看我的证件吗？”

押车军官没看，他说：“好吧好吧，上去吧！”

两人于是急急地将高大山抬上了火车。

车内，伍亮对车上的护士说：“路上一定要照顾好！这是我们营长高大山！毛主席都知道他！朱老总跟他喝过酒！他没死！知道吗？”

医生说："知道，放心吧同志。"

两人刚一下车，林晚忽然又疯狂地跑回了车上，将胸前的长命锁解下来，系在高大山脖子上。

押车军官觉得不可理解，问："同志，这是啥东西？"

林晚一时生气了，她冲着押车军官就吼了起来，她说："没看见吗？这是长命锁！"

押车军官一愣，问："同志，你是他啥人？"

"我是他啥人？……我是他妹子，我不愿让他死！"

说完，林晚禁不住暗暗地流下泪来。火车都开走好远了，林晚还站在站台上收不住自己的哭泣。

伍亮一时慌了，他说："林晚同志，你这是咋啦？"

林晚说："他会死的！他浑身都叫炮弹炸烂了，他活不了了！"

说完，林晚禁不住捂嘴大哭起来。

陈刚很快把电话打到了李满屯的留守处，他让李满屯一定要做好秋英的工作，他担心秋英听到高大山的消息后会出意外。李满屯一听自己就先被吓住了，电话一放，就差点坐在了地上。

为了确保做好安慰工作，李满屯先是拉上自己的妻子，然后拉上桔梗，然后，才来到秋英的家里。

但秋英怀抱着高大山的照片，看一眼，大叫一声，说："不！他没死！我不相信！"

她又看一眼高大山的照片，又叫一声，倒下去，依然直着眼睛。

李满屯说："秋英同志，高大山同志是为保卫新中国，保卫朝鲜人民的和平生活牺牲的，他的牺牲是光荣的……我们大家心里都难受……你三天都没吃东西了，不管为自己还是为孩子，都该吃一点儿！"

秋英什么也没听见，什么也听不见。她又嗷一声坐起，直着嗓子说："高大山，你不能扔下我，不能扔下你还没见面的闺女，对不对？！你没死！"

她又重新向后倒下去。

李满屯只好把桔梗和李妻叫到门外，吩咐她们："你们好好看着她！就是拉屎撒尿也换班守着！我这就去联系救护车！得把她送进医院，再拖下去，她自个儿还没哭死，就饿死了！"

桔梗和李妻点点头，李满屯就走了，忽然又走了回来。

“对了，还有高敏，安置好没有？”

桔梗说：“安置好了，我把她和建国一块托付给幼儿园赵园长了！”

李满屯把救护车要来了，秋英却剧烈地反抗着，就是不上。

“不，我哪也不去！我要在这里等高大山！”

桔梗哭着说：“秋英，妹子，反正是没咱那个人了，你说你这会儿想咋吧？”

秋英一直闭着眼，这时猛地睁开，直着嗓子说：“大姐，你说没他这个人了？”

桔梗点点头，哭得更厉害。

秋英却直着嗓子说：“我不信！”她的目光忽然落在李满屯身上，她说：“李协理员，你们都对我说，高大山他牺牲了，世上再没有他这个人了，你这会儿就告诉我，谁亲眼见了？他的尸首在哪儿？我生要见人，死要见尸！”

李满屯说：“秋英同志，你非要这会儿见他，可就难了。二营陈营长在电话里说，老高牺牲后马上就被抬下去了，等他赶到前沿包扎所，老高已经被运走了，他亲眼见到了烈士登记册，不会错的！”

秋英啊地大叫一声，倒下又坐起，逼视他说：“那我问你，高大山这会儿在哪？他这会儿被送到哪去了？谁又亲眼看见了？是送回国内的烈士陵园埋了，还是埋在朝鲜当地了？你不给我找出亲眼看见的人，我就不信高大山死了！他答应过我，要囫囵着回来！”

她大叫一声，直直地倒下去。

李满屯失望地看看桔梗和李妻，骤然泪流满面。

秋英醒来的时候，已经拂晓了。

她告诉她们：“我要吃饭！”

桔梗和李妻高兴地交换了一下目光，说：“好，你等着，我这就给你弄去！”

秋英接着说：“再给我准备一袋干粮！”

“干粮？”

“对！一袋干粮！我要去找高大山！”

留守处办公室，李满屯听桔梗说了秋英的情况后，马上打电话到前线帮她寻找高大山在哪里，但对面人却告诉他，烈士们的遗体都运回来了，没有高大山的遗体。李满屯听后大怒，对着电话大骂：“胡说！怎么会没有高大山！你们把他弄哪去了？……”

桔梗只好悻悻地往回走。

她想，她该怎么告诉秋英呢？

秋英该到哪里看高大山去呢？

路过营部的战士饭堂门外，桔梗忽然站住了。

她好像听到有人在谈论着高大山。

一个拄拐的伤员在和几个战士津津有味地讲着什么。

伤员说：“……三营长一看，二营叫敌人包围了，好家伙，陈营长他们都准备好了手雷，等敌人冲上来和他们同归于尽，那会儿高大山可是急眼啦，他把机关枪一把抓过来，对后面的人吼了一嗓子，跟半夜里豹子叫似的，带着人就冲过去了！小伍子上去拉他，他气坏了，照着伍亮裆里就是一脚！”

战士们笑了。其中一个问道：“没把伍子的东西踢坏吧？”

“那不会。真是万分危急，再过一会儿，二营就要全军覆没，二营一完蛋咱们整个前沿阵地也要完蛋！说时迟，那时快，就见老高斜刺里杀将过来，那一挺机枪，在敌人群里一扫一大片，一扫一大片……敌人本想抄二营的后路，没想到他们碰上了抄后路的专家，高大山反过来抄了敌人的后路！……”

桔梗默默地听着。

“后来呢？快讲快讲。”

“后来敌人就败了，跑了，二营阵地保住了，陈营长嘛事没有，只是脑门子上叫子弹划破了层皮！这时就听高大山朝身后一伸手说，伍子，水！谁知道伍亮这小子刚才叫高大山踢了一脚，裆叫踢坏了，一瘸一瘸的，正生气呢！就对高大山说，没有！高大山大怒，说你干啥吃的！没有酒打啥仗？这时就听一个俘虏可怜兮兮地说，长官，你的想喝酒？我的白兰地威士忌大大的有！说着就从屁股蛋子后面掏出半瓶洋酒……”

“打住打住！一发炮弹突然过来，把三营长炸得像个筛子底，立马就牺牲了吗？”

“胡说！三营长还活着！”

“活着？”

“当然活着！”

“咱这里可都说他死了！二营陈营长从前线打回电话，说他都在阵亡名册上看见他了！”

“高大山是上了阵亡名册，这不假！可是你想这个人能随随便便就死了？是的，开头医生认为他死了，但是伍亮这家伙不干，别看高大山刚照他裆里踢过一脚，他正生气呢，可他跟了高大山那么多年，有感情着呢！伍亮一听医生说高大山死了就急眼了，啪地掏出手枪，枪口顶着医生的脑门，逼着他把高大山打死人堆里抬回来，又救活了！”

“真有这么神？”

“可不是咋地！高大山根本没死，他被当作伤员运回来了，前几天我还亲眼见过他！”

桔梗忽地就扑了上去。

“大兄弟，你说啥！高大山还活着？”

伤员打量着桔梗：“你是……”

“这是二营陈营长的爱人桔梗大姐！”有人在一旁说道。

伤员赶忙一个敬礼，说：“嫂子，你好！我是二营六连战士陈小柱！”

桔梗摇晃他问：“小柱兄弟，我问你，高大山是不是还活着，这会儿在哪？快说！”

那伤员告诉她：“三营长这会儿在安东志愿军后方医院。活着是还活着，但也就剩下一口气了。从朝鲜送回来，他就一直昏迷不醒。我前天刚从那出院，亲眼见过他，还是不认人！”

桔梗头一晕，差点要倒在地上，战士们刚把她扶住，她突然一把推开了他们，急急地告诉秋英来了。

秋英正在屋里大口大口地吃饭，听到桔梗说高大山还活着，就在安东志愿军后方医院，她哇的一声，把嘴里的饭吐了出来，转身就往屋里收拾行装去了。

第二天一早，秋英把女儿高敏带到了桔梗家里，然后对高敏猛然一声喝道：

“高敏，给桔梗阿姨跪下！”

高敏不知道妈妈说的什么，没动，桔梗在一旁也看愣了。

秋英说：“跪下！”

桔梗说：“秋英，你这是咋啦？”

桔梗上前拦住，却被秋英挡开了。

秋英说：“大姐，你让她跪下，我有话说！”

高敏乖乖地就跪下了，两只小眼却紧紧地注视着自己的妈妈。

秋英说：“高敏，记住妈的话，你不是妈亲生的，桔梗阿姨才是你的亲妈！”

桔梗又是一愣，说：“秋英……你咋啦？”

高敏也紧紧地盯着妈妈，叫道：“妈……”可高敏的妈还没叫完，就被秋英吼住了。秋英说：“别叫我妈！打今儿起，我把你还给你亲妈，以后你就是他们家的人了！”

“妈，你不要我了？”高敏喊了起来。

桔梗说："秋英，妹子，有事说事，你干吗这样？"

秋英说："大姐，我今天就走！我去安东医院找高大山！这一去，不知能不能回得来，高大山要是活着，我也活着，他要是死了，我也活不成！"然后望着高敏，"你就可怜可怜她，当个小猫小狗的把她收养下来，我这里给你跪个头就走，就当没生这个孩子！"

她扑通一声，就跪了下来。

桔梗忙将她拉起，扯过高敏，三人抱在一起，失声痛哭。

桔梗说："妹子，你放心走吧！孩子交给我了！打今儿起，她就不是我的干闺女，她是我的亲闺女了！我跟建国、高敏三人过，有我一口吃的，就有他们两个一口吃的！建国饿不着，冻不着，高敏就饿不着，冻不着！等哪天你和高大山回来了，我再把孩子还给你们！到了那一天，但凡孩子能说出我一句不好，你就拿吐沫唾我，拿大耳巴子扇我！高敏，从今儿开始改口，叫我妈！"

高敏看看秋英，秋英对她点点头。

高敏望望桔梗，久久才喊出了一声："妈！"

风尘仆仆的秋英，一到安东医院，就直奔病房而去，远远地，就大声地喊着：

"高大山！高大山！高大山！你在哪？"

有人马上上来干涉。

"哎，哎，你在这儿吆喝庄稼呢！这是病房，要保持安静。你干啥的？"

秋英不管，她说："我找俺家的人呢！"接着又喊了起来：

"高大山——高大山——！你在哪？"

那护士又上来拦住了她，说："打住打住！你还真吆喝啊！谁是你家的人？"

秋英说："高大山！高大山知道吗？183团的营长，知道吗？"

男护士摇摇头，说："不知道。"

秋英忽然就气愤了，她说："你不知道？毛主席都知道他！朱总司令跟他喝过酒！你说不知道！"

那护士便打量了一下秋英："你是谁？"

"我是他女人！"秋英说罢又要喊。那护士连忙扯住她，问身边走过的一位医生说："赵医生，有个叫高大山的伤员吗？这人找他！"

女医生想了想，说："有！在三病室！"她看了看秋英，说："你跟我来吧！"

秋英却忽一下站住了。那女医生说："哎，咋不走啊？"

秋英忽地就抓住了她，说："大夫，俺家的人……真的还活着？"

女医生说："嗯。活着。"

秋英禁不住了，她软软地蹲下身子，哇一声哭起来。

女医生说："哎，别在这儿哭！要哭出去哭！别在这影响伤员！"

秋英于是收起哭声，抹抹泪，紧紧地跟在女医生的身后。

高大山躺在病床上，仍然是一身雪白的绷带。

女医生带秋英走进来，指了指说："就是那儿，173床……哎，我对你说，伤员同志现在虽然活着，但他一直昏迷不醒，你去看看就行了，不要乱叫乱喊！"

然而，秋英已经听不见女医生的吩咐了，她已经看见了病床上的高大山，眼里忽地就涌满了泪水，三步两步扑过去，趴在床边，大声地哭喊起来。

她喊："高大山！高大山！哥！是我！是英子来了！我来看你了！他们都对我说你死了，我不信！你不会死！你要是死了，我也得死！你睁开眼，睁开眼看看英子！哥呀……"

几个医生和护士赶忙过来，要把秋英拉走。

就在这时，高大山突然醒了，他微微地睁开了眼睛。

医生们一下震惊了。

护士们也震惊了。

秋英也破涕为笑，说："哥！哥！你醒过来了！……"

整个病房里，一起兴奋起来。

秋英告诉高大山说："哥，他们告诉我说你死了，我不信！我知道你没死，你不会！"

高大山嘴唇轻轻嚅动。

秋英说："哥，你渴吗？"

高大山微微地摇头。

秋英说："哥，你饿吧？"

高大山微微地摇头。

秋英说："哥，你想不想解手？要不我给你擦个澡？"

高大山还是摇头。

秋英想了想说："哥，你不渴也不饿，也不要我给你擦澡，我坐这儿也没事儿，给你唱个歌吧？"

这一次，高大山点头了，虽然点得很轻，但秋英一眼就看出来了。

秋英说："你喜欢听啥？我会唱《茉莉花》，也会唱《十八相送》……不，我知道你喜欢听啥了，我给你唱你们的营歌，你一定喜欢！”

秋英于是高声地扯起了嗓子，唱起了高大山他们的营歌，唱得整个病房里的医生护士，都远远地站着了，都在默默地听着，谁也没有作声。就连床上的伤员，也慢慢地朝这边转过来，都在暗暗地感动。

高大山的脸上，也慢慢地出现了两条泪水。

秋英说：“哥，甭难受！只要你人活着，妹子我就放心了！不管你伤成啥样，咱都不怕！你想你是去打仗去了，保卫新中国去了，打仗哪能不伤着人哩！哪能不缺个胳膊少条腿呢！哥，我来前把孩子安置了，家里啥牵挂也没有，你在这里躺多久，我就陪你多久！啥时候人家叫咱出院，咱就回家！你不能动，我就背着你，抱着你，一辈子擦屎刮尿侍候你！人家的日子咋过，咱的日子也咋过！咱们能行！”

高大山的目光一点一点在闪亮。

秋英接着又唱起歌来，这次唱的是关内小调。

志愿军凯旋了。火车站到处张灯结彩，迎接着他们的归来。到处是歌声，到处是秧歌的队伍。

陈刚回来了。伍亮回来了。桔梗拉着建国和高敏，远远地就看到了他们。她恨不得一把就扑进陈刚的怀里。她大声喊着，哗哗地流着泪。

“老陈！孩子他爸！”

车停下了。陈刚一跳下车，抱起桔梗就啃了一口，转身又抱起建国，高高举起。

“儿子，快叫爹！三年不见，都长这么高了，爹都不敢认你了！”

“爹！”

忽然，陈刚看见了高敏，说：“这是谁？”

桔梗笑了，大声地说：“这是我闺女！”然后吩咐高敏，“快，叫爸！”

高敏毫不犹豫地就叫了一声：“爸！”

陈刚忽地纳闷了，他说：“我三年不在家，你不会又给我生了一个吧？”

桔梗还是笑，她说：“我就是又给你生了一个！”

建国这时趴在陈刚耳边低声地说：“爸，高敏不是妈亲生的！她姓高！”

陈刚明白了，说：“噢，好儿子，我知道了，要不是你，你爸一回国，真就要被你妈吓住了！”

伍亮过来向桔梗敬礼说：“嫂子，我回来了！”桔梗说：“这不是伍亮兄弟吗？”伍亮说：“不是我是谁？”陈刚说：“三年仗打下来，人家现在是连长啦！”桔梗不由也惊喜起来，说：“是嘛！好哇，进步了！”伍亮说：“嫂子，我们营长在哪里？情况咋样？”桔梗说：“高大山还在安东医院住着呢！情况……听说不大好，还躺着，都说他站不起来了！”

陈刚一听，脸色沉了下来，他放下高敏，就和伍亮先上医院去了。

高大山头部和上身的绷带不见了，腰间还缠着绷带，腿上打着石膏。

陈刚和伍亮过来的时候，秋英给他擦澡，一边快快活活地唱歌。

一护士走过来说：“大姐，你天天挺乐和的！”秋英不停手地忙活，高高兴兴地说：“大妹子，日子过得好好的，咋能不乐和呢！人活着，就得乐乐和和！”护士说：“大姐，你歌唱得挺好听！”秋英说：“是吗？我一高兴就想唱歌，一唱歌心里就高兴！”接着便又唱了起来。

病房里伤员们也在暗暗地感动。有的说：“真难为她了，高大山的伤势那么重，怕是站不起来了，就是出了院，她这辈子也不会有好日子过了，可就一点也见不到她发愁！”另一个说：“有这么个老婆，也是高大山的福气呀！”

秋英刚端起水盆往外时，陈刚和伍亮进来了。

高大山迎着他们要坐起，努力了几次都没有成功。

陈刚说：“老高，怎么样！还活着？”

高大山笑说：“凑合着活着！怎么样？战争打赢了？”

陈刚说：“打赢了！美国佬到底服了软，老老实实地坐下来谈判停战了！”

高大山对伍亮说：“伍子，咱们营也回来了？听说你当了连长，出息了！”

伍亮不好意思地搔后脑勺说：“营长，咱们营也回来了，大家都想你！盼你早点出院！”

高大山眼里溢出泪花。

陈刚和伍亮，转身就来到了医院的院长室。院长说：“请坐！”伍亮说：“我们不坐！院长同志，请你老实告诉我，我们营长的伤势到底怎么样？他啥时候能站起来，啥时候能出院？”陈刚说：“对，你就说他啥时候能好？”

院长一看这两个人不好缠，便把一张X光片推上显示屏，指着上面的斑斑点点告诉他们：“你们别急。你们先看看这个。看见没有？这就是高大山同志入院时的X光片。这些都是他身上的弹片。只给他一个人，我们就做了三次大手术，总共取出大小四十八块弹片，就我的经验，他能活到今天就是个奇迹！我是个老人了，说心里话，连我也难以理解这个被敌人炸烂的人到底凭什么力量活下来的！”

伍亮看一眼陈刚，回头说：“少废话，你就说你们啥时候能把他治好吧？”

院长把另一张X光片放上显示屏说：“再看这一张。由于敌人炮弹爆炸后伤员不但遭受大量弹片伤，还被气浪掀起又摔下，脊椎明显受了震动伤，变了形。还有这里，仍有一块弹片没能取出来，它靠中枢神经太近了……总而言之，高大山同志是英雄，我们能为他做的事都做了，伤员到底能不能站起来，啥时候能站起来，连我这个院长兼外科主任也不知道！”

伍亮竖起眉毛说：“你说啥？你不知道？你不知道谁知道！我们在前方流血牺牲，你们安安稳稳地坐在后方，现在我们把他给你送回来了，你却说你不知道！你们是干什么吃的！我饶不了你们！”

他激动地朝院长扑去。陈刚好不容易才拉住了他：“伍子，冷静！”

外面进来了几个医生，簇拥着院长朝外走了。

院长一边走一边回过头来，余悸未消地说：“从战场上下来的人，怎么都这样！”

伍子还在挣扎着要冲过去，他眼里几乎都是泪花，他大声地说：“放开我！院长！老头，你听着，你要不把我们营长治好，我就带着我们连，抄了你的医院，我也不让你好过！”

说完，他自己哭了起来。

吕师长和团长也在为高大山的情况感到着急。团长告诉师长：“医院又组织专家给高大山会了一次诊，可专家们说，高大山能站起来的可能性非常小，老住院也不是个办法，打算过一段时间将他送进荣军医院，长期养起来。”吕师长听了却生气：“照你这么说，咱们师这次改编边防军，他高大山真的不赶趟了？”团长不知如何回答才是，只好看着师长闷闷地抽烟。

陈刚从团长那里得到消息后，一进门就为高大山放声大哭起来。他告诉桔梗，说：“桔梗呀，老高完了！”桔梗说：“高大山又咋啦？是不是伤势又恶化了？”陈刚说：“他再也站不起来了！要被送到荣誉军人疗养院去了！”

桔梗不由也哭了起来，也在暗暗地为高大山掉着泪水，她说：“建国他爸，我知道你跟高大山不是一般的战友，可你不能老坐在这哭啊，你哭就能把他的伤病哭好了？”陈刚说：“我哭了！我就是哭！我能不哭吗我！高大山是我出生入死的战友，十七师最能打仗的人，都说我陈刚是个英雄，可要不是他，有十个陈刚也死了！他落到了这么个下场，我能不哭？”

站在一旁的建国和高敏，暗暗地也跟着哭了。

“不行！”陈刚忽然站了起来，“我不信！他是高大山！别人站不起来，他该站起来！他得站起来！”说完就往外走去了。桔梗说：“陈刚，你这是去哪？”陈刚说：“我去安东医院！我要告诉高大山，他得站起来！他自己不想法站起来，就没人能让他再站起来！他不能忘了自己是高大山！”

病房里，高大山正跟秋英闹别扭，秋英端饭过来让他吃，他不吃，他让她拿走。他说：“我不吃！”秋英说：“哥，吃一点吧！”高大山说：“我叫你拿走你就拿走！我说过不吃了！”守护的医生这时走过来，吩咐了一句，说：“173号，不要大叫大嚷！好吗？”高大山更加愤怒了，他说：“我就大叫大嚷了！你能咋地？我愿意叫，你要是有能耐，把我拉出去毙了吧！”

医生吓得马上走开。

秋英眼里跟着就现出了泪花。

秋英说：“哥，我知道你心里急，你整天躺在这里，躺了一年零八个月了，你还站不起来，你心里憋屈得慌！可是哥你有没有想过，妹子我整天守着你，看着你一个顶天立地的男子汉这么躺着，心里就不难受？你是我男人，是我一辈子生生死死都要守着的人，除了你，世上再没有第二个人是我男人，我一生一世都指望着你哩！别看我整天乐哈哈的，其实我心里比你还苦……”

正说着，陈刚和伍亮出现在了门口。

秋英说：“你知道我心里为啥这么苦？因为我发觉你不像过去那样要强了！别人说你站不起来，你自己也信了！高大山，枪林弹雨你都没怕过，天天在死人堆里滚爬你都没怕过，可这一回你怕了！你不是原先那个喝醉酒也能端掉敌人军部一个人打下一座城的高大山了！你要真是原先那个高大山，你就不会这样！高大山，你要是连自己也不信了，你就真的完了，你一完我也要完，咱们这个家也就完了！哥，我为啥天天这样守着你，还不是为了有一天你能够站起来……”

陈刚说：“老高，秋英骂你骂得对，你太让我们失望了！不就是身上挨了几块弹片吗？弹片谁没挨过！你就这么躺着不起来，你像话吗？我和伍子今天来，就是要告诉你，你要还这么躺着，十七师就不要你了，中国人民解放军就不要你了！你一辈子就在荣军医院病床上躺着去吧！”

高大山满脸惊愕地回过头来。

伍亮早已一脸的泪水，他说：“营长，你快起来吧，咱们师改编成边防军了，师里正在任命营团干部，你要是再不站起来，就不赶趟了！以后你就是再想回部队，也不能了！”

“陈刚，伍子，这话当真？”

高大山像是被吓住了，他一时满面涨红。

陈刚点点头，高大山突然大吼一声，双手向后一撑，上身一挺，居然站立在了床前。

所有人都惊愕了，都瞪大了眼睛，看着高大山，在一阵阵地发呆。秋英惊叫了一声老高，便上前去扶他。

高大山一把将她甩开，暴怒地说："陈刚！伍子！咱们走！"

伍子说："营长，哪儿去？"

高大山咆哮着说："去找师长！他凭啥不要我了？十七师改编边防军，凭啥就不要我了！我高大山十五岁参军，枪林弹雨十几年，部队就是我的家！他不要我，办不到！"

听着高大山的喊声，医生和护士们都惊讶地张大着嘴巴。好久，才有人反应了过来，说："高大山站起来了！快去喊院长！快！"

院长进来一看，果然也震惊了。

他说："高大山同志，你……自己站起来了？"

高大山一惊，脸黑下来了，左右看自己说："我……站起来了。谁说我站不起来？我这不是站起来了？"

院长说："你能往前走一步让我看看吗？"

高大山试着朝前迈了一步，但身体向后一仰，差点倒地，吓得人们慌忙将他扶到了床上。

秋英又叫了一声说："老高……"

高大山忽然把脸背转过去，悄悄地流下了泪来。

院长知道高大山的心思，他安慰他："高大山同志，你别难过！你今天已经站起来了！只要你能站起来一次，我就有信心让你再次站起来！你要好好配合！"

高大山一下就激动了，他说："院长，你真能让我再站起来？"

院长说："我当医生一辈子，从不说过头话。可今天我要向你保证，我一定让你站起来！"

高大山激动得不知如何是好，他在床上极力地动了动身子，啪地给院长敬了一个礼。

"院长，敬礼！"

陈刚和伍亮感动了，也几乎同时地对院长大声地说道："院长，我们也给你敬礼！"

第七章 露馅

不久，高大山果真就出现在了吕师长的面前，把吕师长吓了一跳。

这一天，吕师长正在开会，这时的吕师长，已经不是师长了，而是白山守备区的司令员。

吕司令说："同志们，我师就地改编为边防守备区的工作，经过一个月思想动员，三个月准备，两个月实施改编方案，已基本有了眉目。经上次党委会研究，一团团长准备让原181团参谋长赵健同志担任；二团团长由原183团二营营长陈刚同志担任，现在只剩下三团团长的人选，我原来倾向于由原183团三营营长高大山同志担任，但现在他的伤情已不允许他继续留部队工作，这个想法只好打消。现在就请大家商议一下，由谁来担任三团团长……"

就在这时，高大山敲门打断了他的声音。

其实，高大山早就站在了门外。警卫员打开门的时候，室里的人们就都看呆了。他们看到的高大山，正叉开双腿，雄赳赳地立在门外。

人们哗地轰动了起来。

吕司令吃惊地说："高大山，是你？"

高大山说："对！师长，不，司令员，我回来了，请组织上安排我的工作！"

吕司令走过来，前后左右瞧着，简直不敢相信。

他说："高大山，你是真的高大山还是假的高大山？"

高大山说："怎么会是假的！看你说的！真的！"

吕司令说："看你站得还算稳当。你给我往前走几步，让我瞧瞧！"

高大山说："司令员，早几年我跟着你时，咱俩常比试谁能摔倒谁。今天，你是不是还敢跟我摔一跤？"

吕司令瞪眼说："高大山，你疯了！"

高大山笑笑说："师长，你要是老了，不敢了，就拉倒，算我高大山赢了！"

吕司令随即就脱下大衣，说："你还说成真的了，就你，还敢跟我摔跤？"

高大山哈着腰，跟着也拉开了架势，喊了一声："来！"

吕司令说："来就来！"

高大山低声地说："师长，你不是想要我的好看吧？"

吕司令也低声地说："高大山，你的腰到底好了没有？不行别逞强！"

冷不防，高大山突然一把就将吕司令摔倒在了地上。

室里顿时喝彩声声。

吕司令站起说："好啥好？你们鼓啥掌？高大山，你不正派！你小子搞突然袭击，正跟我说着话就动了手，不算不算！"

高大山大笑说："师长，怎么不算？这叫兵不厌诈！又叫明修栈道，暗度陈仓。不服？再来试试！"

吕司令笑了，说："好，我知道你小子为啥来了！听我的命令！向后转，正步走！"

高大山一个敬礼，说："是！"他慢慢转身，顺着长长的内走廊正步走去。

吕司令说："这个高大山，我还真服了他了！怎么样，这个会还要开下去吗？散会！"

当天晚上，高大山和陈刚，还有伍亮，三人喝了起来。陈刚说："老高，还行不行啊？"高大山说："这是啥话？倒酒！"陈刚说："好，高大山还是高大山！伍子，去换大碗！"伍亮便给他们换大碗去了。

秋英却呆在桔梗的厨房里，为高敏的事愁眉不展。

她对桔梗说："大姐，高敏的事，我咋跟他说呢，他只知道我给他生了个儿子，他问我要儿子，我上哪给他弄去！"

桔梗说："纸反正也包不住火，对他说实话！"秋英还是害怕，她说："不行不行！三年了，他一直对别人说我给他生了儿子，自己心心念念想着也是儿子，要是我冷不丁告诉他我生的是闺女，他那个脾气，还不把我吃了？"桔梗说："你也把他说得太……"正说着，忽然想起了什么，说："哎，我看也没有别的办法，干脆这样吧……"然后附着秋英的耳朵说了几句什么。

"大姐，这……行吗？"

"行不行死马当作活马医呗。万一他让你过了这一关呢？走一步算一步，隔壁不是还有我和陈刚嘛！"

秋英还是摇头，说："不行不行，他饶不过我，一定饶不过……"

转身，桔梗将陈刚拉进了厨房。

陈刚说："干啥干啥？"桔梗说："有个事儿！"然后又附着陈刚的耳朵，把她对秋英说过的话说了一遍。听完，陈刚竟哈哈大笑起来。桔梗让他别笑，他说："行！我的任务就是让老高多喝几碗，是不是？"

桔梗说："对！他喝得越多，脑瓜子越不清楚，秋英就越容易过关！"

陈刚说："没问题！"然后兴奋地出去了，而且回家搬来了一坛酒。

告诉高大山："老高，这坛酒我放了半年，只等你回来把它消灭！"

高大山一看就知道，说："东辽大曲！好酒！"

伍亮这时也凑了进来，说："我也要参加！"

高大山乜斜着眼笑他说："你行吗你？打东辽城那会儿，我没酒喝，坐不安睡不稳的，带着他满街去找酒，结果就找到了林晚家里，他一口也不能喝，这会儿也来逞能！"

伍亮气壮地说："今非昔比，现在的中国，已经不是旧中国了，中国人民站起来了！"

陈刚说："好，算你一个，干！"

三人跟着就又大碗大碗地喝了起来，一直喝到高大山大醉，陈刚才将他送出了门口。

高大山说："老陈，今天咱们还是没有比出高低！要是你家还有酒，我还能喝！"

陈刚说："改天！咱俩改天单练！"

这时，高敏和建国从外面跑回来，被高大山看见。高大山一把抓住了建国，说："老陈，这是你儿子吧？一下就蹿这么高了？"然后，他盯住了高敏，说："这是谁？"

桔梗忙走上来，把高敏搂在怀里："这是我闺女！"

高大山一时疑惑起来，说："老陈，你啥时候又多了个闺女？……我就在安东医院住了这不几天，你和桔梗又生了这么大一个闺女？"然后回头寻找秋英，说："哎，对了，我儿子呢？回来这大半天了，还没见我儿子呢！"

秋英吓得不知如何开口。桔梗赶紧上来打岔："老高，刚才你不是看见了？这会儿一定跑出去玩了！"

"我刚才看见过？"高大山迷惑地看着陈刚。陈刚乘机糊弄他，说："你看见过！"高大山大声地说："没有！我又没喝多！"陈刚的声音却比他的更大："看见过！你喝多了！"

说着，桔梗把高大山推回家里。

"老高，你先回去，我和秋英马上去给你找，行了吧？"

高大山回头对秋英说："快，快去找……我儿子！我想见……他！……儿子生下三年了，我还一面没见呢！这会儿就要见！立马要见！"

桔梗推推秋英，秋英将他扶进门里，让他躺到炕上。

转眼，高大山就闭眼睡去了，但嘴里还在不停地嘟哝着："儿子！快去找我儿子……"

悄悄地，秋英就又溜到了陈刚的家里。

她说："大姐，我还是有点怕！"

桔梗说："怕他干啥！你是他老婆，就是他知道了你生的是个女孩，又能咋地？"

秋英吞吞吐吐起来，她说："他……要是因为这件事不喜欢我了呢？"

桔梗说："我看你的心眼，也就针鼻儿那么大！你连孩子都给他生出来了，绳套都给他套上了，高大山他就是个牲口，想尥蹶子，还能蹦多远？这会儿我去把高敏给你找回来，你放心领回去，他不问，你就不提这个茬儿，他一天不问，你一天不提，哪天他问起来，你就给他个死活不认账，一口咬定当时生的就是闺女，给他写信说的也是闺女，是他记错了！我就不信，他还能把那封信找出来对证！"

秋英说："大姐，你觉得高大山这回真能饶过我？"

桔梗说："看你这个没出息的，我说过了，还有我和陈刚的嘛！"

桔梗说："高敏，好闺女，这是你亲妈，跟她回去吧！"

高敏却躲着不敢过去。

桔梗说："去吧，今天你亲爸也回来了，亲妈也回来了，你们一家人该团圆了！"

这时，高敏说话了，她说："妈，我不上他们家，你说过你才是我亲妈！"

桔梗说："傻闺女，那是我哄你哩！她才是你亲妈，高大山是你亲爹！去吧！"

看着眼前的高敏，秋英泪水流了下来，她说："高敏，过来！上妈这儿来！"

桔梗看着高敏，又鼓励了一句，说："去吧去吧！"

高敏好像有点半信半疑似的，一边走一边回头依依不舍地望着桔梗。

秋英一把将她抱在怀里："哎哟我的闺女，你可认了妈了！"桔梗跟着也松了一口气，说："高敏，跟你亲妈回去吧！改天再回干妈家来玩！"秋英顺着扯起高敏的手说："高敏，跟干妈再见！"

高敏的眼里忽然有了泪，可她不叫干妈，而是说："妈，再见！"

桔梗说："高敏再见！"说完不知怎地，竟哭了起来，这一哭，高敏转身就又站住了，她回头对桔梗说："妈，你心里别难受。你让我认这个人是妈，我就认她，反正我这会儿也叫你们搞糊涂了；你让我先跟她去她家，我也去，我是好孩子，听你的话。可要是他们待我不好，明天我还回来！"

顿时，桔梗和秋英都感到心里酸溜溜的，有点想哭。

秋英牵着高敏刚一进门，就吓得惊慌地站住了。

不知什么时候，高大山已经醒来，正在屋里端坐着，醉眼迷离地望着她们，目光落到高敏身上。

“是我儿子吧，给我领回来了？”

秋英含糊地说：“领回来了。高敏，叫爸爸！”

高敏站着不动，胆怯地说：“爸爸！”

高大山高兴地走过来，蹲在高敏的面前，把她拉到怀里。

“哎我的好儿子，叫爹看看！像不像我们老高的人！打你生下来，咱爷俩还没见过面哩，对吧？虽说爹没见过你，可是爹一天也没有忘记你……看爹在朝鲜战场上给你做了个啥？”

他变戏法似的从背后举出一个弹壳做的精致小手枪，放到高敏面前。

高敏叫起来说：“呀！”高大山得意地说：“好不好？”高敏高兴地说：“好！”高大山忽然就摇头了，他突然对秋英说：“这孩子我咋有点面熟呢？……”然后转头问高敏：“儿子，我见过你吗？”

秋英的身子不由哆嗦了一下。

高敏说：“见过！”

高大山眨巴着眼：“啥时候？”

高敏说：“就中午，吃饭的时候！”

高大山说：“我和陈刚伯伯喝酒时你回来过？”

高敏说：“啊！”

秋英越来越紧张了。高大山还是不明白，笑着说：“真是爹喝多了？不可能啊！……这一点酒爹还能喝多！……好，见过就见过，那咱俩就算是老相识了！”他抱起高敏就转起了圈子：“你叫啥？”高敏大声地说：“高敏！”高大山说：“高敏……咋叫高敏呢？”他问秋英：“咋给我儿子起了个女孩的名字呢？不好，一点都不好！”

“爸爸，我不是男孩，我就是个女孩！”高敏大声地说道。

秋英吓得脸色大变。高大山一惊，看看高敏，看看秋英，却忽然笑了，说：“你是个女孩？哈哈，女孩好哇！你是个女孩爹也高兴！女孩心细，长大了知道疼爹妈！你真是女孩？”

高敏点点头，说：“对！”

高大山忽然放下高敏，眼睛紧紧地盯住了秋英。秋英浑身发抖，转身就要离开，被高大山大喝一声：“秋英，你给我站住！”

秋英站住了。

高大山说：“整啥呢，糊弄我？你把我儿子藏哪儿了？”

秋英竟然母老虎一般大声地吼了起来。她说：“高大山，别这么大嗓门！你当我怕你吗？你有啥资格冲我这么大嗓门？孩子生下来你管过一天吗？你给她洗过一回尿片子吗？我啥时候说过给你生儿子了？高敏生下来就是女孩，你喝多了，冲我要儿子，我上哪去给你弄儿子？”

说完呜呜地哭了起来。

高大山被她说得有点蒙了，说：“我喝多了？谁说我喝多了！我清醒得很！……不对！不对！你蒙我！你想蒙混过关！你给我写信说的，你生的是儿子！快说，我儿子哪去了？今儿不说清楚，我跟你没完！”

秋英这时耍起赖来，她抹抹泪，理直气壮地说：“没完就没完！你想咋地吧！我给你生的就是闺女，当初信上告诉你的也是闺女！你今儿回来了，认也是她，不认也是她！”

高大山的酒全醒过来了，气哼哼地看着秋英，走回来，再一次蹲到高敏的面前。

高大山说：“闺女，你真是我闺女？……来，让爹看看，三年了，爹一直说你是个小子，看样子是爹错了！闺女咋啦？闺女也是高大山的闺女！爹要是知道你不是个小子，我就从战场上给你带回个女孩的玩具了！”

高敏说：“爸爸，这个玩具我也喜欢！”

高大山一下高兴了：“好！我说嘛，是我高大山的闺女，喜欢枪！爹认下你了！”回头对秋英说：“还坐那儿哭啥？我这会儿才知道，原来你是个骗子！闺女就闺女，你干啥蒙我！我今儿还就喜欢闺女了！”

秋英于是慢慢地收起了哭声。

夜里，高大山紧紧抱着秋英的时候，秋英冷着脸，说：“哥，我对不起你。”高大山说：“啥又对不起我了？”秋英说：“给你生的是闺女，不是儿子。”高大山说：“事儿不是说清楚了吗？”秋英突然搂紧他，说：“不！”高大山说：“干吗？”秋英说：“人家还要给你生嘛，这回一定生个儿子！”高大山于是认真起来，他说：“真的？你觉得你能行？”秋英说：“你把我看成啥了？她桔梗能生出儿子，我凭啥不能？”

秋英说：“我要给你一个一个地生，我给你生五个！”

高大山说：“态度不错！五个不够！最好生一个班！一个排，长大了让他们都当兵，我就是排长，你就是个英雄母亲！好！有这个态度就好！”

秋英噗一声把灯吹灭了。

“营长，你真要去看林军医？”

“对。”

“我看你还是别去了，这男人跟女人打交道的事儿，虽说你是营长，战斗英雄，老革命，可是我看你跟我一样，也不在行。再说了，我怕秋英嫂子知道了，你的日子不好过。”

“哎，我说你这个人怎么变复杂了？林军医在战场上救活了我，这会我好了，活蹦乱跳地回来了，不该当面道一声谢？我们是什么人？是革命军人，一个革命军人，首先心里头要光明磊落！光明磊落，懂不懂！”

“好好好，你去你去！反正我提醒过你了！”

“你不跟我一块去？”

“我连里还有事呢。”

“你撒谎！不去算了，不去我自己去！”

伍亮想了想，哼一声说：“我还是陪着你去吧，省得出了事又让我去擦屁股！”

“就这句话还是当年的伍子！”

林晚和一帮女医生护士正在医院的篮球场上打球，王大安和一帮男医生在场外给双方加油。

林晚回头看见了向她走过来的高大山和伍亮，眼睛一亮，叫道：“老高！是你？你出院了？”

高大山走过去，大方地笑着，伸出一只手说：“林医生，你好！”

林晚也不避讳，一时十分激动，拉起高大山的手让他就地转了一圈，泪花闪闪。

林晚说：“老高，你真的全都好了？啥时候出的院？我一点信儿也不知道，知道了我和大安就去看你了！大安！你过来，看谁来了！”

王大安回头一看，吃惊地说：“高营长，你出院了？又活过来了？”

高大山也激动起来，眼睛湿润说：“对，出院了！又活过来了！”

王大安说：“你不会是专门来……”他看一眼林晚，笑了。弄得林晚一时有些不自在的感觉。

高大山看出来了，他爽朗地说：“你这个王医生，有话咋不痛快地说出来呢！我和伍亮今儿就是专程来看看林医生的！在朝鲜战场上，要不是她打死人堆里把我扒出来，今儿就没有我高大山了！……伍子，这事儿你清楚，是不是？”伍亮说：“对，我亲眼所见！”

王大安伸过一只胳膊将林晚揽进怀里，亲昵地说："老婆，真的？要是真的，我高兴！"

林晚躲开他，嗔怪地说："别在这儿发疯，让人都看见了！"

高大山大方地望着他们不住地笑。

伍亮推他一把说："你不是来道谢的吗？道谢呀。"

高大山想起来了说："对，王医生，我现在要正式向林军医道谢。你不会有意见吧？……林军医，谢谢你在战场上冒着生命危险救了我！"说着，冲林晚深深鞠了一躬。

林晚脸一红，跺脚说："老高，你这是干啥？周围那么多人，叫人家多不好意思！"

王大安和高大山哈哈大笑。王大安握着高大山的手说："老高，你知道吗？我知道你的脾气！哎，对了，林晚，我今天申请和老高一起回家里喝酒，你批准吗？"

林晚高兴地说："你说啥呢！老高，请吧！"

高大山说："喝酒？对了，林晚家有好酒。你们这么热情地邀请，伍子，我怎么办？"

伍亮说："我哪知道你怎么办？"

高大山说："大安同志，以后别在我面前提酒。你知道，一说喝酒，我就容易犯错误。走吧。"

王大安说："哪去呀？"

高大山说："喝酒去呀！"

秋英知道后生气了。

晚上，她做好饭菜后，便蒙着被子，躺在炕上。高大山回来一看，说："这是咋啦？"秋英突然一蹦坐起，扑向高大山，说："高大山，我不跟你过了！我跟你拼了！"高大山吓了一跳说："看你破马张飞的样，咋了？"秋英说："高大山，你说老实话，今天上午去哪了？"高大山装糊涂，说："去哪了？去营里了。我还能去哪？哎，我去哪还要向你报告吗？你是我老婆，又不是我上级！"秋英愤怒得泪花闪闪说："你不老实，你骗我！"说完又躺了下去，呜呜地哭起来。高大山慌了，说："哎，我说，咱能不能先不哭？杀人不过碗大的疤，你就是判了我死刑，也得让我死个明白，这到底又是因为啥呀？"

秋英一跳坐直了，说："你，今天上午是不是又瞒着我，去见了那个林军医，还在她家喝了酒！"

高大山不高兴了："这事你咋知道了？我是去见了林军医，这又咋啦？怎么叫瞒着你去见她？我见见林军医还要向你汇报？"

秋英说："高大山，你说过林军医结婚以后，你心里只有我，为啥又在朝鲜和姓林的来往？你们做的那些事，真当我不知道？"

高大山开始心虚说："我们在朝鲜战场上做啥事了？我在朝鲜战场上消灭敌人，她在朝鲜战场上救护战友的生命，我们做啥事儿了？"

秋英并不清楚长命锁的事儿，她盯着高大山说："你们真没啥事儿？"

高大山说："真没啥事儿了！我们俩能有啥事儿？"

秋英说："真没啥事儿，你在安东医院住院那会儿，她咋会专门去看你？183团那么多伤员在那儿，她咋不看别人？"

高大山一惊说："我住院那会儿，林医生去看过我了？"

秋英说："对！怎么着？你出院以后她再跟你见过面，就没对你说过？你也没背着人找过她？"

高大山大怒，拍起了桌子："秋英，你说啥呢！你把我、把人家林军医说得也太不堪了！有件事我一直没有对你说，不是林晚同志在战场上打死人堆里把我找出来，和伍子一起冒着敌人的飞机轰炸送上回国的火车，你男人就死了！今儿就没有这个高大山！林军医回国以后还到安东医院看我，是人家心里还记挂着我，想知道我到底是死了还是活着！"说着，高大山竟泪花闪闪起来，他说："伍子亲口对我说过，把我送上火车那会儿，连她也不认为我还是个活人！"

秋英大惊，半晌方扑上去抱住他。

夜里，高大山在床上都打起了呼噜了，秋英还是睡不着，最后，她还是把他给推醒。

她说："高大山，别睡！"

高大山说："又干啥……三更半夜的……"

秋英说："人家问你一句话！"

高大山慢慢地睁开眼睛。

秋英说："林军医那么好，对你有救命之恩，你整天睡在我身边，想的是不是她？夜里做梦梦见的是不是她？"

高大山一听这话，就不理她。

"别胡搅蛮缠，睡吧！"

秋英不让睡，又把他推醒了。

"人家让你说呢！你说！"

高大山不说，他眼闭着又睡去了。

秋英说："高大山，你给我记好了，你一生一世都是我的男人，要敢背着我跟别的女人好，我一刀先捅了她，再捅了我自己，我说话算数！"

第八章　饥荒

从吕司令手里接过白山守备区团旗之后，高大山和陈刚，就各人奔赴各人的新营地去了，看着两辆马车上分别装着的那些坛坛罐罐。秋英和桔梗又哭得泪眼汪汪的。

秋英的肚子已很明显了。桔梗强忍着眼泪说："妹子，咱说好了不哭，谁都不哭！"秋英嘴里说着不哭，还是哇一声哭起来。桔梗说："你看你看，说不哭你又哭了！你这是哭啥哩！……"她也哭起来。

李满屯说："哎，两位团长嫂子，这又不是上轿，你们哭啥！好了，别难分难舍了，走吧！"

桔梗帮秋英擦泪说："好了，妹子，咱不哭了！记住，到地方安顿下来，先给我打电话，别让我记挂你。还有，路上别让车走得太快，别颠着肚里的孩子。住下来后也别累着，要生了就给我打电话，我来侍候你！"秋英说："大姐，你真是我的亲大姐！你也多保重！到地方后多给我打电话！不然我想你都想死了！"

桔梗说："知道知道！"然后吩咐李满屯："路上跑慢点儿，别把你们团长的儿子颠掉了！"

李满屯说："放心，就我赶车的技术，一百个不会！桔梗同志，你也要注意，小心把孩子颠掉了！"

桔梗脸红了，说："你这个李老抠，狗嘴就是吐不出象牙，走了走了还要我打你！"

李满屯连忙躲闪，说："我说啥了，我啥也没说！秋英，高敏，坐好了，咱们走！"

秋英说："高敏，跟你干妈说再见！"

高敏说："干妈再见！"

桔梗说："闺女再见！"

高敏突然站起来，说："干妈，这一阵子他们待我还行，我就先跟他们走！要是他们待我不好，我还想回咱家！"

桔梗和秋英一惊。秋英拍了高敏一巴掌说："这孩子，我还养不熟了！"

桔梗笑说："好，闺女，他们要是待你不好，你就回咱家！"

李满屯甩响鞭子，马车走动，众人最后一次招手。

高大山来的就是七道岭，那个当年他一个人上山跟姚得镖谈判的地方，而且就住在姚得镖他们住过的地方。有的战士说："这不就是个山洞吗，可咋住呀！"高大山说："是要吃些苦，可这儿就是咱的阵地！我们常说要保卫祖国边防，这里就是！"然后吩咐伍亮："眼下你们连先住在这里，下一步我们全团要一边守一边防，一边进行国防工程建设，给自己盖营房。我有一种感觉，咱们攻坚猛虎营的历史，就要开始新的一页了！我们要甩开膀子大干一场！"

不久，高大山的儿子高权就出生了。

高权出生的那天，高大山不在家。他已经半年没有回家了。接到电话的时候，他正在野地里。伍亮说："这回别又是哄你的吧？到底是儿子还是女儿？"高大山这才一愣，说："对！不行，我得回去瞅瞅，耳听为虚，眼见为实！"

一回到家，高大山就先检查了一遍高权的小鸡鸡。

随后，他马上把电话打到了陈刚的家里。

"喂，我是高大山，我找你们团长！"然后，他告诉陈刚，"这回我真有儿子了，不信你马上过来瞧一瞧。"可陈刚说没空。高大山说："你没空儿？你还是来吧，我这里有好酒！你不来，哈哈，我明白了，我现在又有儿又有女，你只有一个建国，你嫉妒了！哈哈！叫你服你就服，不服不行。你不服？不服马上让桔梗生一个我瞧瞧……"

一放电话，就又抱着儿子转圈子。

晚上，秋英让他紧紧地搂着她，就是不让他放手。秋英说："就这样，再抱人家一会儿。你这么久没回来，连你身上啥味儿人家都忘了！"

高大山便一直搂着她，觉得也挺幸福的，嘴里于是说："当年打仗的时候，怎么就没有想到高大山会有今天的好日子呢？"秋英说："你现在当然好了，又有老婆，又有闺女，还有儿子，外头还牵挂着别的女人！"高大山说："怎么，你又来了！"秋英马上说："好好，我不说了！哼，一走就是几个月，要不是我给你生了儿子，你还不回来呢！等你再回来，恐怕连谁是你老婆这码子事儿都忘了！"

高大山说："那不能！我高大山啥都能忘，自己家的房子地咋能忘！"

秋英说："那这几个月在山上咋过呢？"

高大山说："咋过的？这几个月，我天天都住在边境线上！不是工地，就是阵地、哨所。我给你说，我可是没白忙活，边防三团的每一块阵地，每一个哨位，每一座山，每一条沟，不是我吹，这会儿都在我高大山心里了！我自己就是个活地图、活沙盘！”

“活沙盘？”秋英不懂什么意思。

高大山说：“天天夜里，我都到哨位上去站一班岗，跟战士一样！我站在那里，望着面前的边境线，望着我们的好山好水，我就想，这儿真好！当边防军人真不赖！这儿就是我高大山一辈子都愿意待的地方！当年朱老总跟我喝酒，让我一辈子保卫边防，吕司令为我们送行时也说这里是上级给我的新阵地，要我好好守着。我是个军人，我要一辈子守在这里！”

秋英有点不愿意了，说：“就这山旮旯里，你还真想待一辈子？”

高大山说：“待一辈子有啥不好？瞧你吧，刚到这里没几天，就给我生了一个儿子，再过几天，没准又生一个，要是在这儿守一辈子，你三天一个，两月一个，到我们都老的时候，你想想你能生多少？哈哈，那时就不是一个排，一个连，一个营也打不住了！”

而在秋英的心里，家住在这山旮旯里，只有一个好处，那就是林晚的心里再怎么想着她的高大山，也够不着了！

这样的日子没过多久，三年自然灾害就来了。

秋英觉得最明显的，就是在粮店门口，排着长长的队买东西的时候，她总想给她的高敏和高权买点米什么的回去，她已经很久没有买到米了，可粮店的工作人员总是告诉她没有。

“那来什么吗？”

“来了批胡萝卜。”

“怎么又是胡萝卜呢？”

粮店的工作人员便说：“有胡萝卜就不错了，好些人连胡萝卜也吃不上呢！”

秋英只好把工作做在了高敏和高权的身上，一看到他们把手伸向馒头，就把他们的手打掉，她让他们吃胡萝卜，她说这个好吃，甜。但高敏和高权就是不吃，他们看着胡萝卜，却直吐酸水。

高大山看着秋英也不高兴了，他说：“哎，你咋不让孩子吃饭呢！”随即便拿起馒头，掰开给高敏和高权。两个孩子一拿到馒头，转身就跑走了。

秋英也生气了，马上站起来收拾碗筷。

她说：“你知道不，打这个月起，国家对部队家属的特供取消了，我们和街上的老百姓定量一样了！”

高大山说："那又咋？孩子正长个儿，先叫他们吃！"

秋英的眼睛流出泪来，她说："你咋办？每天工作那么累，你要是垮了，这个家还过不过？"

高大山笑了，他拍拍胸脯说："英子，你把我老高看成啥了？只有帝国主义才是纸老虎！我不是！抗联那会儿苦不苦？三五天吃不上一顿饱饭常有的事儿！打老蒋、抗美援朝那会儿苦不苦？苦！我高大山垮了没有？没有！放心！我没事儿！"

秋英只好含泪地笑着。

她说："你就吹吧。"

秋英担心的事情，转眼就来了。

那一天，高大山一出门，便暗暗地捂起了肚子。

小满屯问他："团长，咋啦？"高大山却忍住了，他说："不咋！"

等晚上到团部食堂一看，饭桌上竟全是煮熟的胡萝卜。高大山的眉头才真正地皱了，他说："伍子，你们这儿也全吃这个？"

伍亮说："不是全吃。这几天地方粮店只有这个。"

高大山晚上不在家，家里的盘子中也只有几个煮熟的胡萝卜了。高敏和高权趴在桌边上看着，就是不吃。秋英说："吃呀，咋不吃呢你们？"

高敏摇头。

高权也摇头。

秋英说："吃吧。这胡萝卜多好啊，又好看，又好吃！快吃吧！"

高权说："妈，你咋不吃？"

高敏说："妈，爸不在家，咱家咋就光吃胡萝卜？"秋英一人硬塞给他们一个胡萝卜，说："吃吧，你爸是你爸，我们是我们。你爸他是军人，军人有特供，我们是老百姓，老百姓都吃这个！"

两个孩子这才吃了起来。

高敏说："妈，你咋不吃？"

秋英说："啊，妈吃。"

她拿起一个胡萝卜，最后又悄悄放下了。

她在悄悄地给他们留着。

厨房的篮子里，只有几个生胡萝卜了。

高敏和高权刚一吃完，她就让他们到外边玩去了，他们一走，她才悄悄地摸到地里，扯出了一把萝卜缨，洗了洗，给自己煮了起来。

秋英把萝卜缨刚刚盛进碗里。高敏和高权又回来了。

高敏说："妈，你弄啥吃呢！"

高权说："妈，我饿！"

秋英看看他们，看看碗里的萝卜缨，想了想，只好端到他们的面前。

秋英说："这是妈煮的萝卜缨，你们吃不吃？"

高敏说："吃！"

高权说："我也要吃！"

秋英将煮熟的萝卜缨扒开，给高敏和高权一人一个小碗端出去了。

厨房的煮锅里，只剩了煮萝卜缨的水。

她端起来连连喝了几口，觉得还是不行，回头瞅见还有没煮完的萝卜缨，拿起一小把，就默默地生吃了起来。

这天中午，高大山把自己在团里的饭菜留了下来，放在一个特大号的茶缸，让小满屯给他送回家里给高敏和高权他们。他说："高敏和高权嫌他妈做的饭难吃，替我拿回去吧！"

小满屯以为是真的，就给他拿回去了。

已经好久没有看到那样的一盒饭了。高敏和高权一下就被迷住了。

高敏说："真香！"

高权说："妈，我要吃！"

高敏说："我也要！"

秋英也觉得香，但却不让他们吃。她只是打开来让他们闻了闻，又将饭盒盖起了。

她说："别，这是你爸的伙食，不是咱的！咱得给他留着，让他晚上吃。你们想想，爸爸天天上班，又要跑操，又要训练，多累呀，他要是吃不饱，饿出点儿毛病，咱家的天就塌下来了！"

晚上高大山回来一看，就不高兴了。他说："这是咋回事？你和孩子中午没把它吃掉？"

秋英说："我们有我们的定量，你有你的，咱们各吃各的。你吃吧！"

高大山说："家里的定量真够你们吃？"

秋英说："够！你快吃吧！"

高大山将信将疑地坐下说："那我就吃了，说实话，我还真有点饿了！"

中午，高大山只是喝了一缸的白开水。

可高大山吃了几口，就发现不对了，他回头看到高敏和高权正从门缝里悄悄地看着他。高大山马上招手把他们喊了进来。高敏却不进，她说："不，妈妈不让！”

但他们的妈妈已经到厨房里去了，她不愿看着高大山吃饭。

高大山说：“我让你们进来的，快来！”

两个孩子这才慢慢地走了进来。

高大山说：“你们饿不饿？”

两个孩子点点头，望着饭盒里的饭在不停地咂嘴。

高大山说：“中午你们吃饱了吗？”

两个孩子还是望着饭盒，没有吭声。

高大山说：“想吃？”

两个孩子点点头。高大山说：“来，你们坐下，帮爸爸吃掉它们！”

他把饭扒开，两个孩子便狼吞虎咽地吃着。

高大山转身就到厨房里去了，而他看到的是，秋英正在厨房外边的后院里吐酸水。

高大山揭开锅盖一看，里面只有两个胡萝卜，其余全是萝卜缨子。他把秋英叫进来，还没有开口，秋英就突然晕倒在了地上。

部队也跟着很快就出事了，早上的训练，不停有战士晕倒在地，这让高大山感到了事情的严峻。

但部队要进行大练兵训练，而且守备区吕司令要下来检查。

怎么办呢？

高大山说：“战士们吃不饱就跑不动，训练就没法进行，还打啥仗？”高大山只好叫来了李满屯。

“我问你，部队吃不饱，你这个后勤处长咋当的？你不称职！”

李满屯说：“团长，这也不是咱们一个团的情况，各单位都一样，全国都一样！”

高大山说：“我们跟他们不一样！我们是边防三团，这个团的团长叫高大山！我问你，作为后勤处长，你有没有办法在近期哪怕暂时解决一下部队的粮荒，让战士们吃饱一点，有体力参加训练和执勤？”

李满屯苦着脸蹲了下去，他说：“团长，你得让我想想。”

当天晚上，李满屯就跑到了高大山家里，说：“我有一个老战友，解放后转业到北辽物资局，现在他手里还有一点白菜……”高大山说：“白菜也好哇！有总比没有强！快去弄！”李满屯说：“可人家有点条件，眼下谁的东西也不会让人白拿。”高大山说：“啥条件，快说？只要咱们能办到！”李满屯说：“他们想要一点炸药，开山炸石头。”高大山说：“这恐怕不行。都是战备工程上用的，不行不行！”

“还有没有别的办法？”高大山问。

李满屯说：“团长，有件事我要向你报告，你听了可不要发火！”

高大山说：“啥事儿呀我就发火？”

李满屯说：“就是前两年搞国防工程，我手紧巴一点儿，这儿抠点儿，那儿抠点儿，结果这会儿我手头还真有点炸药。你要是同意，我就拿它去换白菜！”

高大山一下就激动了，他说：“好你个老抠，这回你抠得对！抠得好！你知道我为啥非把你弄到我们团来？就是因为你抠门儿！好，我同意你用节省下来的炸药给部队换吃的，万一出了事儿，责任我担着！”

李满屯说：“不会出事，我都想好了，夜里把卡车派出去，夜里再把白菜拉回来，人不知鬼不觉的，咱给上上下下都来个瞒天过海，保管啥事儿也没有！”

高大山说：“行，就这么办！”

深夜，高大山突然被一阵电话铃震醒了。

高大山抓起电话就问：“谁？我是高大山！”

电话的那头却是李满屯的哭声。

他告诉他：“团长，出事了！司机班丁班长在拉白菜回来的路上牺牲了……”

高大山大惊说：“怎么回事儿，快说！”

李满屯说：“出发时丁班长就很虚弱，可是为了完成任务，他非去不可，说这么远的路，派别人他更不放心。回来时是深夜，山道不好走。我看他不行，就让他歇歇，可是他说一定得赶在天亮前把白菜运回来，团长在家等着咱们呢。正好碰上一个弯道，迎面驶来一辆地方的卡车，眼看要撞上，千钧一发之际丁班长把方向朝外一打，急忙刹车，躲是躲过去了，车也刹住了，一只车轮却悬了空。丁班长下车用肩膀顶，让副司机倒车，脚下一滑，就摔下了悬崖……”

天亮的时候，高大山早早地等在那里，运送丁班长的卡车刚一停下，高大山就冲过去，将烈士的遗体抬在肩上，朝前边的灵堂走去。

丁班长拉回的那车白菜，就停在食堂的门口。

李满屯问高大山：“团长，这车白菜怎么处理？”

高大山心里难受，眼望着天空说：“先晒一晒吧，别忙着吃。这是丁班长拿命换来的……”

转身走了。

秋英从外边回家，刚一进门，就发现高权出事了。

高权蔫蔫地躺在地上。

“高权！高权！你咋啦？孩子你这是咋啦？”她抱起高权一看，高权竟没有任何的反应。她摸了摸他的脑门，顿时就慌了起来。她发现高权发烧了！她背起高权就往卫生所跑去。

高权是饿病的，他刚一醒来，就对秋英喊：“妈，我饿！”

秋英背着高权回到家里，却什么吃的也找不到。晚上，床上的高权就又昏迷不醒了。

秋英在屋里愣愣地站着，不知到哪去给高权找吃的，最后，就往团部的食堂走去了。

她想到了刚刚拉回来的那一堆白菜。

那堆白菜就晒在食堂前。

守菜的是炊事班长，他就坐在白菜的一旁，远远的，他就发现秋英过来了，他好像知道她是干什么来的，他拿了一张报纸盖在了脸上，假装着睡去了。

秋英靠近白菜堆的时候，为了不惊动秋英，炊事班长便在报纸下打起了呼噜。

秋英迟迟疑疑地走到白菜跟前，但她不敢动。她看着炊事班长，便小声地叫道：

“大兄弟！大兄弟！”

炊事班长的呼噜声却越来越响。

秋英提高了一下声音，又喊道：

“大兄弟！大兄弟！家里实在没有一点吃的东西了，我想跟你借棵白菜回去煮给高权，可以吗？”

炊事班长还是打自己的呼噜，他不理她。

秋英说：“再不给高权吃点东西，孩子可能就不行了！”

炊事班长的呼噜还在不停地响着。秋英一时就为难起来了。

她说：“兄弟，你可要醒醒啊……你要是再不醒，我可顾不了那么多了……我今儿非要拿你一棵白菜不行……我拿了啊！”

秋英眼里的光越来越可怕，她悄悄地抱起一棵白菜塞进宽大的上衣里，转身就跑了。

一直听到没有秋英的脚步声了，炊事班长才取下报纸。

炊事班长眼睛早已经湿润了。

这时，李满屯走出来说：“刚才谁在这说话？”

炊事班长愣了一下，随即说：“没有。没有谁！是我自己在给自己说嘴呢。”

李满屯看了看白菜堆，便转身走了。

就那棵白菜，床上的高权，慢慢地就又活过来了。

但那棵白菜，秋英没有一次切完，她留了半棵，包在报纸里藏了起来。

高大山是两天后才知道高权病了。他回到家里的时候，高权还躺在床上。

他说：“高权，爸这几天不在家，你们是咋过的？”

高权一开嘴，就告诉了高大山，说：“妈给我们吃白菜了。”

高大山一听，就惊了，心想，不会是粮店供应的吧，她打哪弄的白菜呢？

等到秋英回来的时候，他一下就把她给喝住了。

他对秋英说：“我问你，你给孩子吃白菜了？”

秋英说：“啥白菜，我不知道！”

秋英当然不敢实说。

高大山说：“你撒谎！你不老实啊你！快说！白菜是打哪来的？”

秋英忽然母狮一样发起怒来，说：“啥白菜？我说过不知道就是不知道！”

高大山也气极地说：“你还不认账啊你！”

他一转身就拿出了秋英收藏的那半棵白菜。

“秋英，这是啥？这不是白菜？哪弄来的？”

秋英不管他，她说：“你管我哪弄来的，我偷的！”

“你偷的？”

“对，我偷的！在食堂门口的白菜堆里偷的！我想偷，就偷了！你想咋地吧？”

高大山猛地一巴掌打在了秋英的脸上。

高大山说：“你你你敢去偷那堆白菜？你知不知道它是咋来的？为了这点白菜，丁班长，多好的小伙子，年纪轻轻就牺牲了，你知道不知道？人家父母把孩子养这么大，就这么死了，人家心疼不心疼？这车白菜是丁班长拿命换的，谁都不愿去吃，连里的战士训练那么苦，还都没吃一口，前沿阵地上站岗的战士都还没吃上一口，你就敢偷回来自己吃？你也恁胆大了！你这个人不好！你有问题！我要处分你！”

秋英捂着被打疼的脸，吃惊地看着高大山，哇一声哭着跑了出去。

那天晚上，尚守志和李满屯，还有他们的妻子，他们到处找不到秋英。谁也不知道她跑哪里去了。

尚守志的妻子顿时就愤怒了，她说：“作为家属委员会的主任，我要为我们女同志伸张正义！高大山同志身为团长，动手打人，这是军阀作风！都新社会了，他还敢这样！我们已经说定了，高大山同志必须为今天的事在全体家属大会上做检讨，当众向秋英同志赔礼道歉，不然就不行！”

李满屯说：“啥呀就叫人家做检讨，你们还是先把秋英找回来再说，行不行？”

尚妻说：“人我们可以帮他找，可是高大山也一定得做检讨！”

尚守志忽然看出来了，对妻子说：“哎我说，人是不是已经在你们手里了？人要是找到了，我们俩就不用站在这儿发急了，团长还让我们去开会呢！”

尚妻沉思了一会，说：“你还算是聪明。行，开会去吧，顺便通知一声高大山，后天晚上我们家委会开会，让他来做检讨！”

高大山拿着那半棵白菜，转身来到了团部的会议室里，宣布了两件事：

第一件，他高大山对家属孩子管教不严，致使发生了家属偷拿食堂门前公家白菜的恶劣行为，他先做深刻检讨，并准备做出赔偿，要求给他本人严厉处分。

第二件，他要在军人大会上宣布，给予机关食堂炊事班长赵大亮同志禁闭三天的处分，因为他身为一名军人，竟能在光天化日之下让一个手无寸铁的人，一个女人，从他眼皮底下偷走一棵白菜。他说从军人的角度看，这是玩忽职守，是严重失职！

但秋英却没有原谅他，他的两个孩子也没有原谅他，他第二天给他们打回来的自己的那盒饭，他们动也不动。高大山说：“哎，这饭你们咋不吃呀？”

秋英不理他。

高敏和高权也只看了母亲一眼，低头喝着母亲给他们弄的野菜汤。

高大山说：“哎，你们咋不说话？这是啥意思？这儿还是不是我的家？把我当成帝国主义反动派了？为啥不理我？”

高敏和高权放下碗筷，秋英就叫他们到自己的房间睡觉去。

秋英在走进厨房时，被高大山叫住了。他说：“秋英，你给我站住！”

秋英却一下学会平静了。她说：“这会儿人家都叫我老秋了，你说话也客气点儿，叫我老秋！”

高大山说：“我问你，为啥不理我，也不让孩子吃这饭？”

秋英说：“高大山，你用不着冲我发这么大的火，也用不着这么看着我！自打昨儿你打了我那一巴掌，你就是你，我就是我了。高大山同志，你是边防团长，大英雄，毛主席都知道你，朱总司令还跟你喝过酒；我们娘仨儿是老百姓，从此咱们井水不犯河水，你吃你的饭，我们吃我们的！你也不用天天把饭拿回家来做样子，我还就想看看，离了男人，孩子没有了爹，我还能不能把他们养大，我自己还能不能活下去！”

高大山两眼一下瞪大了，他竟不知如何开口了。

秋英说：“高大山，既然说了，我就把话说完去，你也甭打算再让我侍候你了，我给你当了这么些年的老婆，做饭洗衣服，生孩子管家，当牛做马，昨儿才知道，我在你心里连棵白菜也不如！打今儿起，你不是我男人，我也不是你老婆了，咱们恩断义绝。可话又说回来了，我和孩子眼下还得住在这里，这也是没办法的事，你是团长，要是能在哪里给我们娘仨儿找一间屋，遮遮风避避雨，我们就搬出去，再也不麻烦你了！”

高大山说：“秋英，你这是说的啥话？”

秋英说：“话我也说完了。你的饭我们没动，它放了一下午，凉了，我不是你老婆了，也犯不着给你热，你要是想吃热的，就自个儿去热，要是懒得动弹，就吃凉的吧！”

说完她走进厨房去了。

夜里，秋英也不和高大山睡在一个床上了，她把自己的铺盖卷从卧室抱到放杂物的小屋里，就自己睡去了。高大山挡在门口要拦住她，秋英猛喝一声：“闪开！”高大山吓了一跳，只好闪开了。

高大山看看表，已经深夜十一点了。

他只好走进高敏和高权的房里，看了看熟睡的孩子们。

高权睡着，还在吧唧着嘴。

高大山坐了半天，悄悄地，还是摸进了秋英住的杂物间。

秋英面朝里睡着，一条腿露在外面。

他下意识地伸出手指头去腿上摁一下，秋英的腿上深深地现出一个坑，半天才回到原状。

秋英一动不动。

高大山满脸愧色地坐了下来，小声地说：“秋英，妹子，是我不好。丁班长为那车白菜牺牲，我心里难受，那一会儿别说你偷白菜，就是有人提起要吃那白菜，我心里都会起火！秋英，好妹子，哥当初把你找回家，本来是想让你跟着哥一辈子过好日子，再不用吃野菜，不用挨饿，可是哥没想到还是让你挨饿了……”

秋英一动不动。

高大山站了起来：“可你要相信咱们的国家，咱们的党啊。这不是旧社会了，这是自然灾害，是工作失误，听说毛主席都做了检讨了，这样的日子会过去的！”

秋英还是一动不动。

高大山又不高兴了，他说：“秋英，我话都说了一箩筐，我也给你们家委会那帮老娘儿做了检讨了，你咋连一句话都没有呢！”

秋英还是狠着心不理他。高大山站了一会儿，只好悻悻地走了出去。回到了厨房里，他打开壁橱，看着里边的半篮菜根，眼里呼呼地就流出泪水了，他一咬牙，将那菜篮子狠狠地摔在了地下。

转身，高大山用拳头砸开了政委家的房门。他说：“政委，别睡了！起来，开会！”政委紧张地说：“有情况？”高大山看看他，大声地说：“有情况！”转身，他又敲开了尚守志和李满屯家的房门。把他们一个个地都从床上滚到了团部会议室里。

高大山的声音很沉痛，他说：“同志们，据不完全统计，全团近日已在训练场上晕倒了四十三名战士！还有不少家属孩子，都不同程度地患上了浮肿！作为这个团的团长，过去我对这件事重视不够，措施不力，为此我要向全团官兵和各位的老婆孩子道歉！”

他深深地鞠了一躬。

高大山说：“同志们，就是在解放战争和抗美援朝战场上，我们也没有遭到过这样严重的饥荒！为这件事我睡不着觉！同志们，我们是什么人？我们是男人，是攻无不克战无不胜的英雄军队，可我们连让我们自己的孩子和老婆吃饱一点都办不到，我们还算什么男人！有人会说了，这是全国范围的事，可这话说出来一点用也没有！不能这样下去了！这样下去就是坐以待毙！我们的职责是守好边防，可是我们吃都吃不饱，还保卫啥边防？我提议，全团大练兵活动暂时停止，从明天起，我们要全团总动员，开展生产自救，一门心思弄吃的！同意我提议的，举手！”

他举起手。大家相互看着，没人马上举手。

政委说：“老高，停止全团大练兵这样的事，恐怕要请示一下吕司令吧！”

高大山说：“将在外君命有所不受！我是三团的党委书记，这事是我提议的，有责任我担着！”

尚守志第一个举起手说：“我附议！”

李满屯举手说：“我也附议！”

慢慢地，包括政委在内，几乎所有的人都举起了手来。

高大山说：“好，全体一致通过。不过要是有人需要为这件事牺牲，也只能牺牲我一个人！咱们先说好了，还是我为这个决议负责！好了，现在大家想想，有能让全团吃饱肚子的办法，都讲出来！”

最后，大家一致同意，利用姚得镖的一个地道，种起了蘑菇。

已经当了营长的伍亮，也从部下的一位班长家里，弄到了一对安哥拉短毛兔，准备生产繁殖，进行生产自救。

坑道蘑菇果然就获得了成功。接着，他们从一个连扩大到另一个连，一下就全面铺开了。他们的兔子也从一窝变成了两窝、两窝变成了八窝，八窝变成了十几二十窝了。战士们很快就吃上了蘑菇，吃上了兔子肉。高大山的高权和高敏，也喝上了蘑菇汤，吃上了兔子肉。司令员下来检查大训练那天，也成了检查兔子窝和蘑菇洞了。但司令员高兴。临走的时候，命令高大山：“过几天给我送一百对兔子去！”“一百对？”高大山简直给吓坏了。吕司令说：“还有蘑菇种，种蘑菇的人，一块给我送去！”高大山说：“司令，你总不能一平二调刮共产风吧？”吕司令从口袋里掏出几个水果糖，全交给他说：“这会儿我这个司令比你还穷，口袋里就这几个水果糖，都给你了！”上车的时候又一再叮咛：“别忘了我的事儿，你们吃肉，不能让守备区其他部队汤也喝不上一点吧！”高大山把手里的水果糖一人一颗分给了大家。最后一颗他剥开纸要吃，又包上了，他放进口袋，哼着歌回家来了。秋英依旧睡在那个杂物间里，他没有弄醒她，而是悄悄地摸出那颗水果糖，放进秋英的衣袋里，然后走了出去。秋英其实没睡，高大山刚一走，她就睁开了眼。她没想到高大山往她口袋里放的是颗水果糖，她看着看着，禁不住感动起来。第二天夜里，高大山就抱着被子，挤到秋英的杂物间里来了。秋英已经睡下，他挤了挤，就把秋英挤醒了。秋英说：“你来干啥？”高大山腆着脸笑着，说：“一个人睡，怪冷清的！两个人睡着热乎些！”秋英下床想走：“你来，我就走！”高大山拦住了，他说：“哎我说，事情过去这么久了，连建国以来最大的自然灾害我们都扛过去了，你还记仇啊……别记仇了，我知道，其实你心里根本就不恨我……”秋英说：“不，我恨你！别理我！”高大山突然一声大叫，躺在床上不停地打滚。秋英忽一下就急了起来，说：“咋啦？是不是弹片又疼了？……高大山，我前辈子真是欠了你的！……好，你等着，我给你拔火罐！”等到秋英拿拔火罐，高大山的叫声，突然又没有了。那天晚上，他们又睡在了一起。

生完建国之后，桔梗的肚子就再也不见动静，而秋英，却又怀上了。但不再怀孕的桔梗，却开始上班了，而且，在团服务社里当起了主任来了。知道这个消息的时候，秋英坐在家里生气了。

这一天的高大山却高兴得不得了，因为团里分来了一辆小车，他的坐骑乌枪换炮了。那是一辆半新的美制的吉普车，叫嘎斯车。司机说：“团长，今儿咱上哪去？”高大山往车里一坐，说：“随便上哪儿！”司机说：“随便？”高大山说：“对呀，战争年代，上级给一匹好马，不还得先骑出来遛遛，摸摸它的脾气？今儿咱也遛遛这车，看看它的脾气！”司机笑说：“团长，这又不是马，这是车！”高大山说：“车和马有啥不同？不都为了打仗、为人民服务？不管是车是马，不摸准它的脾气，都不行！”司机说：“对！团长说得对！”高大山笑说：“这句话有水平！团长当然说得对！有时候是团长的话对，有时候因为他是团长！”车子在山路上颠簸没有多久，高大山的脸色渐渐难看了，他招招手，便吩咐停车。然后，蹲在路边大呕了一通。小满屯说：“团长，不行咱就回去吧！到卫生队看看去！”高大山说：“我没事儿。我说要摸摸它的脾气吧，看这意思，我跟这洋玩意儿，还有点水土不服呢。”司机说：“团长，有的人是对废汽油味儿特敏感，你恐怕就是这种体质。”高大山哼了一声说：“我啥体质？我的体质好得很！是你这车味儿不对！……这样吧，今天我就不受这个罪了，你开车拉上李排长在前头走，我在后头跑！”小满屯说：“团长，我坐车，你跟着跑？”高大山说：“对呀。啊，回去你到卫生队去一趟，问问有没有治晕车的药。走哇！你们先走。”高大山果真就在车后头慢慢地跑着，跑得满头大汗。

师医院要组织一批巡逻医疗队下边防，还要组织一部分人到基层去锻炼。王大安参军后一直都在师医院，没下连当过兵，他觉得这是一个机会，就报了名了。要走的时候，他把林晚带到一片白桦林里。他告诉林晚，他去的是三团，就高大山的团。林晚有些吃惊，她说：“为什么要去三团呢？”王大安说：“三团的九连，在七道岭上，听说那里有个大风口哨所比较艰苦，我就想到那儿去！”林晚说：“去多久？”王大安说：“我想去一年，医院只批准三个月。”林晚痴情地望着他，半晌才说：“好，你去吧。我在家等着你回来！”在林晚的心里，她一直有着一个未了的心愿，那就是没能给王大安生一个孩子，她觉得她对不起他。王大安说：“等我回来后，我们就一起去休假。我带你去北京、上海，遍寻名医，我要你给我生一个女儿！”林晚一下就感动了，她说：“别的男人都想要儿子，你怎么想要闺女呢？”王大安说：“我和他们不一样。我要是跟他们一样，我就不是王大安了。我想要你给我生个女儿，我的女儿，像你一样漂亮！”林晚心里觉得美滋滋的。

大风口是伍亮的营地，那里满天狂风大作，林木呼啸。高大山一听说王大安要来这个地方，马上找来伍亮，他说：“伍子，师医院王大安王军医主动要求下基层锻炼，要到大风口去，你负责安排一下，记住，可别太苦了人家！”伍亮觉得名字挺熟的，说：“王大安是不是林军医的爱人？”高大山说：“对，虽然接触不多，可是我能感觉出来，这是个好同志！”伍亮说：“团长，我知道了，你放心，我们一定照顾好他！”但高大山仍然不肯放心，又亲自跑了一趟大风口，把阵地巡视了一遍。高大山问伍亮：“九连在这里放了多少人？”伍亮说：“根据您的命令，我们在这里放了一个排！”高大山说：“这段日子风很大吗？”他担心的是在王大安到来的日子里，王大安受不了。陪同的连长说：“眼下还不算大。真正的大风是在一月以后，那时，最大的时候可以把人吹跑！”高大山连忙吩咐：“告诉战士们，我们是军人，不是老百姓，一旦让风刮到了那边，对方就会认为我们是有意挑衅。我们不害怕他们，但我们也不要因为自己的疏忽，酿成什么边境事件！”伍亮和连长几乎同时地应道：“是！”王大安是坐着一辆驴拉的板车来到大风口的。伍亮来看望王大安的这一天，王大安正在站岗。伍亮问候了一声，说：“老王，怎么样？”王大安说：“报告营长，一切正常！”伍亮说：“老王，跟我们在一块，委屈你了！”王大安说：“营长快别这么说，你们一年到头守在这里，都没说一个苦字。我就是比不上你们，可也是个军人哪！”伍亮说：“王军医，怪不得我们团长说他喜欢你！你和我们一个脾气！”王大安说：“营长，你这么说，是在表扬我，我高兴！”王大安的到来，给哨所里的战士们添了许多的益处，战士有了腰疼什么的，他一针下去，他们腰转眼就好了。战士也都喜欢他。

第九章　诀别

王大安下来没有多久，有人给高大山传来消息，说守备区吕司令，要到军区当参谋长。吕司令一走，守备区司令的位子就空出来了。听说，上头要在高大山和陈刚两个人中间挑一个。

高大山知道后突然哈哈大笑起来。

尚守志不明白他为什么大笑。高大山告诉他：“你说他陈刚也能当司令？他不行！他打仗还不如我呢！真要是接班，那一定是我！”

尚守志说：“团长，你也不要轻敌。二团的大训练大比武，可也是搞得红红火火，跟你有一比！”

高大山说：“不，跟我比，他陈刚不行！你就瞧好吧，守备区真要换司令，那一定是我高大山！”

消息像是长了翅膀，眨眼间，也传到了秋英的耳里。晚上吃饭的时候，秋英看见高大山喜气洋洋的，便问出了嘴来。她说：“老高，外头都在传，说你要到守备区当司令，真的还是假的？”

高大山却说：“假的！小道消息！”

秋英却不相信，她说：“哼，你就没对我说过一回实话！”

秋英告诉高大山，真要是当上司令员就好了，他们就可以回东辽去了。她说：“我还真的惦记着咱家门口那块地呢，再说那儿的学校也比这里好，不管咋说，那是个城市！”

高大山只吃自己的饭，不理她，一边喝着酒，一边慢慢地就哼起了歌儿。

一家子都暗暗地有些吃惊。

秋英心想，肯定是有好事了，他不告诉她，她也知道。

大风口的风果然说来就来。夜里猛然就刮起了七八级的大风，高大山说不清楚是不是惦记着王大安的安全，他连夜把电话打给了伍亮，让他亲自到哨所去看一看，确保不出任何的意外。

伍亮带通讯兵，连夜出现在了哨所上。

但问题还是偏偏出在了王大安的身上。他为了及时采下草药来给大风口哨所的一排长治胃疼，从山崖上摔了下来，大风一刮，就一直刮到了国界线的那边……

因为王大安的事故，上边来了一个工作组长。

其实，他们是为了高大山而来的。

调查完，工作组的组长给高大山他们作了一个汇报，说这起边境事件的性质是严重的，但直接责任人是在事件中死亡的王大安。由于他不是边防三团的人员，三团可以对此不用承担责任！

但高大山却愤怒了。

他说：“你们怎么这么说话呢！你们知道不知道，王大安同志已经不在了！”

工作组长说：“高团长，我们这么做主要是考虑……”但组长的话没说完，就被高大山制止了。

高大山说：“别说了！我是边防三团的团长，防止和杜绝边境事件是我的首要责任。这起事故的责任不该王大安同志来负，他是下基层锻炼，是在哨位上被大风刮过了界碑！对于他的死，我高大山，我们全团同志，都非常悲痛！据我所知，王大安同志在大风口锻炼期间，严格要求自己，很好地履行了一个军人的职责，他还利用休息时间为战士们看病，是一个难得的好同志，我们的好战友！”

工作组长希望高大山冷静一点。

高大山却拍起了桌子，他说：“我冷静？我冷静什么？我凭什么要冷静！王大安同志是在履行一个边防军人的责任时死的，是为了帮助战友治好胃病献身，他人都死了，我们这些活着的人在做些啥？我们难道还要一股脑儿把自己应负的责任推到他身上？不！如果有什么责任，一切责任我高大山都担着，上级要处分，就处分我好了！是我的工作没做好，没能提前预防事件的发生！对王大安同志，我反对给他任何处分！”

工作组长无奈地站起说：“那好吧，我们将把高团长的意见带回去！”

第二天，司令员就给高大山打来了电话，说他们采纳了高大山的意见，认定王大安同志是下部队锻炼期间，为采集草药给战友医病，被大风刮过境牺牲的，决定追认其为革命烈士。另外，他的命令下了，过两天就去军区任职。守备区司令员一职，军区决定由二团陈刚团长接替，让他先替陈刚吹吹风！

团政委一听就火了。

他说：“老高，这不公平！就能力，就成绩，就战功，包括资历，你哪点不如陈团长？”

高大山也为此感到怅然，可他告诉政委：“人家二团边境上没发生像我们这样的事件，你知道不？”

林晚来了。

林晚的到来，在高大山的心上似乎又是沉重的一击。

林晚给交了一份报告，提出要调走，要调到大山子守备区医院去。

高大山一听说急了，他眼睁睁地凝视着政委，问：“你同意了？”

政委说没有，他说：“我得先征求你意见。”

高大山为此深深地叹了一口气，然后说：“也好，这里毕竟没她可留恋的了，让她换一个环境吧。”

高大山看到林晚的时候，是在团部的招待所里，里边很多人，几乎所有的人都来安慰林晚。但高大山却极力地避开着林晚的目光。但林晚却禁不住心里对高大山的感激。

她说：“高团长，我代表大安，和我自己，谢谢你和你们大家！是你和三团党委替他承担了责任，我知道！”

高大山说：“不！王大安同志本来就没啥责任！要说有责任是我的责任，我知道王大安同志主动要求到大风口锻炼，却没有想到更好地照顾他，让他不出这次事故。是我们三团对不起你，我高大山对不起你！”

林晚的眼里又慢慢地流出泪来。

高大山受不了这种场面，他对林晚说：“林晚同志，我们不多陪你了。王大安同志牺牲了，可是我们这些人还在，我们是同志，又是战友，有什么困难，就对我对我们说！我们一定努力帮你解决！”

林晚说：“谢谢你，老高，谢谢你们大家！”

高大山看着政委和尚守志、李满屯说：“我们走吧！林晚同志，你多保重！”

尚守志说：“团长，还有一件事，要征求一下林医生的意见！”

高大山说：“啊，对了，林晚同志，如何安置大安同志的遗体，我们要听听家属的意见！”

林晚说：“老高，大安他没有父母，只有我一个亲人。要是他还活着，他一定愿意长期留在这里，和你们在一起。前些日子他还写信给我，说他喜欢你们，喜欢边防三团，想长期留下来。我想请求组织上……就满足了他的这个愿望！”

高大山望着尚守志和李满屯，大家都点头同意。

王大安的葬礼就在山坡上举行。

王大安的墓旁是丁班长的墓。

高大山说：“同志们，今天我们在这里安葬了我们的好战友、好同志、林晚同志的爱人王大安烈士……我说几句啥呢？……我心里难过，本来想好了几句话，到了这会儿也都忘了……啊，是的，今天我到这里，一眼瞅到王大安同志的墓，小丁班长的墓，我就忽然想起一件事：今天还有谁还敢说和平年代军人不会牺牲？……不！谁也不能这么说！他没有权利！哪怕到了现在，新中国了，和平年代了，我们的同志、战友还是在牺牲！同志们我们一定要记住这件事，记住这些同志的名字！记住他们是在守卫祖国边防的岗位上死的，和当年为建立新中国倒在战场上的人一样壮烈！……对了，还有我们，我们大家也要准备好，在需要的时候死在自己的岗位上，就躺在大安同志和小丁班长身边，就这儿……”

他指着王大安墓侧的草地，神情异常地悲痛。

林晚看着显得异常地吃惊。

临离开的时候，她把一封信交给了秋英。

林晚说：“秋英嫂子，这是大安去大风口哨所以后写给我的一封信，这会儿我想把它留给你和高团长……但你们现在别看，等我走了以后再看。”

王大安在信上说：“林晚，有些话我只有到了这里，才能写给你。别以为我到这儿来是要逃避你，逃避我内心中真实的感情。是的，过去我没有把我心里的思想和感情全部讲给你听，是因为我觉得那些感觉和思想是卑鄙的。虽然我相信高大山同志是一位光明磊落的人，虽然我们做了这么长久的夫妻，但我心里仍然一直有一点怀疑，认为你对他的情感超过对我的感情，虽然我在你面前和高大山同志面前掩饰得很好……有了这一点想法，我的心就时常隐隐作痛，因为……你知道……我是爱你的……可同时我也明白我可能是错的……我不能解释这种混杂的思想，于是就想着离开你一段时间，将自己内心的感情清理清理……这就是我主动要求来到基层部队当兵的真正原因。至少是原因之一。只是到了这里，和长年累月守在这里的战士们生活在一起，我才发觉我的这些思想和他们、和同样年年岁岁守在边境线上的高大山同志相比是多么委琐。是这一段时间的生活和对高大山同志的理解让我明白了，我们首先就是革命军人，生命的意义在于替国家和人民守住这条边境线。比起老高和这里的战士们，我深深地为自己心里那些阴暗的念头感到惭愧……林晚，我很快就要回去了。我在给许多战士治好身体上的疾病的同时，也医好了我心灵上的疾病。我现在觉得自己也明白了你。你对老高拥有的只可能是战友间的情感，因为你比我对他了解得更多，也理解得更深，你和他一样也是个内心光明磊落的人，因为这一点，我现在发现我更加热烈地爱着你……”

夜已经很深了，早已睡着的秋英恍惚中被外边的声音惊醒。她听不出是谁的声音，便悄悄地爬了起来。屋里，除了高大山，却不再有他人，是高大山一人，在一边给自己灌酒，一边自己给自己说话。

高大山说：“高大山同志，党考验你的时候到了……不就是让陈刚去当司令，没让你当吗？你这是在跟党怄气！个人英雄主义思想又抬头了你！我不是批评你，同志你危险了你！……”

说罢，自己愣愣地又喝了一杯下去。

高大山说：“哎，我说老高呀，譬如当初咱们在战场上打主攻，上级让他们连战连胜营打，没让咱攻坚猛虎营上，过后他们打不下来，或者有了更艰巨的任务，不还是让咱上了吗？……有时候首长不让你上，那是他们有意把咱们攻坚猛虎营、把你高大山藏起来，到了更叫劲的时候才让你上哩……你是个老兵了，连这一关都过不了，还想当白山守备区的司令？……凭这一点你就不够格，就该让人家陈刚当司令！”

秋英悄悄地就走了过来。

她说：“老高呀，你一个人在这瞎嘀咕啥呢！我问你，陈刚要到东辽当司令了？”

高大山已经喝多了。他说：“你别捣乱。我正做我自己的思想工作呢！”

秋英说：“你自己？”

高大山说：“不是我还能有谁？不打仗了，升官了，上级把你一个人放到这里当团长，你就是闹情绪，也不能再立马跑到首长面前吆喝一通了……哎，对了，我要正式向你通报一下，明天上午，陈刚要带着全家到白山守备区上任，路过咱们这儿，说要我管他酒喝！”

秋英说：“明天？”

高大山说：“对。明天！说实话我不服！他陈刚能当司令？他不行！可是不服不行啊同志，组织上已经定下的事儿你只能服从！我得说服自个儿，我得让自己过了明天这一关！我不能司令没当上，还在陈刚面前丢了脸，让他看出来这一关我没有过好！”

秋英说：“是不是因为王军医那事儿，他们才不让你当司令了？”

高大山发怒了，说：“甭提王军医！他是好样的！”说着眼里就涌出泪来，又一杯喝了下去，一边给秋英挥手，“好了，睡觉去吧！”回头又自己对自己说：“首长，请放心，我就不信我高大山革命那么多年，枪林弹雨、多少难关都过来了，就过不了明天这一关了！……想想王大安同志，想想小丁班长，想想牺牲在战场上的刘大个子、苏连长、不满十六岁就倒在锦州城下的小顺子，我高大山能活到现在，当上边防团长就是赚了……”说着说着，他猛地一拍桌子：“这一关，我还过定了！”

然后，摇摇晃晃走进卧室。

秋英迷糊地看着高大山的背影，竟也生气地抓起桌上的酒，喝了一杯下去。

她在替他难受。

陈刚来了。

陈司令员来了。

高大山咧着大嘴哈哈地大笑着，给了陈刚一个军礼，说：“司令员同志，你好！”

陈刚说：“干啥呀？我还没到任呢。”

高大山说：“没到任也是我的领导！”

陈刚说：“老高，你今儿见了我，怎么特别高兴？”高大山说：“是吗？我高兴了？对，我当然高兴，你是我的老战友，战场上整天掐，你当了司令我还不高兴？”陈刚笑说：“不对。你这笑特别假！哎我说老高，我当了这个司令，你心里是不是特别不服？听说我要路过你这儿，向你要杯酒喝，你一夜都在嘀咕，给不给这小子酒喝！”高大山说：“陈司令员，你说啥呢？你去上任，路过我这儿，想讨酒喝，我高大山高兴！我嘀咕啥了？我昨天夜里睡得好好的，不信待会儿你去家里问问孩子他妈！”

陈刚笑说：“好，你不承认拉倒。不说这个了。走，上你家，喝酒！”

高大山说："好，都准备好了，请！"

陈刚走到前头，他落在后头，下意识地用手往上推了推脸上的笑，好像这样笑实在是有点太累了，可陈刚忽一回头，高大山脸上的笑容立即又恢复了。

屋里的秋英，也在忙着款待桔梗和建国，她觉得桔梗真的像个司令夫人了，连走路都像。

她说："我的大姐呀，你都把我想死了！"

桔梗却没秋英那么激动，她只是奇怪，说："你们怎么住这儿呀？"

秋英说："啊，对。就这儿。"

桔梗说："这房子也太旧了点儿，这能住人吗？"

秋英脸上的笑容一下就落了。

看到高敏的时候，桔梗才高兴了起来，左一句我闺女长高了，右一句我闺女漂亮了。她说："哎哟秋英妹子，你看出来没有，说不定咱姊妹俩，还能做个儿女亲家呢。你看看俺建国，能配得上你们高敏吧？"

这么一说，秋英也高兴了，她说："哎哟我的大姐，你要这么说，我可是求之不得呀。只是你们家现在是司令了，我这不高攀吗？"

桔梗却忽然就认真了："你说啥呢？咱们两家是啥关系？要我说，这件事咱就定了！"

秋英说："定了就定了，以后我就不叫你大姐，叫你亲家了！亲家！"

桔梗应道："哎……"

两人便哈哈大笑起来。

那一天的酒，对高大山来说，喝得有点闹心，就连桔梗都看出来了。

桔梗帮秋英端菜上来的时候，看了高大山一眼，嘴里说道："哟，老高，你的脸是不是叫风吹了？"

高大山知道桔梗在说他什么，他也上上下下地把桔梗打量了一遍，反击道："你说啥呢？……哟，我说桔梗，这身干部服穿在你身上，咋不像呢？你这不是随便糟蹋东西吗？毛主席说，贪污浪费是极大的犯罪呀。你不知道吗？哈哈！"

桔梗说："哎瞧你个高大山，这么些日子不见，一见面你还是看着我这么不顺眼。你今儿是看不上我这身衣裳呢，还是对我桔梗个人有意见？"

高大山说："我对谁都没意见，哈哈！"然后把杯举起，说："来，陈司令员，祝贺你高升，干杯！"

陈刚拿手护住杯子说："老高，今儿我可是在你家喝酒，我说过了，没到任之前，我还不是白山守备区的司令，今儿我是到你这个老战友家喝酒。你要是再拿我这个没到任的司令说事儿，这酒我就不喝了！”

高大山想了想说：“好，痛快！那咱们就两个老战友，喝酒！”

桔梗回到厨房里，就不依不饶地拿秋英出气，她说：“秋英妹子，我饶不了你们高大山。他一见面就损我，说这身干部服穿到我身上是糟蹋东西。你说，这衣裳难看吗？我还是专门请东辽省的裁缝做的呢！”

秋英认真地打量着她的干部服，说：“大姐，哎，不，亲家，你咋能让高大山的话进到心里去呢？他狗嘴里能吐出象牙？！哎，让我看看……这衣裳挺好看的嘛！你一穿上这个，就不像咱老娘们了，像个干部！……真的，你一穿上它，真的就不像你了！好看了！又年轻。”

“人家本来就是干部了。”桔梗说，“在二团我是服务社主任，这回去白山守备区，他们也给安排好了，还让我当主任！”

秋英的神情忽一下就黯淡了下去。

桔梗告诉她：“我还要穿着这套新干部服，回一趟蘑菇屯呢！”

秋英又愣了，她说：“你要回老家？”

桔梗说：“当然啦。一晃就十来年了，我可想老家的人了。陈刚如今当了司令，我也当了服务社主任，哼，当初谁瞧得上我这个童养媳妇？我说我要回去，陈刚还不让，我说不，我就要回去，要那些眼窝子浅的人瞅瞅，我桔梗也有这一天！”

秋英跟着也想起了什么心事，情绪越来越沉重了起来，像是受了什么内伤。

饭桌上，喝着喝着，陈刚还是对高大山的那一脸不满，他突然一拍桌子，说：“老高，你不像话！这酒我不喝了！”可高大山还是一脸的假笑，他说：“你咋不喝了？哈哈！”陈刚说：“老高，你要是再这么笑，我就真不喝了！”高大山说：“我笑了吗？我没笑啊，哈哈！”

陈刚突然急了，他指着高大山的鼻子，大声地说：“还说没笑！高大山同志，停止你的假笑！”

高大山放松一下面部肌肉，刚要说什么，桔梗又端菜上来了，她说：“你们俩还没打起来呀？”说得两人先是一惊，随后，就都乐了。

陈刚说：“老高，咱是一同出生入死的老战友，你给我说实话，上头让我当这个司令，你心里就服气？”

高大山笑说：“我服气！哈哈！”

陈刚说：“老高，你又假笑！我问你话呢，真服气还是假服气！”

这一次，高大山哑了，半晌后告诉陈刚，说：“当然是假服气啦！”

陈刚这回也哈哈大笑了，他说：“好，老高，今天来到三团，我听你说了头一句实话！假服气也是服气，我就不明白了，你为啥就服气了呢？”

高大山说：“因为我要我自己服气。因为我不服气也不行了，上级已经任命了你！我让自己装出个服气的样子，是要让自己过好这一关！”

陈刚说：“好，到底说实话。这才是高大山！说吧，为啥我当司令，你就不服气！我为啥就不能当这个司令！”

高大山说：“因为你不行！有我高大山在这儿，你根本就不行！咱们在战场上比试了那么多年，你根本就不行嘛！”

陈刚说：“胡说！我哪一回输给你高大山了！还有我们连战连胜营！为啥上级命名我们叫连战连胜营？”陈刚说着拍起了桌子，大叫道：“那是因为从不打败仗！总是打胜仗！”

高大山不拍桌子，但呼地站了起来，忽然想起什么，随即又坐了回去，脸上笑了笑，又喝了一杯下去。

“那是！你说得对！陈司令员，请接着喝！我们接着喝。”

陈刚不喝了。“高大山，你又假笑了！你又在欺骗你的战友和同志！你这么干可不对呀老高！我不高兴。”

高大山慢慢地就站了起来，拉起陈刚的手，直直地往外走，一直走到烈士的墓前。

陈刚已经喝多了，喝醉了眼了。

“这里是哪里？……这是……”

“老陈，这里躺着的就是林军医的爱人王大安王军医，那边是当初为了给全团弄一车白菜牺牲的小丁班长。你问我为啥服了气，就是因为他们！看到他们躺在这儿我心里就难受！你当司令员我服气？我干吗服气？我要是服气才怪呢！可是一想想他们，我还能不服气吗？我们是谁？我们是边防军人，我高大山的名字毛主席都知道，朱总司令当年亲自给我敬过酒！站在这些牺牲的人面前，我还有啥资格不服气！朱总司令当初告诉我，要我一辈子留在部队里保卫国家的边境线，我今天就站在国家的边境线上，我就在这里守卫着它，我高大山还有啥不服气的！”

他眼里涌出愤怒的泪花，谁都看出，他心里还是不服气。

陈刚动容地拍拍他的肩膀：“老高，我懂了。有你这几句话，我这趟就没白来！到了白山守备区，我知道怎么干了！我得让你服气！”

高大山的心忽地动了一下，愣愣地看着陈刚，感到有点暗暗的吃惊。

忽然，两人都笑了起来。

高大山一回到家，就看见秋英情绪不对，她在闷闷不乐地收拾碗筷。

高大山说："哎，晴天白日的，咋噘着嘴？"

秋英说："人家当了司令，你就这么高兴？"

高大山脸上的笑容拉下了，说："你这是咋啦？"

秋英咚的一声，把手里的碗筷鄗在桌上，转身坐着抹泪去了。

高大山说："哎，你这是咋啦……"

秋英猛然大声地说道："高大山，我要跟你离婚！"

"你发啥疯啊，跟我离婚？"高大山的酒一下醒了不少。

秋英说："在你眼里，我就不是个人，这么多年，我就是你们家雇的老妈子！我连个老妈子也不如！"

高大山生气了，说："哎我说秋英同志，杀人不过头点地。有啥事就明明白白说出来，别让我死了也是个屈死鬼！"

秋英说："跟人家桔梗大姐比，我还像个人吗？人家当了团长太太，马上就参加了工作，当上了干部！"

高大山吃惊了，说："桔梗成了干部了？"

秋英说："人家过去是二团服务社的主任，这回人还没调到东辽，工作又安排好了，还是服务社主任！我呢？跟着你来到三团这么些年，叫你帮我安排个工作，你今天推到明天，明天又推到后天，到了今儿我还是个家庭妇女。妇女解放，妇女解放，人家桔梗都解放这么些年了，我还叫你和你的这个家压迫着！不行，我也要解放！"

高大山说："我不是说过了吗，服务社就那么大，不是没有位置安置你吗？"

秋英说："你胡说！没有我的位置，为啥尚参谋长的爱人一来就进去了，还有李处长的爱人，前不久也进去了？我看你就是不想让我解放，你自私，只想让我在家当你的老妈子！我告诉你，打今儿起，我还不当了，我罢工！"

高大山说："英子，好妹子，这样行不行？你先别罢工，我不吃没啥，可是还有孩子呢。"

秋英说："别拿孩子糊弄我！我这会儿谁也不心疼，我只心疼我自个儿！"

高大山说："好好好，这两天我就去问问李处长，看有没有空位置，你等着吧！"

转身就匆匆出去了。

夜里，高大山已经睡下了，秋英还是把他弄醒。她说："帮我问的事咋样了？”高大山说：“你去那能干啥？你又没文化，人家那里也没空位置，以后再说吧！”

秋英只好泄气地坐下，她心想我跟这个高大山是白费了，我跟桔梗大姐是再也比不上了！回头看高大山又打起了鼾，恼起来了，她大声地吼着：“高大山，你不能睡，我还有事要跟你说！”

高大山只好睁开眼睛：“你还有啥事儿？”

秋英说：“高大山，桔梗这回去东辽，要顺便回老家蘑菇屯探亲！我给你们家大人孩子当了十几年老妈子了，现在不想当了，我也要去探亲！”

高大山睁眼又闭上了：“桔梗的老家在蘑菇屯，你老家没人，跟我一样，你连个家都没有，你探啥亲？”

秋英说：“我就是要探亲！我都想过了，我是打关内翠花婶家跑出来嫁给你的。那里就是我的娘家！你不给我安排工作，我就去他们家探亲！”

高大山不理她，一头又睡去了。

秋英却一不做二不休地就找出一只提包，收拾起了东西。吵得高大山也睡不成了，只好坐起来，看着她说：“哎，你真的要去关内探亲？”秋英头也不回地说：“对！”高大山说：“不探不行吗？”秋英说：“不行！”高大山说：“你走了孩子咋办？这个家咋办？”秋英说：“你爱咋办咋办！你高大山是团长，能耐大，有的是办法！”说罢回头看了高大山一眼。高大山真的生起气来了。她以为他会大声讲出不同意自己探亲的话来，心里暗暗得意，不想，高大山晃了晃，竟又睡下了。

“老高，你说句话呀，到底叫我探不叫我探？”

“你爱探不探！”

秋英失望了，她说：“那我就探！明天就走！我非探不行了！”然后，继续收拾着东西，弄得箱子上下全是衣服，但床上的高大山就是不理她。

第二天早上，秋英将新衣服一件件套在身上，而且弄了一件新做的干部服穿上，学着桔梗的样子。高大山看她将自己弄得像个棉花包似的，看着不耐烦了，说：“你是去关里，又不是去西伯利亚，穿这么多，就不怕捂出毛病来？”秋英说：“不要你管！我愿意！我都十几年没回去了，不穿几件像样的衣裳，人家还以为我在外头要饭呢！”高大山说：“好，那就穿！”

高大山说：“去了以后，可别忘了告诉人家，你现在不是以前的秋英了，你现在是边防团长的夫人，你男人大小也是个官了！”

秋英说：“我当然要告诉他们！谁叫他们当初看不起我，要把我嫁给他们那个瘸腿的娘家侄儿！”

高大山不想理她，往外走了。

“对，”高大山说，“冤有头，债有主，这一趟，把咱该报的仇都报了！你自己走吧，我上班去了！”

秋英却突然把他喊住了。

“高大山！你给我站住！”

高大山站住了。

“你要是真舍不得家，舍不下我们爷几个，就不走！”

“谁说我不走了？我说过走，就走！”

“好，那就走！”

高大山继续往前走去。

“你给我回来！”

高大山又站住了。

“我走了，你打算咋办？这个家咋办？孩子们谁照看？”

“那你就甭管了，你反正是哑巴吃秤砣，铁了心了，孩子们随他们去，爱怎么着怎么着！”

秋英生气了，她说：“我本来还不想走呢，你这一说我非走不可了！给你们家当牛做马这么多年，我当累了，我就要走！”说着哭了起来。

高大山暗暗地叹了一口气，从口袋里掏出一沓钱，回头塞在她的手中。

秋英止了哭，抬头警觉地看着高大山。

“这钱哪来的？”高大山说，“甭管哪来的，拿上，你不是还得回去摆阔嘛！”“不行，你不说清楚我不拿！”高大山说：“预支的下个月的工资。我媳妇给我洗衣服做饭十几年，想回一趟娘家，我还不让她风风光光的？我们爷几个就在家饿几天！”

秋英脸上忽然露出了笑容。

“就这几句还像人话。我留下几张，给你们过日子！”她把手中的钱抽出几张，其余的塞回高大山的衣服里。临走的时候，秋英却搂住孩子们哭了。他们早已经不止是高敏高权，而且还有了高岭了。

秋英搂着高敏说：“高敏，妈走了，你是大姐，一定要照看好弟弟……”

高敏哭着说：“妈，我知道。”

秋英然后拉过高权：“权，妈走了，就没人疼你了，你不要淘气，该吃的时候吃，该喝的时候喝……”

高权也在哭，一边哭一边点头。

秋英最后搂过高岭，说："岭，你这么小就没有妈了，要听姐姐哥哥的话，别一个人离开家……"

高岭也只是哭，不知如何跟妈说话。

母子四人哭成一团。

第十章　念亲

秋英一走，高大山就把孩子们交给了警卫排长小李代管，小李事情多，有时管不过来，就让他们自己闹去了。最兴奋的当然是高敏，她不时地号召高权和高岭，说："妈不在家，咱们解放了！咱们想干啥就干啥了！高权，高岭，咱们玩打仗吧？"高权高岭说："好哇好哇！"玩着玩着，觉得三个人太少，不好玩，就把别的小孩拉过来一起玩，玩得就像一个战场似的。有一天玩饿了，在屋里找不到吃的，便到处翻箱倒柜。最后，把他们妈妈收藏的粮票翻了出来，到外边买烧饼去了。

晚上，高大山回家发现一个人影也没有，顿时就急了，问身边的小李："高敏他们呢？"

小李说："团长，今天我不是一直跟着你吗？"刚说完这一句，小李啊了一声，说："坏了，团长！早上你让我跟你走，我忘了把高敏他们吃饭的事儿交代别人了！"

高大山一听眼睛也大了。

"打中午起就没人管他们吃饭了？"

小满屯嗯了一声。

高大山立即吼道："那还不快点给我找人去！给我把他们统统找回来！"

小李一转身，哪里找去呢？他忽然把哨声一吹，拉起了一个排，兵分三路，就往小树林里找人去了。

高敏买了烧饼后，就带着高权高岭几个，往树林里去了。

他们的伙伴尚来福看见高敏拿了那么多的烧饼，一下就愣了。

他问："司令，这么多烧饼，哪来的？没有违犯群众纪律吧？"

司令就是高敏。高敏带领他们玩的时候，总是自称司令，别的都是她的部下。高敏说："胡说，我们是八路军游击队。不是土匪！这是拿我妈攒的粮票换的！"

尚来福说："多少粮票能换这么多烧饼啊？"

高敏说：“我也不知道多少。反正就那么多了，都给了卖烧饼的了！”

尚来福高权还有高岭，都觉得好吃，吃完就又打起仗来了！一直到发现小李叔叔找来的时候，才慌了起来，但聪明的高敏却让小朋友躲了起来，小李他们找了半天竟没找着，小李只好告诉高大山。

高大山一听就生气了，他把小李骂了一通，就自己上山找高敏他们来了。

高敏一看见父亲亲自找来，顿时就慌了。

“快，快隐蔽起来！我爸来了，这下坏了，没我们的好果子吃了！快藏起来，别让我爸看见了！

孩子们谁也不敢抗拒，暗暗地又把身子藏进了树丛的深处。

高大山一上山就发现了孩子们的行踪，他看到一张丢弃的军区《红旗报》，那是他们才有的，但他没有停下，而是大声地对小李：

“哎，别在这里找了！这里没他们！肯定在前面，走！”

这话是说给高敏他们听的，高敏他们也听到了，他们以为父亲真的没有发现他们，真的往前找他们去了。谁知走没多远，高大山就在一个拐弯处停了下来，示意战士们回头将那片小树林悄悄地包围起来。

“不要出声，这帮毛孩子马上就会自己出来的！”高大山吩咐道。

战士们刚刚走开，小树林中的孩子们便呼地一个个站起来了。

高敏命令高权：“快，咱们赶快转移，千万别让爸爸他们抓着了！”

高大山突然一声大吼：“站住！”把孩子全都吓了一跳，傻着眼，乖乖地站住了。

“都给我站好！说，你们谁是头？是不是你，高敏？”

回到家，高大山就把高敏关起来了。吃饭的时候，高大山只叫了一声：“高岭，来吃饭！”

然后，把关着高敏和高权的房门打开，叫他们出来，命令道：“给我靠墙站好！”

两人只好乖乖地站着，看着桌上的饭，咽着口水。

高大山说：“饿了吗？”

高敏不吭气，高权应了一声：“饿了。”

高大山说：“想吃饭吗？”

高敏大声地说：“想！”

高大山说：“想吃饭就说实话，今天的事怎么回事？”

高敏不说，头一扭，歪一边去了。

高权却吭吭哧哧的受不了，他说："爸，我要是说了，你让不让我先吃饭？"

高大山说："可以考虑。你说吧！"

高敏却突然朝他吼了一声："你敢！"

高权说："姐，我真饿了。你一人做事一人当，别连累我呀。爸，我姐是头儿！"

高敏说："呸，叛徒！"

高权说："是她拿咱家的粮票换烧饼，发给大家，让人家叫她司令，跟着她上山打游击！"

高大山说："高敏，他说的都是实话？"

高敏说："是实话，又咋？"

高大山说："好，说实话就过来吃饭！"

高敏忽然就高兴了，说："真的？"

高大山说："对，你！"

高敏看了高权一眼，就往桌边走来了。高权一看，却不敢动，问："爸，我呢？"

高大山说："你出卖了你的同志，你今天饿一顿，回禁闭室里去！"

高权只好乖乖地回到了禁闭室里，把门关上。

高敏是个聪明的孩子，她早就摸透了父亲的脾气了。一上桌，她一边吃饭，一边就讨好地夸起自己的父亲来。她说："爸，我们上山打游击是学你呢，你知道吗？我们特别崇拜你，长大了我们也当兵，像你一样！"这话高大山确实爱听，一下就高兴了起来，说："你真的最崇拜爸爸？"高敏说："哎！"高大山说:"崇拜我啥？"高敏说："崇拜你像电影里的英雄，《平原游击队》里的李向阳，《铁道游击队》里的刘洪，《平原枪声》里的史更新，你跟他们一样，不，你比他们还棒！"

高大山高兴得眼睛都小了，他说："高敏，你真觉得爸爸像他们？"

高敏说："嗯！"高大山说："好，像我高大山的闺女！有什么想法，说？"

高敏马上来兴趣了，她说："爸，听说明儿你们打靶？我想去！"高大山说："行，明儿我就让小李叔叔带你去。不，我亲自带你去学打枪！"

高敏高兴了说："爸，你太好了！我更崇拜你了！"这么一说，高大山却忽然谦虚起来了，他说："别崇拜我，要崇拜，就崇拜你吕伯伯，他是老红军，走过长征路，抗战八年打过日本鬼子，对！要崇拜就崇拜他，别崇拜我！"高敏说："爸，要不，让高权也跟我们一起去吧！"

高大山说："不。不让他去，让他在家带着高岭，看家！"

高大山把高权叫了出来，让他坐下吃饭，吩咐道：

"明天早上吃完饭，你留下来看家，带弟弟玩，我带你姐去打枪！"

"看家就看家！谁稀罕打枪啦！"高权嘴里低低地嘀咕着。

第二天早上，高大山果真带着高敏去打靶，高权没有办法，只好带着高岭，在外边摔泥巴玩。可高岭玩着玩着，就不高兴了，他说："哥，我们找爸爸和姐姐玩去吧。"

高权说不去。

高权对高岭说："咱家里分两拨，你知道不？高敏是爸亲生的，爸跟她最亲；咱俩是妈亲生的，咱们仨最亲。以后你听我的话，别听高敏的话！"

高岭说："你胡说！我也是爸亲生的！"

高权说："你不是。你要是，今天爸咋带高敏去打靶，不带你去？"

这么说，高岭就暗暗地又想起妈妈来了。

高岭说："哥，我又想妈了。不知道她啥时候回来，你说她还回来不？"

高权说："回来，当然回来。不然咱俩不就没妈了？"

高岭觉得高权说得对，俩人就又玩起来了。

就在这秋英不在家里的日子里，有一天，高大山的老家来了两个人，一个就是他小时候的同伴刘二蛋，一个是靠山屯的小会计，说是去东辽城办事，路过这儿，听说高大山当了团长，就来看看他。其实这是一个借口，他们是有事而来的，但看到高大山的脸一直是冷冷地对着他们，便不敢作声。一直到了中午，他们起身出门了，刘二蛋才被会计不停地扯着衣服，让他把来的目的告诉了高大山。

刘二蛋说："大山哥，你们家大奎，又搬回咱靠山屯来了！"

一听说大奎，高大山就被震住了。大奎就是他原来在家时跟王丫生的那个孩子。

高大山说："他咋啦？"

刘二蛋说："他原先不是给了人家吗？后来他大了，收养他的李老炮和他老伴前年都过世了。屯子里的人商量着，不能让孩子一个人待在那里，就把他接回屯里来了！他现在又姓高了，你们老高家在咱屯子里，就算是又有后啦！"

会计说："屯子里大伙还帮大奎娶了亲，盖了房子，这会儿他们家也像个人家了！"

高大山的眼圈慢慢就红了起来。

刘二蛋的话吭吭哧哧的，最后不好意思地说："大山哥，说心里话，我也知道你不想见咱靠山屯的人，那年你和小英妹子去讨饭，路上她掉到冰窠子里，你跑回屯子里喊人……我都没脸跟你再提这一档子事儿，你打东头喊到西头，一个人也没喊出来，回头小英妹子已经不在了……我知道你心里一直没忘了这件事，忘不了啊！……你不知道咱屯子里的人也跟你一样，一直没忘掉这件事，都觉得对不起你们老高家！可是大山哥你也听我说一句话，那年月日本人闹得多凶啊，又有土匪，又是夜里，别说是小英妹子掉到冰窠子里，就是有比这更大的事，也没人敢出头哇……这不，就是大家伙觉得对不起你们老高家的人，才商量着把大奎接了回来，帮他盖房子，娶媳妇……我和会计侄今儿来，就是想告你一声，咱靠山屯的人知道自己对不起你大山哥，可这会儿，你们家在靠山屯又有人了！"

高大山雕像一样站在那儿，眼里不知不觉地已经涌满泪水，嘴里不住在叨念着小英和大奎的名字，几乎沉浸在一种自己的激动里，把刘二蛋和会计都给忘了。

刘二蛋看着高大山，不知如何是好，只好悄悄地对会计说："走吧……咱们走吧！"

但被高大山猛然喊住了，他说："你们别走，给我站住！"

刘二蛋吓了一跳，站住了。他说："大山哥，咋？俺们就是来给你报个信儿，没旁的意思，对不对会计侄？"

高大山的眼里还在流泪。他说："二蛋兄弟，是我高大山不是东西！你们今儿既然来了，不在我这儿住三天，就甭打算走！"

刘二蛋忽然就高兴了，他说："既是大山哥叫咱留下住几天，咱就留下住几天吧。"

那一天，高大山自己下厨，给二蛋和会计做了几个菜，就喝了起来。喝着喝着，高大山对二蛋说："二蛋兄弟，有几句话我想问问你们！"刘二蛋说："问吧，来了就是让你问的！"

高大山说："乡亲们真的还记得我高大山？"

刘二蛋说："可是记得。你是咱屯子里出的最大的官了，不记得你还能记得谁呀！"

高大山说："那好，喝酒！"

三人高高地把杯举起，二蛋说："大山哥让我们，我们就喝。"会计点点头："喝！"三人便一饮而尽。高大山说："我再问一句。"二蛋说："问吧。"高大山说："那年冬天，屯子里的人真是因为害怕日本人和土匪，不敢出来帮我救我妹子小英，他们不是见死不救？到了这会子了，他们还记得我那个可怜的死在冰窠子里的妹子？”

刘二蛋手里的酒杯这时放下了，他真真的为此感到难受，他低下了头。会计也放下酒杯，两人默默地给高大山点头。

高大山强笑着脸说：“既然是这样，那就是我把乡亲们给看错了！是我高大山心眼小，对不起大家伙，来，喝酒！”

“既是大山哥说他不记恨咱屯子里的人了，那咱们就喝！”

刘二蛋和会计二人便跟着把酒喝了下去。高大山说：“好，照咱老家的规矩，三杯酒下肚，我就说几句心里话！不用我说你们也知道，自从我妹子小英掉进冰窠子里，屯里人没有一个人出门帮我救她出来，我就铁下了心，一辈子不认靠山屯的人！可是你们俩今天来了，让我又改了主意！屯里人没有忘记我，也没有忘记我那死去的妹子小英，这就是善待我高大山，善待我们老高家的先人！乡亲们能做到这一步，过去的事我就不想了，我谢谢你们，谢谢乡亲们！我高大山，打今儿起，还是屯子里的人，你们还是我高大山的乡亲！来，再喝一杯，干！”

“好，干！”

可三杯喝完，高大山还是有话在心窝着，他说：“二蛋，我再问你一句。你说大奎又来了靠山屯……又姓了高？”刘二蛋说：“对，真的，不错！”高大山说：“他，大奎，恨不恨我？他还记得外头有我这个爹？”刘二蛋说：“哎哟大山哥，你咋能这样想哩？大奎你就是没养他，也生了他，你是他的亲爹，他咋能不认你哩！”

高大山忽地站了起来，他的确眼里又慢慢地流泪了。

高大山说：“不……他不会认我的！我高大山革命半生，对得起党和人民，对得起所有的战友和亲人，但我对不起他和他那个苦命的娘！不……他不可能不记恨我！他要是一点也不记恨我，也就不像我们老高家的人了！”

刘二蛋哑了半天，才回过了神来。

刘二蛋说：“你看这……大山哥，要不你这回跟着我们回去！你回去见见大奎，就明白孩子不记恨你了！不是你对不起他，那年月，是日本鬼子毁坏了你们家的好日子，那账要算也得算到日本人头上去呀！”

高大山却摇摇头，他说：“不……可是我到底是他爹呀！我生了他，却没有养他，我对不住他呀！”

说着，高大山竟伏在酒桌边号啕大哭起来。

急得刘二蛋和会计又是劝又是转圈子，说：“你看这你看这……大山哥你别哭了！……我们是来给你报喜信儿的，没想到惹你哭这一大场……大山哥……”

高大山忽然就不哭了，他抹干泪，又举起了杯子。

“来，喝酒！”

刘二蛋就这样在高大山的家住了几天，走的那一天，让高大山给他一张相片拿回去。高大山一时觉得不解，他说要这干啥呢？刘二蛋说：“你想啊，我要是回到家，万一碰上大奎，我跟他咋说呢？自小到大，他还没见过他爹啥样儿呢，你给我张照片，我好拿回去给孩子认认爹不是？”

高大山的脸色忽就暗了下来，心想是呀，大奎是他的儿子，他这个当爸的，也没有见过呀。半晌说：“二蛋兄弟，照片我可以送给你一张，可是对大奎，你就甭说你来过了！”

刘二蛋说：“哎，那是为啥？”

高大山转身避开刘二蛋的目光，他说：“我是这么想，就是大家伙帮助大奎回到了靠山屯，安了家，娶了媳妇，他心里也不一定愿意认我这个爹！算了，还是让他只记住他死去的娘吧，只记住他的养父母好了。就这样啊！”

刘二蛋沉默了半天，怎么也想不懂高大山到底是什么意思，但却不敢再问下去了，他只好半懂不懂地说：“啊，也好，也好。”

高大山便从墙上取下一个镜框，将当年在朝鲜战场上照的一张取下，递给刘二蛋。刘二蛋拿到照片，高兴得不知如何是好。

他说：“大山哥，那俺走了……对了，你也多想着点咱靠山屯，要是工作没那么忙，就回去看看。乡亲们真的可想你呢！”

高大山说：“好好好。”但谁都听得出，他的答应是含糊的，这一点，他自己也说不清楚。

刘二蛋一走，高大山的心里就像落了一个洞，怎么也填不上了，他时常愣愣地坐在屋里闷闷地想着什么，让一旁的高敏高权和高岭，怎么看怎么觉得爸爸的样子有点奇怪。

高敏说：“爸，你坐在那想啥呢？”

高大山看看他们，想了想，最后告诉了他们。

他说：“爸爸在想一个人，一个你们不认识的人，你们应当叫他大哥。”

高权说：“我知道了，就是靠山屯的大奎？”

高大山一惊，说：“你咋知道呢？”

高权说：“听靠山屯来的人说的嘛。”

高大山点点头，说：“对。他像你们一样，也是爸爸的孩子，可是打他生下来，爸爸还连一面也没见过他，一天也没有养过他。爸爸对不起他！”

孩子们呆呆地看着爸爸的表情，都知道爸爸的心挺痛苦的。

高岭说："他会来看我们吗？"

高大山摇摇头，他不知道。再说了，他真的不想见到他，他怕。

夜里，他时常在梦中又看到了他的小英，看到他的大奎。

看到小英在朝他呼喊着："哥，救救我……"

看到大奎在陌生地喊着他："爹……"

然后泪流满面地在床上坐起。

第十一章　当官

秋英终于回来了。

但回来的秋英却把大家吓坏了，她进门的时候，高大山和孩子们正在吃饭，所有的眼睛都瞪大了。

秋英身上穿的，是孩子从来没有看见她穿过的衣服。那是一身不合体的乡下的旧衣服。

最先说话的竟是高岭，他大声地说：

"哎，你是谁？咋上俺家来了！"

秋英眼泪流出来说："高岭，高敏，高权，你们连我也认不出来了？"

高敏这才大叫一声："妈，是你？"

秋英无力地叫了一声："老高……"便倒在了门里。高大山赶忙快步过去把她扶住。

"哎，咋回事咋回事！你咋弄成这样了？别说孩子们不敢认你，我都不敢认你了！"

高大山说："高敏，快给你妈拿碗水来！"

高大山说："不至于吧，你在关里遇上强盗了？"

秋英摇摇头，先将屋里的人一个一个地看了一遍。

高敏说："妈，你到底是咋啦？"

秋英的眼睛最后落在了桌上的馒头上，扑过去抓了两个，就先大口大口地吃了起来。

高大山说："你到底是咋啦？先也说句话吧！"

秋英说："你们这会儿啥都别问我，我都两天一夜没吃过饭了，让我先垫垫吧！”

说着，只顾狼吞虎咽地吃着她的馒头，没吃完一个，就被噎住了，吓得高大山赶紧帮她不停地捶背。但秋英并没有停下手中的馒头，她一边由高大山给她捶背，一边惊天动地地吃着，吃得高敏几个一个一个目瞪口呆的。

吃完了馒头，秋英才坐下来告诉他们，她拿去的衣服，全都送人了！

高敏不由惊讶起来，说：“妈，你把你的好衣裳都送了人？”

秋英说：“嗯。老高，我这回探亲回娘家可是太值了！翠花嫂子一家待我可好了！”

高大山说：“你以前不是叫她翠花婶吗？咋又成了翠花嫂子了！”

秋英白高大山一眼，说：“本来我就不该叫她婶，这回一进他们家，翠花嫂子拉着我的手就没松开，一口一个秋英妹子，那个亲热！她男人又是杀鸡，又是打酒，吃饭的时候把我让到上首，自己坐在下手，不停地给我夹菜……女人哪，还是有个娘家好！”

“那后来他们咋就脱了你的衣裳呢？”高权觉得不可理解。

“胡说！”秋英说，“衣服是我自个儿脱给他们的。老高你想想，我成了翠花嫂子的妹妹，她那么多闺女都围着我，一声声地叫我姑，看着我身上的衣裳，稀罕得不得了。你说，我都成了她们的姑了，去的时候也没带啥见面礼，她们既是稀罕，我就脱给她们吧，就算是见面礼了！”

高大山于是笑开了，他说：“这个翠花嫂子的闺女一定不少，不然你也不会这么回来！”

秋英说：“我乐意。我就这么回来了，你还不认我了？告诉你，我还答应翠花嫂子了，我说我男人高大山是团长，以后家里要是有啥事儿，就到队伍上找你妹子和妹夫。说不定过些天，他们就要来了！”

这话却把高大山吓得不敢说话了，但秋英却骄傲地站起身来，环顾自己的家，说：“好，叫我看看，我不在家这些天，你们是咋过的！”

说着就进厨房到处乱翻了起来。最后发现米也没有，面也没有，菜，什么也没有。她惊讶了，说，“我不在家这些天，你们咋过呢？”高岭说：“妈，我们天天打食堂里打饭吃。”

秋英呵了一声，就在她准备去买面的时候，发现粮票不见了。“哎，老高，你们谁动我的粮票了？我的粮票哪去了？”

高大山只好看着高敏，高敏看着高权，高权看着高岭，三个孩子一个看着一个，然后，一个跟着一个准备溜到门外。

“你们三个，给我站住！”看他们的样子，秋英已猜出了什么了。“快说，是不是你们拿走了我的粮票？”高敏说：“没有哇。”秋英的巴掌于是高高地举了起来，但她不知落到哪一个孩子的头上。她说：“没有粮票咱们家就甭过日子了！谁拿了快说！赶快还给我！”

秋英最后拉住了高权，说：“高权，你是好孩子，跟妈一心，你说！”

不等高权出卖，高敏自己站了出来，她说：“妈，我自己说好了，是我拿家里的粮票换烧饼吃了！”

秋英说：“换烧饼吃了？你真行啊你！换了几个，剩下的粮票呢？”

高权说：“那些粮票她全换光了！”

秋英吓了一跳，说：“高敏，这是真的？你真把家里的粮票全换烧饼吃了？”

高敏点点头，秋英一下就狠起来了，举起手朝高敏打来，高敏哪里给打，绕着屋里到处乱跑。

秋英说：“你看我打死你不打死你！现在吃粮食全靠粮票，你都给我换光了，咱一家子这个月吃啥？看我不打死你！”但她就是追不上高敏。最后高大山上来了，他说：“算了算了，你再打她，那粮票它也不会自个儿回来了，咱就买点代食品吃吧，反正这个月也不剩几天了……”

秋英说：“那晚上吃什么呢？”

高大山说：“你给吃什么就吃什么呗。”

晚饭的桌面上，秋英果真就只给他们煮了几个土豆和红薯，弄得大家都愣了。

“愣什么？吃呀？你们把粮票都给吃了不吃这个吃什么？”

高大山只好先拿起一块红薯，吃了起来，好像吃得挺快乐的。孩子们跟着笑了，一边笑，一边也吃了起来。这时，高大山忽然想起一件事，他说：“秋英，有个好消息，你想不想知道？”

“家里都被你们弄成这样了，还有啥好消息？”

“你听了保准高兴！”高大山说。

“那就快说！”

高大山说：“你离开家这些天，尚参谋长和李处长都调守备区去了，一个在司令部当参谋长，一个到后勤部当部长，他们一走，家属也跟着走了，这下子团服务社就空出了两个位置……”

“真的？”秋英又是大吃一惊，接着唠叨了起来，“你看人家，都调回东辽城了，就剩下我跟着你，还在这山沟里待着。哼，高大山，我看人家谁都比你有能耐！”

高大山生气了说："哎，你还听不听了？"

秋英说："听啊！"

高大山态度和缓一点了，说："啊，是这样。昨天后勤处新提的何处长跟我说，他想让你去服务社工作。"

秋英一下就高兴了，差点要跳起来。

她说："那好啊，太好了！我早就盼着这一天呢！"高大山说："我还没说完呢。他可不是让你去当一般的售货员，他说现在服务社群龙无首，得找个能镇得住那帮老娘们儿的人去当主任。他说要让你去！"

秋英大喜过望，说："要我去当服务社主任？"

高大山说："你先甭高兴，我根本就没答应！"

秋英一下就急了："哎人家何处长叫我去当主任，跟你啥关系？你干吗不答应？"

高大山说："你一天工作都没参加过，当个售货员学学还凑合，当领导，不行！"

秋英怒起来了，她大声地说："高大山，你咋知道我不行？噢我明白了，你是看不起我！我嫁给你这么些年了，你就压根儿没瞧起我过！"说着，竟呜地哭了起来，她说："高大山，我一辈子在你眼里就永远是那个你打战场上捡回来的要饭丫头！不就是个服务社吗？三间房子，五个家属，煤油香烟手电筒，天天早上组织一回政治学习，就这点子事我还不会干？你也太看不起我了！要是这样，我还跟你过啥？我不跟你过了，我跟你离婚！"

高大山说："你这是哭啥，我说你干不了你就干不了？这个政治学习你就组织不了？"

秋英一下抹掉了眼泪，说："哼，我今儿还不哭了！政治学习我干吗就组织不了？不就是读报纸吗？我不会念还不会让别人念？没吃过猪肉我没见过猪跑？行，高大山，我不跟你说了，跟你说也没用！我这就去找何处长！我要告诉他，这个服务社主任，我当！干好干不好，我干上一段你们就知道了！哼，革命解放生产力，革命解放生产力这句话过去常挂在你嘴边上，现在我也要革革命，把我自己这个生产力解放解放！这个主任，我还非干不可了！"

说完，抬腿出门而去。

走到门口，又回过了头来。

"高大山，想让我再像以前那样整天留在家里给你们当老妈子，办不到了！没这一天了！"

高敏觉得奇怪，说："我妈怎么啦？"

高大山说："你妈呀，也当官了。"

有了工作，当了主任，这对秋英来说可换了个人了。她不光头发剪短了，而且穿上了干部服，出门前，在卧室里的镜子前没完没了地照了半天，然后走出来，在高大山的面前来回地转着身子。

"老高，看我今天怎么样？"

高大山打量了一眼，却不理她，只回头对孩子们吼道："你们快点吃饭，吃了饭好上学！"孩子们一边答应着，一边不住地看着自己的母亲，像是不认识了。

"老高！我让你看看我这身衣服合身不合身！"

秋英有点受不了了。

"行，不错，挺好的，像个见习主任！"

高大山敷衍了一句。

秋英不高兴了。

"啥叫见习主任，我就是主任！哎我说，从今起，在外头碰上人，可不许再当面秋英秋英地叫我，我大小也是个主任了！"

"行，就叫你老秋，秋主任！"高大山说。秋英脸上满意了，嘴里说："这话听着还顺耳！"她抬头看了看钟，忽然着急起来，"哎哟，都七点了，你们可快吃啊！我上班去了！七点半我要组织政治学习呢。对，老高，回头你帮我把碗收了！"

高大山和孩子们像是闻出了不安的味道，都你看着我，我看着你，不知如何是好。

"听众同志们，现在播送省报本月11日的社论，《消灭棉铃虫》……"

这是高大山手里的收音机传出的声音，秋英在门口站住了。

秋英说："老高，今天几号？"

高大山说："12号。"

秋英说："那就是昨天的！"

说着匆匆走了。高大山却愣了，回头看着孩子们说："你妈说的是啥呀？"

高敏指指收音机说："社论。"

"完了，咱没有妈了！"高权突然说。

高敏说："胡说啥呢你！"

高权说："我没胡说。她一当上主任，这里就不是她的家，服务社成了她的家了！”

大家都暗暗地笑了起来。

服务社里，女职工们闹哄哄的，有的在说着闲话，有的在织毛衣，有的在嗑着瓜子。只有秋英一个正襟危坐，不时地看着墙上的挂钟，最后，用手指头敲桌子，她的政治学习就这样开始了。

秋英说：“大家安静一下。”

女工们的嗡嗡声果然停止了，只有一个女职工好像什么话没有说完，秋英的目光马上严厉地逼了上去。有人立即捅了捅那位同事，那位同事抬头看见了秋英的目光，马上把头低了下去。

会场上彻底安静了下来。

秋英咳嗽说：“哎！哎！好，现在是七点三十一分了，离规定的政治学习时间已经过了一分钟。开始学习前我要说几句。俗话说得好，没有规矩不成方圆。大小是个单位，都得有个章程，要不咋办事呢？部队上还有个三大纪律八项注意呢。那战士开班务会的时候，尿个尿还得向班长请假呢！好了，我也不多说了，以前我们服务社政治学习，我听说谁爱干啥干啥，主任说了也不听，大家听好了，我来了，事情就不能这么办了。现在我就请大家把手里的活儿收起来！”

众人一下有点不太习惯，都愣着不动。

秋英便一个个地逼视过去，女职工们于是陆陆续续把手里的毛衣啥的收了起来。

这时，一个迟到的女职工，大笑着跑了进来，嘴里还说：“哎哟我说不晚不晚还是来晚了。都是我那口子，要上班要上班又说他的东西找不见了，让我帮着找，这边还没找到，那边孩子又尿裤子啦，真是的……秋英嫂子，我没来晚吧？”

“你来晚了，你今天晚到了十分钟。以后不要再叫我嫂子，我现在是主任。”秋英冷冷地说。

迟到的女职工一下有些傻了，说：“秋英嫂子……不，秋主任，我真是家里有事，我……”

“谁家里都有事儿，可是别人都没迟到。这样吧，晚上下班以后你先别回去，一个人留在这里，把政治学习时间补上。”

迟到的女职工愣在那里，竟不知说些什么了。

秋英说：“好了。现在开始政治学习。小刘，昨天省报有一篇很重要的社论，咱们今天就学习这个。”

读的就是《消灭棉铃虫》的那一篇社论。在秋英的目光下，大家都听得静悄悄的。

社论还没有学完，有人前来敲门，秋英示意一女售票员跑去看一看。

门外是一军人，问：“哎，啥时候开门？”女售货员声音小小的告诉他：“还没到点。正学习。”军人说：“能不能先给我一打复写纸，急用呢！”女售货员说：“不行。我们现在换主任了，政治学习雷打不动。”军人说：“我真是急用，能不能跟你们主任说，先给我一盒。”女售货员说：“我试试吧。”

女售货员走到秋英跟前一问，秋英回答道：

“不行，让他等会儿！我们虽然只是些家属，可我们也身在军营，那个词儿是咋说的？……对，要令行禁止！”

但那军人走没多久，门外来买东西的人却越来越多了，都觉得不可思议，说：“怎么还不开门？”门边的售货员只好再一次悄悄地说：“换主任了。团长的老婆当主任，说是政治学习时间，雷打不动！”

听到的人都嘀咕起来，有人说：“咋能这样？不是说要为兵服务吗？一根筋！”有人说：“哎，这年头，就得要一根筋的人当主任，不然更乱套！”

一直学到了八点整，秋英才庄严地宣布：“到点了，开门！”

夜里，秋英几乎一整个晚上都在忙着算账，桌面上乱糟糟的摊着一大堆的单据。高大山在她身边一边转悠着，一边听着耳边的半导体。

秋英有点越弄越乱了，只好把高敏喊了过去。

“高敏，快过来帮妈看看，这账咋老对不住呢？”

高敏却说：“妈，我明天要考试！”

旁边的高大山笑了，他朝她走了过来。秋英瞥了一眼高大山，不高兴了，说：“高大山，你看我的笑话！”

高大山说：“我没有。”

秋英说：“你笑了！”

高大山只好装出关心的样子，问：“哎，少了多少钱？”

秋英说：“不是少了，是多出了二十多块！”

高大山觉得不可能，真的笑了，他说：“就你？不把咱家赔进去就行了，还会多出钱来？”

秋英说：“可不是嘛，应该是只会少钱，哪会多出来钱呢？”

高大山说：“那你再从头算算！要不要我帮你？”

秋英说：“不！叫你帮我，我就不当这个主任了！”

秋英只好自己又从头算了起来，一旁的高大山只好不住地摇头，心想这老婆算是有了真正的工作了。

一直算到深夜，算到墙上的挂钟敲响凌晨两点，秋英还趴在桌上不停地算着，就是算不过来。

高大山看着可怜，走过来说："好了好了，啥时候了，明天再算吧！"

可秋英却告诉他，说："哎，老高，你说怪事不怪事，刚才我算是多出了二十多块，可这一算怎么又少了二十多块了呢？"

高大山说："哎，要不，咱明天就不当这个主任了。"

秋英说："你啥意思你？想让我回到家里来给你们烧火做饭，不行！我就要当了！"

高大山说："你是不撞南墙不回头，不见棺材不落泪，不到黄河心不死！"

秋英埋头又算了起来，算着算着，还是没有算对，最后，只好看着那堆单据，呜呜地哭了起来，把床上的高大山都给哭醒了。

高大山有点忍不住，便在床上发起了脾气。他说："秋英呀，秋主任，老秋，你还睡不睡？"

秋英不理他，她不想再算了，最后，只好从自己的口袋里掏出自己的钱来，一张张地数着，填进了公家的钱里。

第二天晚上，高大山刚一进门，秋英就兴高采烈地告诉他：

"哎，高大山，今儿我把昨儿赔出去的又算回来了，整整多出了二十五块五毛六！"

高大山一听乐了，说："你要再不算回来一点，咱家就要吃咸菜萝卜了！"

接着，秋英告诉高大山："这几天你在家里辛苦一点吧，我明天准备下部队。"

高大山一惊，说："你下啥部队？真是奇怪了！你下部队干啥？"

秋英说："高大山，你还不要瞧不上我们服务社。我想好了，不能老让战士们跑这么远的路到我们服务社买东西。不是说要为兵服务吗？我让我们服务社组织一个板车队，拉货下基层，把服务送到连队去！"

高大山有点急说："不行不行，你走了这个家咋办？我明天下午要去三营呢，我要去好几天，你不在家咋办？"

秋英说："爱咋办咋办！我回娘家那些天你们不是也过了？高大山，我告诉你，就是打我当了服务社主任，我才觉得自个儿真的翻身了，我也能跟你这个团长平起平坐了，我也有工作了！你明天下午去三营，我明天上午就带人下二营，家里的事，你就多管点儿吧！”

第二天，她果真就带着自己的人马下乡去了，高大山实在拿她一点办法都没有。

秋英这么一去，几天后竟上了报纸了。

这一天夜里，高大山正边走边听收音机，秋英紧紧跟在他的身后。高大山不知是什么缘故，关住了收音机说：“哎，我说你老是跟着我干啥？”秋英说：“谁老跟着你了！”高大山忽然想起，秋英是不是想听收音机里的社论，就把收音机递给了她，说：“给你给你。我看报纸！”

高大山刚坐下来拿报纸。秋英也跟着坐下来，和高大山一起看报纸。

她不听他的收音机。

高大山觉得奇怪，说：“哎，我说你又看不懂，坐那瞎看啥？”

秋英说：“你咋知道我看不懂？我能看懂！”

高大山便走过去看她手里的报纸，她看的那一版全是图片，高大山忍不住笑了，笑得秋英大叫起来：“高大山，你……”

“好，看吧，看吧，你看吧。”高大山一本正经地说，“看不看得懂是水平，看不看就是态度了。”秋英猛一把将报纸摔在了地下，说：“高大山！”高大山说：“咋了？我又犯错误了？”“你犯了！”秋英大声地说。高大山说：“我没有！”秋英说：“你笑话我看报纸看图片！你在心里耻笑我！”

高大山把报纸从地上捡起来，递到秋英手里说：“我没有，真的没有。我刚才不是还表扬你吗？你接着看！图片咋啦？图片也是新闻！也是党的声音！有些人连图片也不看，跟我老婆比，政治觉悟差老去了！……好，刚才看到哪儿了？是不是这儿？接着看！……”突然，高大山的眼睛愣住了，他忽然哇哇地大叫了一声，回头目不转睛地瞪着秋英。

秋英说：“你咋啦？！”

高大山站起来，又兴奋又妒忌地走来走去，一边用异样的目光望秋英。

秋英有点急了，说：“到底咋回事，高大山，你说话！”

高大山说：“秋英，不，老秋，秋主任，你出名了！你上报纸了！”

秋英说：“我上报纸了？”秋英跟着也高兴了起来。“我还上报纸了？在哪里？快指给我看看！”

高大山指着报上的一个小角落说：“就这里，48049部队服务社下基层为兵服务。这里头还提到你的名字，‘山路不好走，服务社主任秋英亲自拉车。’好家伙，我高大山也就是当年跟朱总司令喝酒上过一回报纸，没想到你只拉板车去了一趟二营，就上报纸了！”

秋英把报纸抢过来看着，看得泪光闪闪的。

“哎呀我也上报纸了！就是这块儿小一点儿！高大山，怎么样，让你老婆去当主任，没给你丢脸吧？！不行，我要把报纸藏起来，明天我们政治学习，就学这个！”

高大山指指收音机说：“那今天晚上的广播不是白听了？”

秋英说：“没白听！高大山，你妒忌了！看我上了报纸，你心里不高兴了！……好，我就是要让你不高兴！你不高兴，我高兴！”

转身，秋英就拿电话向桔梗报喜去了。她说：“桔梗大姐吗？你看今天军区的《红旗报》了没有？那上头有我哎！快看看，在最后一版，右下角！咋会找不到呢？往下瞅，最下头！看见了吧？说的啥？说的是我拉板车下连队卖货呀，对了，我现在也是服务社主任，那上头说的秋英主任就是我呀！向我学习？别向我学习，我也得向你学习……哈哈，好，以后多打电话！”

随后，她又接连打出了好几个报喜的电话，打得一屋子都是她的声音。

打得高敏有点不耐烦了，在床上说：“妈是不是高兴疯了？”

高大山说：“别管她，让她疯吧，等她给所有的熟人都打完了，她就没有打的了。”

谁知，打完电话，秋英还没完，深更半夜的，把高大山拉了起来。

高大山说：“干啥？这都啥时候了，你还折腾呢！”

“起来嘛！人家想叫你起来陪陪人家！”秋英说。

“我困着呢，有事明天再说吧！”

“人家求求你还不行吗？”

高大山没有办法，只好起来，但嘴里却不停地唠叨着：“到底是怎么着啊，不就是上了一回报纸吗？”

秋英说：“人家高兴，你就陪陪人家嘛！”

高大山被拉到饭桌前才愣住了，秋英早已摆了一瓶酒，几个家常小菜。高大山一看高兴了，说：“你高兴，想让我喝酒？”秋英高兴地说：“对，我高兴，想让你喝酒！”高大山的睡意忽然就一点没有了。秋英紧紧地挨在他身边坐着，给他斟酒。

高大山喝了一杯，说：“一个人喝，没意思。”

秋英好像等的就是这一句，顺手就添了一个杯子来，给自己斟酒。高大山一看就惊了，说：“你也喝？”

秋英说："今儿我高兴，你喝多少，我喝多少。"

高大山说："拉倒吧你。我喝酒的时候你还在哪里呢，我喝酒的名气……"

秋英说："别说了，你喝酒的名气毛主席都听说过，朱总司令还和你一起喝过酒。全白山守备区，能跟你有一喝的只有陈刚司令员一个人。可是今儿个，我偏要鸡蛋碰石头，跟你比一比！"

高大山笑说："就你？拉倒吧拉倒吧。我知道你们服务社的工作做出了成绩，你上了报纸，心里高兴。不错，我以前小看你了，从今而后要对你刮目相看，这行了吧。酒就别喝了！"

秋英说："你让我陪你一回试试吧！"

高大山眼睛里一下放光了，他说："你真喝？"

秋英说："真喝！"

高大山说："那就喝。"

俩人一杯来一杯去。那天夜里，秋英竟把高大山给弄醉了，醉得高大山趴在桌面上，秋英还在大喊："高大山，喝呀，今儿可让你知道啥是个喝酒了吧？"

第二天早上，秋英却起不来了。高大山起来做饭的时候，秋英还在呼呼地大睡。

高大山想让她好好地睡一睡，但看了看表，还是把她推起了。

高大山说："秋主任！老秋！上班时间到了！政治学习时间到了！"

一听政治学习的时间，秋英一个翻身就起来了，嘴里喊着："真的吗？"

她一下炕就朝门外跑，被高大山喊住了。

高大山说："站住！先洗脸，先吃饭！"

孩子们都偷偷地笑着，不知道妈妈为什么成了这样了。

高大山却不让孩子们笑，催他们快吃饭，吃了饭上学去！

秋英这才忽然觉得一阵难受，跑到卫生间就是一阵久久时间的呕吐。高大山马上跑过去帮她捶背，说："不能喝还逞强，不就是上了一回报纸吗？"

这一次，秋英没有吭声了，呕完，她直眼看着高大山，说："老高，我要告你一句话！"高大山说："说！"秋英说："这酒……真不是好东西！"

说得孩子们全都开怀地大笑起来。

而秋英则告诉他们，她还要带着服务社的职工们好好干，她争取再上报纸，让整个服务社的职工都上报纸。

第十二章　高升

老家的翠花嫂，说来就来了。她带着她的狗剩，找秋英他们来了。

秋英一看翠花嫂来了，高兴得不得了，离门远远的，就大声地喊着："老高，快出来，看谁来了！"高大山刚一出来，翠花嫂就把儿子推了上去，说："狗剩，快叫姑父！"她的狗剩上前就给高大山深深地鞠一躬，说："姑父好！"

高大山还真的不知道站着的是谁。

翠花嫂说："他姑父，你是官当大了，连我和你侄儿也不认识了！我打关内来，是英子的娘家嫂子，叫翠花；这是狗剩，是我的孩子……"一旁的秋英跟着又是使眼色又是帮腔，说："老高，这就是我娘家嫂子翠花，前些天我不是还回去过一趟……你都忘了？"高大山这才噢了一声："我想起来了，翠花嫂！你们家姓刘，门前有棵大柳树，一口大水塘，水塘里跑着一大群鸭子……对了对了，我想起来了！"

翠花嫂马上拍起大腿，说："哎哟他姑父，你可想起来了！"

秋英热情地说："嫂子，坐坐！狗剩也坐！老高，你站在那儿干啥，还不招呼翠花嫂子和孩子坐下！"

高大山说："对对对，坐下坐下！渴了吧？吃饭了没有？秋英，赶快做饭！"

那狗剩像是饿了几天了，就等着这一餐呢，一上桌，就埋头狼吞虎咽地吃了起来。

秋英鼓励着："吃吃，到了这儿就是到家了！"

翠花嫂说："可不是到家了！这是哪里？这是我妹子家！我妹子家是谁家？就是我自个儿的家！狗剩，吃！多吃点儿！吃饱！"

高敏几个却被吓住了。他们放学回来，一进门，高岭就把高敏拉到一边，偷偷地看着。

"姐，他们都是谁呀？咋到咱家吃饭？"

高敏说："他们是咱妈的娘家人！"

高权说："我看不像。我看他们像骗子！"

秋英说："嫂子，这大老远的，你们也不先来个信儿！"

翠花嫂说："还捎啥信呀，到你和他姑父这儿来，不是到咱自己的家，说来还不就来了？你上回回家时不是说吗，要是谁想当兵，就让他来找他姑父！这不，地里的活儿刚忙出点头绪，狗剩就说他想当兵，我就带着他来了！"

秋英说："老高，听见了吗？翠花嫂子把狗剩带来，是想到你这当兵，你就想想办法，把他收下！”

高大山高兴地说：“想当兵？好哇！想当兵好！狗剩，说，为啥想当兵？”

翠花嫂马上给狗剩使了一个眼色，狗剩连忙结结巴巴地说：

“想跟姑父扛一辈子枪！想在解放军大学校里锻炼！将来……将来好娶个媳妇！”

翠花嫂看见高大山和秋英的脸色有些不对，忙说：“孩子不会说话，他是想说，但凡他日后有点出息，一定好好报答他姑父和他姑！”

高大山说：“这话不对！要报答也要报答党！狗剩，想当兵就要铁了心当一辈子，为国家守一辈子边境线！你行吗？”

狗剩说：“能！”

高大山说：“当兵可是要时刻准备打仗，特别是在我们这边防前线，当了兵你随时有可能打仗，冲锋陷阵，流血牺牲，有这个胆量吗？”

“有！”狗剩说。

高大山满意地说：“好，那你这个兵，我留下了！”

高大山马上当着他们的面，拿起了电话。

“喂，守备区军务科吗？我是三团团长高大山，对，我这里有一个老区的孩子，想当兵。我不给你们添麻烦，就要一个入伍的名额，你也不想一想，老区人民对中国革命做了多大贡献，我们这些人能活下来，不就是因为老区人民的支持吗？行，行，你早一点答应不就省得我废话了？好，就这样……”

然后回头告诉狗剩：“留是留下了，可你要给我到基层去吃苦，要有长期扎根边防的思想准备！不想长期在边防前线当兵的人，决不会成为一个好兵！”

狗剩的脸色转眼就慢慢地白了。

能当兵对乡下的孩子来说，总是一件好事。跟着，屯里又来了几个孩子，都由高大山一一地安排到了部队里去了。他们每来一个，家里便是一顿好吃的，他们一走，饭桌上的东西就变脸了，变得比正常的日子还要糟糕，常常是：一盆清汤，一碟咸菜，一盘高粱面窝头，弄得高敏几个时常眼睁睁地看着不想动手。

夜里，高大山悄悄地问道：“家里还有多少钱？”

秋英说：“哪还有钱！连下个月的工资我都预支了！这个月最好可别再来人了，再来人就过不下去了……”

高大山说：“发什么愁呀，三年自然灾害咱不也都过来了？就当今年国家又遭灾了，咱就再坚持一下！”

秋英说：“还有十天呢，还有十天才到月底，一天花一块钱，也得十块，到哪弄这十块钱去呢，你说老家他们还会来人吗？”

“我怎么知道呢？”高大山说。

“别来了，千万可别再来人了！”

团里训练阅兵那天，陈刚来了。

看着一队队从面前走过的队伍，陈刚说：“老高，三团看上去还行啊！”高大山回答说：“那是！当年攻坚猛虎营的老底子，错得了吗！”陈刚说：“看到三团这个阵势，我今天来了，再走就放心了！”高大山说：“感谢首长鼓励！其实有我在这儿，你也不用担心啥！”陈刚说：“我知道。可你也别得意，我不是为表扬你来的。军区首长……我说的是我们的老师长……”

高大山说：“老师长咋了？”

陈刚说：“从现在起，他不是军区参谋长，是司令员了！”

高大山说：“哈，老师长又升了！以后不叫他吕参谋长，该叫他吕司令了！”

陈刚说：“老师长让我来跟你打个招呼，你在三团呆的时间也不短了，该挪窝了！”

高大山忽然就吃惊起来。“挪窝？往哪挪？”

陈刚说：“你是个老同志了，往哪挪都是组织安排，你都得服从！”

高大山说：“你是不是看我在三团干得挺顺心，你不痛快，想给我换个地方，让我也不痛快？我告诉你，我在这儿待得挺好，挺舒心，我不挪！”

陈刚说：“还反了你了？你不挪？我这会儿还是守备区司令员，你敢违抗命令，我就开你的会，想法子治你！”

高大山听出弦外之音，说：“你啥意思？这会儿你还是守备区司令员？过会儿你就不是了？”

“我升了。”陈刚不动声色地说，“我到军区给吕司令做副参谋长！”

“真的？”

“军中无戏言。”

高大山说：“哎哟你去那儿干啥？军区已经有了那么多副参谋长，多你一个不多，少你一个不少，哪有在东辽守备区干得劲儿！要是我，就不去！”

“不去不行，得给你腾地方！”

高大山震惊了。

“给我？”

“对。这会儿你心里痛快了吧？我是军区党委委员，先代表军区首长给你吹个风，军区已经决定，我走了以后，下一任白山守备区司令员由你担任！”

高大山兴奋起来了。

“老陈，真的还是假的？我高大山这人可是经不起逗啊！”

“当然真的。”

“好，太好了，哈哈！我高大山就像一棵小庄稼苗，多年以来一直被你这块土坷垃压着，老也没有出头之日，这回太阳也终于照到我头顶上了！哈哈！老陈，你是不是觉得军区首长英明，吕司令英明，终于看出我干白山守备区司令，比你更强，是不是？”

陈刚说：“老高，我可不是下台，虽说是平调，我也是往上级机关调，你这么说话，不怕我日后给你小鞋穿？”高大山说：“不怕。我高大山大鞋小鞋都不怕，向来都是我的脚撑破鞋，不是鞋夹住我的脚！”

陈刚说：“这会儿就让你高兴，吹吧！接着吹！”

高大山笑着说：“哈哈！我这个人你也知道，我心里高兴就得笑！哈哈，今天我心里高兴！哈哈！”

检阅结束，两人在高大山家里喝得大醉。陈刚说：“老高，和平年代，是不是不怎么痛快？”高大山不敢乱说，问：“和平年代，不打仗了，过太平日子，孩子老婆热炕头，咋不痛快？”陈刚说：“不打仗就不痛快！当兵怎么能不打仗！不打仗不好！”高大山说：“老陈，你喝醉了！不打仗好！”

陈刚说：“你再说一句我就跟你急！想当初你高大山是营长，我陈刚也是营长，你们营被你带成攻坚猛虎营，我们营也被我带成了连战连胜营！除了打东辽城那一仗，你喝醉酒端了敌人九十七军的军部……还有剿匪的时候，你拿我的一坛酒给土匪送礼，说降了姚得镖……除了这两回，我陈刚哪一仗打得不如你！老高，还是上战场好哇，是骡子是马，英雄狗熊，枪一响就知道了！这年月，不打仗了，人跟人怎么比？哼，说我当初在二团时干得就不如你，本来当初就该是你当守备区司令，就是因为你们团大风口哨所出了点事，我才捡便宜当了司令！”

啪的一声，陈刚狠狠地拍起了桌子，“我陈刚是捡人便宜的人吗？”啪的一声，陈刚又拍了一声桌子。“你们三团那时候和我们二团比，最多也是个互有长短，打个平手吧？你高大山那会儿就比我尿得高？我还就不服这个了！现在又说我的能力不如你，把我换下来让你上去，我服吗？我不服！”

高大山说：“老陈，你喝醉了！喝醉了喝醉了！你咋能不服呢？你说，你们二团当初哪一点比得上我们三团！军事训练，思想建设，后勤保障，种蘑菇养兔子……你们不行！”

陈刚忽然就站了起来。“高大山，你诋毁我们二团，就是诋毁我陈刚！这酒我不喝了！”

秋英急忙过来拉扯。“陈刚大哥，甭生气！高大山就是个驴脾气，岁数越大越不会说话，你就原谅他一回……哎对了，陈刚大哥，建国咋样，我都好几年没见这孩子了。桔梗大姐还那么年轻漂亮，喜欢打扮吧？”

陈刚的眼睛一下就直了。他说：“甭跟我说她！这会儿我没工夫，就知道臭打扮！”他回头逼视高大山，说：“高大山，你是看我陈刚走了背字儿，轮到你看我的笑话了！我们还是老战友不！不行，我得走，你这酒我不喝了！”

高大山站起来，笑了。他说：“老陈，你这个人怎么搞的？枪林弹雨里出来，一点挫折也经受不起，你完蛋了！你完蛋了你完蛋了！你忘了当初毛主席和朱老总在全国战斗英雄代表大会上对我们说过的话了：你们既要经受住枪林弹雨的考验，也要经得起和平年代的考验。你把这些话忘了！”

“谁忘了？”陈刚回头问道。

高大山说：“你忘了！”

陈刚的眼里忽然就含满了泪水。秋英忙给他递上茶水，“陈刚大哥，你喝醉了！高大山真不是个东西，叫你喝这么多！高大山，别喝了！”

陈刚一边推开秋英，一边竟就呜呜地哭了起来。高大山和秋英愣愣地看着，一时都不知如何才好。

突然，陈刚自己止住了哭声，他猛地站起来，逼视着高大山。“高大山，我陈刚……对吧？我是叫陈刚吧？我陈刚一个枪林弹雨中出来的人，死都不怕，还怕不当这个守备区司令！”他啪的一声，又拍起了桌子。“我是舍不得离开东辽，离开咱们守了这么多年的边防线！我不放心！哼，让我陈刚离开一线阵地去坐办公室？我不乐意！我一直都在第一线，进攻时冲在队伍前头，防御时我守在最靠前的战壕里！可是老高，我是军人，不能不服从命令。我今天到这里来，有一句话要告诉你：我走了，也把整个白山守备区好好交给你了！我离开这段边境线上情况一切正常，我是完完整整将它交到你手里的，这里有我陈刚多年的心血，你要是让它出了事，我决不放过你！也决不再到你家喝酒！”

两人那样默默地对视了良久，高大山才又开口了。

高大山说：“老陈，你的话说完了？”

陈刚说：“说完了！”

高大山说：“你说完了，就轮到我说了！老陈，我也告诉你，有我高大山在，这条边防线就不会出事儿！这条边防线是你的，也是我的！我高大山打了半辈子仗，从来只有从别人手里接过阵地，完整地向另外的人交出阵地，从没有丢失过阵地！我的话说得够清楚了吧？”

陈刚不回答，他恨恨地凝视着高大山，慢慢地又坐了下来，端起酒杯，一饮而尽。

临去守备区上任的前夕，高大山去了一趟大风口阵地，他当年的警卫员、三营的现任营长伍亮一直在那里守着。伍亮陪着他到阵地看了一遍，然后，高大山告诉伍亮：“伍子，我要走了。”伍亮一惊，说：“走了？离开咱们团？到哪里去？”高大山回头说：“我要到守备区当司令员，陈司令员调军区工作！”伍亮拍手说：“好！太好了！你当司令员，把我也调去！……团长，不，司令员同志，你看上去咋一点都不高兴啊？”高大山说：“伍子，我就要离开这里了，以后再来，就没有这会儿这么容易了！”伍亮说：“团长，我还是叫你团长吧，你就是调到守备区，三团还是你的部队，啥时候想来就来了，有啥不容易。”高大山摇摇头，一边走一边说：“到底不一样了。”伍亮说：“我明白了，你不放心我们三营，不放心大风口！”高大山说：“我不放心我在这里守了多年的这段边防线，我本来打算要在这里守一辈子的，可现在做不到了。伍子，你营长当了几年了？”

“三年。”

“也算是老营长了。我要是把这段边防线交给你，你能像我当初那样，下决心一辈子都守在这里，保证它永远像今天这样安静吗？”

伍亮忽然就感动了。他说：“司令员……”高大山说：“别喊我司令员，我这会儿还不是！请直接回答我的问题！”伍亮说：“团……团长，刚才我还没想过这件事。可这一会儿，你这么严肃地问我，我觉得不是你问我，是上级首长、是祖国和人民这么问我！我的回答是：我能！只要领导信任我，你信任我，我愿意接过你的担子，一辈子钉子一样守在这里，就是粉身碎骨，也要牢牢守住这段边防线！”

高大山点点头，转身走进了团作战值班室，抓起电话命令道：“全团注意，我是高大山，我命令，全团立即进入一级戒备状态，部队进入阵地和哨位！”

刹那间，各地的电话纷纷传来响应：

“一营明白！”

“二营明白！”

“三营明白！”

“团直分队明白！……”

“我是高大山！各哨所报告情况！”

“团长同志，大风口哨所哨长李阳向你报告，我哨所全体官兵已进入阵地，边线上一切正常！”

“团长同志，八叉哨所哨长张天才向你报告，我哨所全体官兵已进入阵地，边线上一切正常！”

“团长同志，三道崴子哨所哨长刘勇向你报告，我哨所全体官兵已进入阵地，边线上一切正常！”

“团长同志，十里沟哨所哨长姜大山向你报告，我哨所全体官兵已进入阵地，边线上一切正常！”

高大山留恋这样的声音，他听得神情异常的激动。

“好，我谢谢同志们！谢谢大家！”

回身，高大山猛地一个立正，给伍亮等新的团干部行了一个军礼。

军人们也刷的一声，急忙给司令员高大山还了一个个的军礼。

“伍亮同志。”高大山说道，“边防三团全体官兵已进入阵地，边境线上一切正常。现在我把它交付给你，我在边防三团的使命已经完成，请你发布解除警戒的命令！”

伍亮刷地又给高大山一个庄重的军礼，走向电话。

“各哨所注意，我是团长伍亮！现在我命令，全体立正，向就要离开我们的高大山团长敬礼！”

团作战室里，所有的人都在给高大山敬礼。

高大山默默地肃立着，给他们还了一个礼，然后大步走出，伍亮送到门口，被他止住了。

“同志们，不要走出这个房间，你们的职责就在这里！”

大家只好默默地看着他往前走去。

就这样走了。

一辆卡车上装着几只旧皮箱和一些坛坛罐罐，高大山一家，就这样离开了。司机看着车上的那些东西都有点不敢相信，他对秋英说：“嫂子，就这点东西呀？”

秋英说：“对，这点东西咋啦，就这点东西照样过日子！”

司机觉得不可思议，他笑了笑，暗暗地晃了晃脑袋，就把高大山高司令员的一家拉走了。

大卡车走在前边，高大山的吉普走在后边。

小李这才想起司令高大山坐不了车，掏了一片药给高大山递上。

“司令员，吃药吧？”

高大山从口袋里拿出那只美制小酒壶。

“不吃那苦药片子了，我有治晕车的药！”

他一小口一小口喝酒，情绪渐渐放松了。望着窗外的山林，他感到无比的快活，慢慢地，嘴里就哼起了攻坚猛虎营的营歌来。

“司令员，这是啥时候的歌呀？”李满屯说。

“哎，你连这个歌都不知道？”高大山说，“这是我们三团的前身，有名的东北野战军十七师183团三营的营歌。你连这个歌都不会唱，不行，我得教你！”便一句一句地教了起来，教得前边的司机也跟着不停地哼哼着。一直唱到了东辽城的脚下，小李说：“司令员，快到东辽城了，咱就别唱了！”高大山又喝了一口酒，朝前面望去，说：“好，到了东辽城了，那就不唱了。”

他把小酒壶刚揣进衣兜里，眼里突然看到了前边停着一辆车，他认出那车是谁的，随即大声地叫道：“停车停车！”车一停，高大山便朝那辆车子跑去。

那是吕司令的车子，吕司令早就在那里等着他了。吕司令的身边，是神情怏怏的陈刚。

高大山一立正，给司令员行了一个军礼。

“司令员！你咋在这儿站着？”

“等你呀！”吕司令说。

“等我？有陈副参谋长在不就行了？我们两个是老战友，我们自己办理交接就行了。”

吕司令说：“你当我是不放心陈刚，我是不放心你！你又喝酒了？”

一听这话，高大山又慌了，说：“司令员，我是……”

吕司令说：“拿出来！”

高大山说：“啥拿出来？”

吕司令说：“别装糊涂，酒壶！”

高大山不想给，他说：“司令员，我有个晕车的毛病，这不是酒，是治晕车的药！”

吕司令说：“少废话，拿出来！”

这时，后边的秋英走了上来，一下就把司令给乐了。他说：“哟小秋，你变样子了！高大山，你怎么搞的这么有办法，一个乡下柴禾妞叫你给倒饬的，快像个大队的妇女主任了！小秋，跟高大山过得还好吗？”秋英顿时就脸红了，说：“司令员，看你把我说成啥了？谁是柴禾妞？人家早就是三团服务社的主任了。我的名字还上过报纸呢！”司令员马上说：“对对对，我还真想起来了，就拉了一回货下基层，请记者写一篇报道，就出了名了，是不是？”秋英立即就抗议了，她说：“不是！你小看人！我是军区后勤系统先进个人！”

高大山乘机把已经拿出来的酒壶，又悄悄地收了回去。

高大山说：“司令员，你还真看错她了，她还真不是只拉一回货，这些年，我们团服务社这帮老娘们儿一直坚持送货下基层。下面还真欢迎她们！”

“那是因为她们是女的。”司令员说，“我们的战士常年在山上，见不到一个女人，她们去了，自然受欢迎啦！”

“司令员，我不愿意跟你说话了！”秋英反感道。说着转身走了。

吕司令笑了笑，把手伸回了高大山的面前。

“好了，你别打马虎眼，交出来！”

高大山只好把酒壶再一次地拿了出来。吕司令看着酒壶好像想起了什么，说：“这咋有点面熟呢？啊，我想起来了，这个酒壶让我没收过一回，对不对？高大山，今儿你头一天来白山守备区上任，你就带着酒壶来了，我不放心的就是这个！你是要喝酒，还是要当司令？”

高大山笑了笑，没回答。

吕司令说：“要是想当司令，酒壶我就没收了！知道为啥让你来当这个司令？”

高大山忽地就严肃了起来，说：“我明白了！司令员，打今儿起，我又戒酒了！”

“好，这才像话！走吧，进城！”

清晨，新司令高大山突然出现在守备区营门口，他身扎腰带，军容整齐，远远的，眼睛就紧紧地盯住了营门口的哨兵，吓得哨兵马上远远地就一个立正。

“你，上岗为啥不扎腰带？”高大山突然问道。

哨兵的脸红了，嘴里“首长”了半天，说不出下边的话来。

“把枪给我！”高大山命令道。

“这……”哨兵吭哧着不知道如何是好。“我是新到的守备区司令员高大山。我命令你把枪给我！”高大山再一次命令道。

哨兵只好乖乖地把枪给了高大山。高大山接过枪，命令哨兵离开岗位，然后自己站了上去，吓得哨兵站在一旁不知所措。

“你回去，告诉你们连长，就说这岗我替你站了！”

哨兵一溜烟地就往回跑去了。

高大山站了一会，警卫连长和哨兵军容整齐地跑回来，然后给高大山敬礼。

“司令员！”

“你是谁？”高大山问道。

“守备区警卫连连长赵大顺，首长，我们错了！”连长回答。

“哪里错了？”

“哨兵没按规定着装！”转身命令哨兵，“还不赶快换下司令员！”

高大山摆手制止，说：“不，战士没有错。兵熊熊一个，将熊熊一窝。他上岗不按规定着装，不是他的错。你是他的连长，你现在替他站在这儿，让他回去学习内务条令！”

连长一时羞愧得无地自容，说：“是！”然后迅速地站上去，把司令员换下。

尚守志和军务科长跟着气喘吁吁地跑了过来，给高大山纷纷地敬礼，高大山一看：“噢，把尚参谋长和军务科长也惊动了？”尚守志说：“司令员，我们的工作没有做好！”军务科长也说：“司令员，你刚来，不太了解情况，过去陈司令员在的时候，哨兵上岗可以不扎腰带。”

高大山沉思了一下，背过了手去，突然回头看着他们。

“知道上级为啥叫我来这里当司令员吗？”

军务科长的脸白了，说：“不知道……”

“就是因为军人上岗连个腰带也不扎！因为这里让他带得不像个军营了！”

尚守志赶忙示意军务科长，给高大山又是一个立正，说：“司令员，我们马上加紧整肃军纪！”

“你们想整肃军纪？好，今天你们两个每人先在这里给我站一班岗，让战士们知道知道怎样做一个军人！”二人又是一个立正，说了一声：“是！”高大山这才走开。

后边的尚守志站到了哨岗上，看也不敢再看高大山。

第十三章　大奎

尚守志他们没有想到，那只是一个开头。第二天拂晓，一个参谋正在里边打盹，高大山突然出现在门口，把他吓得马上站了起来。

“吹号！紧急集合！”高大山命令道。

“紧急集合？”

参谋大吃一惊，一时没反应过来。

“执行命令！”高大山严厉地命令道。

转身，高大山一人最先站到了操场上，挺胸站着，一边看表一边听着四下的动静。整个营区内，顿时紧张了起来，随着一阵阵紧急的喇叭声，营区内响起了嘈杂的脚步声。

最先赶到的是王铁山，他面对高大山立定，站住了。

高大山看了看表，说：“嗯，好！你第一个赶到。叫什么名字？”

王铁山说：“报告司令员，我是作训科参谋王铁山！”

机关干部随后纷纷赶到，在高大山的面前列好了队伍，不少人着装不整，背包松松垮垮。

尚守志和李满屯也气喘吁吁的，过来问道：“司令，出了啥事儿？”

“出了事就晚了！快去收拢你们的部队！”高大山狠狠地瞪了他们一眼。

操场上，顿时一片口令声。

军务科长一声令下：“全体听口令，司政后各四列纵队，集合！”

全体集合。

“报告司令员，守备区全体机关部队集合完毕，请指示！”

高大山给军务科长还了一礼，向前迈了一步。

“稍息！同志们，我来守备区工作已经一个月了，今天第一次搞紧急集合，就足足用掉了十七分钟！这意味着什么？这意味着如果敌人的飞机导弹来轰炸，我们在被窝里就被炸死了，那倒省事了！你们还打啥仗呀！你们的孩子老婆就等敌人的飞机跑了以后哭吧！再朝你们自个身上看看，枪不像枪，被包不像被包，你们都不是新兵了，有的同志还打过仗，这样行吗？”

全场鸦雀无声。

“你们怎么不回答？你们回答！”

全体依然肃静。

尚守志和李满屯两人暗暗地交换了一下眼神。

“你们都不回答，我替你们回答！不行！你们当中的大多数人都是基层连队来的，很多人都带过兵，你们自己说，就这个样子行还是不行？”

“不行！”众人齐声回答道。

高大山说：“同志们，我和你们许多人都是熟人，有的还是老战友，就是有人不认识我，今天也认识了！我就是高大山！同志们，我们是干什么的？我们是军人！时刻上战场打仗的战士！这个样子怎么统领整个守备区？一来我就听人说了，陈刚司令员在时如何如何。高大山当司令又如何如何，我今天告诉你们，陈刚是陈刚，我高大山就是高大山，陈刚当司令时怎么带兵是他的事，现在守备区司令是高大山，现在，你们只有一个司令，那就是我，听明白了吗？现在听我的口令，各单位带开，检查装具，今天早操的课目是，五公里越野训练！”

那一天早上，高大山把机关的干部们跑得一个个汗流浃背，疲惫不堪。

但一直跑在最前头的却是他高大山，尚守志和李满屯紧紧地跟在他的后头。

高大山看着身后有些零乱的部队，最后停了下来。

高大山说：“咋地了，像打了败仗似的，一点精神都没有了，不就是五公里吗，过去打仗时，五十公里下来，也不是这个熊样呀，传我的命令，唱歌！”

尚守志说：“唱，唱啥歌？”

高大山说：“你是参谋长，唱啥歌还用我教吗？”

尚守志扯着嗓子便起头唱了起来：“说打就打，说干就干，一二唱！”

疲惫的队伍跟着就唱起了歌来，但没有唱几句，就被高大山叫停了。

高大山说：“从头开始！尚参谋长。”

尚守志只好重新起头，在高大山的炯炯目光之下，队伍里的歌声终于嘹亮了起来。

“好！就这样！很好！”

从边防三团搬进东辽城，秋英的日子好像慢慢地平静了下来。她老家那边的来人，也慢慢地少了，没有了。秋英为此暗暗地喘了一口气。

但高大山老家那边却突然来人了。

秋英这天提着一篮菜从外边回来，突然看到一个农民模样的人，正站在他们的院门外东张西望的，不停跳着脚，往里看着什么。秋英一看不由紧张起来，她赶了几步走到那人身边，大声地说道：“哎，干啥的？”

那人吓了一跳，回头看着秋英，笑着，和气地问道：“大……大妹子，我，我找我爹！”

“找你爹上这儿干啥？这儿哪有你爹！走吧！”秋英讨厌地对那人说道。

那人却不走，他看着秋英，问道：“大妹子，这，是不是高司令的家？”

秋英心里嘀咕了一句：“谁都来找高司令！”她躲闪着那人，悄悄地打开了锁，一闪，闪进了院子，回头对那人说：“不是！你快走吧！”

那人望了望走进院里的秋英，悻悻地走开了，嘴里却说：“怎么不是呢？不是领我来的人又说让我在这等。”走了两步就又回来了，他大声地冲着秋英说：“大妹子，那你能不能告诉我，高司令他家在哪？”

“不知道！你快走吧！别在这儿了啊！”

秋英说着进门去了。那人还是不走，他在门口徘徊了一圈，最后蹲下了，就蹲在高大山家的院门口，掏出纸烟，慢慢地卷着吸了起来，路过的人都觉得这人有点奇怪，都好奇地打量着他，但他总是憨厚地冲人点头微笑着。

高权、高敏、高岭三个孩子也回来了，他们不知道这人是谁，心想可能又是妈妈老家的什么来人吧，脸上都不约而同地闪过一种厌恶的表情，绕过那人，走进家里。

高权一进屋便问道："妈，门口那人是谁呀，是不是要饭的？"

秋英说："别管他，他说要找你爸，我又不认识他，就没让他进来。"

高敏说："他找我爸干啥，我爸认识他？"

秋英说："小孩子，别多嘴，他爱呆，就让他在外面呆着去。"

那人便在院外一直呆着，一直呆到高大山回来，他忽然就站了起来。

他像是见过高大山似的，迎着高大山问道："你老，是高大山吧？"

高大山站住了，他上下地打量那人一眼，问："你是谁？"

那人忽然扑通一声跪下。

"爹，可把你找到了。"

高大山吓得后退了一步，惊呆了。

"你是谁？"

"俺是大奎呀，你不记得俺了？"

大奎向前一扑，一下子抱住了高大山的腿，随即就哭了起来。

"爹，你让俺找得好苦哇，这么多年你咋就不回家看看哪？爹唉，想死俺了……"

高大山一下就激动了，他说："你说，谁是你娘？"

大奎说："爹，你咋连俺娘都忘了呢，俺娘是王丫呀。"

高大山忽然就仰头长叹了一声，说："你站起来吧，咱们进屋再说。"

大奎起身拍了拍膝上的灰土，抹着眼泪，跟着高大山走进屋里。

客厅空空的，一个人也没有。

大奎打量着客厅里的一切，摸摸沙发却不敢坐下。

他说："哎呀……爹，你就住这呀，比县长住得都好。"

"你娘到底是咋死的？"高大山一边坐下一边问道。

大奎说："就是你投抗联那一年，日本鬼子把咱靠山屯血洗了，俺娘没跑出来，是赵大林一家把我从死人堆里抱出来。他家没儿没女，娘死了，你一投抗联就不知下落，我就过继给赵家了。本想早点来找你，赵家对得起我大奎，拉扯我长大，又让我娶了媳妇。我得给俺养父母送终呀。这不，去年底，俺养娘也得肺气肿死了，我这才来找你。”

“你叫啥？”高大山问道。

“我叫大奎，刚才在外面都告诉你了。”大奎说。

高大山说，“大奎，你这就到家了，我把你娘和弟弟妹妹叫出来，你见见他们。”

然后走到楼上，对秋英说道：

“下楼去见一见吧，大奎大老远地来了。”

“刚才我可啥都听见了，你可从来没说过老家还有个儿子。”

“都四十多年的事了，我早就忘了。”高大山说。

“那你现在快再想想，还有啥事，别过两天又出来一个叫你爹的。”

“这叫啥话，是我儿子就是我儿子，不是我儿子永远都不是。大奎都到家来了，你不出来见见，这像话么？”

秋英无奈地走下去。

“你们也下楼，见见你们哥哥。”

高大山冲呆愣的三个孩子命令道。

三个孩子却不动。

“快下去！”高大山唬着脸猛然吼了起来。

三个孩子吓了一跳，纷纷下楼去了。

秋英绷着脸，却不做声，望也不望坐在沙发上的大奎。

“大奎，这是你娘。”高大山冲着大奎说道。

大奎扑通一声跪下，对着秋英叫了一声：“娘。”

高大山说：“起来吧。”

大奎一边站起一边冲秋英说：“娘，没想到，你这么年轻。下午在外面我那么喊你你可别在意呀。”

秋英冷冷地说：“坐吧。我看饭熟了没有。”说完向厨房走去。

三个孩子站在楼梯口上，只怯怯地望着大奎。“你们三个过来，见见你们大奎哥。”高大山朝他们喊道。三个孩子谁也不动。

“听见没有？”

三个孩子这才一个跟着一个地向前迈了两三步。最后走上来的是大奎，他摸摸这个的胳膊，摸摸那个的胳膊，嘴里不停地唠叨着：“弟呀，妹呀，哥想死你们了。”

说完，大奎回身打开带来的提袋，从里边拿出一袋袋的东西来。

“爹，看我给你带的啥？这是今年刚打下来的新高粱米，你看看！这是二斤新芝麻……”

看着那些高粱和芝麻，高大山的心里热乎乎的。“好，好，新高粱米，新芝麻，好！”

大奎随后掏出了拨浪鼓和绢花，对高敏高权高岭三个说：“大妹妹，大兄弟，看我给你们带啥来了？”他说着把东西递给最小的高岭，高岭刚要走过去，被高敏拉了一把。“不准要他的东西！”高敏说。

高大山一听不高兴了，对他们喊道：“都过来，认认你大哥！你大哥大老远地给你们捎的东西，咋不接住呢？快接住！”三个孩子你看看我，我看看你，只好上来从大奎的手里接过礼物。

大奎回头又给高大山掏出了一口袋烟叶。

“爹，这是一把子新烟叶，我都切成烟丝了，你吸吧！”

一闻那些烟丝，高大山高兴了，说：“好，好香！好东西！大奎，你快坐下，路上走了几天？”

大奎的脸色好看起来，他一边用袖口擦着泪花，一边回答父亲的问话。

“走了四五天呢！不要紧，我不累，路不难走！”

父子俩转眼间亲热了起来。高大山说：“大奎，家里都好吧？”大奎说：“告爹，咱家里的人都好，你媳妇、你孙子，他们都好，都整天念叨你！”高大山说：“庄稼呢？今年的庄稼咋样？”大奎说：“告爹，今年庄稼挺好的，高粱差点劲儿，谷子最好！”

然而，高敏高权高岭三个却在远处不高兴了。高权突然说道：“姐，坏了，弄不好这个大奎才是爹亲生的，咱们都不是！”高敏哼了一声，说：“他一来，说不定爹就不疼咱了！”说着一把从高岭手上夺过拨浪鼓扔到了地下。

“他把爸都抢走了，不玩他的臭东西！”

高权暗暗地拉了一下高敏。

“姐，不能让他待在咱家里，得把他撵走！”

高敏说：“你有这个本事？”

高权说：“想办法呗！”

想把大奎撵走的不光是他们那几个毛孩子，还有他们的母亲秋英。大奎的到来，她就是觉得心里难受，但一直想不出什么法子。几天后的夜里，她躺在床上，听着大奎从另一个屋里传来的阵阵鼾声，她受不了了，她终于对高大山开口了。

“高大山，你说，你啥时候让他走？”她说。

“我啥时候让谁走？”床上的高大山迷迷糊糊的。

“别装糊涂！你儿子啥时候走！”

“你什么意思，你就想撵他走？”

秋英忽然穿衣坐了起来。

“你这是干啥呀，半夜三更的！”高大山有点烦她，不由得也跟着在床上坐起。

秋英说：“高大山，你要是留下他，我就走！”

高大山说：“秋英同志！我今天必须跟你谈谈！你的感情有问题！大奎他不就是我前头媳妇生的孩子吗？他对我高大山，对你秋英来说是外人吗？自打进了这个家，孩子一会儿也不让自己闲着，干完这个干那个，他是为啥？进门就叫你娘，为啥？那是孩子心里有我这个爹，有咱这个家！我生了他，可从小到这会儿，我一天没养过他，今天他好不容易找来了，就在这个家里住几天，你就真的容不下他吗？你也是穷人出身，才当几天部队家属，住了几天日本小楼，你就瞧不起乡下人了？你这样下去，是很危险的！非常危险！”

秋英说：“高大山，你甭给我扣大帽子，我过去在三团服务社当主任，今天来到守备区服务社还当主任，我大小也是个领导干部！我没有瞧不起乡下人，我就是受不了你这个突然不知道打哪冒出来的儿子！你说他是你儿子，他就算是你儿子，可他不是我儿子！这是咱俩共同的家，凭啥你就非把你的儿子硬塞给我！我挑明了说吧，我就是不愿意跟他在一个屋檐下过日子！”

高大山侧耳听了听楼下的鼾声，说：“咱不吵行不行！大奎他只是来看看我，住些日子就会走的！”

秋英说：“你咋知道？他要是不走呢？”

高大山说：“他怎么会不走？他的家在靠山屯，他有自己的老婆孩子，自己的庄稼地，自己的牲口，他咋会不走？”

秋英说：“哼，我看不一定！他生下来你就没养他，这回好不容易找到你了，他干脆就不走了，在这个家吃，在这个家住，看你咋办！高大山，丑话我可是说到前头，要是那样，我就赶他走！”

高大山说：“英子，我咋就没看出来会有你说的这些事呢？我看大奎是个懂事的孩子，他一准不会这样！”

秋英说：“好，高大山，我记住你这句话了。那我就再忍着，他要吃，我供给他吃；他要喝，我供给他喝，最多一个月，过了一个月他还不走，你就得撵他走！你要不撵，我跟你没完！”

楼下的大奎依然鼾声不断，但高大山却睡不下了，他悄悄地摸到大奎的床边，看着这个老家来的孩子。大奎也坐起来了，他说：“爹，你还没睡？爹，你快坐下。”高大山极力掩饰着，说：“大奎，这床……还睡得惯吗？”大奎说：“睡得惯。这么软和的床，跟睡到棉花里似的，咋能睡不惯！”高大山说：“啊……我十几年没回过靠山屯，去年你二蛋叔来，说乡亲们又把你接了回去，还帮你盖房子，娶媳妇，这都是真的？”大奎说：“爹，是真的，是真的。乡亲们待我太好了，要说人不管走到哪里，还是老家人好哇！”

高大山站起来，不敢再看大奎。

大奎也跟着站起。

高大山背对着大奎，说：“那些年……你在你父母家，过得好吗？”大奎说：“爹，我过得挺好。他们待我就跟亲儿子一样！爹，你甭为我那些年的日子操心，我不比别的爹娘在身边的人过得差！”高大山说：“啊。好，那你睡吧。既是来了，就多住些日子。”

大奎高兴地说：“哎。”

高大山要走，又站住了，但他没有回头。

“大奎，你娘……我说的是你亲娘……她埋在哪你知道吗？你时常去她的坟上看看吗？”

大奎的眼里闪出了泪花。

“爹！我知道。我也时常去！”

“那就好。”

他要走开，想想，又停住了。

“大奎，爹这几十年，先是当兵打仗，再后来……一天也没能照顾到你，你不记恨爹吧？”

大奎感动了，不知说什么好，愣了半天，只叫了一声：“爹……”

高大山刚一回头，大奎突然跪了下去，他说：“爹，你老人家这么说，儿子我可担待不起。爹，自打儿子知道你是我爹，我就想来看你。可是过去我爹我娘……啊，就是把我养大的爹娘……还在世，我先得在他们跟前尽孝，你说是不是？现在他们都不在了，我该在他们跟前尽的孝也尽了，思想着该到你老人家跟前尽孝了。爹，你就是没有养我一天，你也是我爹，我是你的儿，我是该来尽孝的啊！”

高大山赶忙拉起他，说：“啊，快起来快起来……我就是随便问问……好了，你睡吧。”“哎，爹，你也睡吧。”

高大山刚走出门外，就看到秋英不知什么时候已经站在了楼口那里，她一直在上面听着他们的谈话。

第二天清早，军营里的起床号刚刚响起，高大山就看到大奎在院子的地里忙着掘土。大奎说：“爹，你上哪去？”高大山说：“出操去！”说完就往外跑了起来。大奎觉得稀奇，嘴里说：“大清早上，不干点活儿，也没有事儿，跑个啥劲儿！”正嘀咕着，秋英也出来了，大奎说：“娘，你起来了？”秋英含糊了一句什么，大奎好像没有听到，但他不在乎，他说：“我看咱家院子里这两块地，撂荒怪可惜的，我把它们拾掇出来种上菜，过些日子，咱家就不用买菜了！”

秋英却说道：“啊，就怕过几天你走了，没有拾弄，还是得荒着！”

大奎却笑了，他说：“要是这样，我就不走了！”

秋英的脸色忽地一下就黑了下来。

高大山刚一走到办公室，就接到了林晚给他打来的电话。林晚是从大山子守备区给他打来的，说：“我要走了，我要离开大山子守备区了。”

高大山说：“为什么？你们那医院不是好好的吗？”

林晚说：“不是我想走，是上级安排我转业了。”

高大山忽然就紧张了起来。“你说什么？他们安排你转业了？”

林晚说：“对，今天就走。”

“不，你等一等，你刚才说，你不想走？”

林晚说：“对，我不想离开部队。”

“那好，那你在那等着，他们不要你，我们白山守备区要你。我这就派人去接你。”

不等林晚那边答应，高大山咣一声放下了电话。转身对尚守志说道：

“大山子守备区要安排林晚转业，他们不要我们要！你马上安排一辆车，再派上一个班，把林医生连人带家都给我整过来。”

尚守志说：“那整过来以后呢？”

高大山说：“废话，当然让她去守备区医院了。那里不是还缺一个院长么，我看就让她代理算了，什么时候开个党委会，再正式任命。”

尚守志说：“好，那我马上去落实。”

转眼间，尚守志的大卡车便在路上飞奔起来。车上，坐着全副武装的一个班的战士。“快，快，晚了就赶不上了。”尚守志不停地催促着司机。

尚守志的大卡车赶到大山子守备区时，林晚已经坐在了一辆吉普车上，正准备离去。尚守志的大卡车呼地就停在了那辆吉普车的前边，把辆吉普车的路给挡住了。吉普车内，一个干事模样的人冲着尚守志就喊道：“这位同志，你这车咋停这了？”

看见尚守志走来，林晚一下就认出来了，她急忙跳下车子。

尚守志说：“林军医，我奉高司令的命令，特地来接你。”

林晚感动得呼地就流下了泪来。

那干事一听，却急了，他冲着尚守志喊道：“我这是奉上级命令去地方移交转业干部。”

尚守志拍拍那干事的肩膀说：“你的任务完成了，你请回吧。”

干事说：“这咋行，你们哪部分的？”

尚守志说：“白山守备区的。”说完抢过干事手里的一个纸袋说。“这是林军医的档案吧，好了，从现在开始，林军医是我们白山守备区的人了，跟你们没关系了。”

“你，这位同志，你是在打劫。”

尚守志看了一眼车上的武装士兵，回头对那干事说：“就算是吧，有关林军医调动手续，我们会和你们守备区交涉的，你请回吧。走，林军医，请上车。”

林晚一上车，尚守志的卡车就转身走了。望着远远飞奔而去的大卡车，那干事无奈地摇着头。

“这，这，这不是土匪吗？”

高大山一直在守备区的营院里等候着林晚的到来。一看见高大山，林晚不禁百感交集，嘴里一时不知说什么才好。她说：“高司令，我以为再也见不着你了。”高大山也有些暗暗的激动，他说：“谢谢你还信任我，大山子守备区不要你，我们白山守备区要你，只要你愿意，你在这里就干上一辈子吧。”

林晚禁不住捂住了脸面。

她哭了。

高大山默默地看着她，也不再多话。

高敏他们想整治大奎的机会，终于来了。这天清早，大奎刚一起床，就在屋里急得乱转，高权刚一下楼，就被拉住了。大奎说：“兄弟，帮大哥一个忙行不行？”高权却一把把他摆脱了，说：“干啥你，别拉我！”一旁的高大山却看出了什么了，问了一声：“大奎，咋啦？”大奎说：“爹，俺想上茅房！”高大山说：“家里就有呀，那不是？就在那！”大奎却苦着脸，说：“爹，这种茅房，我……

我不行。”高大山明白了，说：“啊，高权，带你哥去大操场南头的厕所去！”

“我不去！”高权不情愿地。

“叫你去你就去！执行命令！”高大山瞪了高权一眼。高权害怕父亲的眼神，只好带着大奎出门去了。

一出门，高权就把大奎带上了一条岔路。走着走着，大奎有点急了，他说：“兄弟，咱都走恁远了，茅房到底在哪啊？”高权说：“快了！”他领着大奎，又拐上了另一条岔路。大奎说：“兄弟，你们这茅房可够远的，咱都走了二里路了吧？”

这时，一个从旁边走过的战士停了下来，说：“哎，老乡，你是找茅房？”大奎点点头。战士说：“那你往这边走，直走就是！”

一看茅房，大奎便直奔而去。不想，高权抄近路赶在了大奎的前面，站到厕所前，用身子挡住那个女字，然后对跑来的大奎说：“哎，这边，那边人多！”

大奎没有多想，就走进了女厕所里。

突然，一个女人尖叫着从茅房里冲了出来。

大奎提着裤子跟着也窜了出来，而高权，却一溜烟地逃走了。两个纠察匆匆跑来，把大奎拦住了。“你，干啥的？不知道是女厕所？”

大奎急得脸都青了，说：“同志，你先甭问，让我上完茅房再说行不行？……哎哟，坏了！”

纠察手一松，大奎就直奔男厕所去了。

高大山知道后愤怒了，一进屋就大声地吼着：“高权！给我出来！”

高权高敏，还有高岭，还有秋英，一听到怒吼，都从楼下走了下来。高大山两眼愤怒地盯着眼前的高权，说：“你干的好事！”高权想赖账，说：“我干啥好事了？”高大山说：“你还想赖账！我今天非揍你不可！”高大山刚要揪住高权，秋英扑上来了，她拦住了高大山：“高大山，先说清楚了再打我的孩子！高权他到底咋啦？”高大山说：“咋啦？叫他领大奎上茅房，他把他领进了……嘿！”

秋英说：“他把他领哪儿去了，你到底把话说全了！”

高大山说：“你问问他！”

秋英说：“高权，你说！说清楚了我不让你爸打你！”

高权说：“妈，我把他领进了女厕所……”

高敏扑哧一声就笑了。高岭跟着也偷偷地咧开了嘴。秋英却气恼了，说：“哎哟我的儿子，你咋能干出这事来呢？”但她就是不让高大山打她的儿子，她紧紧地护着他。高大山禁不住咆哮了，说：“你知道不知道你给我闹了多大乱子？你害得大奎被纠察抓去关进了禁闭室！害得别人到处打听大奎是不是我的儿！害得我高大山名声扫地！我的皮带呢？今儿我非得教训你不可！”

高大山死活从秋英的身后揪出高权，一家人顿时乱成一团。

这时，大奎回来了，他说：“爹，你别打我兄弟！他太小，还不懂事，要打就打我，是我不好！”

高大山扬着皮带，说：“大奎，你闪开，没你的事儿！”

大奎说：“爹！不，你老人家要是生气了，就打我！我是大哥，兄弟们有了错也是我的错，你别打我兄弟！”

高大山只好把皮带放了下来。高权乘机往楼上跑去，回头对大奎说：“你赶快滚吧！滚回你的靠山屯！我们全家都不欢迎你！”

高大山又气又怒，说：“高权，你给我站住……”

但高权没有停下，高大山要追上去，大奎拉住了。他说：“爹，你可别生气，看气坏了身子。我兄弟他小啊！”

高大山的眼里不由闪出了泪光。

大奎的事，很快传到了尚守志和李满屯他们的耳里，可他们不知道那是高大山的儿子。李满屯说：“哎，团长，听说你老家来人了？”高大山嗯了一声，说：“啊，来了！”李满屯说：“看那个岁数，是你兄弟吧？”尚守志说：“还闹出了乱子，大白天找不到茅房，闯进了女厕所？”

高大山站住，他不高兴地告诉他们：“你们胡扯些啥？大奎是我儿！”说完大步地走进办公楼里。后边的尚守志和李满屯都愣了。李满屯说：“儿？老高还有这么大的儿，我咋不知道？你知道吗？”尚守志摇头说：“不知道。本来还想上老高家喝顿酒，看他这么不高兴，算了。”李满屯说：“你忘了，自打来守备区当了司令，老高就戒酒了！”尚守志说：“哎，对了！你看我咋忘了呢。我只说老高老家一直就没人了，这回来了亲人，应当祝贺，把他戒酒的事儿忘了！”

除了高大山，屋里谁都冷漠地对待着大奎。高岭放学回来了，大奎迎上去，说：“兄弟！放学了？来，哥替你拿着书包。”高岭甩开他，理都不理。秋英提着菜篮子回来了，大奎跑过去，说：“娘，你回来了？我替你拿篮子。”秋英冷冷地只说了两个字：“不用。”高敏和高权放学回来了，他们远远地就躲着他，等到他看不到他们了，他们才悄悄摸进屋里。

大奎只好一脸的失落。

这天吃饭的时候，秋英禁不住说话了。她说：“大奎，再过三天，你就来了一个月了吧？”

大奎急忙说：“对，娘，到大后天，我就来了一个月了，这日子过得真够快的！”

但他并不知道秋英话里藏着的话。高大山知道秋英什么意思，他只是瞥了一眼秋英，转又默默地吃着他的饭。

夜里，秋英又对高大山说了。她说：“大后天就一个月了，咱们可有言在先，他要是不走，你就得撵他走！”高大山还是没有作声，他只是生气地看她一眼，便倒头睡下。

但秋英却怎么也睡不着。

她说：“高大山，我的话你听见没有？明天你要是再不跟他明说，我就自己撵他！”

“你敢！”高大山猛地回头吼道。秋英吓了一跳，但她不怕他。“我不敢？高大山，你看我敢不敢！还是那句话，你要是想留他长住，我就带着孩子走！这个家，有他就没我们，有我们就没他！”

那天夜里，高大山再也睡不着了，最后，他只好爬起床来，在院里悄悄地打拳。高大山没有想到的是，他的儿子大奎，在窗户那里默默地望着他，望着自己的父亲。

天一亮，大奎就自己开口了，他说：“爹，到后天，我就来了一个月了吧？”高大山说：“好像是！”大奎说：“爹，我就是一辈子在你老人家身边待着，我也不嫌长，可是家里还有庄稼地，有牲口，有孩子，他们没我不行，我想后天就回去了！”

两人当时正在跑步，大奎是陪着父亲跑的。高大山忽然就慢了下来，大奎的话，他知道是怎么回事，心里有些隐隐的难受。

他说：“大奎，你真的要走？”大奎说：“爹，我是你的孩子，该在你跟前尽孝，你要真不想让我走，我就再住几天！”高大山深深吸了一口气，说：“好，大奎，你后天就回去吧。”

“哎！”大奎干脆地应了父亲一声，又陪着父亲跑了起来。

大奎说：“爹，我来的时候，你媳妇叮嘱我，要我跟你和我娘要一样东西！”高大山说：“家里缺啥东西，你就说话，我叫人上街给你买去！”

大奎说：“爹，家里啥都不缺。我和你媳妇就想要一张咱家的合影相！不知道……”

高大山看着儿子一张诚实的脸，说：“好吧，今天咱就去照一张全家福，后天洗出来，让你带走！”

不管秋英他们的表情如何，那张全家福还是照了下来了，拿到那张照片后，大奎就出门了。他看着那张照片心里高兴，对父亲说：“爹，照得不错。你看咱一家人多好，是不是？”

大奎说：“爹，儿子要走了，你老人家还有啥话要嘱咐没有？”

高大山说：“大奎，这么些年了，你也没再听到过你英子姑姑的消息？”

大奎说：“爹，这样吧，我回去后就天天打听这事儿，说不定能打听到！”

“还有你爷和你奶奶的坟，要是能找，也去找找！”

“爹，我记住了，等明年秋天，地里的庄稼收了，我再来看你和我娘，还有弟弟妹妹！”

“好，你走吧。”

大奎上车一走，高大山忽然就落下了泪来。

大奎一走，秋英就把屋子打扫了一遍，她把大奎用过的床单、枕巾统统弄成一团扔到地下，然后来了一个大清洗。大奎带来的那半袋高粱米，也被她提到了集贸市场，换鸡蛋去了。

晚上，高大山一进门就看到了饭桌上的炒鸡蛋。“嗬，今天改善伙食呀。”他端起米饭时，问道：“怎么不吃高粱米，那可是大奎从老家带来的，老家的高粱米，我一辈子都吃不够，明天要做高粱米饭，你们不爱吃，我吃。”

秋英说：“高粱米没有了，换鸡蛋了。”

高大山把碗重重地放到桌上说：“咋，换鸡蛋了？”

秋英说：“这大米不比高粱米好吃？别跟个乌眼鸡似的，不就是半袋高粱米吗？”

“你，你……”高大山一甩袖子，站起来，指着秋英骂道：“我知道你冲的不是那半袋子高粱米，你是冲着大奎，冲他是我儿子，我早看出来了，大奎来时，你就脸不是脸，鼻子不是鼻子的，大奎在，我没搭理你，大奎走了，你又冲那半袋子高粱米生气。我还不明白你那点小心眼。”

秋英说：“我就小心眼咋了，我嫁给你这么多年我容易吗我，现在冷不丁又冒出来个大老爷们，老不老小不小的，往那一站，叫你爹，叫我娘，你不脸红，我还抬不起头来呢。”

高大山说：“大奎长得再老也是我儿子，那是我留在老家靠山屯的骨血，你还抬不起头来了，丢你啥人了？你今天跟我说清楚。”

秋英说：“高大山，你今天是不是想找茬跟我吵架？”

高大山说："我就是想找茬跟你吵架。大奎才在家里住几天，你就不愿意了，你就要撵他，你这么干对得起孩子吗？"

"你们还让不让我们吃饭了。"高敏突然吼道。

高大山看着不停吃饭的秋英越发生气了，他说："你还能这么坐着吃饭？大奎叫你撵走了，你这会儿心里痛快了，你高兴了！"

"我就是高兴，就是痛快！"秋英说。

高大山忽然一抬手，掀翻了桌子。

"高大山，我不跟你过了，我要跟你离婚！"

高大山转身出门而去，把门也摔得山响。

随后，高大山不再回家吃了。孩子们也跑到部队食堂，跟爸爸一起吃。高岭说："爸，以后我们天天吃食堂吧，这里的饭好吃，我妈做的饭像猪食，难吃死了。"可高大山不同意这样的说法，他说："别瞎说。"高岭说："我没瞎说，不信你问我哥我姐。"可高大山告诉他们："你妈那个人有毛病，心眼小，心里装不下五湖四海。可她做的饭好吃，爸爱吃。啥猪食不猪食的，以后不许说你妈的坏话。"说完严厉地看着三个孩子。高权低下头，高敏往一个盆里拨菜，又拿了两个馒头放在盆里，端起来。

高大山说："小敏，你这是干啥，没吃饱？"

高敏说："给我妈带回去。"

高大山说："那好，高敏，你领着弟弟们回去吧。"

这一天，高大山突然想起一个人。

那就是作训科的王参谋王铁山，他是头一次紧急集合那天，头一个到来的人。他告诉尚守志："尚参谋长，你不是要帮我挑个秘书吗？不用挑了，你把王铁山王参谋给我就行了。"尚守志说："好，那明天我就让他到你那去报到。"

第二天，王铁山就到高大山身边报到来了。

高大山说："你是老兵了吧，老家哪的？"

王铁山说："就这东辽的。"

高大山说："城里的？"

王铁山说："不。乡下。山里。"

高大山果然就高兴了，说："农村人好，不忘本，我就喜欢农村兵，厚道本分。"

然后，吩咐王铁山两点，第一，原来司令都是秘书接的电话，然后再转给司令，他来了，他不用秘书再接了。他说："你想想，就一个电话，你也接，我也接，不是脱裤子放屁嘛！”第二，“以后要是有人来这里找我，就直接叫他进来好了！别像有些人，别人有事找他，他坐在那儿摆谱，叫秘书在门口挡驾。咱不来那一套，啊！”

就在这时，电话响了。

王铁山只好愣愣地看着，看着高大山，看着高大山接完一个电话又一个电话。

一天，两天，三天，很多日子就这样过去了。这天，百无聊赖的王铁山正找到一副扑克牌玩一玩解闷，突然有人敲门。王铁山呼啦一下就开门去了。是一位老年妇女，哭天抢地地就闯了进来。

她说：“我找高司令！”

王铁山想拦住她，说：“我是高司令的秘书，你能告诉我你找高司令有啥事吗？”

“不行，我就找高大山说！”

那妇女哭闹着直往屋里闯。

“我男人去年才去世，这会儿就有人把我欺负得活不下去，我只跟高大山说！”

说着呜呜地哭个不停。

高大山立时从里间走了出来，说：“咋了这是？”

王铁山说：“司令员，这位老同志非要找你……”

那妇女一下扑向高大山，大声地说：“高司令，是我找你呀！这个秘书他不让我进去！你不认识我了，我是小李，后勤部老部长梁大亮的爱人呀！去年我们老梁刚去世，我就被人欺负得活不下去了。高司令，你得救我呀！”

她说着就要往下跪。高大山急了，用力搀住她说：“哎快起来快起来！这像啥样子！王秘书，你刚才咋回事？我说过谁来见我就直接让他进来，你怎么能将老李同志挡在门外呢？”

王铁山说：“我……我……”

高大山将女人搀进里间，又是倒水，又是拿毛巾说：“老李，你慢点说，老梁部长是老红军，你也是老同志了，有啥事我给你做主！”

一听，原来是被儿媳妇给欺负了。

高大山马上把电话打到了后勤的李部长桌上，让他赶紧派个人去处理一下，教育教育老李的那个儿媳妇。那老李这才放心地走了。

办公室里随后又空了下来，王铁山只好又接着玩起了扑克阵来。高大山走回来看了看，王铁山有些尴尬地站了起来。高大山却无事一样说：“接着摆，接着摆。

摆得不错。通了几关？”王铁山说：“五关通了三关。”高大山说：“那还是不太顺。”

王铁山说：“司令员，不是我要干这个，是我呆在这里没事儿干。”

高大山笑了，他说：“我也觉出来了，你坐在这儿是没事儿干。你来。”说着把王铁山带到里边，指着桌上的文件和报纸说：“没事干你就给我看看报纸吧，那上面都有啥大事，国内国外的都给我记下来，到时你说给我听。”

王铁山答应了。

电话铃又响了。是李满屯打来的，他说：“高司令，张副市长同意今天晚上到咱们这坐一坐。你最好陪着吃顿饭。”“吃饭还用我去，你们就吃吧。”李满屯说：“张副市长可是管基建的领导，以后，咱们有好多事要求地方政府支持呢，你出面比我们说句话都管用。”

高大山笑了，他说：“我能有那么大面子吗，那好，晚上我去吃饭。”

第十四章　行贿

请张副市长的饭桌上，坐满了人，有部队的，有地方的，几乎都是领导。高大山一进来，人们便站了起来。刘副政委说：“我来介绍，这位是守备区的高司令。高司令，这位是张副市长，那位是市委办公室的李主任，其余几位也都是市里的领导同志。”高大山说：“好好好，都请坐。不是吃饭吗？吃饭吃饭！”

炊事员一上菜，高大山端起饭碗就吃了起来，一边吃，一边还吧唧着嘴，把客人们都给弄傻了。

张副市长主动拿起筷子，招呼自己的人说：“好，吃吧吃吧。”

“哎，你们怎么回事？怎么不吃呀？”

“你吃你吃。高司令你吃。”

高大山又一次埋下头去，三下两下，就把碗放下了。

他抹抹嘴，说：“我吃好了！你们吃你们吃！”大家都被高大山的做法弄傻了似的。高大山却忍不住了，他说：“老张，不是我批评你们地方的同志，吃个饭，还客气啥？扭扭捏捏的，要是在战场上，我看你们几个这样儿非饿死不行！上了战场吃饭不能客气，你一客气别人都把饭抢光了，你饿着肚子还要行军，还要打仗，这时候你还不能说你委屈，没抢到饭，领导早就有话等着你呢，说，“饭都抢不到吃，还打啥仗！这次主攻任务没你的事儿！那就坏了！”

饭桌上的气氛这才活跃起来。张副市长说："同志们，高司令讲得好，进入和平时期这么久了，他还没有失去军人本色，来，咱们向他学习，抢饭！"大家这才吃了起来。

这时，高大山站了起来，说："好！好！你们吃吧，我先走了！"

"司令，你不再陪陪？"刘副政委有些愕然，说。

"不就是吃饭吗？我吃完了，我吃完了不走还呆在这儿干啥？你们吃吧，我走了！"

高大山说完拍拍屁股，真的走了。

高大山的家里也在吃饭，但平时高大山吃饭时的坐位，秋英总是留着。

高岭说："妈，咱家不做鱼了吗，咋没了呢。"秋英说："啥时做鱼了？"高权说："我回来都闻到鱼味了，我还以为咱家改善伙食呢。"高敏在桌子底下踢了高权一脚说："快吃饭，吃完到楼上写作业去。"高权不说话了，埋头吃饭。

高岭说："妈，我爸啥时候回家呀。"秋英说："你想他了？他不回来咱们不是挺好的吗，他一回来就吹胡子瞪眼的，你们平时不是说，他不回来才好吗。"高岭说："我没说过，是哥说的。"高权说："我也没说过。"高岭说："你说了，上次你逃学爸要揍你，你背着爸说的。"

高权在桌下也踢了高岭一脚说："一边呆着去。"

高岭说："你现在踢我几脚我都记着，等我长大了，好好跟你干一架，你咋踢我的，我都还上。"

秋英说："都别吵了，吃完饭该干啥就干啥去。"

孩子们刚一上楼，秋英转身就用毛巾包着一个瓦罐，匆匆地走出了家门。

瓦罐里装的就是高岭闻出的味儿，是秋英偷偷给高大山熬的鱼汤。

办公室的高大山正寻找着有没什么吃的，最后找着的只是几颗花生米，于是打电话把李满屯骂了一通，说他不该叫他去陪什么副市长吃饭，害得他没吃饱。一回头，看着秋英来了。

"你咋知道我饿了呢？"高大山接过来就稀里呼噜地喝了起来。

秋英说："你哪次不这样，说是在外面吃过了，回到家里饿狼似的还不吃一顿。"

高大山呵了一声，说："还是你了解我呀。"

秋英说："那你对我还跟个阶级敌人似的，吹胡子瞪眼不说，恨不能一口把我吃了。"

高大山说："这么说，都是我的不对了？"

“你对，你都对。”秋英赌气着说。

喝完汤，高大山想伸一个懒腰，突然觉得腰疼，就停住了，但秋英却看在了眼里，说：“咋了，腰又疼了？”高大山说：“明天又要下雨了。”秋英说：“都是那块弹片闹的，来，我给你揉揉。”高大山便背过身，趴在床上，让秋英给他揉。

秋英说：“还回不回家了？”

高大山说：“回，回，现在就回。”

翠花嫂的狗剩突然找上了门来。

他手里提着两瓶酒，是两瓶东辽大曲。

高大山一看就知道是有事儿来了。

他说：“狗剩，你一个月几块钱津贴费，你给我送这么重的礼，是想干啥呀？”

狗剩说：“嘿，还是我姑父，一眼就把侄儿的心思看明白了！姑父，姑，不是我在这儿说大话，我狗剩是没钱，我要是有钱，天底下的好东西我都买回来孝敬你们。可惜我眼下没钱，办不到！”

秋英一听就感动，说：“狗剩能说出这些话，真是懂事了。老高你说呢？”

高大山却眯着眼不说话。

狗剩说：“姑父，我今儿来真是求您来了。我在那个九道沟子呆的时间也不短了，要说锻炼也锻炼得差不离了，姑父，你是不是该把我打那山旮旯里调出来，提个干了吧？”

高大山脸色突然就难看起来。“狗剩，原来你是为这事儿来的。我知道了。你走吧！”

狗剩不安地站了起来，他弄不清高大山的意思，只好把眼光不停地投到秋英身上。秋英一时也摸不清高大山的心底，默默地闭着嘴。

高大山说：“狗剩呀，当初你娘带你来当兵，我想着你是老区的孩子，愿意当兵是好事，才帮你进了部队！你今天的事太让我失望了！你狗剩不是不能提干，但你想要提干，战争年代你要冲锋在前，退却在后，为打胜仗立下大功，现在是和平时期，你也得先在部队好好学习，刻苦训练，成为士兵中的优秀人才，那时组织上自然会考虑你！你今天这样提着两瓶酒，偷偷地来到我这儿说情，你知道这是什么性质？你这是行贿！凭这个我这会儿就能处分你！我要是收了你的酒，我就是受贿！咱们俩都该一块儿上军事法庭！”

狗剩听得突然流下了汗来，他看着秋英，央求道：“姑，你看这，你看这……”

秋英急忙走上来说："好了好了，老高你也甭说了，孩子知道错了。狗剩我不留你了，天也不早了，你住在哪里，赶快回去休息吧！"

"那好，我走，我走。"

"站住！把酒拿走。我戒酒了！"

狗剩看了一眼秋英，秋英却把目光拿开了。狗剩提起酒灰溜溜地走了。狗剩还没有走远，高大山突然砰的一声把门关上。

"老区的孩子呢，如今怎么成这样了？怎么成这样了？"他想不明白似的。

秋英赶紧过来给他捶背，说："老高你甭生气！以后狗剩来我再批评他！这孩子太不像话！"

高大山忽然站起来往外走，想起什么，又回过了头来，对秋英大声地说："老秋你记住，我现在是守备区司令了，官不小了，以后少不了会有人上门送东西。打今儿起，我要在家里立一个规矩，不管啥人上门，送的礼都不能收，你要是收了让我知道，我不会原谅你的，你知道没有？"

秋英默默地看着他，没有作声。

不几天，又有人敲门来了。

是秋英的同事小张领着一个军官来的，一进屋，就将一个鼓囊囊的包放在茶几上。小张说："秋主任，这是我爱人小刘，刘明利，在二团八连当排长。小刘，这就是我们秋主任，平常最关心我们职工了，经常组织我们学习。你看，就是回到家里，她也不忘看书看报。"秋英高兴地放下报纸，说："这都是应该的，我们老高常说，当领导的就要先学一步，多学一点，比起他来，我差老鼻子了。"

军官顺着说："是啊是啊，高司令不仅过去战争年代屡立战功，到了这会儿，还是一员虎将，我看他将来还得升！"秋英更高兴了，说："是吗？你真是这么想的？其实升不升的我们也不在乎。革命战士一块砖，哪里需要往哪搬……哎，你们俩有事吗？"

小张说："秋主任，我们小刘在二团当排长都两年多了，别人像他这样，早就提副连了，有的人还托关系调回了城里，哪像我们俩，一年年牛郎织女，孩子没人带，也影响我在服务社的工作不是？"

秋英忽然一副很领导的样子，轻轻咳一声，说："是呀，因为孩子，你上班就经常迟到。"

军官说："是呀是呀，为这事小张常常在家哭，觉得不好意思，说要不是碰上秋主任这样的领导，早就不知怎么样了。秋主任，我们俩今儿就是为这事来的，孩子太小，她上班老迟到，想来想去不是个办法，我就来求求高司令。可是小张说，高司令太忙，找秋主任就成了，秋主任可是个热心肠的人了，只要帮我调动一下工作，调到城里来，平时有个人帮帮她，她上班一定再不会迟到了。”

秋英噢了一声，说：“你们是来说这事的。这事我可不管。我们老高说了，家属不得插手部队干部的调动啥的。”

军官有点尴尬，说：“秋主任，那你能不能帮我们跟高司令说说？”

秋英说：“我也不能帮你们做这事。老高最讨厌有人来家里跟他说这些事了。你们要是让我找他，准碰钉子。”

小张俩一下就沉默了。

看着他们可怜的样子，秋英说：“这样吧，你们也有实际困难，我记住这事就是了。你们先回去吧！”

军官还想说什么，被小张推了一把，说：“那……秋主任，我们就回去了。”说着，示意爱人把带来的东西掏出来，一样一样摆在秋英面前的桌上。

“哎，你们这样不好。请你们把东西拿走！”秋英扫了一眼，便歪头去看手里的报纸。小张拉拉爱人的衣袖，就出门去了，走到门口回头说了一句：“秋主任，那我们走了啊。”

“啊，我就不送了！”

屋里很快就静了下来，秋英看看没有什么动静，悄悄地就把那些东西收到了橱柜里，找了一个时间，就给干部科的赵科长打了一个电话。

“是干部科的赵科长吗？我是服务社老秋啊……对对。我身体很好，老高身体也很好……赵科长，有这么一件事，我们服务社有个职工，她爱人在三团当排长，叫刘明利，她家里有很多困难，你是不是能帮一下忙把他调回来，在守备区安排一下，这样不但就解决了他们家的问题，也是支持我们服务社的工作，支持我的工作……”

“这是高司令的意思吗？”赵科长说。

“这个呀，这个我就不好说了……”秋英含混地答道。

“啊，好吧，我尽量办。”

“那我就谢谢你了。”

谁知，她刚放下电话，狗剩忽然推门进来，把她吓了一跳。

“是你呀？狗剩？”狗剩说：“姑，就你一个人？”秋英说：“啊。”狗剩说：“我姑父他们不在家？”秋英没给他回答，而是问道：“你还没走呀，狗剩？”

狗剩把送过来的两瓶酒，从腋下拿出。“姑，我咋走哩，我的事还没办成哩！”

“你啥事还没办成？”秋英脸黑下来了。

狗剩说：“我提干和调动的事呀。姑，那天我来得不巧，正撞上我姑父在家，要是就你一个人，我的事不就办成了？”

“你姑父不能给你办的事，我也不能办。”

狗剩说：“姑，谁不知道在全守备区，除了我姑父，就数你威信高，心肠好，能耐大呀！再说我又不是外姓旁人，我是你亲外甥，我们那儿谁都知道我求你来了，要是就这样回去了，人家不会说我姑父坚持原则，人家会说你在守备区没威信，啥事儿也办不成！”

秋英深深地叹了一口气，摔掉了报纸。“他们还别这么说，我就是不想给你办，我要是想办，还不是一句话的事儿！”

狗剩说：“姑，就这一句话的事，你还不给我办了？你不看僧面看佛面，不看我的面子还不看我娘的面子？要不这样，我回去把我娘接来到你这儿住一段儿？”

这一说，秋英慌了，说：“别，别。这样吧狗剩，我给你试试。不成你也别恼，成了你也别喜。你走吧！”

狗剩一下高兴了，说：“好，好。有你这句话我还怕啥哩。姑，我给你出个主意啊，你打电话找我们团的政委，就说我姑父叫你打的。他还敢回头问问我姑父有没这事？过一天我还来啊。”说着走了。

狗剩走后，秋英就看不下报纸了，她骂了狗剩一句什么，就抓起了电话。“喂，我是高司令家。给我接二团李团长的爱人。小杜吗？我是守备区服务社秋主任哪。对。我身体好着哩，老高身体也挺好。小杜哇，有这么一件事，有一个老区的孩子，他妈曾经收养过咱守备区的一个首长家属，为革命做出过不小的贡献呀，后来把孩子送到咱部队来了，就在你们二团，当兵都两年多了。你想这样的革命后代，根红苗正，咱部队不培养谁培养？……你明白我的意思了？……这是不是老高的意思？这我不能说……好，那就拜托你们家李团长啦……”

王铁山决定不当高大山的秘书了。

他给尚参谋长打了一份转业报告，可尚参谋长告诉他，你是高司令的秘书，你要走，必须先征得他的同意！高大山一听大吃了一惊，随后就愤怒了。

他说：“怎么了你王铁山同志！这么年轻就不想干了？我们这帮老家伙还没想到要解甲归田呢？你也不睁眼看看，现在是啥时候！一个‘美帝’，一个‘苏修’，对我们虎视眈眈，一个霸占着我国的领土台湾，一个在我们的国境线对面陈兵百万，亡我之心不死！过去我们不管抗日还是打老蒋，敌人只有一个，这会儿呢我们有了两个！你这个时候要求转业，啥意思？你是共产党员，是革命军人！党和军队把你放到这里，是把守卫国土的责任放到你的肩膀上了！你怎么能想走就走呢！”

王铁山说：“你不同意我转业，那就让我去七道岭，去咱们守备区的最前沿。”

“为啥？”高大山觉得不可思议。“明白了，你是没事可做，在我身边觉得委屈了是不是？其实你不说我也明白，像你这样年轻干部当秘书是大材小用了。行，我同意你去七道岭。”

王铁山一下就高兴了：“司令员，谢谢你！”

高大山说：“去了要干好。要是干不好，别人就会戳我的脊梁骨，说从我高大山身边出去的人，不怎么样！”

王铁山说：“司令员，我一定好好干，干好！”

王铁山一走，新任秘书就来了。一大清早，高大山一进门，就看到一个年轻人刷的一声给他立正敬礼：“司令员，早上好！”高大山一边打量一边问道：“你就是新来的胡秘书？”胡秘书回答说：“司令员，我是胡大维！”高大山往里走，胡大维紧紧跟在后边。

“你是哪里人？”

“报告司令员，河北高家庄……高家庄农村的。”

“你是农村兵？”

“是，农村的，我家三代贫农。”

“农村兵好，能吃苦，不忘本，我就喜欢农村兵。”

胡大维从心里乐了。

高大山说：“知道王秘书为什么离开我的吗？”

胡大维说：“不，不太清楚。”

高大山说：“给我当秘书，没啥大事可干，只要我在办公室，所有的电话都由我来接，另外，找我的人不准把他们挡在门外，都要热情地迎进来。”

“是，司令员，我记住了。”

“还有，你平时的工作就是看报纸，把国内国外的大事都记下来，到时向我汇报。要是没事就多看看书，看看报，你们年轻人有文化，多学习点儿东西没啥坏处，不像我们，年轻时只顾着打仗了，要了解国家大事还得听收音机，报纸都看不了。”

“司令员，我明白了。”

高大山没做多少吩咐，就把胡秘书留在了办公室里，自己下部队去了。

跟高大山当秘书的胡大维正感到无所事事，忽然看见窗外路上，秋英正提着一袋粮食走过。他灵机一动，跑了出去，从秋英手里抢东西，嘴里说：“秋主任，我来拿我来拿。”秋英说：“这不是胡秘书嘛，你没跟老高一块下部队？”胡大维说：“没有没有，司令让我留下。我帮你把东西拿回去！”秋英说：“这不好吧！”胡大维说：“秋主任，我是组织上派来为高司令服务的，帮你做点事也是为司令服务。以后有啥事你就找我，别客气！”

他背起东西就一溜小跑。秋英看着心里暗暗高兴，满意有着这么一位手脚勤快又会说话的新秘书。

胡秘书把粮袋放下后，擦了汗要走，说：“秋主任没事了吧？没事我就走了！”

秋英说：“你坐一会儿，忙什么！”

胡大维说：“司令办公室没有人不行，有事您一定打电话给我，啊！”

说完转身就走了，回他的办公室去了。可是第二天，他看看办公室里没事，就关了门，上高大山家来了。

他告诉秋英：“司令员不在家，我想来看看，秋主任有事让我办没有？”

秋英想了半天，还真想起一事来。她说：“胡秘书，要说嘛……也没啥大事儿……对了，还真是有一点事……二团有个干部，爱人刘萍在守备区医院工作，去年刚结婚，前两天哭哭啼啼地来找我，想让我帮忙把他爱人调到城里……你知道我不能办这种事，我们老高立过规矩……可是我这人心肠软，那天我去医院割鸡眼，刘萍她当着我的面一哭吧，我这心里就酸酸的……”

“秋主任你甭说了，我明白了，这事交给我办！”胡大维说。

“我可不是让你去办啥犯纪律的事，真要是那样，我们老高回来也不答应。对了，你是不是能先找人帮我问一问……”秋英欲盖弥彰地说。

胡大维说：“好好好，我知道了。秋主任，上级为啥给首长配一个秘书，那就是说，不管首长还是首长家属，有了不好出面的事，就交给秘书去办。以后这一类的事你就交给我办就行了！秋主任，这就是我的事儿！”

“那就谢谢你了胡秘书！”

“小胡！小胡！以后叫我小胡！”胡大维边说边退出门。

回到办公室里，胡大维就把腿跷到办公桌上，把电话打给了医院的刘政委。

“医院刘政委吗？我是高司令办公室的胡秘书。有这么一件事。你们那儿是不是有一个医生叫刘萍？他们两口子一直分居，有些实际困难。我想你们医院干脆把她爱人也调过去算了。”

刘政委问：“这是高司令的意思吗？”

胡秘书说：“这你就别问了，不就是调个人吗？我这就等你的回信了！”

胡秘书能替人办事的事，一下就都明里暗里地传出去了。有人甚至不再打电话到高大山的办公室，而是直接找到了胡大维的单身宿舍里。这天，胡大维躺在床上听收音机。有人敲门。

胡大维说：“谁呀，进来！”

一位军官提着礼物进门。

胡大维说：“哟，是你呀。你这是干啥，还提着东西来了，咱们谁跟谁，你也太外气了！”

军官说：“老胡，你帮别人办了那么多事，也帮我办件事儿！”

胡大维说：“啥事儿？”军官说：“你是本地人，在这儿干多久都行，我是南方人，吃不惯这儿的高粱米，过不惯这里的冬天，我想请你帮我调到南方我老家的部队去！”胡大维说：“这是跨军区调动，难哪。”军官说：“你哄谁呀，这种事你也不是没有办过！”胡大维说：“试试是可以试试，不过我到底只是个秘书，人微言轻，你最好先去找找高司令家的老秋！”军官冷笑说：“算了吧，我就找你！你打着老秋的旗号给别人办了多少事，当我不知道？你怎么跟别人办的，这一回就怎么跟我办，行不？”

胡大维无奈地说：“好吧好吧，谁叫咱们是老战友呢！”

军官眉开眼笑了，说：“那我走了！”

胡大维看着送来的那些礼物，心里美滋滋的……

高大山是到伍亮他们那里去了。伍亮早就骑着马在那里等着了，伍亮的手里带着一匹马，高大山一看就知道了。高大山说：“小伍子，还是你知道我的心思，当了司令，整天坐那个破车，把我脑袋都坐糊涂了！”说着上马奔往前边的山林。

他已经很久没有这么痛快过了，办公室和小车，早就有点让他憋得难受了。

高大山说：“伍子，自打我当上司令，就没这么痛快过了！”

伍亮说：“是嘛！”

高大山说：“我想回来呀！只有回到这里，回到边防阵地上，我才觉得自己又回到战场上，闻到了硝烟味，听到了枪声和冲锋号！”

伍亮说：“司令员，我也是。离开了你，不知咋地就觉得日子过得没滋没味了！你一回来，我也像又跟着你跨马提枪上了战场似的，一身连骨头缝都是舒坦的！”

高大山余兴未尽地说：“我们跑一段咋样？像在战场上，咱们赛一回马。”

伍亮说：“赛就赛，谁怕谁呀！”

高大山一声大吼，两人策马向前，一直跑到前边的山林才停下。

夕阳正在西下，看着满目的青山，高大山一时感慨万端。

“真是好战场啊！伍子，我真想在这里打一仗！”

“就在这里？”

“对……啊，不是真的打仗，是想在这里搞一场大规模的实兵演习，跟真的打仗一样！”

伍亮笑了，说：“司令员，你哪是要组织大演习，你是叫没仗打的日子憋坏了，你想再过一过打仗的瘾！你就是想打仗！”

高大山不愿承认被人看破了心思，回头责怪地说：“你知道啥呀，又乱猜首长意图！”

伍亮又笑了。

两人找了一个地方坐下。伍亮掏出一样东西，说：“司令员，你看我带啥来了？”

是两瓶酒和一只烧鸡。高大山笑道：“还是你小伍子，就知道我老高好这一口。”伍亮说：“司令员，自从你走后，我好久没有痛快地喝过一次酒了。”高大山说：“咋地，找不到对手？”伍亮说：“对手倒是有，没那个心情了。”高大山说：“可不咋地，我跟你一样，下了班一回到家，就想部队。”伍亮说：“还和嫂子吵架吗？”高大山说：“吵，天天吵。”伍亮说：“我知道，吵也是假吵，哪回不是你让着嫂子。”

高大山说：“唉，一到真吵的时候，我就老想，她也怪不容易的，她跟我那个冻死的妹子同岁，要是我妹子活着，也跟她这么大了，妹子没救回来，却救了她，你说这不是缘分是啥。当年我也就一狠心娶了她，离开了林医生，要是和林医生结婚，你说会啥样？”说着动起了感情来。

伍亮打断了高大山的话说：“司令员，过去的事就不提了，来，咱们喝酒。”

“喝酒，喝酒。”

“司令员，还记得打四平时，咱俩打赌吃大肉片子的事不？”

“那咋不记得，那次我吃了三碗半大肉片子，你吃了三碗，害得咱俩蹿了一天的稀。”

“司令员，你说也怪，正蹿呢，仗打起来了，咱俩都跟没事人似的，等打完仗了，你往茅房跑的速度比我还快。”

“哈哈，那稀蹿得，我掉了足有五斤肉。”

“司令员，你还说呢，我裤子都提不上了。”

两人就这么说笑着畅饮着。

伍亮说：“司令员，这次能多呆两天吗？”

高大山说：“这次就是检查一下布防落实情况，完了我就回去。”

高大山回家的那一天，胡大维就跑前跑后地帮着提东西。

秋英站在门口说：“哎哟哟，看你这一身，弄得跟个土地爷似的，进屋就给我脱下来！”

高大山从车后备箱取出一袋东西，乐颠颠地说：“瞧，小伍子媳妇亲手腌的酸白菜，两口子知道我好这一口，非让我带点回来！高权，赶快拿到厨房里去，等会儿让你妈做上一锅酸菜窜白肉！”

高权捂着鼻子，将一袋酸白菜提进去。

高大山洗了澡，换了一套家常穿的军装，打开收音机，端着茶杯坐下来，忽然抽抽鼻子说：“嗯，好香！”他站起来，冲厨房里喊道：“家里还有酒吗？”

秋英在厨房里忙活，随口应一声说：“壁橱里有！”刚说完，忽然想起什么，慌忙从厨房里赶出来。但高大山已经打开壁橱，看着一壁橱的东辽大曲，瞪大了眼睛。

他回过头来，脸色已经变了。

秋英要转身回去，高大山一声大喊：“你给我站住！”

秋英背对着他站住了。高大山说：“壁橱里这些东西都是哪来的？”

“啥东西？”

高大山两瓶两瓶地把酒全提出来，逮到了贼赃一样重重放下。“我是问你，这些东西哪来的？”

秋英身子哆嗦了起来，不敢说话。

高大山炸雷似的吼了一声说：“你说话呀！怎么突然哑巴了？”

秋英又哆嗦一下，老老实实地说：“有两瓶是服务社小张送来的，那两瓶后勤部李参谋的爱人送来的，还有两瓶……”说着说着，她突然害怕地住了口。

高大山哼哼着，上下打量着秋英：“我说过多少回了，不准收礼，不准收礼，你还是收了！我今天才发现啊，你这个人很坏！你言行不一！……今儿你你你一定要给我讲清楚，他们为啥给你送礼，是不是你替他们办事了？说！”

秋英开始哭了，但嘴里却说：“谁言行不一？谁是坏人？东西是他们送来的，我叫他们拿走，他们不听！我替他们办事怎么啦？我办事决不是图他们这点礼，我堂堂一个服务社的主任还没这么贱！我是觉得他们家里确实有困难，我不帮他们没人帮他们！我是助人为乐！我是学雷锋！”

高大山暴跳如雷，说：“就你？学雷锋？知道不知道，你这就叫受贿，早几年凭这就能枪毙你！在旧军队里人把这叫做刮地皮，喝兵血！……好了，东西都是谁拿来的，你先给我一家一家退回去，还要当面道歉！这件事完了，我再跟你算账！”

高大山坐在沙发上，感到全身都软了。他说：“整个部队都知道我高大山爱喝两口，他们就投其所好，想把我灌晕，好睁只眼闭只眼。这是打我的软肋。”他说着突然站起，走到柜子前，从里面拿出几瓶酒。“这都是我自己买的。从今以后，我不喝酒了，再喝酒我就不姓这个高。”

说完提着酒走出家门，来到院子里，大声吼道：

“从今天起，我高大山戒酒了！”

说完，一挥手摔掉一瓶，一挥手，又摔掉了一瓶，整个院里都是摔酒瓶的声音。许多军官和家属都远远地停下来，远远地看着。

“我戒酒了，以后我再沾一滴酒我就不姓高！”

说完，就跑办公室去了。

晚上，做好饭，秋英没看到高大山回来，便把高敏叫到了跟前，叫她偷偷地到父亲的办公室去看一看，看他在那干啥。

高敏到父亲的办公室外往里一看，里边的警卫员正帮父亲往一张床上铺着被褥。

警卫员说：“司令员，你就睡这儿了？”

高大山说：“嗯，睡这儿！”

警卫员说：“也不回去吃饭了？”

高大山说：“不回去！”

警卫员便暗暗地笑着。

高敏没有露面，就一溜烟跑回去告诉了母亲。

高敏说：“妈，我爸正在办公室里铺床呢，他说以后就在那里住了，不回家吃你做的饭了！”

秋英怔了怔，哇的一声哭出声来。

高敏说："妈，妈，你是咋啦？"

秋英一下抱住高敏，哭着说："高敏哪，你爸这一回是铁了心不要妈了，咱这个家要散了！"

高敏却觉得问题好像没有这么严重，她看着母亲，没有说话。

夜里，秋英看着那些别人送来的礼物，把孩子们都叫到面前，说："高敏，好闺女，你跟妈走，咱把这些东西给人家送去。"

高敏说："妈，这事儿够丢人的，我不去！"一扭身子上楼去了。

秋英只好求高权，说："高权，好儿子，你跟妈去！"

高权却阴阳怪气地说："别人不干的事儿，我也不干！"也上楼去了。秋英只好看着高岭，说："高岭，妈犯大错误了。"

高岭说："妈，我们小孩子会犯错误，你都这么大了，咋也犯错误呀！"

秋英说："都是妈觉悟不高，平时学习不够，一不留神，就把错误犯下了。"

高岭说："妈，老师说了，犯了错误不要紧，改了就是好孩子。你改了吧！"

秋英说："我也想改。可是没人帮我。高岭，好儿子，你能帮我吗？"

高岭说："妈，我能。"

秋英忽然就振奋了起来，她说："好儿子，你听妈说，这些东西都不是咱家的，你妈要是不把它们给人家送回去，你爸那个一根筋非跟妈没完没了不行！你爸他这会儿就不回咱这个家了，说不定他还要跟妈离婚。好孩子，你不帮妈就没人帮妈了，听妈的话，抱上东西，跟妈走！"说完，俩人提着一包包的东西往外走去。一路上秋英吩咐高岭，每到一家门前，先敲门，然后叫一声阿姨，等里边有人出来，就把怀里的东西放下，然后回身就跑，要是被抓住了，要是问是谁叫你送的，就让高岭说，是我妈让送的。

高岭有点胆怯，说："妈，那你呢？你自己咋不去呀？"

秋英说："你妈不是怕丢人吗？你妈大小是个领导干部，这事儿说出去了不好听。你是小孩，你去送没有事儿。"

高岭却迟疑了，他说："妈，我害怕，咱咋跟做贼似的呀。"

秋英只好软硬兼施，说："真胆小！还是男孩子呢！快去，回头妈给你烙一块大油饼，高敏高权谁都不让吃！"

高岭说："今儿我不想吃油饼！"

秋英一把从他怀里夺过了东西，说："好，妈自己去，妈这张脸反正也被你爸撕下来了！"

高岭一下就感动了，他抓住妈的手，说："妈，还是我去。"

“你真愿意去？”

“妈，我愿意。把东西给我！”

秋英的眼泪吧嗒就落了下来，将高岭紧紧搂在怀里。

第二天一早，胡大维哼着二人转刚一走进办公室，高大山就把他叫到了自己的办公室里，然后在桌上猛地一拍，把胡大维吓了一跳。

高大山说：“你老实讲，这段日子，你以我的名义，帮助我们家老秋干了多少违反纪律的事儿！”

胡大维顿时脸色煞白，说：“司令，我……我……”

高大山又一拍桌子说：“快说！”

胡大维说：“司令员，也没做几回。你别发火，我说还不行吗？”

高大山说：“说吧！老尚，你记一下！”

胡大维说完，高大山吩咐尚守志，说：“胡秘书刚才讲的这些人的调动，只要人还在白山守备区，统统作废，原先在哪儿的还给我回哪儿去！”然后愤怒地盯着胡大维，说：“还有你，也给我下边防一线连队去当兵！”

“司令员，我……”胡大维突然惊慌起来。

“我什么？我看你就欠下连队当兵！当三个月兵对你没坏处！你回去准备吧！明天就走！”

胡大维乖乖地退了出去。

胡大维一走，尚守志问道：“司令员，胡秘书这个人怎么办？”高大山说：“什么怎么办？”尚守志说：“他身上这么多毛病，当兵回来也不适合在你身边工作了，还是换一个秘书吧！”高大山说：“这不好！他是我身边的人，出问题我也有份。就是换他，也不能让他这么走。算了，反正当秘书事儿也不多，再说跟我高大山的人，没有一个灰溜溜地离开的，就是走，也得像模像样地走！”

尚守志说：“那好吧。可是这段时间，还是找个人替他吧。”

高大山说：“行。但是你要对胡秘书说清楚，三个月过后，我还要他回来！”

尚守志说：“知道了！”

第十五章　求助

高大山一直不回家，这给秋英的打击是极其沉重的，她已经整整三天没吃东西了。

高敏说："妈，你和爸好好谈谈。"

秋英说："你们爸，这回是真生气了，他不会原谅我了，我找他谈也没用。"高岭说："那以后爸爸永远也不回来了？"秋英说："要想让你们爸回来，只有一个办法。"高权说："啥办法？"

秋英说："你们去求你们爸去。"

高权说："他能听我们的话吗？"秋英说："别看你们爸平时对你们严厉，他还是疼你们的，这一点我知道，你们都是他的心肝，这我比你们明白。"高敏说："我们咋求呢？"秋英说："你们啥也别说，进门就给他跪下。"高权说："我不能去，要去让他们两个去。要是给爸惹急了，他首先踢的是我，还不得一脚把我踹出来。"秋英说："你们要不去，那就等着妈死吧，到时候让你们爸给你们找个后妈，看这日子咋过。"

秋英说着呜呜地哭了起来。

高权说："妈，你别哭了，我们去。"

三个孩子就这样出现在了高大山的办公室里，一线地跪在他的面前。

高大山说："是你们妈让你们来的？"

高敏说："是我们自己来的。爸，我们想你，让你跟我们回去。"

高岭说："妈说，进门就给你跪下。"

高大山说："你们妈犯啥错误了，你们知道不？她犯的是原则性错误，是大错误，是不可原谅的错误。"

高权说："我妈都三天没吃东西了。"

高大山一听沉默了下来，长长地叹了一口气，说："你们都起来。"然后在屋里来回地踱步，半晌，说："让我原谅她也不难，你们回去让她写保证书来，保证以后不犯类似的错误。"

三个孩子转身就跑回了屋里。高敏从书包里拿出纸笔，对母亲说："妈，你现在就写，爸还等着呢。"

秋英看着高敏递上来的纸笔，说："妈是睁眼瞎，自己的名字都写不出来，你们不知道？高权，你替妈写，你都上中学了。"高权说："我写不好，错误又不是我犯的。你不是天天看报纸吗，连个保证书都不会写了？"秋英说："那不是妈做给别人看的吗，这时候了，你还想拿妈整一把？"

高权不情愿地拿过了纸笔，说："咋写？"

秋英说："妈说，你写。"

高权说："那你说吧。"

秋英慢慢地就说了起来："我犯了一个原则性错误，不该收礼，怪我平时学习不够，思想觉悟低，我今后要痛改前非，绝不犯类似的错误了，请高大山同志原谅。此致，敬礼。"

当夜，高大山就离开了办公室，回到了家里。可是，第二天一早，俩人就又吵起来了，但这一次不是因为收礼，而是因为连降暴雨，辽河中下游一带遭遇了特大的水灾。这消息，高大山最先在手里的那个破收音机里听到的，他的心顿时就难受了起来。他坐在饭桌边，饭也不想再吃了，只是不停地拍着他的收音机，要把水灾的消息听下去。然后他把收音机关掉，长吁短叹起来。看他的样子，秋英听着难受，说："一家子老小好好的，你叹的是哪门子气呀你！"

高大山说："啥好好的？谁好好的？辽河发大水了你知不知道！多少人要过不了冬！你心里就只有你自己一家子人！"

秋英说："辽河发大水自有政府救济，你着的是哪门子急，轮得着你着急吗？要是你着急上火能帮灾民过冬，你就接着急！"

高大山猛地就跳了起来，他盯着秋英说："我说你这个人怎么回事？我现在怀疑你出身有问题！"

秋英的眼睛一下也大了。"我出身有问题？我三代贫农，我爷被地主老财逼得上了吊，奶奶被狗腿子逼得跳了河！我爹妈是国民党兵害死的！我根红苗正！你说这话要负责！"

高大山不吃饭了，他背着手就往外走，回头说：

"我看你就不像劳动人民家出身的人！你感情有问题！"

他气得哼哼地走出去。

秋英看见三个孩子都在愣愣地看着他们，便吼道："快吃快吃！吃了赶快去上学！你爸他是个神经病！"

三个孩子都在暗里偷偷地笑了。

这天晚上，高大山忽然想起了林晚，便给林晚装一盒饺子，让高敏给送去。但被秋英听到了。夜里躺在床上的时候，秋英说话了。她说："老高，有句话我说了，你别生气呀。我知道，这么多年，你一直没有忘记林军医。"

高大山忽然就坐了起来，想说什么，最后咽下了。

秋英说："你看看，还没等我说什么呢，你就急了。"

高大山说："不急，不急，我急啥。你说，你接着说。"

秋英说："你是个男人，有情有意，这点我都看出来了。要是当初我不来部队上找你，说不定你早就和她成为一家人了。"

高大山说："事都过去那么多年了，还磨叽个啥。"

秋英说："我倒不担心她能从我身边把你夺走，我都当你老婆这么多年了，这我还不知道。现在，有时我老是在想，要是当初我不来找你，就是找你，我走了，你的日子就该跟她过了。我不知道她会不会给你生三个孩子，有没有现在这样幸福。"

高大山说："你越说越不像话了，按你的话说，我老高成啥人了。"

秋英说："话是那么说，理可不是那个理，现在弄得我好像欠她的，也欠你的。"

高大山说："你心眼太小了，给林医生送碗饺子咋地了？她一个人，我看着她总是吃食堂太腻歪了。"

秋英说："我可没那么小心眼，我以后还要把她请到家里吃饭呢。"

高大山惊诧地望着秋英，半晌，他抱起了秋英。

"你说的话可是真的？"

"谁敢骗你呀。"

高大山的秘书胡大维又回来了。他依然回到高大山的办公室里，他正坐下来看报纸，高大山老家的刘二蛋出现在办公室的门口。跟刘二蛋一起来的还有会计。刘二蛋说："俺们是打高司令他老家靠山屯来的呀。俺们那疙瘩今年遭灾了，庄稼叫水冲得嘛也不剩，还有几十家子人房子也叫冲塌啦，衣裳被子啥的冲得嘛也不剩……"

胡大维好像有点不太相信，说："你们说是高司令的老乡，有证明信吗？"

刘二蛋和会计一下眼睛大了，说："我说同志呀，俺们真是高司令他老家那疙瘩的，你咋就不信俺哩！"

胡大维说："就是信你们今天也见不着高司令，他下部队了，今天不会回来，明天也不会回来，后天还是不会。算了，我还是打个电话给高司令的家属，问问她认不认识你们吧！"

刘二蛋说："你是说他家里的吧？那也好那也好。"

胡大维吩咐刘二蛋和会计先出去一下，然后把电话打给秋英。秋英一听就怕了。"不认识。"秋英说道。

胡大维说："那叫他们走吧？"

秋英说："行，叫他们走吧！"

胡大维放下电话便走出传达室，吩咐刘二蛋和会计："司令的家里说，她也不认识你们。你们还是赶快走吧。要不呆会儿纠察会把你们抓起来的！"

刘二蛋和会计一时无法，俩人直吸溜鼻子，只好失望地离开。但他们并不走远，他们就蹲在营区外的自行车棚下，瑟缩在一个旮旯里，等待着高大山的出现。

会计说："高司令要是不回来咋办哩？"

刘二蛋说："老不回来也得死等呀！咱要是就这样回去了，屯子里两百多口子人咋过冬哩！死等！"

等到第三天的时候，高大山坐着一辆嘎斯车回来了。他一眼就看到了他们，他怔了怔，急忙喊车停下。

刘二蛋一看就扑了上去。

高大山着急地说："你们啥时候来的，咋在这蹲着哩，咋不进家呢！"

刘二蛋说："俺们三天前就来了，说你不在家，不让进，俺就蹲在这疙瘩等你。没啥，没啥，才等了三天！"

高大山说："你们没找过我家里的？她叫秋英，二蛋你来过的，该认识她呀！"

刘二蛋说："前两天那个啥的，是个秘书吧，给你家里的打个电话，没叫俺进去。这事也不能怪她，都怪俺们来得太急促，也没拿个介绍信啥的！"

高大山说："你们是我高大山老家来的人，还要啥介绍信哩？走。回家喝酒去。"然后把他们带回了家里，二蛋却不喝酒，他告诉高大山："大山哥，我们来不是喝酒的，是来求你来了。"说着，眼泪就吧嗒地落了下来。二蛋说："大山哥，可不得了啦，今年咱老家又遭灾了，乡亲们没吃没穿，眼看就是冬天，虽说政府给了救济粮，可是没有棉的，这一冬咋过哩！大山哥，一想起这个，这么好的饭食，我都吃不下去了！"

"你们俩就是为这个来找我？"

二人说："嗯哪。"

高大山立即从桌边站了起来，在屋里来回地兜着圈子。

"咱靠山屯有多少户没有过冬棉衣？"他问。

刘二蛋说："少说也有七八十户吧？"

"咱那里的冬天我知道的。"想起老家，高大山不由伤心起来，"当年俺那妹子小英就是因为没有棉裤，给冻死在冰窠子里的。这样吧，我想办法给你们弄五百套部队换装换下来的旧棉衣棉裤，一百床旧棉被，你估摸着大伙能不能熬过这个冬天？一个你也不能给冻了。"

刘二蛋和会计呼一下就趴在地上给高大山磕头。

刘二蛋说："大山哥，靠山屯几百口子人给你磕头了！你能弄到这些棉衣棉被，让乡亲们平安过了这个冬，你就是积了大德。等日子好了，俺们一定在家乡给你立碑，让子子孙孙都记住你的大恩！”

高大山也感动了，他掉着泪，把他们俩一一地扶了起来。

夜里，高大山突然想起了他的大奎，问了一声二蛋：“我说二蛋兄弟，大奎家里咋样？”

刘二蛋扫了屋里一眼，看见秋英不在一旁，说：“大奎家里好着哩。”可又觉得不妥，就慢慢地靠近了高大山，低声说道：“嗨，还不是跟大家一样。”

“那他咋没来找我哩？”高大山说。

刘二蛋说：“这个……这个我也不知道他咋不来找你。大奎是个孝顺孩子，他是怕拖累你吧。不过他到底咋想的，我也不知道。”

想起大奎，高大山就心里难受，于是转了一个话题，说：“二蛋兄弟，别的地方遭灾，咱家乡也遭灾，别的地方不遭灾，咱家乡还遭灾，这都因为啥呢？”刘二蛋忽然就叹气了，说：“大山哥你咋就忘了哩。靠山屯靠山屯，不就是靠着个大山沟子嘛。地都在沟里头，年年夏天山洪一下来，地就被淹了，哪年水下来得小，咱就能收成点儿，下来得大，收成就差，像今年下来的山水是几十年不遇呀，哪还能有一丁点收成啊！”

高大山说：“就不能想个法子，从根上治治？”

刘二蛋说：“咋没想哩。想过！去年还从县里请来个技术员，在大山沟子上头设计了一个水库，想着把每年的山水都挡在水库里，旱了再拿它浇地……”

高大山说：“这是好事呀，赶快上马呀！”

刘二蛋说：“谁不想啊？出力咱不怕，咱就是出力的人哪。可就是没炸药，开山修水库没那玩意儿不行啊，一来也没钱，就是有钱，也没地方买去呀！”

高大山说：“当年小日本进中国，在咱那疙瘩屯田，还种出过水稻哩。二蛋兄弟，我支持你把这个水库修起来！有了水库咱也能种水稻，让靠山屯的人能吃上南方的大米！”

刘二蛋说：“那敢情好！可这炸药的事儿……”

高大山说：“炸药的事儿我帮你解决。可我给你解决了，你们回去一定得把水库修起来！”

刘二蛋呼地就蹦起来，说：“大山哥哎我又想给你磕头了！我刘二蛋先在这里给你表个态，有了炸药咱靠山屯的人再修不起个水库，俺头一个就不活了！活着干啥哩，给你大山哥丢人哩！给咱的先人丢人哩！”

第二天，高大山把李满屯叫到了自己的办公室。

李满屯说："司令，这么急喊我，还让我跑步来！"

高大山走过去关门说："老李，给我弄两吨炸药！"

李满屯说："炸药？哪儿用？"

高大山说："你甭问了。你给我弄到，再派辆车，拉到我老家靠山屯去，不要声张！"

李满屯说："哎呀司令，我自个儿哪有炸药啊。战备仓库里的炸药都是有数的，动不得！"

高大山说："你少糊弄我。我还不知道你？雁过拔毛，一斤糠也能榨出四两油来。不用战备仓库里的，用你自己藏的私货！"

李满屯笑说："司令，有是有一点，早年搞营建，修路，我一点点抠，倒是有一点，你到底想弄回老家干啥？"

高大山望着窗外，心情沉重起来，说："想让他们修个水库，年年不再遭灾也能吃到大米。你到底给不给？"

李满屯说："司令要，我不给行吗？"

高大山说："好，那就快点！今天夜里就装车，出发。一定注意安全！"

李满屯转身就给高大山办事去了。

回到家里，高大山又把自己的衣柜打开，望着各种年代自己穿过的军服，最后拿出了一件校官的呢大衣交给刘二蛋。吩咐他说："二蛋兄弟，这件是我当年授衔时穿过的校官大衣，替我给大奎捎回去吧。"

刘二蛋说："好的，好的。这么威风，大奎怕都穿不出来咧！"

"穿不出来就当被子盖。"高大山说，"棉衣棉被我也没有多的送给他。"

"司令看你说的。大奎也是咱屯子里有名有姓的一户人家，你帮俺们弄到的那些旧棉衣棉被，别人家能分到，大奎也能分到！"

"那就好。二蛋兄弟，旧棉衣棉被和炸药我都让人装车上了，夜里你们俩就坐车走。回到家替我问乡亲们好！开春了好好修水库，争取明年不再让我听到靠山屯又遭灾的消息。过几年我还真想回去尝尝乡亲们种的大米呢！"

刘二蛋和会计叭的一声又给高大山跪了下来。

二蛋他们一走，秋英就发现高大山的那件军大衣不见了。

她说："高大山，那件校官大衣哪去啦？"高大山说："我送人啦！"秋英说："你送人啦？你怎么没跟我说一声就送人啦？你送给谁啦？你怎么敢乱把家里的东西送人？"高大山说："我自己的东西，我又不能穿了，不送人留着干啥！"

秋英却不依不饶地缠住他，说："你到底送给谁了？你今儿要不说明白，我跟你没完！你穿不着了，孩子可穿得着，那件呢大衣我还打算改改给高权穿呢，你竟一声不吭就送了人！"

这时，高权在门口插话说："妈，我爸把它送给靠山屯来的那两个人，捎给大奎穿了！"

秋英的怒火呼地就上来了。她说："好啊高大山，你人在这个家，心还想着那个家啊！高权不是你亲生的？你心里就只有一个大奎！俺们娘几个不能再跟你过了，反正你也没把俺看成一家子人！"

高大山不由勃然大怒，说："我就是把它送给大奎了，你能咋地了吧你？大奎不是你生的，可他也是我的儿！你知道不知道，靠山屯今年遭了灾，这个冬天都过不去，急得刘二蛋都来找我，可大奎没来！我是他爹，家里遭了难最该来找我的是他，可他没有来！他连一句遭灾的话也没让刘二蛋捎给我！一想到这个我这个当爹的心里就不好受！这孩子从小到大我都没有养过他，这会儿遭了这么大灾，我再装着啥也不知道，还是个人吗？"

秋英顿时理屈词亏，只好说道："那你吼啥哩？这些事你跟我说过吗？你要是说了，我就不是他的亲娘，还舍不得一件军大衣吗？说到底还是你不把这儿当成自己的家，不把我当成你老婆，你的家在靠山屯，不在这儿！"说着呜呜呜地就哭了。

老家遭了灾，靠山屯遭了灾，那一阵子，高大山的心情很不好，他看啥都不顺眼。这天，他到营地的基建工地走了一圈，看看怎么停工了。李满屯说："原来买的一批水泥标号不够，新水泥还没运到，现在是停工待料，建筑工人都放假回家了。"高大山一下就生气了，他说："这得损失多少？"

"我有责任，第一批水泥我没把好关。"李满屯说。

"说句有责任就够了？你这后勤部长是咋当的，嗯？现在有多少受灾农民都吃不上，喝不上，还不知咋过冬呢，你你……你竟给部队造成这么大损失。"不等李满屯回过神来，他盯着李满屯的脸忽地就给了一个耳光。

然后，他转身走了。可一回到办公室，他马上让胡秘书替自己写检查。说自己是军阀作风，以后在工作中一定改正，希望同志们监督。想想还不够，第二天，又跑了一趟李满屯的办公室。

李满屯一看见高司令进来，吓了一跳，说："高司令，有啥事打个电话我就过去了，你还亲自来了。"

高大山说："这事打电话解决不了，我老高登门向你检查来了。"说着把检查放在李满屯的面前。“你看一下，看我检查过没过关，要是不行，我重新检查。”

李满屯顿时感动得流下了泪来，说：“司令员，你这样我如何是好，我给部队造成了损失，别说你打我一巴掌，要是在战争年代，你枪毙我都不为过。”

高大山说：“这不是和平年代了嘛，我这人是大老粗，军阀作风，以后我一定改，给你检查是第一步，我还要在党委会上检查，接受组织的处理。”

李满屯一时不知如何言语。

时间一晃，三年过去了。

高大山一直精心准备的大演习后来没有搞成，却成了守备区“单纯军事观点”的代表，开始在人生路上走背字儿。而这时候的高敏已经长大了，原先曾有几个文工团看上了她，还有个电影厂要挑她去当演员，高敏还动过心，可是她爸爸坚定不移地叫她去当了兵。高大山认为这世界上最好的职业就是当兵。在他手里安排到部队的战友子女，成排上连。他高兴这样，他觉得只有这样部队才后继有人，英雄辈出，高敏参军到了守备区医院，她人长得漂亮，热情大方，作风泼辣，很快成了众人瞩目的人物。这时，陈刚的儿子建国，也当兵到了守备区警卫连。暗暗地，秋英和桔梗，便商量起了他们俩的终身大事来了。

秋英在电话里问桔梗：“你看这事咋办呢？”

桔梗说：“还是先让他们多接触接触吧。”

秋英说：“好，那就先让他们多接触接触。”

桔梗说：“就怕你们家高敏瞧不上我们建国呗。”

秋英说：“你说啥呀，高敏还会瞧不上建国，我还怕俺高敏攀不上你家这个高枝儿呢！”

然而，这时候的高敏，已经暗暗的有了自己的心上人了，那就是爱上了住院的王铁山。

第十六章　囚禁

秋英发现高大山又不上班了。她说：“老高你咋啦？”高大山说：“我病了！”秋英说：“你病了？啥病？不会吧？”高大山说：“他们今儿又批判单纯军事观点，想叫我自己批我自己，我不去！”

秋英说：“你那一头撞到南墙上的脾气就不能改改？你看看人家陈参谋长，啥时候都能跟上形势，都能升官，谁像你，当了八年还是个守备区司令！”

不料高大山大怒：“守备区咋啦？守备区司令站在保卫祖国的第一线！像他陈刚那样坐在办公室我还看不上呢！你把我当成谁了你？你老拿我和他比！”

“好好好，我不跟你吵！你不就想找人吵架吗？外头没地方吵了，你就在家和我横挑鼻子竖挑眼！”秋英刚要出去，电话铃响了。是胡大维打来的，他说：“是秋主任吗？我是胡秘书。刚才守备区党委办公室又通知了，让高司令一定参加今天上午的党委会！”

高大山立即示意地用手指了指自己的后背，秋英一眼就看懂了高大山的意思。她说：“啊，胡秘书，老高他今儿又病了，还是背上那块弹片……这不，我正给他拔罐子呢！”

可是，她一放下电话，就往外走去了。

秋英哪里知道，她的高敏已经跟那住院的王铁山悄悄地好上了。最早的起因，是因为一场医院和通信连进行的球赛。通信连队越战越勇，连连进球，急得林晚悄悄吩咐高敏：

“高敏，快去搬兵！”

高敏说：“搬兵？到哪儿搬兵？”

林晚说：“去内科五病室，叫王铁山赶快来！”

高敏说：“他不是咱们医院的人啊！”

院长说：“他眼下在咱们这儿住院，就是咱的人，快去！”

高敏跑到五病室时，王铁山正一个人在洗衣服。高敏跑得气喘吁吁的，喊着：“王连长！快快！快别洗了，我们医院跟通信连赛球，马上要输了，院长叫你去帮一帮！”

王铁山指盆里的衣服说：“你没看到我正洗衣服吗？”

高敏说：“回头我给你洗！快走！晚了就赶不上趟了！”

王铁山看她一眼说：“那好，你先走，我换一下衣服，马上就去！”

看着王铁山那只还没有痊愈的伤腿，高敏突然担心地问道：“你的腿行吗？”

“没问题，轻伤不下火线。”王铁山说。

“你可别逞能。”

王铁山说：“没事，大不了我多住几天院。”

那王铁山还可真是投篮的高手，一上场便连连得分，如入无人之境，医院的女兵拉拉队们，高兴得把巴掌都拍疼了。但没有人注意到，王铁山进场之后，看得最用心的却是高敏，她感觉那场上的王铁山真帅。

打完球回到病房一看，放在床下的那一盆衣服果真就不见了。王铁山喊了一声："哎，我的衣服哪去了？谁见我的衣服了？"刚一喊罢，王铁山忽然想到什么，就不再多嘴了。

当天黄昏，他和高敏，两人就出现在了医院的林间甬道上。

王铁山说："谢谢你帮我洗衣服。"

高敏说："我是看你带病帮我们医院赢了球，而且答应过你才给你洗的！要不是因为这事儿，你做梦去吧！"

王铁山说："那是，那是。有了这一次，我会一宿睡不着觉的。"

高敏说："自作多情。"王铁山的脸一下就红了，他说："就算是吧。"

夜里，高敏就急着从同事的嘴里了解到更多的王铁山了。

高敏说："咱们医院球队，要是没有王铁山助阵，今天这场球铁定输。"

同房的护士就说："王铁山可不是一般的人，他的事你没听说过吗？"

"什么事呀？"

"他就是气死野猪那个铁排长呀。"

"这事我还真没听说。"

"那是几年前的事了。他们连队在野猪岭巡逻，碰上了一头野猪，野猪可能是饿极了，朝巡逻战士冲过来，别的战士都吓跑了，就他没跑。等野猪冲过来时，他爬上了一棵树，野猪就咬树，咔嚓几口就把碗口粗的树咬断了，野猪本以为王铁山会从树上摔下来，没想到，王铁山从这颗树又跳到另外一棵树上，野猪一连咬断了五六棵树，也没吃到王铁山，最后连累带气，野猪死了。他们把野猪抬回连队，一连会了两天餐。后来王铁山提干了，尚参谋长喜欢他，把他调到了司令部当参谋，还给你爸当了几天秘书，这事你不知道？"

高敏说："这事我知道，是听我爸说过，后来他不想当秘书了，就又回到他的七道岭去了。"

第二天，高敏便专门为王铁山钩了一个衣领。看见的同事觉得奇怪，问道："哟，这么漂亮的衣领，给谁钩的呀？"

高敏心里乐滋滋地说："爱给谁钩给谁钩，你管不着！"

同事说："不会是给心上人钩的吧？"

高敏说："你铁路警察，管不着这段。"

同事说："这么小就谈恋爱，小心叫男人骗了！"

高敏说："骗就骗，我愿意！"

同事说："都是这样，受了骗才知道哭呢！"

高敏说："哭就哭，我愿意！"

王铁山拿到衣领的时候问了一句："这也是谢我的？"

高敏没有给他回答，而是问道："好看吗？这是最时新的花样！"

王铁山说："好看。只要你送给我的，什么花样都好看！"

高敏说："这话说对了，要是说不好，我就送给别人去。"

王铁山说："送给谁？"

高敏说："反正不送给你。"

几天后，王铁山就把高敏约到靶场打靶去了。靶场的主任赵良栋，是王铁山的老乡。

高敏对王铁山说："比比怎么样？十发一组，先打卧姿，然后跪姿、立姿。"

赵良栋悄悄走近高敏，说："高护士小瞧铁山了。他是军射击队下来的，你比不过他！"

"还没比哪，你怎么就灭我的志气，长他的威风？"

"行，我接受挑战。良栋，你让他们报靶！"

话音没落，高敏的枪声就响了。

十发过后，两人竟然都是98环！

王铁山感到惊讶了，他望了望高敏，说："真没想到，我还遇上对手了，再来！"

"再来就再来！"

两人就又开始比起赛来。那一天，两人玩得很开心。从靶场出来，两人把吉普车丢在山坡下，就又爬到坡上看风景去了。

高敏说："说说你当年咋气死那头野猪的，好吗？"

王铁山说："让他们说神了，其实也没啥。小时候我就跟我爸上山打野猪，野猪的习性我知道。动物再猛，也没人聪明。哎，我倒想听听，你的枪咋打得这么好。"

"跟你气野猪一样，因为从小我就打枪。"

"从小就打枪，你是从哪长大的？"

"就咱这守备区。"

王铁山一下就愣了："你，你，高司令是你爸？"

"你猜对了。"

"你是高司令的女儿。"

"咋地了，我变成老虎了，看把你吓的。"

"真没看出来。"

"是不是早知道就不带我来打靶了。"

"没，没那意思，我听说陈建国和你们家关系不一般。"

"我爸和他爸是战友，你还听说啥了？"

王铁山的表情顿时就不自然起来，他说："没，没，还听说高司令和陈参谋长是亲家。"

高敏顿然大笑说："哪跟哪呀，那是我妈和建国妈在我们小时候开的玩笑，结什么娃娃亲，从小到大我对建国一点感觉也没有……哎，刚才你紧张什么？"

"我没紧张。"

"有时我真想出生在普通人家。"高敏说。

王铁山说："高敏，可别这么说，像我出生在农村有什么好，和陈建国比起来，总比人家矮半个头。"

高敏说："陈建国咋了，他爸是参谋长，他又不是，这是两码事。"

王铁山说："说是那么说，有些事你是体会不到的。"

天刚黎明，高大山就在大操场上跑起步来了，跑了一会，他突然感觉不对，怎么没看到一支出操的队伍呢？他停下来，向操场旁的一个连队营区走去。

连长指导员一看见司令员走来，赶忙出来迎接："报告司令员，警卫一连正在政治学习，请指示！"

"政治学习？政治学习就不出操了？"

连长说："报告司令员，营里通知我们从今早起不出操了，每天早起读报半小时！"

高大山对连长说："这个命令取消了！听我的命令，马上出操！"然后对指导员说："你去打电话给尚参谋长，传达我的命令，所有部队，马上到操场给我出操！"

操场上，一个个连队跑步赶到，口令声顿然此起彼伏。

高大山亲自下令道："统一听口令！立正，以中央基准兵为准，向左向右看齐！"

值班参谋跑来说："司令员，是不是让我来带操？"

高大山说："不，今儿我带操！"

"全体听我口令，立正！向右转，跑步——走！"

队伍于是跑起步来。高大山跟着队伍，一边喊着口令，一边喊着口号。

队伍发出雷鸣般的口号声，操场上顿时热闹起来。

从操场上回来，高大山心里乐滋滋的，秋英却讥讽说："怎么，又当了一回连长了吧？"

高大山一听觉得味道不对，说："当连长咋地啦？你啥意思？别人叫我高连长，你也叫我高连长？"

"你不就是个连长嘛。"秋英说，"谁见过一个堂堂的守备区司令员亲自带操的，你自个儿痛快了，也不知道人家背后怎么笑话你！"

高大山说："我不跟你理论。连长也罢，司令也罢，这部队不像个部队，我就不能不管！"

秋英说："那我们家里的事你管不管？"

高大山说："啥事儿？"

秋英说："咱那亲家要来了！"

高大山说："亲家？啥亲家？谁的亲家？"

秋英生气地说："你是不是这个家的人？孩子的事儿你还管不管？只管把他们生下来扔给我，小时候看都懒得看一眼，现在他们大了，婚姻大事你也不管？"

高大山不明白了，说："你说谁大了？哪个要结婚了？"

秋英说："不是结婚。我说的是高敏和建国！他们都大了，又都提了干，他们的事儿也该跟咱那亲家咬个牙印儿啦。哎，前两天我又跟咱那亲家婆子通了个电话，俺俩在电话里说好了，这两天桔梗就到东辽来，瞅个星期天把俩孩子叫到一起，当着大人的面帮他们捅破这层窗户纸，以后他们接触起来就方便了是不是？"

高大山的脸忽然黑了下来："这事你跟敏说过吗？"

秋英没好气地说："她一个孩子懂得啥？你想想，你和陈参谋长是老战友，我和桔梗是结拜的干姊妹，高敏和建国从小一起长大，知根知底。前几天我让建国到家里来吃饺子，看他那意思对高敏也不讨厌。闺女大了总要出嫁，我看就是月下老人来拴线，也找不到比这俩孩子更合适的了！老高，你眼看着就老了，过几年也风风火火不起来了，就等着抱外孙子吧！"

高大山却不乐意："谁老了？什么老了？你看我老了吗？我哪儿老了！我老了？要是上头这会儿下命令，让我高大山带部队上战场，我保证能像当年打锦州、过长江那会儿一个样，攻无不克，战无不胜！像当年抗美援朝时一个样……"

秋英打断他的话："你看看你，把话岔到哪去了！我是说高敏跟建国的婚事！"

高大山不想管这些事，说："这些事你觉得合适就看着办吧，我也听不明白。好了，我上班去了！"

秋英一把拉住他："你别走！你也算是个爹？这儿女婚姻大事，你想当甩手掌柜子？我正经话还没说呢，你是高敏的爹，陈刚是建国的爹，你们都快成亲家了，两个人还不得在电话里通个气儿，唠嗑唠嗑？"

高大山说："你是让我给陈刚打电话，唠嗑唠嗑？"

中午，秋英就把建国喊到屋里来了。

建国一进门就左顾右盼的，没有看到高敏，问道："阿姨，今儿到底啥事儿？"

"没事阿姨就不能让你来了？"秋英说，"我刚才还跟高敏打了个电话，她说过会儿就回来，也就快到家了……哎对了，你妈给你打过电话没有？过两天她要来。她说离开东辽好几年了，特想见见你和高敏……好啦，你先坐，我再打个电话，高敏也该回来了！"

建国坐下没有多久，高敏果然回来了。

"妈，家里出啥事了？"

"这孩子，家里好好的，能出啥事！今儿不是星期天嘛，你看建国来了，你们一块儿到楼上唠嗑去，你们可是从小在一块长大的。建国，等会儿下来吃阿姨包的酸菜馅饺子啊！"

她对高敏使了一个眼色，自己往厨房走了。

高敏看了一眼建国，心里明白怎么回事了，她给建国点点头："建国，好久不见。"

建国也点点头，说："是啊，你也不常回来。还好吧？"

"我挺好的，"但她灵机一动，马上对建国说，"啊，那你坐着吧，我医院里还有点事，得回去！"

建国脸上现出一丝失望，他说："高敏，你连跟我一起吃顿饭都不愿意吗？"

高敏说："不是，医院真有事。一个护士孩子病了，我要去顶她的班。"

高权这时从楼上下来，高敏乘机说道："权，我要回医院值班，妈等会儿问你就跟她说一声，我走了！"

高敏一走，高权就笑起建国来了。

他说："建国哥，看来你还缺少吸引力呀。"

建国在他的头上拍了一下，说："你懂得个屁。有句话你知道不知道，叫不同道而不同谋。"

高权说："哎你没有事，帮我解两道数学题怎么样？我有好烟给你抽！"

建国说："你能有啥好烟，我不信！"

建国便跟着高权上楼去了。

秋英煮好了饺子出来时，发现高敏不在，气得不知如何是好。建国一走，只好找高权帮忙。不想屋里的高权果然正在偷偷吸烟，看见母亲进来，便藏到了身后。他说："妈，你待我最好了，可别告诉我爸。他知道了，非打我一顿不行！"

秋英说："就你这无法无天的样儿，还怕个人？你是男孩子，想抽就抽一点，哪个男人不抽烟，值得吓成这样！"

这让高权感到意外，他说："妈，你同意我抽烟了？"

秋英说："我啥时候同意了？我说你是个男孩子，想抽了就抽一点，我没说让你抽！"

高权说："那你把我爸的好烟拿点儿给我抽！"

秋英说："美死你！哎，你姐今儿在医院值班，没吃上饺子，你上医院给她送一点去！"

高权说："我不去。你叫高岭去。"

秋英说："我使不动你了是不是？你就不怕我把你学吸烟的事儿告诉你爸？"

高权一听慌了，怏怏地说："我去行了吧！妈，你是真让我去送饺子，还是去侦察我姐？"

"叫你去你就去。你姐要是不在护士值班室，你就别吭声，到她宿舍去看她干啥呢！"

高权说："妈，你的意思我大大地明白。可你得给点报酬。"

说着已经伸出了两个指头，秋英知道他那说的是给他烟，她对他有点无可奈何，说了一声"没出息。等着！"就下楼去了，回来的时候，拿了一盒烟，想抽出两根给高权，不想高权一把全部夺了过去。

"别叫你爸瞅着了，小心你的皮！"看着高权跑去的背影，秋英在门前提醒了一句。

高敏和王铁山正在屋里聊天，看见高权进来，让他把饺子放在桌上，然后告诉他："高权，这是七道岭三团的王连长。"高权看了一眼王铁山，说："知道了，妈让我给你送饺子，任务完成了，没啥事我走了。"高敏追到门口吩咐了一句："回家你别跟妈说，好吗？"

高权点点头。

但一回到家里，高权就把姐姐的事统统地告诉了母亲。

他说："妈，我姐没去值班。我姐跟一个男的在屋说话呢。"

秋英一时不愿相信地说："胡说！啥男的？建国不是在咱家吗？"

说完她却自己醒悟了，紧张起来说："你你你啥都看见了？他们……他们……哎呀我的天哪！"

她一屁股坐到沙发上，但呼的又站了起来，说："不行！高权，快跟妈去把她找回来！这个男的是谁，这么大胆！高权，你认不认识他？"

高权说："认识。但我不能告诉你！"

秋英说："我是你妈！你不告诉我你告诉谁？快说！"

高权说："那你得再给一盒烟！"

秋英气糊涂了，跑步上楼，拿一盒烟回来胡乱塞给高权。

"快说，那个人是谁？"

高权说："七道岭三团的王连长！"

"好，好。我要把你姐拉回来！"

她怒气冲冲地就往门外走，走没多远，就转身往高大山的办公室走去。

秋英把屁股往高大山的办公室里一坐，呜呜地就哭了起来。

高大山说："你怎么到这儿来了？不是说过不让你到这里来吗？你这是咋啦？"

秋英说："你的闺女大了，我管不了她了，该你这个爹管了！"

高大山丈二和尚摸不着头脑，说："高敏她咋啦？出事了？"

秋英气不打一处来："出大事了！她不哼不哈地就跟王铁山好上了！你要是再不管，咱就跟陈参谋长做不成亲家了！"

高大山倒不紧张，他说："噢，你说这事呀，她不是跟建国谈得挺好的吗？咋又冒出个王铁山？"

秋英生气地站起，凶凶地说："你甭问了，赶快叫胡秘书去找那个叫王铁山的，让他离高敏远一点！咱们高敏可是有对象的人了，要是他再死皮赖脸缠着高敏，我就对他不客气！"

高大山生气地说："你胡说些啥！怎么就让胡秘书去找王铁山！高敏要是在跟建国谈对象，这里头有人家啥事！高敏要是没有跟建国谈对象，她喜欢谁就让她跟谁谈去！都啥时候了，你还要干涉儿女的婚事！"

秋英咬牙说："高大山，我这里想方设法让高敏和建国好起来，不是为了孩子？你和陈刚一个是军区参谋长，一个是守备区司令，再说我这么做也是为了你，你这个小小守备区的司令干了八年，还提不上去，要是跟陈参谋长家做了亲家，节骨眼上拉你一把，你不就上去了？我们娘几个也能跟着到大城市里住一住！我这么操心费力，腰都累折了，还不都是为了这个家嘛，我这是干啥呀！好，你不管我也不管了，叫他们闹去！”

高大山说：“秋英同志，你今儿还是把老底说出来了！原先我还只当你只是要给高敏找个对象，没想到你把心思用到别的上头去了！好，我今儿就把我的态度告诉你，第一，孩子的事由她自己做主，她爱谁就是谁，我决不想干涉；第二，我高大山哪怕当一辈子守备区司令，也不愿意靠儿女亲家裙带关系这一套往上爬！我跟你都过了半辈子了，我高大山是啥人你还是不知道哇你！你给我走！马上走！”

秋英一跳站起来，抬腿就往外走，回头说：“高大山我也告诉你一句话，我和桔梗大姐啥话都说了，连亲家都叫了，你要是也想让高敏嫁那个小连长，就趁早歇了这个心思，除非我死了。”

秋英一走，高大山背上的弹片突然就又疼起来了。

回到家里，秋英马上拨了两个电话，一个给胡秘书，一个给医院的林晚。她告诉林晚，说是老高近来身体不大好，想让高敏请假回来照顾一段时间。林晚信以为真，派人用车子马上将高敏送回到了家里。

高敏也以为家里真的出事了。她背着急救药箱刚一进家，就慌张地喊道：“妈，我爸在哪里？他怎么啦？”

秋英二话没说，只叫了一声：“你，跟我上楼！”

高敏一上楼，秋英就将她推进自己的房间，回身把门紧紧地锁上。

高敏说：“妈，你这是咋啦？”她拼命地摇门，但秋英没有理她。

秋英说：“你甭叫我妈！你妈死了！你都跟我说，你背着你妈在医院里做的好事儿！”

高敏晃门说：“妈，你让我出去！我做啥见不得人的事儿了？”

秋英说：“让你出来也容易！只要你答应我一件事！”

高敏说：“啥事儿？”

秋英说：“说你跟那个姓王的连长的事不是真的，说你以后不再和他来往，我就让你出来！”

高敏说：“妈，原来你是为了这个！我是对王铁山有好感，你就是不问，等时机成熟了，我也要回来跟你和我爸说呢！我已经大了，跟谁谈对象是我自己的权利，你不能这样毫不考虑我的感情，对我的选择横加干涉！”

秋英搬了一张凳子坐在门前。

“你的权利！你是不是我身上掉下来的肉？我不能干涉，我今儿还非干涉不可了！建国有哪一点不好？他哪一点让你瞧不上了，非要跟那个小连长好？”

高敏说：“妈，你不能这样对待我的感情！我不喜欢建国，从小你就知道。”

门外的秋英气得哆嗦起来，说：“啥叫喜欢不喜欢，等一个床上睡了，一个锅里吃了，不喜欢也喜欢了，我和你爸不就是这么过来的。”

“妈，你得让我出去！”高敏拼命地摇着门，但门就是打不开。

秋英说：“出来也容易，只要你答应跟那个小连长断绝来往，跟建国结婚，我就放你出去！要不然你甭打算再走出这个门，除非你妈我死了！”

高敏说：“妈，你要是这么逼我，我也对你说句话，就是不让我和王铁山来往，我也不会和建国好，从小到大，我对他根本没感觉。”

秋英哇的一声，就坐到了地下，大声地哭了起来。“好！好！你甭以为你妈我不敢死，我就死给你个样儿看看！”说着，她拉来一张席子，直挺挺地躺在上面，牙关紧咬，双眼紧闭，一副就要死去的样子。

高岭一看咋回事呢？哭着就跑了过来，大声地喊叫着：“妈！妈！你咋啦？”

高敏一听，也以为真的出事了，忙吩咐高岭：“高岭，别哭，妈怎么啦？快打电话把爸叫回来，快去！”

就在高敏被母亲关进房里的同时，胡大维也遵照秋英的吩咐，把王铁山带到了城外。

胡大维说：“王连长，我真是眼浊，没想到你挺能干的，司令员家的丫头都叫你追上了！”

王铁山一下就明白什么了，他说：“胡秘书，你这话啥意思？是不是高司令什么都知道了，他不同意我和高敏来往是不是？”

胡大维说：“岂止是不同意，高司令简直就是勃然大怒。还有他们家老秋，高敏她妈，大发雷霆，就差把你吃了！”

王铁山的脸色陡然沉了下去，他说：“胡秘书，你的意思我明白，是不是高司令不希望我和高敏好？”

胡秘书拍了拍王铁山的肩膀，说：“算你聪明。”

王铁山说：“可我和高敏的事和他有什么关系呢？”

胡秘书说：“关系大了，高敏难道不是他的女儿吗？有些话，我想高敏是会和你说的。不过我告诉你，高家为高敏的事出了大乱，秋主任都绝食了。就是高敏和你结婚，以后你能为高敏带来什么呢？”

王铁山说：“我们有爱情。”

胡秘书说：“啥叫爱情？一时冲动！告诉你高敏早就和陈建国定了终身了，人家都是干部家庭的子弟，一个是军区的参谋长的少爷，一个是守备区的司令的千金，你说人家那不是幸福？”

王铁山一时面如死灰。

胡秘书说：“你要是心里还有高敏，你就不能害她，让她慢慢冷静下来，嫁给陈建国。在这件事情上，你不要太自私，除非你不爱高敏，成心想害她。”

王铁山突然心里一横，说：“我当然爱她。别说了，胡秘书，我明白了。明天我就回七道岭。”

“好，我喜欢干脆的男人。这样我的任务也就算是完成了，我得谢谢你。”

第十七章　逼婚

高大山一进门也被吓坏了，他看看躺在地下的秋英，又看看被锁在屋里的高敏，不由大发雷霆起来：“这是咋地啦？第三次世界大战打起来了吗？高权，高岭，快把你妈抬回到屋里去！秋英，你也闹得太不像话了！”

三人跟着就七手八脚地把秋英抬往卧室的床上。秋英极力地挣扎着，喊叫着：

“我不活了！我没脸活了！我这妈没法当！连我养的闺女都不给我脸，我还活着干啥？我……”

“你这是真的假的，啊？”高大山有点不敢相信。

秋英突然睁大眼睛：“高大山，今儿你要是不替我管教管教你闺女，我就死个样儿给你看看！”

高大山说：“秋英同志，你要是真想死，我就给你准备家伙！你是想投井还是上吊？要是想崩了自个儿我给你拿枪去！别只管拿这套吓唬我和孩子！有问题解决问题，闹就解决问题了？”

高大山转身来到高敏的房门前，一脚就踢在了门上。

“高敏，开门，是爸爸！”

高敏说：“爸，钥匙在我妈那儿！”

高大山只好回到秋英的床边，对秋英说：“钥匙！”

秋英把头一扭，死死地攥紧手里的钥匙，就是不放。

高大山只好坐下，对秋英说：“我说你真是的，不是自找麻烦嘛！你跟我结婚，父母包办了吗？没有！咱不也成一家子了？你不是也觉得过得挺好？中华人民共和国婚姻法上写着呢，儿女婚姻大事任何人都不能包办！闺女长大了，找谁做女婿是她自个儿的事，她自个儿处理不了父母再插手也不迟！当初我们为啥革命，有一条就是反对封建包办婚姻！”

秋英扭过脸去，不理他。

高大山说：“革命革命，一革到自己家里，就不革了，我看你是个假革命！”

秋英还不给他吭声。

高大山说：“我说你给不给我钥匙？你不给是不是？行，我也批评她几句！”回头朝高敏的方向大声地喊道：“高敏，你也这么大了，你妈一把屎一把尿把你拉扯大容易吗？你以为谈对象是你自己的事？你的事就是你妈的事，你至少得先请示汇报！没征得父母同意你就自由行动，你就是无组织无纪律！”喊完回过头来，对秋英说：“好了，把钥匙给我吧，她现在是军人，你关她的禁闭算什么政策！”

秋英攥紧着钥匙，还是不撒手。

高大山的声音于是大起来了。他说：“秋英同志，你还叫我管不叫我管了？你要是这样，我还真不管了！”说完转身往外走了。后边的秋英，忽然就把钥匙朝他扔来。

“高大山，给你钥匙！你今儿个要是不把她给我调教过来，我真不活了！我绝食！”

她猛地向后一仰，倒在床上，拉起被子把脸死死地盖住。

高大山说：“真的要绝食呀？不会吧？说说玩的吧？咱有仨孩子呢，就是一个不好，还有俩好的。天都黑了，他们还都没吃饭呢。”他揭开被子一看，看见她依然是满脸的泪水，不由心动起来，说：“哟，看样子是真的！”

他拾起钥匙，走到了高敏的房门前，他刚要把房门打开，心突然又软了。

他说：“高敏，都是因为你，咱们家的事闹大了，你妈她绝了食！”

高敏不听这些，她只是不停地摇着门。大声地呼喊着：“爸，你快开门！”

高大山又想了想，最后还是没开。

他说：“高敏，你现在后悔了是吧？你不请示不汇报，在外头瞎搞对象，这说明个啥？说明你眼里没有这个家，没有你妈和我！你这么干，别说你妈关你的禁闭，我也要关你的禁闭！”

高敏依旧大声地呼喊着：“爸爸，你太让我失望了！你怎么也站在我妈那边去了！”

高大山说：“你以为跟谁谈对象是你自个儿的事？你以为婚姻法上写着，反对包办婚姻，你想咋地就咋地了？那法律上还写着一条呢，父母对子女有监护权！”

高敏说：“爸，我现在长大了，不是小孩子了，婚姻自由是我的权利！在这事上是我妈不对！你这会儿到底站在哪一边呀你！”

高大山说："我站在哪一边？你以为我站在哪一边？我当然站在你妈这一边！你是长大了，可你是你妈打小养大的！你是你自己，可你还是这个家的人，就是因为你，家里现在不过日子了，不是和平年代，成了战争年代了！你妈刚才说了，你要是不跟那个王连长断绝来往，她就绝食到死，再也不吃饭了！"

高敏说："爸，她这是吓唬我，也是吓唬你，你叫她吓唬也不是一回两回了！"

高大山说："不许这么说你妈！你妈啥时候吓唬过我了，我高大山啥时候被人吓唬住过！哎，我说丫头，你咋就不能让一步呢，一个王连长就那么好，让你眼睁睁地看着你妈饿死？"

高敏已经坐在了地上，一脸的泪水。她说："爸，要是为别的事，我一准听你和我妈的，可这件事，不管你们怎么逼我，我都不会改主意。你们趁早死了这条心！"

高大山顿时大怒了，他说："还反了你哩！要是在战场上，你这样不听指挥，我就……我就毙了你！"

高敏朝他吼道："你就是毙了我，我也不改主意！"

高大山一时拿她没有办法。他深深地叹了一口气，说："嗯，好！都说我高大山性子拧，你妈性子其实比我还拧，你的性子又比你妈还拧！不是一家人，不进一家门！既然我的话你也不听，你就先在屋里呆着吧，你妈绝食你也陪着！"

他拎着钥匙就下楼去了。

晚上，高大山给林晚打了一个电话，让林晚到他家里来一趟。林晚给他们做了一桌饭菜，然后对秋英说："秋主任，别使性子了，身体可是自己的，尝尝我的手艺，以前我总是吃你做的菜，这回，也尝尝我做的菜。"

秋英却不动，她说："林院长，你别劝了，我吃不下。"

高大山说："林院长，要是高敏是你的孩子，这事你咋处理？"

林晚一时不知说什么好，转头劝秋英说："秋主任，孩子大了，有自己的追求和想法，我看能不能多替孩子想想？"

秋英说："我早就想过了，要不然我也不会让她嫁给建国。"

高大山踱步。

林晚还想劝几句秋英，秋英却先说了，她说："林院长你就别说了，高敏要真是不嫁给建国，我就死给她看。你们有你们的想法。可高敏是我生我养的，我有权这么做。"

说完起身上楼了。

送林晚回去的路上，高大山再一次地问道："为了孩子的事，让你受累了。"

林晚说："说这些干什么，我又没帮上什么忙。"

高大山立住说："林晚，跟我说句真心话，你要是我这时该做什么？"

林晚也立住脚说："我很喜欢高敏这孩子，在她身上我能看到你年轻时身上那股什么也不怕的劲，就凭她身上的这股劲，她应该得到她想得到的。"

高大山说："谢谢你，林院长，我明白了。"

送走林晚回来，高大山悄悄地走到高敏的门前，然后告诉里边的高敏，说："高敏，爸要严肃地跟你谈一次话！"高敏听到爸爸的声音，马上往门口走来。她说："爸，你说吧，我听着呢！"

高大山说："你跟那个王铁山来往多久了？"

高敏说："半年。"

高大山说："你真的像你说的那样喜欢他？"

高敏说："我喜欢他。"

高大山说："你有没有想过，世上还有比他更好的男人，更适合你，只是你还小，没有碰上。要是再等等，说不定你就碰上了！"

高敏热烈地说："爸，我想过了，我觉得王铁山就是最好、最优秀、最适合我的人。错过了他，我一辈子再不会遇上这么可心、这么喜欢，让我愿意跟他过一辈子的人了！"

高大山说："嗯……他在你心里是个啥情况我知道了，我还要知道你在他心里是不是和他在你心里一样！"

高敏说："爸，王铁山对我比我对他还好。我们发过誓，今生今世，他非我不娶，我非他不嫁！不管你和我妈在我们结合的路上设下多少障碍，我和铁山都不会屈服！"

高大山说："你妈咋啦？她反对你和王铁山来往，想把你和建国撮合到一块儿，也是为你好！她是你亲妈，又不是你后妈！咋说起你妈来就跟个仇敌似的！你想过没有，要是因为你，她真的绝食而死，这个家还要不要？爸爸怎么办？你这一辈子咋过日子？你已经是个大人了，要懂得为这个家负责任！"

高敏哭着说："爸，你也听我说一句。我是我妈的闺女，也知道我妈带大我们不容易，可是爸，我妈是个人，我也是个人，你心疼我妈，咋就不心疼我哩！当年我妈为了找你，追求她的幸福，千里迢迢，忍饥挨饿，风霜雨雪都没挡住她，怎么这会儿我要和王铁山恋爱，追求我自己的幸福，你们就理解不了了呢？爸，为了这个家，你和我妈要我做别的事，上刀山下火海，我都不惧，但这件事我无论如何都不能答应。答应了我就不是我了，也不像你和她的闺女了！爸，在这个家里你是最心疼我的，你要是真疼我，就让我遂了心愿，不要和妈妈一起毁了我的幸福！”

“那好！高敏，爸爸明白了，你和王铁山恋爱不是一时冲动，至少你自己是真的！既然是真的，爸爸就不能反对了。但是不反对不是说要让家里这种局面延续下去，不，这种局面要结束。高敏，爸爸给你出个主意，等会儿我偷偷把你放出去，你立即就去找王铁山，对他说你们俩的事我同意……”

高敏禁不住大叫一声：“爸……”马上就被高大山阻住了，说：“别这么大声。我的话还没说完呢。你就告诉他，你们要是真心相爱，就马上结婚！”

“马上结婚？”

“对。马上结婚！你们一结婚，你妈就没办法再闹绝食了！她就是真想把自己饿死，也达不到目的了。兵法上这叫釜底抽薪，又叫出其不意，攻其不备！记住，爸这样做不是为了你和王连长，为你们我犯不着，我这样做只是为你妈好！”

高敏一下感动了，她一下扑进爸爸的怀里。

“爸，你真好！你从来都这么好！”

高大山说：“轻点，别让你妈听到了！”

高敏点点头，就踮着脚尖下楼去了，就要出门时，高大山追了上来，说：“高敏，爸爸还有一句话呢！”

高敏站住了，说：“爸，你还有话？”

高大山说：“你有没有想过，等一会儿你见了王铁山，让他知道了家里的事，他要是突然害怕了，不愿和你结婚了，你打算咋办？”

高敏说：“爸，这不可能！”

高大山说：“啥叫不可能，你也是个军人，应当知道战场如人生，人生如战场。战场上的事瞬息万变，你现在是你自己的指挥员，必须事先想到所有可能，临事才能冷静处理一切！”

高敏忽然就镇静起来，她说：“爸，真要是那样，就不是我妈错了而是我错了，我就回到家里来，跪在我妈面前。”

高大山朝她挥挥手，就让她走了。

一看见王铁山，高敏飞快地跑过去扑进他的怀里，泪水又哗地流了下来。

王铁山却显得异常的冷静，他说：“高敏，为了我，你受委屈了！”

高敏说：“不，是为你，也是为我自己，我愿意！”

王铁山忽然不说话了。高敏说：“铁山，我们结婚吧！我们明天就结婚！我爸亲口对我说的，只要我们真心相爱，他就批准我们结婚！”

“高司令真是这么说的？”

“对！你没想到？”

“秋主任呢？她也同意了？”

“没有。我妈为这个，都绝食了！”

王铁山忽然浑身一震。

“真的？”

“真的！”

王铁山慢慢推开了高敏，脸上现出冰冷果决的神色。

王铁山说：“高敏，我想告诉你一件事。”

“啥事？是不是想让我跟你私奔？你只要说一句这样的话，天涯海角，我都跟你走！”

王铁山像是没有听见，他说：“高敏，明天，我就要走了！”

高敏几乎吓了一跳。

“走？到哪去？”

“去七道岭，我是从那来的，现在我还回那去。”

“为啥？你为啥这样？是不是我妈另外让人给你施加了压力？”

王铁山说：“高敏，经过仔细考虑，我突然明白了一件事，我们俩并不合适……不，你不要误会。我不是说你是高干子弟，我是个农村娃，门不当户不对，也不是说你婚后不会跟我一起走。我是觉得……觉得这样做对你不公平，这不是你这么好的姑娘应当有的命。高敏，我已经决定了，咱们分开，明天我就走，会有比我更好、更勇敢的人爱你、给你幸福的！”

高敏像望着一个陌生人似的望着他，突然一扑，扑到王铁山身上，拼命地摇晃着。

“你……你……王铁山，你怎么啦？你怎么能这么说话！你是不是不喜欢我了？你是不是有了别人？你和我可是对天、对地、对草原发过誓的！你爱我，天下的女孩子你只爱我一个！今生今世除了我，你谁也不娶！怎么就半天工夫，你的心就变了！”高敏又大叫道：“我不相信！你快说说到底是怎么回事，快告诉我你是在跟我开玩笑！”

王铁山越来越决绝地说：“高敏，有些事我一时也说不清楚，也许以后你就明白了，生活不是梦，再见了。你比我还有更重要的东西。因为我喜欢你才做这样的决定。我知道你会觉得我这是胆怯，是背叛，会觉得我这个人卑鄙，可就是这样我也认了。高敏，就当你当初看错我了，好不好！”

高敏的脸变得白蜡一样，她怔怔地看着王铁山，抬手给他一记耳光，转身就跑，跑了几步又转了回来，伸手将他脖子里那条衬领狠狠撕下，恨恨地摔到地上。

高敏为她妈逼婚的事儿心里痛苦得不行，躺在床上，两眼望着天棚发呆。高大山推门进来，高敏也没动一动身子。

高大山关心地问：“咋地，今天不上班了？”

高敏转过身无精打采地应一声：“爸……”

高大山说：“你的婚事，我有责任，没有和你妈斗争到底。”

高敏说：“爸，我想去打靶，和你一起去。”

高大山两眼发亮，说：“打靶，好哇。我也好久没摸枪了，手正痒痒呢。”

高敏一挺身坐起说：“现在就去。”

两人来到靶场，各自趴在射击位置。高大山说：“报不报靶。”高敏好像和谁赌气似的说：“报，为什么不报？”高大山笑了，说：“好，不分输赢的比赛没劲，那就报靶。”

高敏一发接一发打着，发泄着这段时间来内心的痛苦，高大山看她一眼，没说什么，也开始专注地射击。一组射击完毕，报靶员报都打中十环，高大山问高敏：“还打吗？”

高敏往枪里压子弹说：“打，这才刚开始。”

几轮射击下来，高敏心里舒畅了一些。高大山知道女儿有心事，便拉她坐在山坡上谈心。高大山说：“今天就咱爷俩，有啥话你就说吧。”高敏单刀直入地问：“爸，当初你为什么娶我妈，没有娶林医生？”高大山奇怪了，说：“咋想起问这个了？”高敏说：“爸，你和妈结婚这么多年，后没后悔过？”高大山说：“你今天是咋地了，越说越不着调了。”高敏固执地说：“爸，你回答我。”

高大山认真地想了想说：“你要这么问，我还真没细想过。你妈也不容易，她是个孤儿，当时只有我这么一个亲人。”

高敏说：“爸，你和妈这不叫爱情，是同情。”

高大山说：“我们老了，没有你们年轻人这么复杂，啥爱不爱、情不情的。”

高敏说：“你应该和我妈离婚。”

高大山惊讶得跳起来说：“你，你说啥？让我和你妈离婚？”

高敏说：“她配不上你，如果当初你和林院长结婚，肯定比现在幸福。”

高大山大怒说：“高敏，你给我住口！”

他仿佛又被勾起了往事的回忆，激动地在山坡上来回走动，转过身用手指着高敏说："不许对你爸妈说三道四，现在我可以告诉你，当初娶你妈到现在，你爸就没后悔过。如果没有我和你妈的当初，哪有今天的你们。不要以为，自己恋爱失败了就怀疑这个怀疑那个，你和陈建国的事，不是还没结婚么，一切都还来得及。我还是那句话，你现在要是反悔了，你妈那边的工作我来做。她不吃饭就不吃，她想咋就咋，你就当成没有这个妈了，好不好？"

高敏也站起说："爸，我和建国结婚，决心已下了。"

高大山说："这不结了，一切都是你决定的。"

高敏深情地说："爸，我一直想找一个和你一样的人，结果没有找着，既然嫁给谁都一样，为什么就不能嫁给建国呢？"

高敏说完自顾自走下坡去，走着走着便跑起来。

高大山冲着高敏的背影欲言又止，眼睛慢慢潮湿了。

为高陈两人的婚事，桔梗来到了高家。她可是一身官太太的派头，对秋英的热情觉得那是理所当然，一进门就说："我也想早点来呀，可就是身体不好，今天量量血压高了一点，明天查查它又低了，再说我们家老陈工作太忙，我也走不开……可我还是来了，咱老姊妹俩说好的事，我咋能拖着不办呢！"

秋英应和着说："那是那是。陈参谋长要管全军区的工作，当然是大忙人，不像我们老高，一个司令当了十几年，这会儿又成了啥单纯军事观点的代表，说是个司令，也跟个闲人差不多……我说亲家，老高的事儿你可得给陈参谋长多吹吹风啊。哪怕到军区机关当个副职也行啊，总不能让我们在这东辽城蹲到死呀。"

桔梗淡淡地说："这事我记着呢。"

建国从屋里迎出来，不冷不热地叫了一声："妈！"

桔梗上前像抚摸小孩子一样上下摸着建国说："哎哟我的儿，赶紧叫妈看看……东辽真是小地方，粮食咋不养人哩。秋英呀，我儿子在你们这儿当兵，咋就饿瘦了呢！"

建国不高兴地说："妈，你一下车就胡说啥呀，我是瘦吗？这叫结实！"

秋英赶快道歉说："是我和老高没照顾好孩子，以后就好了。你来了，他和高敏的事儿定下来，我天天都在家给他们包酸菜馅饺子吃，保管养得他又白又胖！"

高大山闻声下了楼，说："哎呀我当是谁呢，原来是参谋长夫人驾到，欢迎欢迎。哎桔梗啊，我那老伙计陈刚咋样？一顿还能吃几碗饭？整天坐大机关，没坐出啥毛病吧？"

桔梗不悦说："我说你这个老高……"

秋英忙截住他的话，对高大山嗔怪地说："瞧你这个人，桔梗大姐没来，天天念叨陈参谋长，像一个娘胎里跑出来的，这会子真见了亲家，你那嘴又不会说人话了！陈参谋长现在是大首长，身边有的是好医生，能有啥病？对了大姐，陈参谋长今年才四十五吧，还年轻着呢，下一次军区首长调整，司令肯定是他的！"

桔梗高兴说："哪有四十五呀，离四十五还差八天呢！"

高大山觉得不是个味，说："你们俩好好唠嗑。我有事，失陪了！"说罢便出门去了。

秋英和桔梗两个越谈越亲热，秋英正从柜子里拿出一件件结婚用品给桔梗看，说："亲家你瞧瞧，我都给他们准备好了，一点心也不用你操。这是三床被子，里外三新；这是四对枕套跟枕巾，还是让人从上海买来的呢。这是给建国和高敏准备结婚时穿的衣服。我们两家人都当兵，他们俩也是军人，一年到头穿军装，我想让他们结婚时换个样子！"

桔梗说："亲家，你还没看见我在军区给他们准备的东西呢，杭州的毛毯，上海的床单，湖南买回来的丝棉被套。"突然低下声来，"我那老头子急着抱孙子，这会儿就去商场买了一辆北京产的儿童小车。军区吕司令都笑话他啦，说你的孙子在哪儿呢，先给我的孙子用吧，就让警卫员拿走给他孙子用去了！"

秋英笑说："陈参谋长也不用着急，孩子们一结婚，抱孙子还不是眨眼的事儿！"

两人都笑起来。

两个做妈的在楼下唠嗑，建国和高敏在楼上却是对面而坐，相对无语。看起来两人都很平静。长时间的沉默之后，建国边抽烟边说："高敏，我妈也来了，咱俩不能就这么老坐着呀。"

高敏尖锐地看他一眼。

建国冷笑说："你以前一定想不到，我们这样的家庭，两个人又都是军人，还会以这种方式决定我们的终身大事。"

高敏说："不错，我是没想到。我真想听听你此时的感想！"

建国平静地说："我当然会说出我的感想。我的感想是所有一切都和我想的没什么两样。"

高敏吃惊说："你想的？"

建国说："高敏，你和王铁山谈恋爱这件事我早就知道，你每个星期六给他打电话，他也每个星期天都会找你玩，这事我也知道。可我啥也不说，啥事也没有做。我从小就喜欢你，这你知道，可我一声也没吭，就站在一边看。"

高敏说："那为啥呢？"

建国说："因为我相信他不可能从我身边夺走了你。"

高敏说："你怎么这么有把握？你就不怕我跟他私奔？"

建国冷笑说："那不可能。就是你有这个胆量，他也没有。就是他有这个胆量，事情也绝不会发展到那一步。我坚信这个，到了今天看，我并没有错。"

高敏越来越惊奇，说："我能知道理由吗？"

建国说："高敏，你看上去比我聪明，可在这些事上我比你明白得更早。你我这种家庭出身的人，生活道路早就被家长安排好了。不管你还是我，想摆脱家庭给你安排好的路，自己另走一条路，那全是瞎忙活。别人不会让你去找的。我早就想过，既是这样，那就干脆坐在那里安安静静地等着好了，该是你的就是你的，到时候就会有人把我的东西送过来给我。"

高敏听着听着，突然站起，背对着他说："建国，我们结婚吧。恋爱就别谈了。不过婚前我要对你说句话，我知道我的恋爱是失败了，我原来很傻，相信世上真有爱情，现在明白错了！我是为我妈，更是为我爸，为了我们家的安宁才嫁给你的。我可能不会爱你，但我会做一个我妈那样的贤妻良母。"

建国说："你对我就没什么要求吗？"

高敏说："有。我的要求不多，就是想在婚后有一份平静的生活。"

建国缓缓站起，平静地说："好。这也正是我早就想过的。不，应当说这也是别人早就在我们的生活中安排好的。"

高敏忍不住回头看他一眼。

一切都按秋英和桔梗的安排进行着，没人想到要问问高敏与建国这婚事该怎么办，仿佛他们的婚事倒与他们无关了。秋英指挥着胡大维在大门上张贴大红喜事，高大山则没有显出一点该有的热情，他的冷淡与秋英的兴高采烈形成了鲜明的对比。

高敏在自己房间里整理着旧物，床头放着写有"新娘"二字的红绸带，她翻出一捆红丝带扎的信，随手打开一封信看起来，看着看着眼泪就下来了。明天就是婚期了，所有美好的幻想都将梦一般地消失。

屋外传来了高大山的敲门声。高敏把所有的信都撕碎，扔掉，擦干泪水，故作平静地说："爸，你进来吧。"

高大山进门，盯着女儿。

高敏勉强一笑："爸，这么晚了，还没睡呀？"

高大山盯着她，突然说：“闺女，你真想好了，要嫁给建国？”

高敏说：“爸，瞧你说的，我和建国连结婚证都领了，不嫁给他嫁给谁呀！”

高大山在地上转圈子，重重地叹气，回头盯着女儿。

高大山说：“高敏，这会儿你要是不想结婚，爸爸还可以带你离家出走！”

高敏脸上笑着，眼里却流出泪水：“爸，你这会儿还能带我去哪里呀？我就是想走也不能了，要是误了明儿的婚期，我妈这回不会再绝食了，她说不定要自杀！”

高大山哼一声说：“她的事你不要管，就说你自己愿不愿意逃走吧！”

高敏默默望着他，半晌说：“爸，你回去睡吧！”

高大山失望地盯她一眼说：“爸明天怕是不能参加你们的婚礼了，爸要下部队去。”

高敏凝望父亲说：“我不怪你。”

高大山说：“不怪我就好。”

高大山转身离去。高敏猛地靠在背门后，无声地流下泪来。

婚礼这天的早饭时候，高敏已换上了新娘装。秋英急着给桔梗打电话：“我说亲家母，我那亲家公啥时候到啊，这可是俩孩子的大事，他不会不来吧？”桔梗说：“不会不会。说好了来的！”

秋英说：“那就好那就好！我这头可早就准备好了，到了点你就叫建国来接高敏，女婿不来我可不发嫁啊！好好好，呆会儿婚礼上见！”

她放下电话，对一家人心烦地说：“你们快点吃，呆会儿建国就带车来了啊！”

高权高岭看高敏，高敏像是什么也没听见似的，仍旧慢条斯理地吃着。

高大山从楼上匆匆走下来，看一眼正在厅里忙活的秋英，不声不响地匆匆往外走。

秋英冲着他喊：“老高，都这会儿了，你还要去哪呀？”

高大山说：“你忙你的，我忙我的。”

秋英说：“呆会建国接高敏的车就要来，陈刚马上就要到，你可别在这个节骨眼上跟我闹气呀。”

高大山已走出门外，冲身后不耐烦地挥挥手。

他到办公室要了一辆车，说是要下部队，也不要胡大维跟着，一个人让司机开着走了。临了吩咐胡大维，说：“我下部队的事，不要跟任何人提起。”

胡大维想不通他为什么要在他女儿结婚的这当儿下部队，满腹不解地望着车远去。

喜气洋洋的陈刚来到高家，还在门外就喊："老高，老高，我来了。"出来迎接的却是秋英，陈刚奇怪地环顾左右说："老高呢？"秋英说："他刚出去，我还以为他去大门口接你去了。"陈刚说："他能到大门口接我？我可没那么大的面子。"秋英说："老陈，看你说的。老高去接你也是应该的。"陈刚边接过秋英递过的烟边说："这老高，一定又跟我捉迷藏呢。"秋英说："不等他，一会高敏出嫁，他还不回来呀。"两人都笑了。

喜宴的场面非常热闹，高敏、陈建国胸前戴花，尚守志、李满屯等人都已到齐了，大家等了老半天，还是不见高大山的影子。陈刚忍不住喊："老高，高大山，这老家伙，这是去哪了？"

这时候秋英看到胡大维，忙叫他过来问："看到高司令了吗？"胡大维看一眼陈刚，看一眼秋英，说："高司令他不让我说。"秋英说："都急死人了，都这会了，你快说。"胡大维小声地说："他下部队了。"秋英说："你说啥？"胡大维小声地说："他说他下部队了。"秋英又气又无奈，冲陈刚、桔梗说："亲家，你看老高这人，你说我跟他过的这是啥日子。"陈刚打圆场说："没啥，没啥，这才是老高，那咱们就进行吧。"

陈刚在中途就悄悄离席了，他知道高大山这是有意躲着自己，他得去找高大山。陈刚叫上司机，开车朝七道岭方向驰去，在山道上追上了高大山。原来高大山的吉普车坏了，司机掀开车盖修车，高大山等得不耐烦，对司机说："你啥时候修好，再去追我吧。"便顾自大踏步向前走去。

陈刚的车赶上了高大山，在他前面一点停下来，陈刚下车站在路旁等着他过来。高大山走近说："你？你咋来了？"陈刚说："咋地，车坏了，掘达掘达地自己走上了？"高大山像是赌气地说："我愿意走，咋地了？"陈刚又气又笑地说："看样子火气还不小，来吧，上车，去哪，我送你。"高大山说："我不坐你的车，我消受不起。"陈刚说："看样子，今天是冲我来的呀，好，我陪你走。"

两人并排着向前走，陈刚试探地问道："两个孩子结婚，为啥不喝口酒？"高大山情绪化地说："我戒酒了。"陈刚说："戒酒了？在这种场合也该破例。"

高大山无话可说了。陈刚说："我看你是不想见我，这才是问题症结。"高大山说："我怕你呀？你又不是老虎。"陈刚说："那你为啥跑？"高大山说："我烦，我想出来散散心。"陈刚问道："大喜的日子你烦啥？"高大山说："为啥烦你知道，只管军事，不顾政治的大帽子，不是你们给扣的？"陈刚终于明白了，说："原来是为这个呀，那咱俩得好好唠扯唠扯。"

两人在山冈上一片平地找到两块石头坐下，陈刚从车上拿出带来的酒和菜，说："这酒这菜，我是专门为咱俩准备的，我一来，听说你下部队了，我就备了这一手。"说着举起酒瓶子，把另一瓶酒塞到高大山的手里。

高大山不接，说："我戒酒了。"陈刚说："为了今天两个孩子的喜日子，就不能破一次例？"高大山说："我说话算数。"说着把身子扭过一边，陈刚见他这样，说："你这人咋这样倔眼子呢，说你军事挂帅，忽视政治，这是军区党委定的调调，又不是我一个人的事。"他顾自喝酒，又说："告诉你一个好消息，扣在你头上的帽子马上就要给你撤消了，以后你该干啥干啥。"高大山有点不信地说："真的？"陈刚说："怎么不是真的，军委已经放出风来了，政治不能忽视，军事不能不抓。文件军区很快就要传达了。"高大山不由面露喜色，陈刚说："咋样，是好消息吧？为了这消息，还不破一次例？"高大山拿起酒瓶，倒有点不好意思了，笑说："这还差不多。"两人瓶碰瓶，大口喝起来。

一瓶酒下来，两人都有些微醉了，高大山说："今天喝酒的事，回去你不要跟别人说，否则，没人相信我老高了。"陈刚说："放心，战争时咱俩互相打掩护，这次还是打掩护，咋样？"高大山感慨地说："想想这日子过得可真快，一晃咱们孩子都结婚了，想当年咱们结婚时，就跟昨天似的。"陈刚说："可不是，日子不禁过呀。"高大山说："你说建国和高敏他们会幸福么？"陈刚反问道："啥叫幸福，又啥叫不幸福呀？"高大山摇摇头说："想想也是，你我当年一个日子结婚，这么多年跟头把势地不也过来了。"陈刚说："那你说，你幸福不幸福？"高大山说："唉，还真不好说，酸甜苦辣啥滋味都有了，可话说回来了，啥又叫幸福呢？"

陈刚不由叹口气说："老高呀，你想过没有，要是咱俩当初，你娶林医生，我娶杜医生，日子咋样？"高大山沉思说："不知道，还真不好说。"陈刚说："今天咱俩是咋了，咋都跟个娘们似的呢……问你个事，你可得说实话。"高大山说："你说，你说。"陈刚说："当初结婚时，你把秋英当成自己的妹妹，说啥也不想跟她结婚，现在你还有那种感觉吗？"

高大山低头说："让我想想。"陈刚说："这有啥可想的。"高大山说："你还别说，平时吧，我老让着她，有时也冲她发火，发完火就后悔，想她一个孤儿，这个世界上没依没靠的，就靠我老高了，我不迁就她谁迁就她，这么一想吧，啥都没啥了。"

陈刚说："这么说，你还有妹妹情结。"高大山说："啥情结不情结的，反正一发完火，我就想起当年冻死的妹妹，哥呀哥呀地叫我，我这心受不了哇。"说着说着不由动了感情，眼睛湿润了。

陈刚拍拍高大山的大腿说："不说这事了，我陪你下部队呆上两天，整天坐机关，还真闹心。"高大山说："好，咱就下部队，过两天清净的日子。"两人上车向山里开去。

第十八章　高权

新婚第一天，高敏就和建国打了一架。建国回到新房时已经醉了，被他的一帮哥们架着，还冲高敏喊："拿……拿酒！我要招待这帮哥们儿！来，我一个一个把他们给你介绍介绍！这一个是军区沈副司令的公子！这一个是军区赵副政委的女婿！……你看清楚了，这些人才是我的铁哥们儿！我只交这些朋友！拿酒！"

高敏不理他，走向卫生间，建国追进来拉扯她，高敏回头厌恶地说："陈建国，你干啥？"建国说："我叫你拿酒来，我们要喝酒！"

高敏强忍着，给他们取来酒，又走向卫生间。建国说："高敏，我知道你今天不高兴。"高敏咬着牙忍了忍说："我高兴。"建国说："你和你爸一个样，顽固不化。"高敏最容不了别人说她爸的不是，来气了，说："不许说我爸。"建国说："说了，又咋了，你还能把我吃了？"高敏怒道："吃了你又咋地了？"她扑上去，母狮一样和建国厮打起来，醉了酒的建国渐渐不是对手，弯腰捡起高敏滑脱的鞋，扔到窗外。

众人拼命将他们拉开，解嘲地说："散了散了，都喝多了，走！"

高敏拉开门冲出去。

隔日建国酒醒了，高敏也平静下来了，两人在新房里像谈判一样对坐着，建国说："高敏，咱们需要谈一谈。"高敏不冷不热地说："谈吧。"建国说："昨天的事是我不对。我喝多了。"高敏不作声，建国接着说："你想不想现在就离婚？"高敏说："不想。"建国说："为什么？"高敏说："为什么你就别问了，反正不是为了你。"建国深深地看她说："好吧，我尊重你的选择。可是不想离就得过，过就得有个过法。"高敏说："你说吧。只要你认为哪些事情是我们生活中早就安排好的，我就听你的。"建国说："你爱我也罢，不爱我也好，至少在两家老人面前，我们要表现得像一对正常的夫妻。"高敏说："这本来就是我的愿望。"建国说："以后我不强迫你做什么，你也不要强迫我改变自己的爱好。"高敏点头说："可以。"建国说："既要做夫妻就要过夫妻生活，虽说我自己无所谓，可我妈急着要一个孙子。”高敏说：“没问题。我说过了，只要是生活早就为我们安排好的，我都听你的。”

两口子的日子就在秋英的眼皮底下这么过着，秋英和高大山都不知道女儿女婿真正过的是什么日子。几个月之后，高敏开始干呕起来，秋英开始还担心着，想想忽然高兴起来：“闺女，你是不是……”她迫不及待地给桔梗报喜信儿，说是高敏有了身子了。

高敏其实并没有怀孕，却利用这个机会上了军医学校，回来当了医生。过些日子，建国当上了警卫连长。高大山还在研究着盼望着上级批准他的大演习方案，在服务社当主任的秋英也还不显老，像过去一样活跃，时常给桔梗打电话，指望在军区当参谋长的亲家帮高大山挪挪位置，让她也能搬到省城里去住。日子就这么在平淡中过去了，不知不觉中高权长大了，高大山的烦心事也来了。

先是高权学会了抽烟喝酒，与尚来福一帮孩子无法无天的，接着便连课也不去上了。老师一个电话打到了高大山的办公室向他告状，高大山听秘书胡大维一说便发了怒，说：“这小兔崽子，他又逃学了？……还有其他的事吗？”胡大维说：“有孩子反映他时常带一帮学生偷着抽烟喝酒。”

高大山哼一声，走出门去，胡大维追出来说：“学校还说，下午有个重要的家长会，一定要去参加！”高大山头也不回地说：“我没空儿。你叫我家属去参加！”

他怒冲冲地回到家，第一件事就是到壁橱里乱翻，回头对秋英说：“哎我说，我的酒哪去了！”秋英奇怪地问：“你的啥酒，你不是戒了吗？”高大山发怒说：“戒了就不兴我找酒了？”秋英走过去帮他找，说：“不是在那儿吗？昨儿我还看见了啊！……奇怪了，它自个儿也不会长腿呀！”

高岭放学回家，畏畏缩缩地进门，磨蹭着靠近楼梯口就要上楼，被高大山看见，叫住他：“高岭！给我站住！”

高岭站住了，害怕地望着高大山。高大山问：“高权呢？他咋没回来？”高岭结结巴巴地说：“我……不……知……道……”高大山说：“你不知道？你整天跟屁虫一样跟着高权，你不知道？快说，是不是他把我的酒偷出去喝了？”高岭被吓得哭起来。

秋英跑过来抱住高岭，对高大山吼道：“你今儿咋啦？一到家就吹胡子瞪眼的。高岭这么胆小，都是叫你吓的！”

见高岭抽抽搭搭地哭个不停，高大山心烦，吼一声说：“别哭！一个男孩子，眼泪这么不值钱！”

高权放学之后没有回家，带着尚来福等一帮人跑到人防工事里喝酒去了，喝得一个个手扶着洞壁才能站起来，高权则已经是醉得叫都叫不醒了。高大山在家等着高权还不回家，怒视着秋英说：“这都啥时候了，高权咋还没回来？”秋英说：“我哪知道！”她拿起电话给建国打电话说：“建国吗？你快去帮我找找高权，都这会儿了，还没见他回来！”

陈建国打着电筒在人防工事里找到了高权，他一个人四仰八叉地躺着。建国蹲下去拨拉他的脑袋，他嘴里还嘟哝着说胡话，建国给了他一脚，喊：“高权，起来！回家！”高权睁开眼，手扶洞壁跌跌撞撞站起，醉眼迷离地喊：“我是守备区高司令，你是谁，敢来命令我！”建国拧着他的耳朵，提溜着就往家走。

秋英见高权这个样子，又气又心疼，奔过去说：“我说高权，瞧你这一身，哪弄的呀，谁把你弄成这样？”高大山气得一把将她拨拉开，走过去大声地说：“高权，你是不是喝酒了？”

高权喷着酒气，醉醺醺地连他老子也认不出来了，冲高大山说：“你是谁？你算老几？敢冲我吼！你知道我是谁？我爸是高大山，是白山守备区的司令！我就是喝酒了，就是逃学了，你敢把我咋地！”高大山这个气呀，一巴掌扇过去，手指秋英和建国说：“你，还有你，把他给我弄到楼上去，我要关他的禁闭，快！”

建国动手将高权往楼上拖，高权还在挣扎。秋英上去帮建国，一边说：“好儿子哎，你也不看这是啥时候，赶快乖乖地给我上去吧！”两人好不容易将高权弄上楼去。

高大山气呼呼地站在那里吹胡子瞪眼，见秋英下楼盛了饭要端上去给高权，大喝一声说：“站住！你想干啥？”秋英说：“送上去呀！你总不能饿死他吧！”高大山说：“你给我放下！都是你惯的！小小的孩子，又喝酒，又抽烟，还学会逃学了！我高大山咋会有这样的儿子！我要关他的禁闭！一天不行两天，两天不行一个星期！让他写检查！深刻检查！检查不深刻，不能吃饭！”他怒冲冲地走到楼上，用一把大锁咔嚓一声锁住高权的房门。

下午，胡大维来通知高司令员去学校开家长会，高大山说：“不是说让我家属去吗？”胡大维说：“我刚才打电话了，秋主任说她有病，头痛，让你去！”高大山说：“我哪有时间！”想想对胡大维挥挥手说：“给我叫车！”胡大维反倒吃一惊，说：“司令员，你真要自己去？”高大山生气地说：“我不去你能替我去？”胡大维说：“我当然不能代替首长去。不过首长要去，我也得去。我去了，可以帮首长做做记录啥的！”高大山哼一声往外走。

胡大维陪着高大山来到学校。家长会是在一个教室开的，高大山坐在前排，分外扎眼。胡大维坐在最后一排，掏出笔记本和钢笔准备做记录。

女教师说："刚才表现好的同学我都说过了，现在再说说个别同学存在的问题。高权同学的家长来了没有？"高大山站起说："来了！"女教师说："好，你坐下。你是高权同学的父亲吧？我们没见过面，高权同学在这里读了快三年的书，你好像第一次参加家长会吧？老同志，高权同学最近半年表现不好，可以说是很不好！经常不上课，不交作业，随便旷课，打架，动不动就说自己是守备区的高司令！"众人哄堂大笑，高大山脸上汗都流下来了。女教师说："最近更不得了了，不但他自个儿偷着抽烟喝酒，还把同学们也带坏了。有的同学家长反映，他还领着一帮孩子跟街上的小流氓打架，声称要解放东风路。咱们东辽城都解放二十多年了，还要他再解放一次？"

高大山挺直脊梁骨坐着，胡大维坐立不安。

女教师对高大山说："老同志，今儿家长会你到底还是来了。来了就好，鉴于高权同学的表现，经过慎重研究，学校决定给他留校察看处分。离毕业还有一年，要是他再不能改正错误，学校只好将他开除，以免影响大多数同学学习。我想学校这样做，一定会得到绝大多数家长的支持！"

家长们热烈鼓掌，高大山脸色铁青，一动不动地坐着，想想不对，他也鼓起掌来。

他气冲冲地回到家来，走进书房，从门后取下皮带，在手里折了折，皮带扣朝下，上楼来了。走到高权房间门口，高权正在大口吃饭，秋英在催促说："好儿子，快点吃吧，钥匙是我从你爸口袋里偷出来的！这回你闹得也太不像话了，等会儿你爸回来……"她一回头，看到高大山出现在门口，高权一口饭没咽下去，噎在那里。

高大山大步进门，也不说话，一把从高权手里夺过饭碗，一下扔到窗外，揪住儿子的衣领，将他按在床边，抡起皮带就打，打一皮带喊一声："我叫你能耐！叫你逃学！叫你学喝酒！叫你抽烟！叫你带坏人家孩子！叫你给你爹长脸！你爹一辈子都没这么丢过人！我今儿叫你长记性！"高权被打得高声大叫，秋英扑上去夺皮带，疯了一样喊："老高，你这是干啥！你想把他打死怎么的！三大纪律八项注意就是不叫你打人！你还是解放军呢！你是个啥司令！你是个打人的司令！你要是想打死他，先把我打死好了！"

她拼命拉开高大山，母子二人一起大哭。高大山把皮带扔到地下，气哼哼地往外走，边走边回头对秋英说："听着，我把他交给你了！不写出深刻检查，从现在起痛改前非，他就不能吃饭，不能离开这间屋子！”

高权这回被打狠了，躺在床上都下不来地了。秋英给他往屁股上抹药膏，疼得他咻溜咻溜直吸冷气。秋英恨铁不成钢地说：“这回知道疼了吧？都是自找的！看以后还抽烟不抽，还喝酒不喝？咱家放着别的酒你不喝，非去喝他的五粮液，活该！”高权还嘴硬说：“我爸是军阀！他是啥司令，打人的司令！我看该关他的禁闭！”他哎哟哟地叫得更起劲了。秋英抹完药，拿过纸和笔递给高权说：“这回逃不掉了，写吧！”高权说：“这咋写哩，我不会！”秋英生气地说：“不会也得写，写了才能吃饭！”在场的胡大维也帮着劝说：“还是写吧。你写了，司令才能让你下这个台阶，你要不写，连我也走不了，司令说了，他不放心秋主任，让我来盯着你！”高权说：“不让吃就不吃，我正想减减膘哩！红军长征两万五千里，吃草根树皮不也过来了？不就是饿几顿嘛！”秋英吓唬他说：“你可老实地给我写！你要是不写，草根树皮我也不让你吃！”高权苦着脸说：“妈，我就是想写，也得知道咋写呀。”想了想，对胡大维说：“胡哥，要不这样，你整天给我爸写讲话稿，我这检查你就帮我写吧，以后有啥事用得着兄弟，我一定帮你！”胡大维说：“那可不行，司令一看就看出来了。这样，我帮你找几张报纸，天下文章一大抄，你看一看，照葫芦画瓢那么一写，也给司令一个台阶下，事不就了了嘛！”

高权皱眉说：“那也……只好……就这样吧！”

夜里，高权趴在桌上写检查，写一张撕一张，干脆不写了，拿出一本小人书来看，嘴里哼着“东风吹，战鼓擂”。秋英端一碗面悄悄进来，带上门，看儿子，生气地说：“你还不快写！”高权抢过她手中的面，狼吞虎咽地一边吃，一边说：“可饿死我了！你咋不早点送来呀，真要饿死我呀！”秋英说：“那也得等你爸睡了呀。”转眼看看床上的纸说：“好儿子，你写的检查呢？”高权不说话，只管吃。秋英走过去说：“我问你话哩！你写的检查哩？”高权吃完，一抹嘴说：“妈，我写不出来！”秋英虎着脸说：“写不出来也得写！不写我也不让你出去！”高权说：“写也行，你给我把我爸的烟偷出来几根让我抽！”秋英又好气又好笑地骂说：“你呀，不作死的鬼！这个时候你还想抽烟？”高权说：“妈，写检查要动脑筋的，没烟我可写不下去！”秋英发恨声说：“等着，我给你找去！快点写啊，你爸说了，今天一定得写出来！”

她还是下楼去偷了两支烟，高权嫌少，说：“就两根啊？我爸叫我写出深刻检查，就两根我咋能检查得深刻？”秋英把怀里一包烟全掏出来说：“儿子，这可是你妈冒着险给你偷出来的，你要是再写不出来，小心你爸的皮带！”高权掏出烟来抽上，不耐烦地说：“知道！”他趴下假装写检查，又爬起来看报纸，又扔下说：

"妈，给我到楼下再找几张报纸！"秋英说："胡秘书拿来的这些报纸还不够你用？"高权烦躁地说："不够不够。他说天下文章一大抄，我找了半天，也没找到能抄的文章。你再给我找几张去！"

秋英起身说："好好好，等你的检查写好了，你妈也叫你给折腾死了！"

第二天早上吃饭的时候，秋英试探地说："哎，让高权下来吃饭吧？"高大山头也不抬说："检查写完了？"秋英说："写完了，这回他真是认真写了，昨儿写了大半宿呢！"高大山说："叫他下来，念给我听！"

高权下了楼，胆怯地站在高大山面前。高大山不看他，说："念吧。"秋英鼓励儿子说："高权，好好念。念得好听点儿。"高权突然鼓起勇气，大声地念："东风吹，战鼓擂，现在世界上究竟谁怕谁……"

高大山一听，啪的一巴掌拍在桌子上说："这是你的检查？！"

高权畏畏缩缩地说："爸，后头还有好长呢。"

高大山让自己平静说："接着念！"

高权念："当前，全国革命形势一派大好。广大人民群众紧密团结在以毛主席为首的党中央周围，积极响应斗私批修伟大号召……这下面一句是啥呀，对了，伟大领袖毛主席教导我们说，站队站错了，站过来就是了……"

高大山大怒说："停！"

高权停下说："爸，这还不行，这可是报上的社论！"

高大山三下两下将他的检查夺过来撕碎，扔掉，吼道："你也知道这是社论？这不是你的检查？好儿子，你别的没学会，弄虚作假你学会了，抄别人的文章你学会了！你给我回你房间去，给我重写！写你犯的错误，你想不想改，怎么改！"秋英说："老高，你这是干啥？这样的检查还不行？这都社论了还不行？你也太苛刻了吧！"高大山脸上的肉又绷起来说："秋英，你听着，这一回高权的事我要说了算！……听到没有，给我回去重写！"

高权一步一回头地上楼，他也气坏了，眼里闪出泪花，说："爸，你也太过分了吧！我就是有错，也写了检查！俗话说有其父必有其子，我有错你就没有错？我还没见你给我写一份检查哩！"

高大山怒极，大步回书房，满屋找皮带。秋英一下抱住他，朝高权喊："小祖宗，你作死呀，还不快上去，把门关上！"

胡大维在一旁见势不妙，对高权使眼色说："少说两句！快跑吧！检查等会儿我帮你写！"

到了夜里，高大山坐在书房听高权念新写的检查。高权念道："我的检查。亲爱的爸爸，由于我在学校没有好好学习，放松了思想改造，犯下了许多不可饶恕的错误……”胡大维在旁边小声提醒说：“是不可饶恕。”

高大山闭着眼睛听，不动声色。高权看看秋英和胡大维说：“对，是不可饶恕的错误。胡秘书，我看着这个字也不像是怒……我的第一个错误是偷着学抽烟，第二个错误是偷着学喝酒，第三个错误……我决心痛改前非，重新做人……”

高权念完，高大山不动声色，背着手走出书房。秋英和胡大维跟出。秋英说：“老高，这一回总行了吧？”高大山回头看他们说：“这检查真是他写的？你没有帮忙？”胡大维慌忙地说：“我只是指点了一下。真是他写的！”高大山哼一声，继续向门外走。秋英望着他，喊：“老高，到底行不行，你也得给个话呀！”高大山不说话，越走越快，出门。秋英回头看胡大维，二人怔了怔，恍然大悟。

秋英疾跑回书房，对高权说：“儿子，儿子，你这一关过了！”

为了高权的事，高大山心里烦透了。这不，正背着手在客厅里转来转去。秋英见状走进来说：“你跟磨道上的驴子似的转悠啥呢？”高大山看见秋英面带气色，便不理她。秋英说：“这又是跟谁置气呢？”高大山没好气地说：“跟你。”秋英说：“我哪又惹着你了？”高大山说：“瞅瞅，你把高权教育得都成啥了，我堂堂一个守备区司令，为了高权让一个小小的老师训得跟孙子似的，当着那么多家长的面，你说，我这脸往哪搁？”秋英说：“高权的检查不是通过了吗？”高大山说：“他阳奉阴违，那检查是他自己写的吗？是他心里话吗？

“你总是说，孩子是你带大的，不让我插手，瞅瞅，现在都成啥了，都是你惯的！”这话秋英可不爱听了，说：“咋地了，看你上纲上线的，男孩子哪有不淘气的。”高大山也气了，说：“淘气，有他这么淘气的吗？逃学打架，都快上天了！”秋英说：“那你说咋地，把他轰出家门，不要他？”

高大山越说越激动，用手指着秋英说:“你就护着吧，看你能护到啥时候，有你哭的那一天！”秋英说：“一个孩子有那么严重？”高大山说：“还孩子呢，十七岁我都当兵三四年了，大小仗打过几十次了，还孩子。”秋英说：“这都啥年代了，老是跟你比。”高大山无奈地说：“好，好，不跟我比，跟你比，孩子是你生的，又是你养大的，你看着办吧，眼不见心不烦，我下部队，这个家我交给你了。我看你把高权能惯成啥样。”说着便走出门去，秋英吃惊地望着高大山，欲言又止。

高大山气冲冲地从家里出来，要了一辆吉普车就往城外奔驰。同车的秘书胡大维问：“司令，咱到哪去？”高大山想了想说：“七道岭！”

司令员驱车外出的消息马上传到了边防三团团部，伍亮一得到消息就匆匆走进作战值班室。政委等人早已等在那里了，一见伍亮便问出了什么事，伍亮说：“刚才守备区尚参谋长来了个电话，说高司令出来了，目前方向不明！”政委说：“会不会到我们团来？”伍亮说：“不知道……有这种可能，马上通知各营，立即进入阵地警戒，发现司令员动向，马上报告！”参谋应声而去，伍亮说：“政委，你在家呆着，我去七道岭！”政委会意地点头。

七道岭的守军也得到了消息，全连紧急集合起来，连长王铁山一一下令：“副连长，按预定方案带一班进入大风口前进阵地，快！要隐蔽！指导员，你和三排长带三排和连预备指挥所进入预备阵地；副指导员，带卫生员跟我进入主阵地，炊事班负担担架！二排，一排二班、三班，跟我走！”全连迅速沿交通壕分散开来。战士们进入阵地，占据射击位置。

王铁山通过电话听收各分队报告，一切布置停当，这才松了一口气。

这时候，高大山已经到了七道岭山下林中。他叫司机停了吉普车，跳下车来，一扫在家里的不高兴，眼望群山，伸出一只手给胡大维说：“地图！”

胡大维将一张地图递过去，高大山看看地图，又朝山上看去，对司机说：“从这儿到九连，车还要走两个小时，我们顺小路走，你慢慢开车绕上去。”说完，带头大步走上小路。胡大维仰脸看了看面前的山头，面露难色，警卫员也吃力地跟上去。

七道岭主阵地的瞭望哨偶一回头，在后山坡林海中发现了高大山等三人，忙打电话向连长王铁山报告。王铁山听完报告，回身用望远镜观察山林，一边问警卫员：“营里通知过有人要来吗？”警卫员说：“没有！”他打电话与营部联系，得到的回答是：“营部没有派人去你阵地，刚才团里来通知，说高司令员可能到你阵地视察，也可能不来，发现情况果断处置！”

王铁山心中有了底，放下电话就布置任务：“一排长！”

一排长跑了过来，王铁山指示他用望远镜观察后山坡出现的目标说：“看见了吗？带几个人下去，动作要轻！”一排长领令叫上二班，二班长向前用望远镜朝下面一望，回头说：“连长，不会是自己人吧？”

王铁山说：“自己人来应当先通报，不通报就上我阵地，不管是谁，给我抓起来再说！”一队人跃出堑壕，摸下山去了。

山腰上这一行中，胡大维走得气喘吁吁，被拉下很远。高大山回头不满地看他一眼，说：“胡秘书，要不要找个人背你？”说得胡大维脸都红了，警卫员忙拉上他一把。高大山站住等他，放眼山林，情绪越来越活跃，说：“还是这里的空气好哇，你们俩说是不是？”

警卫员笑了。胡大维茫然地看他，不明白什么意思。高大山大声地说：“啥都好，就是太静了，没有枪声！”转脸对胡大维说：“你这个体质不行！回去每天早上给我跑五公里！”

正说话间，耳边突然传来一声大喊：“不许动，举起手来！”

高大山本能地迅速卧倒，同时出枪，占据有利地形。胡大维和警卫员愕然不知所措。原来是一排长带战士们从周围草丛围上来了，一排长认出是高大山，忙对大家喊：“快把枪放下，误会了！”举手敬个礼，尴尬地说：“司令员，我们……我们……”

高大山站起来说：“你们是九连的吧？你们埋伏在这儿？”

一排长说：“报告司令员，是我们误会了！营里没有通知你要来，所以我们就……”

高大山说：“所以你们就把司令员俘虏了，是吧？”

一排长越发局促不安。

高大山说：“这事是谁指挥干的？你们连长是谁？”

一排长说：“报告司令员，这事是我干的，请首长处分！我们连长叫王铁山，跟这事无关！”

高大山说：“你们干得不错，是我不对，没有通知就摸上了你们的阵地！你们的警惕性还行！我为这事表扬你！”

一排长说：“司令员，你要是表扬我们……我说错了，这事是我们连长指挥干的！”

大家都笑起来。高大山却不笑，说：“好，走吧！”一边对胡大维说：“这个连情况不错！”

一大帮子人来到主阵地，王铁山过来向高大山报告：“报告司令员同志，边防三团九连已奉命全部进入阵地，做好战斗准备！眼下一切正常，请首长指示！”

高大山说：“王铁山，将你的指挥权迅速转移，跟我去大风口前沿阵地！”

王铁山应声把指挥权交给二排长，低声对二排长说：“马上向营里和团里报告，就说高司令员到了我连阵地！”然后跑步跟上了高大山，朝前方山下走去。

到了大风口，副连长过来报告说：“报告司令员，九连一班正在警戒，没有发现情况！”

高大山说：“很好！”回头对王铁山说：“把人全都集合起来！”

王铁山诧异地望一眼高大山，对副连长说：“马上集合！”

副连长带一班迅速在堑壕里列队，王铁山整好队，向高大山报告说："司令员同志，九连一班集合完毕，请指示！"

高大山对一战士说："把枪给我！"

战士说："是！"刷地把枪竖抛过来。

高大山接枪，卸弹匣，退子弹，查枪管，校准星，三下五除二又将一切复位，刷地抛回战士。这一切都要做得行云流水，连贯利索，让内行佩服，外行眼花缭乱。王铁山紧张地盯着高大山，现场顿时变得紧张严肃。这时伍亮带人匆匆赶到，举手敬礼说："司令员，伍亮赶到！"高大山说一声"好！"继续检查战士们的战备情况，及到将最后一战士的枪验完，王铁山和副连长才悄悄松一口气。

高大山说："让一班回去，换二班来！"

王铁山说："报告司令员，大风口阵地上只有一班在执行警戒！"

高大山眉头皱了起来，伍亮上前一步说："王铁山，怎么只有一个班？司令员当年亲自为九连拟定的作战方案，一旦接到命令，应当有一个排在这里坚守！"

王铁山说："团长，司令员。根据我对我连防御作战方案的分析和全连多次实兵演习的结果，我对全连反侵略作战时的兵力配置进行了调整。大风口前进阵地在我防区中位置突出，距离主阵地较远，相对孤立，地形平坦，易攻难守。我们面对的是一个拥有高度机械化装备且迷信大兵团制胜的敌人，它们若从这里向我发起攻击，必定会投入大批坦克和装甲车，实施集团突击。我连别说在这里放一个排，就是全连都放在这里，也难以挡住他们……"

高大山面部开始现出愠色。

伍亮使眼色，阻止王铁山讲下去。

王铁山坚持往下讲："我认为，我军如果在这里与敌较量，肯定没有任何优势和取胜的可能；我军真正能够发挥优势的地方在我们身后后面的主阵地。那里山势陡峭，我军阵地隐蔽，火力配置合理，敌机械化部队无法施展，只有使用步兵对我发起攻击，这时敌人的机械化优势就不再成其为优势，我们是步兵对步兵，可我们却据有坚固工事，可以居高临下打击它，大量消灭它的有生力量……"

高大山沉沉地说："这就是你私下改变防御作战方案，将兵力从这里抽走三分之二的理由？"

王铁山勇敢地说："司令员，请让我讲完。按照步兵攻防作战的经典理论，攻防双方的伤亡比例一般是四比一，我从这里抽走两个班放到主阵地上，就能在那里多抵御敌人八个排也就是说将近一个营的兵力；同样还是按步兵攻防作战的经典理论分析，敌一支部队如果伤亡三分之一，这个部队将不能再战，这也就是说，如果我从这里调走两个班加强主阵地，能让敌人多伤亡近一个营的兵力，使它的整整一个团丧失战斗力！”

高大山面色严峻地说：“接下来呢？”

王铁山说：“接下来？”

高大山说：“对！接下来！”

王铁山说：“司令员，我认为没有接下来！我连防御正面只有一千多米，敌人不可能在这一千多米的正面投入一个团的兵力。它可以失掉许多坦克、装甲车，却消耗不起这么多兵力！”

高大山大声地说：“王铁山同志，首先，你身为连长，没经请示就擅改上级确定的防御作战部署，就因为这个，你现在已经不是连长了！第二，你有没有想过，如果你只在这里放一个班，让敌人轻轻松松地拿下了它，接下来会发生什么？一、敌人会在攻击你的主阵地受挫后立即停止攻击，把大炮和坦克弄到这儿来，抵近对我七道岭主阵地展开猛烈轰击，大量杀伤你的战士，毁掉你的阵地！只有当他们确认你的主阵地和你的人被它打得差不多了，才会使用步兵实行攻击，那时你的主阵地能不能保住就难说了！二、即使你的主阵地十分坚固，地形又有利，帮助你顶住了敌人猛烈轰击后的进攻，它也已经占领了脚下这块国土！你想过这一点吗？我们的职责是啥？我们的职责不是守卫我们的国土，而是要用我们的鲜血和生命誓死守卫住我们的每一寸国土！每一寸国土你懂吗？看样子你还不懂！你以为我们边防部队、我们这些边防军人守在这里，战争一旦打起来，我们……你、我、我们这些人……还能活着离开这里？不，我们不会离开这里！首先我自己就不能离开！你们也不能！我们的任务是不惜一切代价，利用每一寸国土，每一寸阵地，每一个人，尽量多杀伤敌人，消耗他们的力量，迟滞他们的进攻，为后方的人民和军队赢得每一分钟，让他们有时间做好准备，投入反攻，赢得最后的胜利！不管是你的主阵地，还是脚下这块阵地，都是阵地，都是我们边防军人消灭、迟滞敌人的地方，是我们战斗、牺牲的地方！不让这每一寸阵地上躺满敌人的尸体，不让他们血流成河，就将这里放弃，想一想都是犯罪！”回头对伍亮说：“伍团长，这个连长撤了，让他当排长，带一个排，就守在大风口！”

伍亮立正，大声地说：“是。”

高大山沿着堑壕大步向前走。

伍亮回头，对王铁山说：“你呀！”

王铁山原地站着，不服气地望着高大山远去。半晌，他在堑壕上砸了一拳头。

一个小战士凑过来说："连长，是不是因为咱把司令员俘虏了，他生你的气呀？"王铁山回头说："胡说！"

一行人在堑壕里走着，天下起雨来了。胡大维要给高大山披雨衣，被高大山推开。伍亮紧走几步说："司令员，全团都进入了阵地，这雨下得挺大的，要不要撤下去？"高大山生气地说："伍亮，你让全团都进入阵地了？就因为我要来检查？就为了应付我？"伍亮忙说："不不，司令员，不是这个意思，我是害怕真有什么情况……"

高大山说："啥叫真有情况？你以为现在没有情况？上上下下，兵不像兵，民不像民，这不是情况？大情况！好了，命令全团撤出阵地。等我走了，用三天时间在全团进行战备思想大检查，你自己就要先做检查！"

伍亮说："是！"

"王铁山，他有想法，可是太胆大，太不像话，我制定的作战方案他都敢改，把一个连交给他我不放心！"

伍亮说："是。以后我们一定加强对他的教育！"

高大山说："不过你也不能放他走！听见了没有？你得给我把这个人留住，哪儿也不让他去，就留在大风口，留在七道岭！明白了吗？"

伍亮说："明白了！"

高大山说："前面是八连阵地？"

伍亮说："是！"

高大山说："走，看看去，那里是不是也有一个胆大包天的王铁山！"

雨越下越大，他大步踏着泥泞朝前走，伍亮没有立即跟上去，他原地站着，动情地望着雨中的高大山。

秋英中午吃饭的时候不见了儿子高权，问高岭："怎么今儿你落了单？你哥呢？放学的时候你没跟他一块回来？"高岭不说话，只是摇头，秋英生气地拍他一下说："这孩子，怎么越长越不会说话了，你老摇头干啥！"一边到门口张望一边嘟囔："这个高权，狗改不了吃屎，见你爸不在家，胆子又大了，放学了也不回家，真是属猪八戒的！"高岭突然开口问："妈，啥叫属猪八戒的？"秋英回头说："哎呀儿子，你老是不说话，一说话还把妈吓一跳！啥是属猪八戒的？记吃不记打！……哎哟，高权是不是老毛病又犯了，带人跑到防空洞里学抽烟去了？"想想不放心，便打个电话给建国："建国吗？我是妈。吃饭了吗？你要是吃完了，就再去防空洞里看看高权在不在那儿！放了学他又没回来……"

高权并没有去什么防空洞，他躲在营区旁一个僻静的小胡同。小菲哼着歌走来，高权突然闪出："嘿，小菲！"小菲瞪他一眼，继续朝前走，高权紧跟着说："哎，你别不理我呀。"拿出一册手抄本的书来，"看我给你带啥来了？想不想看？"小菲站住，不屑地说："你有啥好东西？"

高权说："《第二次握手》。好书！谈恋爱的！"小菲说："脸皮够厚的，谁跟你谈恋爱！"嘴里说着，手已经去接书，高权趁势抓住她的手，小菲甩开笑道："讨厌！"

来到胡同拐角处，高权趁小菲翻书时靠近她，却被小菲推开了，说："高权，你真想和我好？"高权油嘴滑舌地说："你是我这辈子喜欢上的头一个女孩。"小菲说："还一辈子呢，你才多大，不过嘴还够甜！"

高权讨好地说："那你跟我好吧！"小菲说："不！"高权奇怪了："为啥？"小菲说："我信不过你！我知道你是谁呀！"高权说："人家不是告诉你了吗，我是高权，家住在守备区。"小菲说："你能保护我吗？"

高权说："能啊！"

小菲想了想说："我要是跟你好，你得乖乖地听我话。我可喜欢玩，喜欢花钱，你能带着我到处玩？"

高权说："能！"

小菲说："东风路的赵和平最讨厌了，老是带一拨人挡我的道！"

高权说："你要是成了我的女朋友，哪天我带一帮人平了他！"

小菲说："你真有那能耐？"

高权说："要不今儿下午放了学，我带人去收拾他？"

小菲笑了笑说："别。今儿下午东方红电影院有电影，你带我去看电影咋样？"

高权说："都是老片子，词儿都能背下来了，没劲！"

小菲嗔怪地说："你不懂！"又撒娇说："人家就是想看嘛！"

高权说："行行。下午几点？"

小菲说："三点。你先去买票，再买两根冰棍等我，不见不散！"

高权说："不上学了？"

小菲惊奇地说："你还上学呀！上个什么劲儿！你都快给学校开除了！"

高权说："行，咱说好了，三点钟，东风电影院门前，不见不散！"

小菲说："你真的不怕叫学校开除？"

高权说："不怕！反正我看我爸那个意思，也不指望我上大学、造飞机，早晚他也是掐着我的脖儿梗送我去当兵！”

小菲说：“当兵多没劲呀。你爸不是当兵的吗？还让你去当兵？”

高权说：“谁说不是呀。可是你以为孙猴子就能跳出如来佛的手心？我就是孙猴子，我爸他就是如来佛！”

小菲说：“哟，你爸他是谁呀，还是如来佛呢！”

高权回避地说：“咱不说他。”

高权走进家门的时候，秋英正接电话，是建国打来的，说是到处都找不到高权。一见高权回来了，说了声：“哎哟建国，他回来了！”放下电话就追问高权：“我问你，放了学不回家，又跑哪野去了！”说着拿起一根棍子扬到高权头上。“你老实说，是不是又去跟人家打架了，还是又去跟你那帮小玩闹偷着抽烟去了？”

高权并不怕她，一径走过去吃饭，不高兴地说：“妈，你这是干啥？不就晚回来一会儿，就到处打电话。你这是毁坏我的名誉！”秋英更气了：“我毁坏你的名誉？你的名誉还用得着我毁坏？”

高权不理她，只顾吃饭，她生气地扔下棍子趴在他面前说：“老实给我说，放了学哪去了？”

高权赌气说：“不说！”

秋英用指头点他脑门说：“你快说呀你！”

高权说：“去同学家问作业去了，这下你放心了吧！”

秋英半信半疑说：“真的？我咋就不信哩！真去同学家问作业去了？狗还真能改了吃屎的毛病？”

高权说：“不信拉倒！”

秋英哼一声走开，又走回来说：“高权，不是妈说你，你要是真能改好，妈高兴死了，也省得妈天天提心吊胆，怕你爸回来又关你的禁闭，叫你写检查！”

她朝厨房里走，高权低声不服地说：“写检查就写检查，不就是抄报纸嘛，抄就抄呗！”

秋英回厨房端了碗热汤给高权，表情开始松弛了。高权趁机说：“妈，给我点钱！”

秋英又紧张了：“你要钱干啥？不是买烟抽吧！”

高权说：“不给也行。不给我就不上学了，反正我也不想去！”

秋英说：“你不说你干啥，就是不给！”

高权说：“我的钢笔丢了，还有本子，还有圆规，还有尺子……反正，你给不给吧，不给我真的没法上学了！”秋英恨恨地说：“好，给你！”从兜里掏出十块钱，嫌多，装回去摸出一张五块的，还嫌多，正要放回去，却被高权一把抢过去装进兜里。

秋英说：“不行，你要这么多钱干啥？”

高权故意改变话题说：“哎妈，我爸啥时回来？”

秋英说：“你还盼着你爸回来？要是你不好好上学，他就不回来了，你爸走时为了你还和我吵了一架呢。”

等她收拾桌子去厨房，高权偷偷地笑起来。他不吃饭了，拿出那张钱得意地晃一晃又装进去。高岭在一边悄悄看他。高权说：“你干啥呢，有你啥事！一边呆着去！”

高岭突然开口说：“哥，给我一块！”

高权说：“你要钱干啥，小孩家！”

高岭说：“给不给吧？”

高权狐疑地望着他，突然有点怵说：“行，等我换开了我给你一块钱买冰棍！”

高权拿到了钱，高高兴兴地约了小菲。电影是老片子，《渡江侦察记》。两人坐在后排座位上，高权要拉小菲的手，小菲把他的手打开了。这时查票员走了过来，二人忙坐好。查票员一走，高权又去拉小菲的手，这次小菲没有躲避。

电影一放完，高权领小菲来营区内，也许是小菲第一次来，一路东张西望的感到很新奇。到了高家院门外，小菲羡慕地说：“高权，你们家真住这儿啊。”高权说：“那还有错。你先等一会儿，我看看家里有人没有！”

他进屋侦察了一会，一分钟后溜出来招手说：“快来，没人！”小菲说：“瞧你吓的，不就是到你家里玩玩嘛，跟做贼似的！”

进得屋来，小菲边走边看，眼睛又不够使的了，又不愿意过多显露羡慕之情。高权说：“你觉得这房子咋样？”小菲说：“也就那么回事！我去过咱班李春华家，在市委，房子比你们家还要……”转眼看到楼梯，又露出羡慕之色，“哟，还是两层楼呢。高权，你们家住这么大的房子，你爸至少得是个营长吧！”

高权说：“营长，把胆子放大点！”

小菲说：“那是团长？”

高权说：“再放大！”

小菲吃惊地说：“那我就想不起来了，莫不成是个司令？”

高权不想和她说这个了，便说：“走，上楼，看看我的房间！”

小菲又惊奇了，说："你自己有一间房？"

高权说："那又咋地！不能？"

小菲又主动伸出手，高兴地说："走，你拉我上去！"

高权拉着她的手，二人嘻嘻哈哈上楼，高权领着小菲参观说："这是我姐的屋子，她嫁人了，不常回来。这是我爸我妈的，这是高岭的，这是我的！"

小菲兴致勃勃地走进高权房间，倒在床上，恣意地翻滚，又下床到处看。高权在一边得意地说："怎么样？还行吧？"

小菲又矜持了，说："还行。"她看了一圈，走过来望着高权。高权说："好了，请坐。喝茶吗？我爸藏有龙井。"

小菲歪坐在高权床上，渐渐动情起来，她向高权招手说："高权，你过来！"

高权有点紧张说："干啥？"

小菲说："人家叫你过来嘛！"

高权走过去，小菲一把将他拉倒在床上，和他对面望着，说："高权，我问你，是不是真的喜欢我？"

高权说："当然！"

小菲说："我也喜欢你。你这个家也不错的！"

高权说："是嘛！"

小菲说："原先我只想跟你玩玩，这会儿我可能真喜欢上你了！"

高权脸上现出笑容。

小菲说："你今年到底多大了？"

高权说："十七。"

小菲说："我也是十七。家里大人们看咱还是孩子，可咱们知道自己是大人了。"

高权有同感地说："可不是！"

小菲说："别人都说你这个人坏。其实我早就看出来了，你没有他们说的那么坏，你还是个好人。"

第二天早晨吃饭的时候，等秋英吃完转身进了厨房，高岭便用别样的目光盯着高权。高权拍他一下脑袋说："看我干啥，我脸上长蘑菇了吗？"高岭伸出手说："哥，给我钱！"高权假装不明白说："啥钱？"高岭说："你答应过的。给我一块钱，我想买支新笛子。"高权心虚地看他一眼，从兜里摸出一块钱说："给你。你这是敲诈！"

高岭接过钱，刚要说什么时，秋英从厨房里走出，说："你们俩在那嘀咕啥呢？还不快吃？"见二人低头吃饭，秋英不高兴地看高岭，说："高岭，吃一顿饭你也不说一句话，我看你越长越像个哑巴了！"高岭还是不说话。

秋英摇摇头走开了，高权和高岭悄悄对视，高岭还冲高权眨一下眼，两人在桌子底下拉勾，快快地放了碗筷背起书包往外走。到了院外，高权对高岭说："你一个人先走吧！"高岭看他一眼，一言不发地走了，高权转眼不知躲到哪儿去了。

等到秋英一锁好门去上班，高权就扯着小菲的手贼一样溜了进来。小菲说："高权，有啥东西吃没有？今儿早上我爸我妈没让我吃饭！"高权说："厨房里可能还有剩饭，我给你弄去！"

小菲可能是真饿了，大口大口吃着剩饭说："嘿，你们家的饭真好吃！"高权大方地说："那你就多吃点儿，把它都吃完！"小菲说："饭是好饭，就是做得太难吃。哎，高权，你们家有糖没有？"

高权说："你这嘴还怪刁的嘛！啥糖？红糖还是白糖？"小菲说："啥糖都行。我最爱吃甜的了！"高权说："你等着。"他跑进厨房乱翻，将糖罐子搬到小菲面前说："这里头可没多少了！"小菲说："够了够了！"她把里面的糖一股脑全倒进稀饭碗，大口大口吃得很香。高权皱眉说："这么多糖，能好吃？"小菲满意地说："好吃，不信你尝尝？"

高权不信，尝了一口，摇头说："太甜了，不好吃！"

小菲反对说："不对，好吃！"

吃过饭两人溜进高权房间里躺在床上抽烟，相互比赛吐烟圈。

小菲说："高权，天底下你最崇拜谁？"

高权说："董存瑞，黄继光，《平原游击队》里的李向阳，多了去了！我还崇拜我爸！"

小菲说："崇拜你爸？"

高权说："对呀！解放战争时我爸当连长，带着他那一连人从黑龙江一气打到海南岛，身上叫枪子儿钻了三十几个窟窿，他硬是没死！后来又到朝鲜打美国佬，一发炮弹落下来，把他浑身炸得跟个筛子底似的，人都抬到死尸堆里去了，可他愣是活过来了，到现在背上还留着块弹片哩，不知啥时候就疼得他叫起来。我是生错年头了，我要是也生在战争年代，那就来劲了，我也带上一连人，不，是一个营，一个团，冲啊，杀啊，把小日本和美国鬼子杀他个片甲不留，也闹他个大功三次，小功十八次，一到建军节，满胸脯子上都是大奖章！"

小菲说："哎呀你咋给我想的一样呢！我也崇拜董存瑞和黄继光，可我是个女的，更崇拜刘胡兰、江姐，我要是也落到敌人手里，为了保守党的秘密，刀架在脖子上我也不说！”

高权说：“我还没看出来，你还是个好样的哩！”

小菲说：“我还没说完哩！我更愿意当双枪老太婆，腰里别着两把匣子，上山打游击，看谁不顺眼，长得像叛徒甫志高，对着他的脸就啪啪啪地给他几枪，那才痛快！”

高权说：“你天天这样大人不管你吗？”小菲说：“咋不管，早饭没给我吃，你爸管你吗？”高权掩饰地说：“还行吧。”小菲说：“你爸对你真好。”

这时厅里的挂钟忽然响起来，高权跳起来，喊：“不好，咱们快走，我妈要下班了！”

两个人一时手忙脚乱地收拾现场，然后一起溜了出去。

秋英做中饭时瞅着糖罐子直发愣，自言自语说：“哎，这里的糖哪去了？我记得还剩下半斤多的呀！”她走出厨房问：“高权，高岭，你们谁动我的糖了？”

高岭摇头。高权说：“妈，你是不是记错了。”

秋英自言自语说：“不会吧？家里也没有耗子呀！高权，高岭，你们也没带同学来过咱家？”

高岭看高权一眼，还是摇头，高权赶紧地说：“我没有啊。高岭你带同学来过吗？”高岭像是没听见，低头摆弄自己新买的笛子。

秋英走回厨房，依旧站在那儿边发愣边摇头。到了该上学的时间，高权和高岭背书包出门，高权见秋英坐着不走，回头说：“妈，你咋不上班去呀？”秋英虚应着说：“啊，这就去。”

高权走出院子，又远远地躲着朝家里看，他忽然看见建国向家里走过去。

建国是秋英叫来的。秋英说：“啊，建国来了。建国，这些日子家里出了点事儿，老高不在家，高敏也不回来，我只有跟你商量了。”

建国说：“妈，啥事儿？”

秋英说：“要说吧也不是啥大事儿。就是这些天，早上没吃完的剩饭放到厨房里，中午回来就没有了。昨儿糖罐里的糖也没了，刚才我去翻壁橱，老高的烟也少了好几包。我也一天天老了，遇上事脑子就跳进水了一样，啥都想不明白了。你替我想想，咱们大院里又没有耗子，再说耗子也不偷烟抽哇！要说家里进了小偷吧，他咋不偷值钱的东西哩！”

建国笑说：“妈，你有没有想过，是自己家的人闹鬼？”

秋英说：“这两天我察言观色，也觉得高权有点不对劲儿。看他天天到时候就去上学，到时候就放学回来，老师也没有再来家里告状，我就奇怪，他跟换了个人似的，这也变得太快了点！不过……要说他趁着我不在家偷吃剩饭，那我也不信。他天天正经热饭热菜也不好好吃哩！”

建国说：“那倒是。你还别说，这还真成个案子了！”

秋英心烦地说：“这些天高敏也不回家！老高又不在，就是他回来了，事情没弄清楚我也不敢告诉他是高权干的呀！要不这样吧建国，这两天你要是有空儿，就帮我去学校问问，看他天天是不是真上学去了，他是真变好了，还是又有啥事儿瞒着我呢。我呢这两天在家里多留点神，看看是谁天天来吃我们家的剩饭！”

建国站起来说：“行，咱们兵分两路！”

第二天吃过早饭，秋英将半锅剩饭放进碗橱，想了想，又加上一把大铁锁。

高权躲在院外墙角望着秋英出了门，又领着小菲溜进屋来了。小菲幸福地说：“他们都走了？”高权说：“都走了，这里又成了我们的天下了！”小菲说：“高权，我还饿着呢，今早上我又没吃饭，你们家还有剩饭没，让我吃点！”高权说：“走，到厨房看看去！”

两人在厨房里扒拉，却什么也没找见。小菲不满地说：“这咋啥都没有哩？你们家早饭吃得可够干净的！”

高权也不解地说：“不会吧，我亲眼看见还剩下不少呢。再找找！”

小菲看见碗橱上挂上了大铁锁，说：“哼，我明白了，一定是你妈抠门，把剩饭锁起来了！”

高权说：“你别这么说我妈！”突然想起一个主意来。“要不咱自己做点儿？”

小菲说：“你会做饭？”

高权说：“我不会，你还不会？你是女孩子。”

小菲说：“我只会熬粥。你们家有玉米糙子吗？”

高权说：“有吧。咱找找。”

两人在壁橱里翻出了大奎带来的高粱米，小菲叫起来说：“呀，高粱米，你们家还有这东西？”高权淡然地说：“一个远房亲戚送的。这能做啥？”小菲说：“这能煮饭，也能熬粥！”高权说：“那就拿它熬粥！”

两人手忙脚乱地好一阵忙碌。老半天了，高权见锅里还没动静，挤上来说：“让我看看熟了没有？”小菲护着锅盖说：“别老掀锅盖，一掀三不开。”她自己却又忍不住掀开说：“这咋老是不滚呢？”她盖严锅盖，笨拙地噘起嘴吹火。

高权说：“你吹啥？”小菲说：“这火不旺！”高权想了想说：“嘴有多大劲

儿？我们家还有个鼓风机，我把它拿来！”

他跑去储藏间里翻出一个旧的脚踏式鼓风机，对着炉子扇起来。

满厨房乌烟瘴气。两人大声咳嗽，互相埋怨。

小菲说：“看你笨的，把人熏死了！”

高权说：“还不是你要拿高粱米煮粥！”

秋英正在服务社组织人读报纸，像个干部似的踱着步子，指指点点的。忽然她想起了什么似的说：“你们先学习，我得出去一趟。”

待她出去了，读报的人长吁口气，把报纸摔在一旁。一人说：“给她个棒槌就当真。”另一人说：“真没见过她这样的人。”一人说：“官不大，僚不小。”另一人说：“这叫过官瘾。”

这些话当然没给秋英听到，她急急回到家，拿钥匙捅门，门一下就开了。秋英不解地说：“哎，这门咋开着？”接着就听到了高权和小菲在厨房里的闹腾，便轻手轻脚走过去，推开一条门缝往里看，高权和小菲还在手忙脚乱地折腾着，秋英惊呆了。

小菲隔着门缝看到了她，吃了一惊，呆住了，推了一下高权，高权也看见了门外的母亲。

秋英涨红了脸，不客气地盯着小菲问：“你……你是谁？”

小菲慢慢推开高权，解下腰间的围裙。

秋英更大声地、鄙夷地问：“你到底是谁？怎么跑到我们家来了！快说！”

小菲看出了秋英瞧不起自己，回头看一眼高权，高权脸上只有惊慌。

小菲也变了脸色，望着秋英，脸上也全是鄙夷，然后像没看见她一样，傲然向厨房外走去。秋英下意识地给她让开路，一边还在喊：“别走，你给我站住！”

高权突然推开秋英追出去，喊：“小菲，别走，你留下！”

小菲站住了，却不回头。秋英忽然醒悟，厉声地说：“高权，你给我站住，让她走！”

高权下意识地站住了。小菲回头失望地看一眼高权，含泪拿起自己放在厅里的书包，大步走出去。高权喊：“小菲，你别走！等等我！”跟着追出了院门。小菲越走越快，刚好建国和高敏迎面走来，不自觉地给小菲让路，却挡住了追出去的高权。这时秋英也追出来了，大声地说：“建国，你给我拦住他！”

建国一把抓住高权，高权挣扎着喊：“你放开我！”

远处，小菲哭着跑起来。

建国把高权拉回家来，高权还在挣扎说："你放开我！你混蛋！放开我！"秋英气不过，啪地给他一个耳光，高权还在剧烈挣扎，建国说："高权，别动，你记好了，我可是侦察兵出身！"

高敏生气地说："你轻一点，看你拧断了他的胳膊！"

秋英浑身发抖说："建国，别听他的，把他给我弄楼上去！这一回不用你爸关你了，我先把你关起来！"

建国把高权拉回房间，秋英说："趁你爸还没回来，说吧，先把事说清楚！"高权嘴硬，大声地说："我没啥说的！"

建国说："高权，你还是老实点，我去过你们学校了，这一阵子你天天逃学！"

高权大声地说："我的事用不着你管！"

秋英厉声地说："好哇，我说咱家的剩饭都让谁吃了呢！原来你天天不上学，给家里招引来一个女流氓，陪着她吃咱家的剩饭！说吧，她是谁？她是怎样把你勾搭上的！"

高权大声地说："她不是女流氓！她是我女朋友，不许你污蔑她！"秋英说："女朋友？我看就是个女流氓！快说，她叫个啥，家住在哪里，我要去找她家长，当面质问他们，为啥让这样的害人精到处勾引别人家的男孩子！"

高敏责怪地说："妈，事儿还没问明白呢，啥叫勾搭，多难听！"

秋英回头说："你少插嘴！她还怕难听？她怕难听就别上我家吃剩饭！"

高敏猛然站起，对建国说："你走不走？你不走我走了！"

秋英发火说："你们谁都不能走！家里出这么大的事，你想甩手就走，不行！高敏，你这会儿要是走了，以后就别再回来，别认这个家！"

高敏气得转身就走，却被建国一把拉住了，三人争执起来。高权这会却已点上了一支烟，坐下来悠悠地抽着，秋英更气了，冲过去夺下他的烟扔到窗外："抽！抽！今儿不把事情说清楚，就甭想再抽！"高权坚定地说："妈，你就别问了！你一天不改变对小菲的态度，我就决不跟你谈！"秋英说："噢，原来她叫小菲！"

高权意识到自己失了口，不再作声。秋英追问说："接着往下说呀！你不说她是谁家闺女，家在哪里也不要紧，知道了名字我就不信找不到她家。建国，你去市公安局帮我查查，这个小菲到底是谁，有没有前科，查着了告诉我，我还真要去她家问问呢，这么大丫头不好好在家呆着，整天跑到人家厨房里偷吃剩饭是什么意思，她到底想干啥？"

高权一下子激动起来，坚决地说："妈，陈建国，我也不小了，今年十七了，你们要是尊重我的公民权，就不要找小菲的麻烦！你们要是不尊重我，一定要到她家去闹，我就偷跑出去，跟她一起出走，再也不回来！”秋英被他的威胁弄得有点傻了，一时“你你你……”的说不出话来。高敏说：“妈，我劝你最好先消消火，别这样。人家再不好也是个女孩子，你最好问问高权，他们之间有什么事没有。要是真有了事，恐怕你能好好地去，就不能好好地回了！”建国也说：“对，妈，高敏说得对。你又没有啥证据，那些老百姓，不跟你讲理你咋办？”

秋英一下子泄了气，坐下来不知所措地望着建国和高敏。

高权心理上占了上风，讥讽地说：“妈，你咋又不去啦？你去呀？我跟小菲干没干啥不好的事，你去了不就知道了吗？”秋英稍微冷静了一些，回头说：“高权，你说实话，你跟她没干啥见不得人的事是不是？是她引诱的你是不是？”高权干脆地说：“不是！”

秋英看一眼高敏和建国，突然绝望地哭起来。

高敏上前劝她说：“妈，你这是哭啥哩！快别哭啦，你这么哭，全大院的人都听见了！”

秋英哭得更伤心了：“我不管……我就要哭……我自己的儿子我也管不了……我还活着干啥哩……”

一边高权事不关己似的抽起烟来。

高岭放学回家，早看到了屋里这一幕，这时走进来说：“妈，别哭了，他不好，还有我呢！咱跟他这种人，犯不上！”

大家一阵发愣。秋英也不哭了。

高岭又拉起她的手说：“妈，走，咱不生他的气！姐，姐夫，咱都走，别理他！让他一个人呆一会儿，脑瓜子就清楚了！”

秋英不自觉地跟着他站起来，被他扯着手走出屋去，建国和高敏也一步一回头地走了出去。高权一个人怔怔地在屋里坐着，突然泄了气，捂着脸大哭起来。

众人听到哭声，都愣住了。高权就这样一直坐到夜里。晚饭时候，高敏将一碗饭放到他身边，说：“吃吧。吃完了再说。”

高权看一眼跟在后面的秋英、建国，将头扭到一边去不看那碗饭。

秋英已恢复了镇静说：“不吃也行。不吃也得谈。高权，事到如今，妈只问你一句话，这事儿你是想在你爸回来前了结呢，还是想等到你爸回来再了结？”

高权显然有点害怕了，吃惊地抬头望着她。秋英说：“你说话呀！要是不想让你爸知道这事儿，你就得听我的话。头一条，过去的事儿可以既往不咎，我也不再提起，但是你必须答应我，再也不跟这个小菲来往；第二，不管你真喜欢上学假喜欢上学，都得天天给我去上学，不能再逃学。要是再见你逃学跟这个小菲来往，我也不管你了，我把你交给你爸管去！”

高权这回是真的怕了，脸上渐露惊惶之色。

秋英见自己的话已有了效果，站起身来，欲擒故纵地说：“你不说话是不是？你不说话就是不想听我的话，还想跟那个小菲继续来往。既然这样，我这当妈的也就不管你了！”

高权心里矛盾到了极点，却只是闷着头不说话。

秋英走两步又回头说：“对了，我还得把我要做的事都告诉你。你就是不想跟那个小菲断了，我也得让她跟你断。你不想让我找到她家去，我为了自个的儿子也得去找她的爹妈，找她的居委会，我不能眼睁睁地看着我儿子毁在一个女流氓手里！你爸回来了咋整治你我不管，这个小菲我一定不能饶过她。你信不信，我拼上这条老命，也要把她弄得臭不可闻，叫她想都不敢想再跟你见面的事！你甭以为我办不到，为了我的儿子，我能说到，就能办到！”说着转身就走，高权惊恐地抬头看她，大声哭喊着扑过去说：“妈，我听你的话！我跟她断！可是你千万别去找她！人家是个女孩子，你去了，人家的名声就完了！我求你了！”

秋英站着，一任高权搂着她的腿大放悲声……

第十九章　当兵

家里这档子事安下了，高大山也回家了。一进门就高兴地说：“啊，到部队去好，整天跟战士们呆在一块儿，痛快，热闹！家里没出啥乱子吧？”

秋英瞥一眼脸色苍白的高权，掩饰着不安说：“没有。”

高大山也瞅了一眼高权说：“真的没有？”

秋英吓了一跳，说：“没有哇。”

高大山说：“那好。今儿来个酸菜窜白肉吧，解解馋！”秋英答应着，脸色好半天才变过来。

高权安静了两日，还是闹出乱子来了。那天高权、尚来福等在上学路上与一群街头小混混迎面相遇，小菲夹在小混混们中间，有说有笑，故意装作没看见前面的高权。叫赵和平的混混头粗鲁地将她揽在怀里，亲了一口，小菲喊一声讨厌，把他推开，站在路边的高权眼睛都直了。

小菲昂头从他身边走过，鄙夷地哼了一声，赵和平看见了，挑衅地将一口痰吐在高权面前。尚来福喊一声说："你干嘛你！"赵和平说："你说谁呢？找抽呢你！"高权强忍怒气说："别理他们！"

赵和平又朝他们脚下吐一口痰，尚来福冲出去就要和他们打，高权把他拦住说："咱们走！"

赵和平们在后面冲他们吹口哨说："守备区的小子们，害怕了吧！"一边得意地唱："帝国主义夹着尾巴逃跑了……"

尚来福说："高权，今儿你咋啦你？你的胆呢！这群人渣把老子们看成啥了？"

高权冲他大吼一声说："走路！"

众人诧异地看着他激动得发白的脸。

到了学校，高权瞅个没人的机会把小菲拦在小胡同里，说："小菲，我想和你谈谈！"小菲被他吓了一跳，怒声地说："你干啥你！咱俩没啥好谈的！"

高权说："小菲，那天我妈确实对你不礼貌，但我对你可是真心的，你就是不跟我好，也不能跟赵和平那个杂碎！"

小菲大怒说："我爱跟谁跟谁好，你管得着吗？你是我啥人？你妈那样对我，你吭一声了吗你？你屁也不敢放一个！我知道我这样的女孩子，你们家里人瞧不上！既是这样，你干嘛还来惹我！"她捂住脸啜泣起来，突然转身就跑。高权在后面喊："小菲，这些天我不见你，是为你好。我怕我妈不依不饶地找到你们家去！"

小菲跑着跑着慢下来，听了高权的话，又快跑起来。

放学的时候，高权和尚来福等人发现赵和平等在路上站着，小菲不在他们中间。尚来福气愤地说："你们又要干啥？"赵和平说："来干啥？来找你们算账！高权，我问你，今儿晌午你给小菲说啥了？"高权说："我愿意跟她说啥就说啥，你铁路警察管不着这段！"

赵和平一挥手，众混混冲向高权。尚来福一声喊："上啊！打咱守备区的人了！"两拨孩子大打出手。

很快就有人把电话打到了高大山办公室，高大山眉头都皱起来了，说："通知警卫连，把打架的孩子全部拿下，送大院派出所去！"

建国带兵赶来时，高权和赵和平两拨人激战正酣，人人都已头破血流。建国大喊："住手！住手！"高权激愤地说："陈建国，这儿没你的事，你少管！"

建国一挥手，对战士们说："上！"众战士冲上去，将双方一个个制服，分开两堆。高权负了伤，但仍奋不顾身地扑向挂了彩的赵和平。陈建国紧抓着他不放，高权激烈挣扎说："陈建国，哪里都有你，你管事太多了你！"建国说："高权，我并不想管你的破事儿，可这回不管不行，是司令员让我来的！"他对战士们说："送大院派出所！"

事情算是初步解决了，高大山气呼呼回到家冲秋英说："这就是你调教的孩子。"秋英只是低头不做声，他大声说："你倒是说话呀。"

秋英还是低头不语，高大山说："没词了吧，看来只好把他送到部队去了。"秋英说："可，可他还是个孩子呀，高中还没毕业呢。"高大山声音大起来了，说："你少提孩子孩子的！你还想等他毕业？这样下去说不定哪天就要进监狱了。"秋英说："没别的办法了？"高大山说："送到部队去就是最好的办法，部队是一所大学校。"秋英无可奈何地说："老高，那你看着办吧。"

他走过去给伍亮打电话："伍团长吗？我是高大山！我给你个任务，明天我就派人把高权押到你那儿去！去干啥？去当兵！少废话！我命令你，哪儿艰苦你给我把他放哪儿去！不准你把他放到团部，你把他给我送七道岭，送大风口去！你把他交给那个王铁山！这是命令，你要不折不扣地执行！我警告你，从明儿起我把他交给你们边防三团了，你要不把他给我调教过来，我就处分你！"

秋英知道事情已成定局，又痛苦又痛心地流下泪来。

从七道岭回来，高大山果然要胡大维单独练跑五公里，把他整得汗流浃背，旁边站满了看热闹的军人。这一来胡大维可受不了了，一场训练下来心里委屈得不行，跑到尚守志面前诉苦，说是不当这个秘书了。尚守志说："给高司令当秘书，这可是当初你主动提出来的呀。"胡大维说："现在我后悔了，原以为在首长身边工作进步能快点，这么多年过去了，我才混了个营职，和我同一年提干的那些人，现在大都是副团了，还有，人家都说我啥，说我是高司令的读报员，别的工作我根本插不上手。"尚守志说："这是高司令一贯的工作作风。"胡大维越说越委屈："我这秘书当的，还不如一个警卫员、司机，你看看，在首长身边工作的那些司机、警卫员，哪个不都提干了？"尚守志说："看样子，你真不想在高司令身边干了？"胡大维说："参谋长，我想了好久了，才下决心和你谈。今天早晨高司令单独操练我，那么多人看着，我也是十几年的老兵了，让我的脸往哪搁。"尚守志说："既然，你铁了心要走，那我就去跟高司令说说去。"

胡大维说："参谋长，你说时能不能委婉点。"尚守志说："怎么委婉，说你不想离开高司令，还想在他身边长期干下去？"胡大维说："我不是那个意思。"尚守志说："这不就结了。"

尚守志把这情况向高大山汇报了，高大山越发不高兴，说："就凭他思想这么不端正，动机这么不纯，我也不答应，你看看他这几年机关呆的，爬山还爬不过我，别说让他跑五公里，就是跑两公里也得趴下，这样的干部怎么往下面部队安置，能带兵吗？你跟他说，啥时候秘书当好了，像个机关合格干部了，我再放他走。现在这批年轻干部，学会伸手要官，要享受了，真不像话。"

尚守志说："好，我跟他谈谈，批评批评他。"

高权最终还是被他爸送去当了兵，伍亮亲自把高权送到了大风口哨所，分在王铁山的排里。临走交待王铁山："高司令亲自交代的，让我把他送到你这儿来。你要好好地调教他！要是调教不好，我就处分你！"

王铁山平静地说："明白了！"

高权仇视地看着眼前的一切。伍亮一边上车一边对高权说："当了兵不比在家，要听排长和班长的话，遵守纪律，尽快成为一个合格的边防军人，别让你爸爸失望！好，我们走了！"

等伍亮的车开走，王铁山回头说："一班长，过来帮高权同志提被包……你，跟我来！"高权迟疑了一下，别别扭扭地跟他走到兵舍，王铁山指着一个铺位对高权说："你就睡这儿！"对跟在后面的一班长说："一班长，高权同志就在你们班！"

一班长说："是！"

王铁山说："从现在起，先让他学习整理内务。高权同志，铺好你自己的铺！"

高权说："我不会！"

王铁山看他一眼说："一班长，给他做示范，然后让他来一遍！"

一班长应声动手打开高权的被包，一边铺一边讲解说："先把褥子铺好，再铺床单。褥子一定要平整，床单才会平展；然后叠被子，横三竖四，小包放在中间，白天可以把被子撑起来，夜里头还可以当枕头……"

高权根本提不起兴致，目光转向窗户外面。王铁山严厉地说："高权同志，注意看班长做示范！"高权懒洋洋地回过头，一副吊儿郎当的模样。

高权来的这天刚好遇到部队会餐，战士们在食堂前列队唱着《三大纪律八项注意》。王铁山满意地看着士兵们，说："嗬，知道今天会餐，唱起歌来都不一样，好了，一班进。"

桌上摆着一盆猪肉炖粉条，一盆大米饭，一班长给每个人盛菜，其他兵第一碗都没有盛满，便吃起来，高权恶狠狠地盛了一碗。很快，其他士兵就在添第二碗了，高权第一碗还没吃完，等他第一碗吃完准备盛第二碗时，发现盆空了。

一班长问："咋地，你没吃饱？"高权看看其他人，心有不甘，却不说话。一班长把碗递过来，要把碗里的饭拨给高权，高权放下碗说："我吃饱了。"说完独自走出去，其他的兵冲高权的背影挤眉弄眼。

高权回到宿舍，躺在床上没心没思地翻着一张报纸，一班长走进来，从兜里掏出几块饼干，递给高权。

高权说："我不要。"

一班长把饼干放到桌子上说："知道你没吃饱。以后记住了，会餐都是定量供应，第一碗别盛得太多，吃完第一碗，再盛第二碗，这样才行。谁像你，第一碗盛那么多，能添上第二碗吗？"

高权放下报纸说："谁知道会个餐还这么多说道。"

一班长说："当兵学问大了，以后你慢慢就学会了，等你学会了，就成为一名真正的军人了。"再次把饼干递给高权，高权不情愿地接了过来。

一班长说："这就对了。"王铁山走进来，叫一班长教高权整理内务，一班长示范了一遍说："高权同志，我已帮你整好了，现在你把它打开，照我刚才做的做一遍！"

高权一屁股坐下，倒在被子上，闭上眼说："我累了，我要休息！"

一班长看一眼王铁山。

王铁山大声地说："高权同志，给我起来！整理内务！"

高权瞟他一眼，不起来。一班长说："排长，高权同志今天刚来，他累了，明天我再教他吧！"王铁山想了想，强忍住火气说："不行！高权同志，你这样来当兵是不行的！别说高司令不允许，我首先就不允许！你给我起来！"

高权闭着眼睛就是不起。

王铁山说："我现在明白你父亲为什么要送你来当兵了！我不能让你到大风口头一天就这么躺着！你既然当了边防军人，从第一天起就要像个边防军人的样子！你给我起立，整内务！"

高权猛地睁开眼，坐起，一把将叠好的被子扯开说："不就是叠被子吗？谁还不会！"

一班长说："高权同志，不能这样跟排长说话！"

王铁山生气地看他一眼，对一班长说："看着他，让他好好叠！"

送走高权，高大山和秋英都是心中不安。傍晚，高大山在屋里转来转去，秋英端着一碗饭在饭桌前坐下，有意说给高大山听："也不知道高权今儿一天吃饭没有，连里伙食他能不能吃得惯……”

高大山突然发火说：“我说你这个人是咋回事儿？还唠叨个没完了！部队里那么多人家的孩子都饿不着，就饿着你家的孩子了？人家的孩子送到部队上都不金贵，就你家的孩子金贵？”

秋英像是没听见，盯着一个方向自言自语：“人家孩子当兵，爹都给他往大城市里送，俺这孩子，还没长大，你就把他往边境上最苦的地方送……”

高大山想发火，看了妻子一眼，又忍住了，哼一声走过去打电话，想了想又生气地把听筒放下，往外走。秋英还在怔怔地嘟哝说：“也不知道夜里睡觉冷不冷……”

这时电话铃响了，高大山转身去接，秋英先扑了过去，高大山目光沉沉地看她，她迟疑着把电话给了高大山。

电话是伍亮打来的，向高大山汇报情况：“……司令，我亲自送去的，亲手把他交给了王铁山。司令员交代给我的任务我敢马虎？没事儿，你和嫂子就放心吧……过一阵我再去看看……有情况我再向你报告……”

高大山说：“唔……唔……好，那就这样吧，我挂了啊！”刚要挂，秋英猛地抢过话筒说：“伍子，伍团长，你先别挂！你好好跟我说，他到了那儿怎么样啊，能不能吃惯山上的伙食呀……”

高大山恼火地往外走，走几步又站住了，听秋英打电话：“那地方冷不冷呀……我想再给他送一套被褥，不用？你别跟我提高大山……儿子就像不是他亲生的……”说着又抽抽搭搭地哭起来。高大山哼一声，快步走出去。

高权在大风口哨所的第一天就尝到了当兵的滋味。夜里轮到上哨半天起不来床，早晨军号响起战士们麻利地起床跑步出操了，他还躺在床上。王铁山一把扯掉高权的被子，厉声地说：“高权，立即起床，出操！”

小操场上战士们正在进行队列训练，一班长单独训高权。那高权怎么也练不好，全身显得没有一点力气。王铁山过来一看就生气了，他突然命令道：“一班长，入列！高权，听口令！“立正！”

高权依旧懒洋洋地立着。

王铁山大声吆喝道：“站直了！胸要挺！收小腹！目视前方！两腿要用力！不要动！”他走到高权身后，突然照高权腿弯踢一脚，高权扑的一声倒地，回头带着哭腔说：“你干啥你，你打人？！”

王铁山大声命令道：“起来！重新做动作！”

高权突然不哭了，爬起来。

王铁山说："一班长，过来！高权，你看着！"

一班长跑步到王铁山面前。

王铁山喊："立正！"一班长立正。王铁山走到他背后去，猛踢他的腿弯，一班长纹丝不动。

王铁山大声对高权说："看到了吗？你现在是一个兵了，站都站不好，还打什么仗！一班长，接着练！"

战士们已下操洗脸刷牙了，一班长和高权两个还在单练，练得高权扑的一声瘫在地下，大声哭喊：

"我不练了！你们把我送回家去吧！我受不了……"

王铁山走过来，看看他，又看看一班长说："行了，就到这儿，收操！"

下午，王铁山带高权单练木马，高权接连几次重重撞在马上，王铁山训斥说："你军人家庭出身，这么笨！哪像高大山的儿子！再跳！"

高权大声地说："我是我，他是他！你甭跟我提他！"

他重新助跑，跳跃，这回一下跳过去了，重重地摔在沙坑里，围观的战士们笑着鼓起掌来。

就这样训练了一天，夜里躺下全身疼痛，高权哪里睡得着，便打开手电筒，趴在炕头给小菲写信。一班长起来撒尿，伸脑袋看一眼说："给家里写信？"高权没好气地说："我没有家！从他们把我送到这鬼地方来以后，我就没家了！"一班长笑说："你这么说不对。到了啥时候家还是家，爹还是爹，妈还是妈！"

高权哼一声，继续写。

第二天，连部通讯兵送信来了，高权看着别人领走自己的信，紧张地等待着，又不愿意挤过去问。信发完了，高权看通讯兵走到了门外，这才赶上去叫一声："哎！"

通讯兵上下打量他说："你哎啥！叫人叫名字！我叫赵亮！噢，对了，我想起来了，你是高权！"

高权左右看看，小声地说："对。我就是高权，有我的信吗？"

通讯兵说："没有。"

高权说："我上次托你带去的信，你替我寄走了吗？"

通讯兵说："寄走了！我还能偷吃了你的信？"

高权没词了。

第一次巡逻时，高权觉得很新奇，走在队伍里，不时朝边境线对面张望，目光可及之处，是对方的草原、山林、河流和一座高高的瞭望塔。

领队的一班长说："哎，咱们唱个歌吧，这么走着怪闷的！……说打就打——唱！"

全班唱起了歌。高权不知不觉地也跟着唱起来。巡到一座界碑前，一班长停下，回头发令说："休息！高权，你过来！"高权刚要坐下，听到叫自己，懒懒地走了过去。

一班长说："高权同志，这就是有名的大风口1045号界碑。无论对哪个国家来说，它的每一寸领土都是神圣不可侵犯的。我们这些人天天守在这里，就是为了保住这块界碑，保住了界碑，也就保住了我们的国土不受侵犯！同样，对于界碑那边的军人来说，这块界碑和界碑对面的国土也是不容侵犯的，因此我们也决不能轻易越过这块界碑。我们常说自己是在保卫和平、保卫和平，但如果你越过了这块界碑，引起了边境冲突，就是在破坏和平，不是保卫和平了！这种事一旦发生，和对方越境进入我方领土一样严重，不仅本人要受到军事法庭审判，还会引起严重的边境冲突。"

高权开始还是一副满不在乎的神情，渐渐地被班长的话吸引住了。一班长继续说："还有一件事排长让我跟你讲一下。咱们这里之所以叫做大风口，是说一年四季大风不断，到了冬天就刮大烟泡，大风有时能把一个人吹到界碑那边去。十几年前，就因为有人被大风吹过了界碑，引起了边境事件，连我们的老团长、今天守备区的高司令员，也受到了牵连。从那以后，每个新来的同志都要由老兵领着到这儿上一课！"

高权听着，神情越来越专注。

一班长说："好了，我也讲完了。"招呼大家说："起立，前进！"

全班继续沿巡逻路线向前走，高权下意识地回头再看了一眼界碑。

接下来的训练一项比一项难度高，实弹射击时，高权趴在射击位置上瞄准，王铁山走过来问："怎么样，有信心吗？"高权恶声恶气地说："没有！"王铁山生气地说："没把握起立！一班长，带他继续练瞄准！"

烈日下，高权练跪姿瞄准，汗流浃背，枪上已挂了两块砖，一班长又给挂上一块。高权咬牙坚持，渐渐支持不住了，一班长鼓励他说："挺住！别晃！挺住！"

高权艰难地挺住，一班长高兴地说："好！继续坚持！"汗水和泪水一起小溪般从高权脸上流下来。

这样练了几日，全排进行夜间射击。一班长带全班进入射击位置，卧倒，王铁山走到高权身边问："高权，怎么样？有信心吗？"

高权恶声恶气地说：“有！”

王铁山说：“一班，射击准备，开始！”枪声震耳。

高权瞄准，将一发发子弹打出去。

打完，报靶员报成绩说：“一号靶五发四中！良好！二号靶五发三中，及格！三号靶五发五中，优秀！……”

王铁山问：“三号靶是谁？”

一班长说：“高权！”

王铁山不相信地走过来看高权一眼，高权骄傲地挺着胸膛，对他不屑一顾。王铁山走到一班长面前说：“一班长，你怎么才打了个及格，没趁着夜黑看不见，给高权帮忙吧？”一班长一挺胸脯说：“报告排长，没有！”高权一惊，生气地向一班长看去，一班长却像是什么事也没发生一般。

全副武装急行军训练的时候正是一个大雨天，又是在山林里，队伍一早就出发了，高权跑着跑着体力渐渐不支，大口大口地喘气。王铁山回头看见，厉声叫高权跟上，高权恨恨一咬牙，一瘸一拐地跟上去。

雨越下越大，高权深一脚浅一脚地跟着队伍，终于滑倒在泥水里。王铁山回头，皱眉说：“高权，起来！”一班长回头拉他，高权不起来，趴在泥水里放声大哭。王铁山厌恶地说：“一班长，架起来，跟上！”

一班长和另一个战士架起大哭不止的高权接着跑，雨渐渐小了，高权也不哭了，一步一步走在队伍里。最难过的是夜里找点训练，山林中不时响起一声怪异的鸟叫，高权一个人手拿指北针，在林子里穿行，不时惊惶地四顾。身旁一声鸟叫，吓得他浑身一哆嗦，趴在地上。听听没动静，又爬起来打开钢笔小手电看字条：“课目：找点。方位320，距离500米，有一坟包……”他打了一个哆嗦。绝望地说：“有一坟包！”那是一个狭窄的山谷，林木茂密，高权紧张地一步步向前走，这里看见一个新坟，上面树着一个白色的招魂幡，他吓得啊一声叫，转身就跑，脚下一绊倒在地上。他爬起身来，让自己慢慢恢复镇静，乍着胆子走过去，嘴里嘟哝着给自己壮胆：“我不害怕，我不害怕……”

他在坟头上找到一块石头，翻出石头下面的一张字条，又哭又笑地说：“我找到了！我找到了！”

他打开字条，用小手电照着，念道：“继续找点。以这座坟包为基准，方位180，距离1000米，有一座坟包……”他紧张地嘟哝着往前走说：“又是一座坟包，又是一座坟包……”

下一座坟包也终于找着了，他慢慢走过去，从坟头上取下一个字条，打开小手电筒，念道：“以这里为基准点，方位235，距离700，有一座坟包……”不由绝望地大叫起来：“怎么还是一座坟包！”一下子坐在地上痛哭起来，大叫说：“你们到底想干啥？你们为啥这么整我！干脆枪毙了我算了……”

想不到王铁山和一班长从旁边树林里走出来。王铁山说：“高权，站起来，你在这儿喊什么？”高权再也控制不住自己，不顾一切地喊：“我不干了！这个兵我不当了！我知道你原来是连长，我爸撤了你的职，你恨我，故意往狠里整我！你整吧，把你的手段都使出来吧，我反正也不想活了！”

王铁山不为所动地说：“高权同志，站起来，继续找点！找不到下一个点，你就没办法回到哨所！”对一班长说：“咱们走！”

他们消失在山林中。

高权不哭了，他站起来，害怕地喊道：“班长，排长，你们别把我一个人扔在这儿，我求你们了……”

没有人回答他。他低下头，哆哆嗦嗦地打开小手电看字条，念道：“方位235，距离700，有一座坟包……”

他继续照着指北针指示的方位找过去。

这些日子，伍亮常打电话向高大山汇报高权的情况。秋英不知道个具体，磨着高大山说：“这两天我的眼皮老是跳，老高，我能不能往哨所里给孩子打个电话？”

高大山一听这话就发火说：“不行！”秋英决绝地说：“我这回就不听你的了！我想去看他你不让去，打个电话也不让打！我想他想得心口疼，我就要打！”

高大山伸手护住电话，怒声地说：“我再给你说一遍，我说不能打就不能打！”

秋英一时被他的激烈情绪吓住了。高大山余怒不息地说：“你的孩子是孩子，别人的孩子不是孩子？你家里有电话能给他打，别人家没电话怎么办？他们的父母想不想他们？”

秋英说：“别人家的孩子我不管，我就是想我的孩子！”

高大山说：“你想他干啥？他是去当兵！你整天这个样子，是不信任部队，你的脑瓜有问题！”他一下拔断电话线？抱着电话机上楼去。

秋英在楼下喊：“你把它抱走吧！我今儿不给你做饭，饿你！”

楼下的吵闹声传到楼上高岭的耳朵里，他仿佛对此已经习惯了，拿出笛子呜呜地吹起来，没有人知道他内心有多孤独。

晚上秋英还是做好了饭。高岭吃完了，放下碗就往楼上走去。他不愿意看到父母的争吵。

高大山盯着高岭的背影问：“高岭，你吃饱了？”

高岭说：“吃饱了。”

高大山说：“就吃这么点，还不如一个娘们吃得多呢，我告诉你，你是个男人，以后吃这么点饭可不行。”

高岭不愿和他多说，低眉顺眼地向楼上走去。

秋英看不过，说：“孩子吃多吃少你也管，他从小到大一直就吃得少，你又不是没看见，高权是你眼中钉肉中刺，你把他送走了，现在又盯上高岭了，看他又不顺眼了，是不是？”

高大山眼睛看着楼上，楼上高岭在吹笛子。高大山说：“你听听，一个男人家，整天多愁善感的，还不如个好娘们，我高大山咋养了这么个不争气的东西，我烦，我就烦。”

秋英说：“你烦，你烦，这些孩子没有你不烦的，烦完了高权，又烦高岭，你得意谁，你就得意大奎。”

高大山说：“大奎咋了？我们爷俩对路子。”站起身，背着手自语说：“大奎该来了。”一边满腹心事地向楼上走去，接着传来他骂高岭的声音：“别吹了，你嚎丧呢。”

秋英闻言一激灵，放下收拾了一半的碗，向楼上奔去。

高权一直没有等到小菲的信。夜里睡不着时，只有拿出小菲的照片看。他开始尝到了思念的痛苦。

连部通讯兵又来了，一到哨所就喊：“来信了！来信了！张成，你的！李楠，你的！一班长，你老婆又来信了！”看到高权远远地站在一边，主动打招呼说：“高权，不好意思啊，还是没你的信！”

通讯兵发完信哼着小调往山下走，高权突然闪身出来，把他吓了一跳。高权揪住他，高声地说：“为啥没有我的信？为啥没有我的信？你给我说实话，是不是有人截住我的信不让寄走，是不是我爸或者别的什么人不让你把我的信投到邮局里去？！”

通讯兵用力甩开他，生气地说：“你说啥呀你！哪一回我没把你的信投进邮局？你想的是啥呀你！”

高权绝望地说：“那为啥我就老收不到她的信！为啥别人都能收到，就我收不到！”

通讯兵绕开他边走边说："那谁知道！兴许人家不愿意给你回信呗！"

高权望着通讯兵走远，激动地喊："不！不可能！我自己到山下邮局去问，我就不信她会不给我回信！"

要不是伍亮打电话到哨所了解高权的情况，王铁山一时还不会知道高权出走的事。伍团长说要跟高权说几句，王铁山来到兵舍叫高权。王铁山一进门就问："高权呢？"

一班长正在读信，拍大腿说："嘿，我老婆！我老婆她说……"众战士围着他开心："你老婆她说啥？"

一听王铁山问话，一班长说："刚才警卫员来送信时还看见他呢。啥事儿？"

王铁山说："团长要跟他通话，你快去找！"

一班长招呼人说："快，都去找高权！"

大家一起跑出去找，到处都找了，没有高权的影子。王铁山觉得事情严重起来，面色严峻地说："那快去找！"

伍亮接到报告也急了，说："这小子跑了？他老没接到女朋友的信？这个情况为什么早没引起你们的注意？赶快去找！全连都去找！兵分多路，一路去山下邮局，另外几路进林子，注意要组织好，别掉了队！对，你自己带一路人去边境线上，要防止他迷了路，糊里糊涂摸到人家那边去了，那就要出大事了！"

王铁山马上按团长的话布置，叫一班长把人集合起来，准备沿巡逻线搜索，通知？望哨注意观察，发现有人越境立即报告。那边伍亮命令立即将情况通报所有边境哨所，加强警戒，不让一个人越境，然后坐着吉普车风驰电掣来到大风口哨所。他边看边防地图边问王铁山说："他失踪多长时间了？"

王铁山看表说："三个小时零十分。"

伍亮用手大致沿地图上的小路测量距离，肯定地说："唔，他没走多远，就在这个范围！"

营长说："团长，要不要报告高司令员？"

伍亮说："不要。找到以后再报告不迟。王铁山，带人跟我沿巡逻线走，带上电台！"

王铁山说："是！"回头招呼一班长说："出发！"

伍亮一行人沿边境线巡逻，到了大风口界碑山头，远远地王铁山发现了高权，说："团长，你看，高权！"

伍亮说："快走！"

原来高权是跟着通讯兵下山的，他远远望着通讯兵消失在前方山林深处，便顺着小路跟下去，却在一个岔路口转错了向，一时间找不到路了。他越走越怕，最后他终于支持不住，扑倒在地哭起来。哭着哭着他又拿出小菲的照片看，似乎又有了勇气，站起来，继续向前乱走，就这样不知走了多久，竟走到大风口界碑的山头上来了。他看到了界碑，惊喜交集，大喊："我看到界碑了！我找到路了！我看到界碑了！我找到路了！"山下是一条小路，正是他们的巡逻线，沿着界碑蜿蜒伸展，高权发疯地从山上跑下来，跑上巡逻线。他狂热地吻着手里拿着的小菲的照片，感激它保佑他走出了密林，一阵风刮过来，小菲的照片竟被吹跑，高权大惊，跑过去追，照片被风吹过了界碑，他大喊着不顾一切地朝前扑去，被飞奔而来的王铁山一把抓住。高权还要挣扎说："放开我！放开我！照片……"

王铁山大声提醒说："高权，你再向前走一步就是越境！"

高权拼命挣扎说："别管我！"

伍亮也跑了过来，气得砰啪给他两个耳光，把高权打倒在地。高权爬起来，失去理智地向伍亮扑去说："你……你是团长，还打人！"

伍亮一把扭住他的胳膊，大声地说："我打你还是轻的，你要再向前走一步，我就一枪打死你！"回头命令："关他的禁闭。"

高权躺在禁闭室炕上越想越觉得自己委屈。伍亮和一个战士走进来给他送饭他也不理，哼一声将身子转到另一边。伍亮怒声说："高权，你给我起来！"高权不动，伍亮一把将他拖下炕，高权反抗着说："你……你干啥？"

伍亮说："你给我站好了！"

高权不由自主地站直，伍亮大声训道："你看看你这个样子，哪一点也不像高大山的儿子！你给大风口哨所丢脸，给我们边防三团丢脸，给你爹丢脸！"

高权一听提到他爹，突然大声地说："我没有爹，高大山他不是我爹！"

伍亮倒笑了说："好小子，连你爹都敢不认！我告诉你，就凭这一点，你就不是高大山的儿子！你以为你上了大风口，干的那些事儿我不知道？我全知道！你早上赖着不出操，夜里站哨时睡觉，吃饭挑三拣四，大白馒头不吃你扔到山沟子里去！还嫌人家农村入伍的战士脚臭，睡觉打呼噜！"

高权说："他们就是打呼噜！"

伍亮说："那你们排长呢？你们排长对你严格训练，你就说人家公报私仇！今儿你更了不得了，为了一封女朋友的信，竟敢开小差！还差一点越过边境，要是真那样，谁也救不了你了！"

高权说："他王铁山就是公报私仇！他是对我严格训练？他那是法西斯，变着法儿整人！这里哪是部队，这里是渣滓洞、白公馆！”

伍亮说：“看来关你禁闭是对的，你犯了错误，不从自身找原因，还怨这怨那的，我要让你明白，这是部队。”

高权说：“你们关我禁闭，我不想当兵了，我想回家。”

伍亮说：“回家？你以为部队想来就来想走就走，告诉你，我不把你教育成一个真正的兵，我就对不起我的老首长——你爹。”

伍亮走了，高权又气哼哼地躺在床上。夜里翻来覆去地睡不着，又找出小菲从前的信来，信中的话让他不得安宁：“不明白你当兵有啥意思，在家多好，看电影，轧马路，你就当你的兵吧，别怪你回来时，我跟别人好了……”他一下子收起信，把领章帽徽摘下来放在床上，赌气说：“这个兵我不当了。”

他开始实施他的逃亡计划。他躲过夜巡的士兵，跑到院墙旁，爬到一棵树上，从墙头上翻了出去。他跑到公路上，拦住了一辆夜行货车，上前说：“师傅，能搭我一段路吗？”

司机问：“你要去哪？”高权说：“火车站汽车站都行。”说着爬上车，坐在副驾驶的位置上。司机说：“你咋没带领章帽徽，到底是不是当兵的，要不是当兵的，你赶快下车。”高权说：“是，我真是当兵的，家里来电报，说发生了大事，让我回去一趟，一着急，啥也没带。”

中午时分，高权悄悄地溜进了家里。秋英正在做午饭，还以为是前两天来家里做客的大奎，头也不抬地说：“你爹还没回来呢，你就急着吃饭了。”

高权小声地说：“妈，是我。”

秋英抬头一看，又惊又喜，说：“高权，你咋回来了？”

高权冲秋英说：“妈，你别问了，先给我盛碗饭，饿死我了。”

秋英忙给高权盛饭夹菜，高权狼吞虎咽地吃。秋英在一旁问：“部队让你回来的？”高权边吃边摇头。秋英又问：“是你爹让你回来的？”高权抬了头说：“他？他能让我回来？”秋英有些担心了，说：“这么说，是你自己跑回来的？”高权一副无所谓的样子说：“反正，我不想当兵了，爱咋就咋吧。”秋英吓得压低了声音说：“我的小祖宗，这回你可惹大祸了，你这是开小差，是逃兵，你爸能饶了你？”

正说着，院子里传来高大山与大奎的说话声，秋英吃了一惊，忙冲高权说：“你快躲起来，要是让你爹看见，还不得杀了你！”连拖带拽地把高权推进卧室内的大衣柜里。

高大山、大奎相跟着走进来，见灶台上锅都烧冒烟了，高大山伸手关掉火说：

“老秋，你干啥呢，烧着锅去忙别的，饭做好了吗？”

秋英忙从屋里出来，神色慌张地说：“好了，都做好了，马上就开饭。”

高权这一逃跑，忙坏了王铁山。到处都找遍了，没有高权的影子，伍亮说：“他要是跑回家还好说，要真是迷路越过了国境，那乱子可就大了。发生这么大的事，只能向高司令报告了。”

电话打到高大山家，着实让高大山吃惊不小。他问伍亮：“你再说一遍！高权失踪了？他有可能回家了？你等一下。”他冲正在收拾桌子的秋英喊：“老秋，你过来。”

秋英心虚地说：“啥事呀，看你吆五喝六的。”高大山说：“高权回来没有？”

秋英愈发地心虚了，说：“没有哇，咋地，他要回来。”

高大山说：“别打马虎眼，到底回来没有？”

秋英说：“没有，真的没有。”大奎在一旁也说：“爹，我一上午都在院子里，没有看到高权兄弟回来。”

高大山拿起电话，神色严峻地说：“伍亮，你听好，不管是否找到高权，下午六点前必须向我汇报。如果还找不到，这是一级事故，我要向军区汇报。”

高大山说完放下电话，气冲冲地向外走，秋英不安地问：“老高，你要去哪？”高大山说：“还能去哪，出了这么大的事，我当然要去值班室！”

大奎惊惧地望着高大山走出去，问秋英说：“娘，高权兄弟到底咋地了，出了啥事？”秋英没好气地说：“没你的事，你该干啥就干啥吧。”大奎讪讪地向外走去。

等他两个都走了，秋英急急跑进屋冲高权说：“我的小祖宗，你爸说，还要向军区汇报呢。”高权不以为然地说：“大不了开除我军籍，反正我不想干了。”秋英说：“看你爸那火气，这回饶不了你了。”高权说：“妈，我不在家呆了，我躲到外面去。”秋英说：“看来，只能这样了。我帮你收拾收拾东西，再找点吃的。”

大奎在外面听出了高权的声音，又走过去扒着门缝，看见了高权。他马上去找高大山，哨兵却不让进办公楼，说：“打电话吧，要是司令不让进，我们也没办法。”大奎拿起电话却不会用，求助地望着哨兵。哨兵帮接通了高大山，大奎冲电话说：“爹，高权兄弟在家呢。”高大山这一听还得了，怒冲冲回到家来，见秋英提着一个包正要护着高权下楼，气得冲上去一把抓住了高权：“好哇，你这个逃兵，还想往哪逃？”

高权犟着说："反正我不想当兵了。咋处理都行。"

高大山这个气呀，甩手就给了高权两个耳光。"你这个逃兵，到现在还嘴硬！"又习惯地去腰间摸枪，发现没戴在身上，一抬头，见挂在了墙上，回身从墙上取下了枪，哗啦一声推上了子弹，吼道："你这个逃兵，我毙了你！"

大奎冲上来，喊着："爹，千万别开枪，兄弟没犯死罪呀。"一下子抱住了高权，两人倒在地上。

高权挣扎说："你别管我，是你出卖了我。"

高大山说："是你自己出卖了自己。"

高大山抓起电话说："给我接警卫连。"

高权被他爹亲自押回了七道岭阵地。到了哨所时，天已黑了，还下起了大雨。

全体官兵站在雨中，听高大山训话。高大山说："高权是我的儿子，可他也是七道岭的兵。他私自开小差，当了逃兵，按条令规定，该怎么处分就怎么处分。我要向大家检讨，我没当好这个司令，没有带好高权这个兵。我要向整个守备区检讨。"他从哨兵手里接过枪，站到哨位上，大声地说："高权是我的兵，也是我的儿子，他在哨位上没有站好岗，这一班岗，我替他站了。全体，听我的口令，跑步回营房。"

队伍跑去了。风雨中，高权独自站在那里。

伍亮走到高大山身旁，要脱下自己的雨衣给高大山穿上，被高大山拒绝了。伍亮要留下来陪他，他说："这里不需要团长，只需要士兵。我命令你，跑步离开。"

伍亮只得离去。大雨中，只剩下高大山和高权。高权站在高大山身后，望着高大山的背影，他的脸上流着雨水和泪水。

事发后的第三天，大奎来到哨所看望高权。营长带他来到伍亮这里，说："团长，这是高权同志的大哥，他打司令员老家大老远地看他来了。"

大奎忙上前套近乎说："首长，我叫大奎，高大奎，高大山是俺爹！"伍亮看看他说："啊，我想起来了，你是大奎。我是伍亮，咱们见过的！"

"对对，首长，咱们见过！……"大奎眼睛发亮说，又想不起来，抱歉地笑，"你看我，脑子笨，一下子又想不起来在哪见过的了，你看看这！"

营长说："这是我们团长，伍团长！"

"对，伍团长！……"大奎说，他还是想不起来在哪里见过，"团长，俺兄弟咋样？他在这干得还好吧？"

伍亮哼了一声说：“你是来看高权的？”

大奎眨巴着眼睛说：“对呀！”

伍亮说：“是司令员叫你来的？”

大奎摇头。

伍亮说：“那是那个谁……秋主任叫你来的？”

大奎想想，摇头说：“不，是我自个儿想俺兄弟了，来看看，来看看。”

伍亮对营长说：“我还有事，要马上回团里，你先让连里给我把高权好好关他几天！”然后又看看大奎说：“对了，你让人带他去看看吧！”

禁闭室里，高权面朝墙坐着。大奎亲热地喊了一声说：“高权！兄弟！”

高权一惊，回头一看是大奎，不理他。大奎说：“高权，是哥来了！”瞧他一眼，又看了看四周说：“噢，兄弟，你就一个人住这儿啊！”

高权突然大吼道：“你来干啥？我不认识你！”

营长大声地说：“高权，你什么态度！”大奎忙对营长说：“首长你别生气，俺哥俩闹着玩呢！俺兄弟他就这样，他就这样！”

营长点头说：“你们谈吧，我出去了！”

大奎点头说：“好好，你忙！你忙！”

营长出门时，高权猛然站起，趁机向门外闯，一把被哨兵拦住。营长回身说：“高权，你想干什么？给我回去老实呆着！”

大奎悄悄拉他，又对营长赔笑说：“没事儿！没事儿！营长，你忙！你忙！”

高权无奈地走回去，重新背对大奎坐下。

大奎走过来摸炕上的被褥说：“哎，我说兄弟，不是哥说你，对待首长咱不能这个态度，你说是不是？人家是首长！就说咱爹吧，是个司令员，人家都对他这么说话，他这首长还咋当啊，对不对？哎，我说你这褥子不厚哇，夜里睡觉肯定冷，怪不得咱爹咱娘整天惦记你……”

高权不理他。

大奎打开包袱，拿出一条狗皮褥子说：“兄弟，你瞧我给你带啥来了？深山老林的事别人不知道，你哥我知道，夏天虽说不热，可它潮，冬天冷起来又能冻死个人……这个你留下，抵个风防个寒啥的，管用。”高权还是不回头。大奎说：“爹把你押回来了，我这心就忽悠一下子，你不能和我比，我从小吃苦吃惯了，你哪受得了这个呀，想来想去也没啥好拿的，就把这带来了，想你能用得上。七道岭真难找，我找了三天。”

高权依旧不语。

大奎说："兄弟，那话就说到这，地里的活还没忙完，那我就走了，等下次哥再来看你。"

大奎从禁闭室出来，营长留他吃饭他不肯，急着要回去。临了把营长拉到一旁说："我这兄弟犯错误了吧，犯错误了就该管。可千万别告诉我爹，我爹岁数大了，怕他着急上火。"

营长说："放心吧，我们会教育好高权的。"

送走大奎，营长来到禁闭室说："高权，你大哥走了，我们帮你送走的！"高权坐着不说话。突然，他跳起来，急步向门外走，哨兵上前要拦住他，营长对哨兵点点头，哨兵闪开了，高权出门跑起来。一班长说："营长，他不会再跑了吧？"营长摇摇头。

高权在一座山头上追上了大奎。大奎看到了高权，先是一惊，接着高兴起来说："兄弟，你是来送我的吧？"高权满脸痛苦，却不说话。大奎高兴地说："兄弟，回去吧……"高权还是不吭声，也不走，只是站着。大奎又往下走几步说："兄弟，好好地干啊，别让咱爹咱娘惦记……"

大奎已经到了山下，发现高权还在那儿站着，他喊："兄弟，回吧！记住哥的话，别记恨爹！不管爹看上去心多狠，他这么做都是盼着儿女成人哪！兄弟，爹是个顶天立地的人，爹娘生养咱们一场，咱们做儿女的，要给他们长脸哪！"他最后招一下手，走上了公路。高权终于喊出了一声说："哥……"

大奎一震，回过头来，高权说："哥，你走好……"

大奎笑了，泪水流出来说："兄弟，哥这就走了。"大奎挥手，走远。

高权流着泪点头。

他提前结束了禁闭室的生活，开始像个真正的兵一样出操，训练，站哨。这天他正在瞭望塔上面站哨，连部警卫员爬上来，热情地跟高权打招呼说："高权，有你一封信，东辽城来的。对了，这里还有一张照片，是团长叫人捎给你的。"

高权接信和照片，平静地说："谢谢你。"他将信和照片放进大衣口袋，继续瞭望。过了一会儿又把它们掏出来，看一眼照片，放到一边，拆信。

信是小菲写来的。她说："高权，你好。告诉你一个事，你到部队后寄来的信我都收到了。主要告诉你，自从你走后，我就和赵和平好了。这封信我本来也不想写，可是想来想去还是写了。高权，你以后别给我写信了，赵和平看见了不好。咱们俩的事就算完了吧。祝你在部队里过得快快活活。小菲。九月二十八日。"

高权慢慢把信折起来，慢慢地将信撕碎，抛掉。大风将漫天纸屑卷走了。

第二十章　退休

高权在部队的进步让他父亲心里的一块石头落了地，他更加坚信部队是世界上最好的大学校，只要把孩子送到部队，就是一块铁也能成为一块金。就在高大山高兴的时候，高敏和建国的孩子落地了。高大山高兴，秋英高兴，可有人不太高兴，怪高敏生了个丫头。

第一个不高兴的是陈建国，他在产房门外走廊闷闷地抽着烟。护士走出来制止他，他哼一声走开了。

第二个不高兴的是建国的妈妈，一听秋英说高敏生的是个丫头，热情马上就下来了，打电话报喜的秋英再也笑不起来。

最高兴的只有高大山，他一进产科病房就大声喊："高敏！高敏！人在哪里？我看看！我看看！"

高敏说："爸，你来了？"

高大山喜滋滋地说："我当姥爷了，还能不来？"

高敏说："是个丫头！"

高大山说："丫头咋啦？丫头好哇，长大了跟娘亲，不像小子那么淘，我就喜欢丫头！"

护士把婴儿抱过来。

高大山接起婴儿说："瞧我的外孙女，长得多好看！像不像我高大山？我看像！虎头虎脑的，大眼睛，大鼻子，嘴也不小，像我！"秋英脸上这时候才现出了真正的笑容："像你就坏了！就这有人还不喜欢呢！"

高大山说："谁不喜欢？是陈刚还是桔梗？他们不喜欢我喜欢，我养着，养大了他们可不能来跟我抢！"

他捧着孩子上下乱摇，秋英将孩子夺过去说："你这是摇啥摇，孩子这么小，看把她摇零散了！"

高大山说："高敏小时候我没捞着摇，现在摇摇外孙女还不行啊。"秋英说："现在你承认三个孩子不是你带大的了。"高大山说："你带大的，你有功行了吧。"

桔梗姗姗来迟。她穿得整整齐齐，一副不愉快的样子，坐了一会儿就起身要走，秋英把孩子塞到她手里的时候，她只是假模假式地亲了亲，还给秋英说："小敏，跟奶奶再见！"抬头朝门外喊："建国，车来了吗？"建国在门外答说："快了！"桔梗不高兴地说："再打电话催催！这个白山守备区，要个车都磨磨蹭蹭的，打起仗来怎么得了哇！”

秋英将孩子塞给身后的高敏，脸上也不好看了。她忽然又想起什么事，拉桔梗坐下，对高敏说：“你们走你们走，我跟你婆婆有话要说。”高敏抱着孩子上楼去了。

秋英说：“哎哟我说亲家，我们老高调军区的事儿你给陈参谋长说了没有？你看这都到了科技强军的新时期了，老高不能一辈子都在东辽城当个屁大的守备区司令啊。再说小敏是你的亲孙女，你又只有建国一个儿子，你让陈参谋长想想法子，把老高弄到省城去，再把建国高敏一块调去，一家人团团圆圆的，多好！”桔梗有点不悦地说：“噢，这事儿我记着呢。我说秋英哪，老陈虽说是参谋长，在军区党委里也就是一票，老高要想往上边调，恐怕还得多往别的首长那儿走动走动！”说着站起来不耐烦地喊：“建国，车来了吗？”

秋英送走了桔梗，心里堵得满满的。

高敏与建国的关系也开始明显不和谐了。建国送他妈回转来，坐在那里抽烟，望着窗外半晌不说话。高敏也是一副冷面孔，说：“你不和你妈一起走？”建国像是下了一下决心，说：“高敏，有件事咱们需要谈谈。”

高敏说：“谈吧。”

建国说：“你可能知道了，我在守备区司令部干了三年营职参谋，这次干部调整，已经决定把我安排到边防一团当参谋长了。”

高敏略带讥讽地说：“那好啊，祝贺你升官。”

建国回头说：“高敏，你没感到咱们的关系好像在演戏，一边做给我爸妈看，一边做给你爸妈看？”

高敏注意地盯着他。

建国说：“这次我下团，正好给了你和我分开的理由，你是不愿意跟我下团去的，我知道。”

高敏说：“建国，你愿意让我跟你一块下去吗？”

建国哑然。

高敏主动给他倒一杯水，平静地说：“建国，我知道小敏生下来，你和你妈心里都不满意。你主动要求下团，事情我早就知道，这会子你就甭在我面前演戏了。”

建国默默喝水，然后什么也没说，转身走了。高敏关上门，想了想，回到房间里，十分平静地收拾小敏的衣裳鞋袜。

对于秋英来说，烦心的事情似乎还刚刚开始。这天她正指挥三个女人打扫军人服务社卫生，李满屯来电话叫她去办公室，笑着说：“秋主任，这段时间干得还顺吧？”秋英说：“从上个月到这个月，共组织政治学习十次，打扫卫生八次，还有，还有……”李满屯打断她的话说：“秋主任，身体咋样？”

秋英说：“身体没问题，别忘了，我比老高还小好几岁呢。”

李满屯说：“组织有个决定。”

秋英说：“有啥决定啊？”李满屯说：“咱们军人服务社要扩大规模，从地方招来一批有经验的售货员，党委决定，准备让你退休。”秋英说：“啥，让我退休，我才刚五十，就让我退休，老高知道不知道这事？”

李满屯说：“党委会上，这是老高提出来的。”

秋英说：“他，他让我退休？”

秋英气呼呼地一回到家就躺下了，饭也不做，灯也不开，高大山回来时感到奇怪，问：“咋地？饭也不做，哪不舒服哇？”秋英一虎身坐起来说：“我哪都不舒服。”

高大山说：“咋地，吃枪药了，这么大火气。”

秋英高声大气地说：“姓高的，你今天跟我说清楚，为啥让我退休？”

高大山一听明白怎么回事了，坐下笑着说道：“为这事呀，我还以为天塌下来了呢，退就退吧，你这老大不小的了，退下来正好给高敏带孩子，好事呀，要是我高兴还来不及呢。”

秋英说：“这就是你的好事，你咋不退？你退一个我看看，你退我就退。”

高大山说：“你咋能跟我比？”

秋英说：“咋就不能比了？你不就是个守备区的破司令吗，我还是服务社的主任呢，秋主任。知道不知道？”

高大山说：“还主任呢，我都不好意思说，怕伤了你的自尊心。”

秋英站起，虎视眈眈地说：“你说！今天你非得给我说出个一二来，要不然我跟你没完。”

高大山说：“那我可就真说了，自打你接手服务社以来，党委接到多少官兵的来信，反映你们服务社跟过家家似的，说开门就开门，说关门就关门。”

秋英说：“我们那是组织政治学习。”

高大山说：“政治学习？就你？你那名字两字知道咋写不？学习这么多年，我也没看到你的觉悟提高到哪里去。”

秋英说：“高大山！你竟敢贬低我！”

高大山说：“我不是贬低你，我这是实事求是，好啦，我也不和你争了，现在好多随军家属找不到工作，你岁数也大了，就让她们干去吧。”

秋英说：“好哇，你个高大山，这么多年我跟了你，啥光没借着，家里的事也没帮上忙，我好不容易在服务社上了几年班，说撸了你就给我撸了，姓高的，你安的是啥心呢你？”

高大山说：“我这是为了工作，啥心不心的。”

秋英不依不饶说：“你看人家桔梗，跟着陈刚在军区里吃香的喝辣的，你看看你，我跟你在山沟里转悠，我图到啥了？”

高大山说：“不要拿我和别人比，我就是我，革命不是图享受的，你跟我吃不了苦，那当年你非要死缠着嫁给我干啥？”

秋英说：“你别跟我提当年，现在我肠子都悔青了，我……我……”说着，双手捂脸呜呜地哭起来。

高大山说：“行了，行了，早晚都得退，快做饭去吧，一会儿高岭该回来了。”

秋英说：“我不做饭了，这日子没法过了，姓高的，你害得我好惨呢！”

高大山也来气了，起身说：“你不做饭拉倒，我去吃食堂，今晚食堂正好改善伙食。”说完就往外走。

秋英冲着他的背后喊：“走吧，走吧，有能耐，你永远别回来！”

一会儿高岭也回来了，见他妈坐在客厅里抽抽搭搭的，问：“咋地了妈，又生啥气呀？”秋英委屈地说：“还不是你们那个挨千刀的爸。”高岭说：“爸又和你吵架了？”秋英说：“吵架？要吵架就好了，他把我服务社的主任给撸了，妈以后可就是家庭妇女了。”她一把抱住高岭：“岭啊，妈没依没靠了，以后可就靠你了，你可不能离开妈呀，你哥到那么远的地方当兵，你姐又是人家的人了，你说我以后靠谁呀……”

高岭也眼泪汪汪的了。秋英止住哭声说：“岭，还没吃饭吧，楼上有饼干，你对付一下，妈现在就给你做饭去。”高岭问：“我爸呢？”秋英说：“别提他，他去食堂改善伙食去了。”高岭说：“那咱们也改善一下伙食吧，我都好几天没吃到肉了。”秋英说：“妈今天心情不好，等改日吧。”

高岭无奈地向楼上走去。

夜里秋英不让高大山上床睡，高大山便抱了被子与高岭搭铺。高岭哪受得了他的呼噜，抱着被子又跑到他妈房里来了。

退休的事还没平静下来，狗剩又给她带来了更大的消息。这天狗剩鬼鬼祟祟来到高家，秋英还在为退休的事默默垂泪。见屋里没有别人，他这才大模大样坐下来，说："姑，我来了，你就甭看报纸了。"说着跷起二郎腿，掏烟抽起来。

秋英其实也无心看报纸，放下报纸厌恶地说："狗剩，你啥时候学会吸烟啦？"狗剩看她情绪不对，说："姑，我早就会，你不知道？你咋啦，情绪好像不对头哇！"

秋英好像一下子有了倾诉对象，说："狗剩，姑对你说件事……"

狗剩又跳起来，在屋里乱转，感兴趣地说："姑，啥事儿？说出来我听听！"秋英说："狗剩，姑退休了。"狗剩说："你今儿不高兴，就为这？"秋英说："嗯。"狗剩笑说："姑，你要是为这，就太不值了。"

秋英不高兴了，说："狗剩，你咋说这话呢！"

狗剩神秘地说："姑，我姑夫是司令，你啥消息也没听到？"秋英说："你说啥呀，啥消息？"狗剩不相信，说："姑，你瞒我！你把你大侄子当外人！"

秋英说："狗剩，你今儿来到底有啥话，快说！不是又来跑官的吧？"狗剩说："姑，看你说那话。过去为那种事我是来过几趟，可今儿不是，今儿我来说另一件事儿。"秋英说："啥事儿？"狗剩说："姑，看样子你真是啥也没听到，我姑夫他的保密工作做得可是够好的！那我告诉你，保管你听了，再不会把你退休的事当一回事了！"

秋英有了兴趣说："那你快说，还有比我退休更大的事儿？"

狗剩一下跳起说："姑，你还蒙在鼓里呢，过不了多久，就要大裁军，咱白山守备区，十有八九要撤销！"

秋英一怔，不高兴地说："你胡说啥？啥要撤销？"

狗剩说："就咱白山守备区，要撤销！"

秋英冷笑说："狗剩，自古以来铁打的营盘流水的兵，兵会一茬茬换，这营盘也会撤销？"

狗剩有点急了，说："姑，这你就不懂了，不过细说起来我也不懂。可是有一条，白山守备区要撤的事是千真万确。哎，姑，你看看你侄，文化不高，能力不强，从一个农村娃当到连级助理员，已经是祖坟里冒了青烟。我想了想，趁着全国大裁军还没开始，我得走，得转业！"

秋英脸色越来越难看。

狗剩没发现不对头，自顾自往下说："姑，你想想，真等到那时候，哗啦一声几十万部队干部下地方，能人多着呢，哪里还会有我的好位置！"他越说越紧张，不停地在秋英面前转圈子说："我得走！一定得走！姑，你再帮我一回忙，瞒着我姑夫找找政治部的人，放我提前转业，这会儿就转业！”

秋英已经气得忍不住了，站起来手指着门，怒声说：“狗剩，你给我出去！”

狗剩一惊，紧张地说：“姑，你这是干啥……”

秋英说：“狗剩啊狗剩，我真看错你了！我和老高一直把你看成老区的子弟，我还一直把你看成是自己的亲戚！你妈当初带你来，求我和老高留下你来当兵，我们老高帮你当上了兵；你要提干，来求我，我还是把你看成亲戚，看成老区的子弟，觉得你是想留在部队里，一辈子为国家站岗放哨，才瞒着老高帮了你。没想到外头还没一点风吹草动，你就先想到自个儿的后路了！狗剩，幸好今儿老高不在家，你赶紧给我走，省得他回来了，知道这些话，立马把你关进禁闭室！当初怪我二五眼，看错了你！你给我走，马上走！别站在这儿！”

狗剩一边往门外退走，一边不服气地说：“姑，你这是弄啥？姑，你这是弄啥？万一那个消息是真的呢？”

秋英说：“第一，它不会是真的，我不相信！我虽说是个女人，不太懂军队的事，可我至少明白，一个国家只要有边境线，就不能没有部队守着，我们高权这会儿就在那守着呢！第二，退一万步说它就是真的，你这个时候先提出来转业，也是不顾大局，想当逃兵！这要是在战场上，我要是高大山，也会枪毙你！”

她的话说得大义凛然，不知不觉就站在了高大山一边，狗剩见情况不对，逃一样蹿出门走了。

白山守备区要撤的消息，像墙壁渗水一样悄悄传开来了。高大山没有听到一点风声，还在为他梦想中的军事演习忙乎着，他在作战室对尚守志、伍亮等一群军官说：“同志们，今天我要宣布一个消息。在我们不懈地等待，准备了这么多年之后，军区终于原则上同意了我白山守备区攻防大演习的方案，命令我们正式启动这次大演习。一俟我们准备完毕，吕司令自己还要亲自来东辽视察部队！”

大家都激动地鼓掌。

高大山并不那么激动，满脸严肃地说：“先不要鼓掌，同志们。军区同意了我们的演习方案，但距离大演习真正开始那一天还远着呢！吕司令能不能来，演习能不能举行，举行了能不能成功地收到大幅提高全区部队作战能力的效果，就看我们下一阶段的准备工作！”他环顾全场：“因此，我命令，从即日起，全区部队除正常执行边防守备任务外，全部转入大演习的前期准备工作。各部队要加紧进行针对性训练，严格要求，争取在最短的时间里使全区官兵技战术素质有一个很大提高，以良好的姿态和精神面貌迎接吕司令视察，迎接大演习的到来！大家有没有信心？”

众人齐声说："有！"

准备工作按部就班地进行着。高大山首先想到的当然是视察七道岭，一方面也想看看高权这些日子来的表现。

几辆吉普车来到大风口，已经当了班长的高权跑步报告说："司令员同志，九连一排三班正在执行勤务，边境上一切正常，请指示！"一切都是个老兵的样子了，高大山心里暗暗满意。

中午高大山、伍亮和战士们一起吃饭，高权端着一盘炒鸡蛋走过来，不好意思地说："司令员，按照我们哨所的规矩，每位首长来视察，都要加一个炒鸡蛋！"

高大山说："好。"

他站起，将炒鸡蛋给伍亮们拨出一些，然后走过去，将炒鸡蛋一桌一桌分给战士们，说："同志们，吃啊，炒鸡蛋，好东西！"高权笑说："司令员，别以为我们这里穷得连炒鸡蛋也吃不上。"高大山说："你知道个屁。你有你的规矩，我有我的规矩，今儿咱们谁都没有坏了谁的规矩，对不对伍团长？"

伍亮笑说："对对对。"

高权看一眼王铁山。王铁山示意他坐下吃饭。饭后高权陪高大山一个个检查战士们的床铺，高大山摸着战士的被褥说："三班长，怎么样，战士们冷不冷？"高权说："这儿海拔高，夏天不热，冬天烧火炕，不冷。"

走到了高权的床铺前，高大山摸了摸褥子，站住了问："这是谁的铺？"高权说："报告司令员，我的。"

高大山掀开床单，吃惊地说："这狗皮褥子哪来的？"高权脸有点红说："刚当兵的时候，我大哥送来的。"高大山说："你大哥？你是说大奎？"高权说："是。"

高大山无言，继续检查，心里却是激动不已。

公事结束，父子二人前所未有地单独在一起散步。高权一时还不习惯，好一会说："爸，你身体还好吗？"高大山说："唔，我很好，你不是看见了吗？"高权说："我妈也挺好的吧？"高大山说："你妈也好……对了，你妈退休了！"

高权一惊说："我妈退休了？"

高大山说："嗯。高敏和小敏搬到医院去住。家里就剩下高岭了。"

高权说："爸，我妈退休了，你这段时间要多关心她。"

高大山惊异地说："她退休了还要人多关心？退休了就在家呆着呗，又不用上班，我还想退休呢！"

高权看他一眼，笑了笑，没有再说什么。

第二十一章　牺牲

在回去的路上，伍亮和高大山同坐一辆车。伍亮说：“司令员，有件事我想跟你说，又不想跟你说。”

高大山说：“什么事？愿说就说。不愿说你就藏着掖着！”

伍亮说：“那我就不说了，说了你可不能干涉我们团党委做出的决定。”

高大山说：“一定是跟我有关。不，跟高权有关，是不是？”

伍亮不说话了。

高大山说：“要是那样，你就得跟我说了。我既是你的领导，还是高权的家长。高权的事你总不能不告诉家长吧？说！”

伍亮说：“连续两年，高权都是我们团的标兵班长。最近上级干部部门要我们选一个骨干去军区的步兵学校学习，我们团党委经过研究，决定派高权去！”

高大山说：“不行。高权在现位置上呆的时间还太短，让他多呆上一段时间！你们派别人去吧！”

伍亮说：“司令员，咱们说好的，你不干涉我们团党委的决定。”

高大山说：“我说不行就不行！”

伍亮说：“为啥？不让高权去，让别人去，首先我在全团干部面前就没法交代！”

高大山说：“很简单，因为他是我的儿子。我要不当这个司令，你们爱让谁去就让谁去，我才不管呢！”

伍亮赌气靠在车后座上，不说话了。

高大山热心地说：“哎，伍子，我想到了一个合适的人。你们叫王铁山去吧！这小子是个优秀人才，脑瓜特清楚，将来可以大用。对，你们让他去，别埋没了人才！”

伍亮顶撞他说：“那也得我们回去讨论讨论再说。”

高大山笑说：“嘿，团长当了这么多年，还长了脾气了！你们别讨论了，就当是我的指示，你们执行！”

儿子给他长了脸，高大山心里别提有多高兴。这股兴奋劲儿到半夜还没消退下来，秋英已经睡下了，他在房间里走来走去。

秋英可是被这些天来的事搞得心情不好，见他这样，没好气地说：“都这时候了，你还不睡！”

高大山说：“我在想咱那儿子呢。你说我这个人怎么那么英明呢？要不是我当时行事果断，快刀斩乱麻……”秋英截住他说：“要不是你快刀斩乱麻，我儿子这会儿也不至于在那个猴子也上不去的地方受苦！”高大山不乐意了，说：“我说你这个人就是觉悟不高！你不就是不高兴吗？不就是退休了吗？将来谁没有退休的一天呢？我也有！人都会老的嘛！”

秋英跟他吵说：“可你这会儿还没退休，你根本就不懂我的心情！你一辈子都不关心我！”

高大山哄她说：“咱不就是服务社主任当不成了吗？不就是每天进进出出的，哨兵不给咱敬礼了吗？不就是不能天天去领着一群老娘们读报纸了吗？这些算啥事儿？过一阵子你习惯习惯就得了！真要是一时半会的去不掉那当领导读报纸的瘾，你就在家里给我读！”

秋英用两只手堵耳朵，大声地说：“反正你就关心你自己。你自私！”

高大山上床，又回到原先的话题上说：“你说当初我咋就恁聪明呢，我咋就灵机一动，决定把高权送到大风口哨所去呢！高权到了那儿，正好就遇上了王铁山这样的排长……”

秋英不听，气得啪的一声拉灭了灯。

可是高大山没高兴几天，军区就来了电话说要推迟军演。他打电话到军区和陈参谋长理论了一番，当然也无法挽回局势。回到家满脸沮丧，这回轮到秋英奇怪了，说：“哎，老高，今天怎么回家来吃饭了？”

高大山没好气地瞅她一眼，不回答。高岭正津津有味地看一本书，听见他回来，头也不抬。高大山好奇地走过去，一把将书夺过来说：“看的啥书呀，这么得劲儿？”

高岭要夺说：“爸，给我！”高大山念书名说：“《西线无战事》。”不由勾起心事来，抬头发怒说：“这就是你看的书？西线无战事，西线无战事就可以麻痹大意了？就可以袖着手过太平日子了？这是坏书！宣扬和平麻痹思想！”

他一下把书扔到窗外去，脚步山响地上楼。高岭苦着脸，在楼下抗议：“爸，你凭什么扔我的书！这是名著！世界名著！弄坏了你得赔人家图书馆！”高大山停在楼梯上，吼道：“赔？好，叫作者来见我，我关他的禁闭！”

他大步上楼去。高岭还在楼下喊：“你关他的禁闭？你关不着！不像我，天天没关禁闭，也像被你关了禁闭！”

秋英跑过来，看看空无一人的楼梯，对儿子说：“高岭，你爸今儿心里肯定气又不顺了，咱让他一回！”自己却冲楼上喊道：“你气不顺了少拿俺们娘俩儿撒气！我还气不顺呢！还想找个人撒气呢！”

撤消军演的气还没理顺，高权就出事了。电话是尚守志半夜两点打来的，高大山一听他那低沉严肃的声音，不由心里一愣怔。

尚守志打电话说："司令员，现在有一件非常紧急的事要向你报告。我已把车派过去了！"

高大山说："好的，我马上过去！"

他放下电话迅速穿衣，下床。

秋英从床上折起身子说："老高，这半夜三更的，出了什么事！"

高大山不回答，大步出门。

作战值班室，高大山看到所有的人都站着，神情沉重、悲痛，心里明白真的出了大事了，问："怎么啦？出了啥事？"

尚守志说："司令员，有件事我不能不报告你。可是……"

高大山急了，说："到底什么事？"

尚守志眼里闪着泪花，说："司令员……"

高大山又急又惊又怒，说："到底啥事儿？天塌下来了吗？"

尚守志说："司令员，刚才边防三团伍团长亲自打来电话，报告说四个小时前，团里连通大风口哨所的战备线路被暴风雪刮断，团里通过备用线路让哨所派人去查。高权同志本已和新任九连一排长交接完了防务，但他考虑到新来的一排长对大风口一带地形不熟，自告奋勇去检查线路……"

高大山急问："后来呢？"

尚守志说："老高，我现在不知道对你说什么好。你一定要挺住，要节哀。伍团长刚才报告说，高权同志深夜一点出发，一个小时后才艰难地运动到1045号界碑处，将被暴风雪刮断的战备线路接通，随后就与哨所失去了联系……"

高大山脸色一点点发白。

尚守志声音哽咽，继续说："发现这一情况后，哨所马上向连营团三级报告，连营团紧急指示他们派出几支小队伍去找，副营长王铁山亲自带了一支队伍去1045号界碑处搜寻，可是暴风雪太大，他们三个小时后才运动到那里，找到了高权同志。他已经牺牲了。可是他双手至死都抱着界碑，没有让暴风雪把他冲到国境线那一边去……"

高大山脑子里一片茫然。前两天还活蹦乱跳出现在自己面前的儿子，就这么牺牲了？那天的见面就这样成了永诀？……

尚守志的声音还在他耳边响着："司令员！高权同志的遗体现正从山上抬下来，送往三团团部，伍团长打算天一亮就派专车将烈士送回东辽城，他自己也要亲自赶来向你汇报情况，请求处分！”

高大山仿佛一下子惊醒过来，眼睛闭上了又睁开，盯着面前所有的人，渐渐恢复了自制力。他沉沉地说：“伍亮要到这儿来？他到这儿来干什么！这么大的雨，他不守在自己的岗位上，到这儿来干什么？谁批准他来的？你吗？”

尚守志说：“司令员……”

高大山说：“除了高权，今夜大风口那儿还有没有别的伤亡？”

尚守志说：“为了寻找高权，三团三营副营长王铁山腿被冻伤，几个同志也负了轻伤！”

高大山说：“通知医院了吗？”

尚守志说：“还没来得及！”高大山怒说：“为啥？！命令他们立即出动！派救护车去，院长带最好的医生去！对了，告诉林院长，让高敏也去，一定把所有负伤的同志给我拉回来，好好治疗，不准再发生任何意外！”

尚守志说：“司令员，考虑到……”

高大山一字一句地说：“执行命令！”

尚守志说：“是！”

他亲自跑去打电话。巨大的悲痛再次袭来，高大山身子摇晃了一下，众人要上前搀扶，高大山严厉地看了他们一眼，用力推开他们，走出去。

他静静地坐在办公室里，一直到天亮。所有的往事一件件在心头回放着。

胡大维走进来，走到高大山身旁。他像是怕打扰了高大山似的，轻声说：“司令员，刚才尚参谋长来电话，要把高权的遗体运回来，让我征求你的意见。”

高大山恍然回过神来，站起身，走到窗前，低沉地说：“不要运回来。高权是在大风口牺牲的，牺牲前他是个战士，牺牲了他就是个烈士，就把他埋在大风口吧，我想烈士也会是这个愿望。”

胡大维说：“可是，秋主任，要看一眼儿子。”

高大山转身说：“那就让她去大风口去看，我陪她一起去。”

秋英却没能够到大风口看儿子最后一眼。

高权牺牲了，打击最大的当然是她这个母亲。他是她最疼爱的孩子，儿子牺牲了，做母亲的一下子被击倒了。她被送进了医院。

只有高大山一个人来向儿子的遗体告别。夜已深，他守着儿子遗像，将胸前的小白花解下，放在儿子遗像前，又在儿子遗像前斟了三杯酒。仿佛儿子还是个小小孩儿，仿佛儿子只是睡着了，高大山轻拂着遗像说：“儿子，今晚上就咱们爷俩儿在一起了。昨天他们把你遗像送回来，让我来看你，当着那么多人，我有话也说不出来，连夸你三声好儿子！儿子，我知道你牺牲在那儿全是因为我，是我坚持把你送到那个地方去的！你爸我是个军人哪，我不把我自个儿的儿子送到最艰苦的地方去，还有啥资格在这儿当司令。爸爸是个军人，你也是个军人，战争年代我们应当去冲锋陷阵，战死沙场，马革裹尸，和平年代我们就该餐风饮露，爬冰卧雪，戍守边关！我说得对不对儿子？要是我同意你去军校，就不会有今天这样的结果了。假如你心里没有哨所，没有边防线，你也就不会牺牲了，儿子，你这样死了爹心里难受，可并不后悔，因为你是个战士，是个军人！儿子，今天爸敬你三杯酒，你把它喝下去，来生来世你还是我的儿子……”他一边说，一边将三杯酒洒在儿子遗像前。

对于秋英来说，世界在传来儿子牺牲的消息的那一刹那已经停止，她躺在医院里，怀里抱着儿子的遗像，目光呆痴，盯着某个虚无的地方。

林晚、高敏等人围在秋英的病床前，高敏轻声地喊：“妈，妈，你倒是说话呀。”

秋英不动。仍是那副姿势。

林晚无助地望着秋英，痛苦又爱莫能助地摇头，轻轻走回办公室。高敏跟进来冲林晚说：“林院长，你倒是说话呀，我妈到底咋地了。”

林晚说：“高敏，你是学医的，你应该清楚，她这是悲伤过度所致，弄不好她的精神会分裂。”

高敏说：“林院长，你是老医生了，你就没有别的办法了？”

林晚说：“只有她的亲人能挽救她。”

高敏说：“院长，你是说，除非高权活过来？这怎么可能！”她的眼泪一下子下来了。

林晚说：“看你爸，高司令，有没有这个能力了。”

高大山这几天也是沉浸在悲痛之中，食不甘味。林晚让他来治疗秋英，他对林晚、高敏等人说：“你们当医生的都没办法，我能咋地，我又不是神仙华佗。”

林晚说：“高司令，精神上的事，我们医生有时也爱莫能助。”

高大山盯着躺在病床上的秋英。秋英神情如故。高大山欲伸手触碰秋英怀抱高权遗像的手，半路上又收回来了。林晚看到此景，冲众人挥挥手，大家都退了出去，高敏也退了出去。高大山踱了两步，拉了一个凳子坐在秋英的床旁。

高大山说：“老秋，我看差不多就行了，高权是牺牲了，可他是为守卫咱国家的北大门牺牲的，他牺牲得光荣。”

秋英的神情依然如故。

高大山说："老秋，你不能老是这样，儿子死了，难道我不难受，换了谁都难受，但难受得有个限度。你这么个样子，算个啥，嗯，不像话，你不是经常说，你是主任和一般群众不一样吗，我看你现在，比一般群众还不如。"

秋英并没有什么变化，她的神情依旧痴迷，身体连动一下都没动。

高敏把饭菜送过来了。高大山用勺喂秋英喝汤，秋英不张嘴，汤流了出来。

高大山无奈地收起勺子，伸出手拉住了秋英的手说："英子，你这是咋了，不要我和孩子了？当初你找到我时，不是说要跟我过一辈子吗？我当时真的不想娶你，你知道为啥吗？我把你当成了我那个英子妹妹。哥哥哪有娶妹妹的道理。后来你要走了，我知道你这一走，哥再也看不到你了，哥是怕失去你呀。哥的亲妹子没了，哥没能保护好妹子，哥这辈子心里都难受哇。哥要是再失去你，你说让我以后的日子咋过。哥娶你那天，我就在心里发誓，以后不管发生啥事，我都会像对待亲妹子似的待你。风风雨雨的，这么多年都过来了，我们都老了，孩子大了，你这是咋了，要扔下我一个人不管我了？那以后我的日子还咋过呀。英子，你做的饭好吃，我还没吃够，你做的老棉鞋，暖和，我还没穿够。你这是咋地了？医生说你要得精神病了，以后就啥也不知道了，不认识我了，也不认识孩子们了，你这是干啥呀。告诉你英子，不管你咋样，这辈子你都是我妹子，你要真是得了精神病，我就打报告提前退休，端屎端尿伺候你一辈子。谁让你是我妹子呢……"

秋英身子动了动，眼角凝着一滴泪水，慢慢地流下来。

高大山说："英子，告诉你，我老高不能没有你，我失去一个妹妹了，不能再失去第二个了。你要是神经了，我跟你一起神经，看谁能神经过谁。"

秋英痴迷的神色中渐渐透出了悲伤。高大山说："英子，你就哭吧，大哭一场，哥心里好受哇。"

秋英像是从一场梦中醒来一样，张开双臂，一把抱住高大山，撕心裂肺地大叫："哥……"

高大山热泪盈眶说："妹子，你这才是我的好妹子。"

秋英虽然从昏迷中醒过来了，却还一直痴痴呆呆的。从医院出来的第一件事就是寻找小菲。她悲凄地拿着小菲的相片，那可是高权到死都收在身边的相片，神情恍惚地在小菲上下班的马路边徘徊。从公共汽车上下来的小菲猛抬头看见了她，不由脸色都变了，吃惊地叫："你？……"

秋英梦一样欣喜地迎上去说："姑娘，你还认得我吗？"

小菲没好气地说："不认识！"她转身就走。

秋英远远地看着她，脸上梦一般的笑容没有消失。

一个穿司机制服的小伙子走过来，粗鲁地抚摩了小菲一下，她没有避开，小伙子看到了秋英，问："她是谁？"

小菲说："谁知道！"

秋英走过去说："姑娘，你不认得我，我可认得你，我今天来只想告诉你一件事，告诉你，高权牺牲了。"

小菲简直不相信自己的耳朵，吃惊地问："你说什么？！"

秋英说："你是高权唯一的女朋友，他心里一直有你，不管你有没有他，我去收拾他的遗物，他给你写了那么多封信，都没来得及发出一封。我来找你，就是了这个心愿，让你知道，高权一直在喜欢你。"

小菲吃惊地听着，眼里已满是泪水。

秋英完成了任务似的，长吁口气。

一直担心着母亲病情的高敏和高岭一路寻找过来，发现了秋英在马路边踽踽独行，忙跑上前抓住她，喊："妈！妈！你怎么跑到这儿来了？"

秋英如释重负地说："我在完成一个任务。"

这样的出走一而再再而三地发生，每一次都是去找小菲。高岭和高敏得时时提防她出什么意外。把她从外面寻回来，她就把小菲的照片和高权的遗像放到一起，然后退后几步远远地端详，脸上现出痴迷的笑容，自言自语着："好看，真好看。"

这一天，她一个人在楼下半醒半睡地坐着，外面有人敲门，问："家里有人吗？"

秋英走出去开门，吃惊地望着敲门的人："你……"

进来的是小菲。她望着神情恍惚日益憔悴的秋英，再也控制不住泪水，哽咽着说："阿……阿姨，我是……小菲。"

秋英神情麻木，无动于衷地转身走回沙发，淡淡地说："我知道你是小菲。可是高权不在了。"

小菲说："阿姨，我知道。今儿我是来看你的！"

秋英回过身来，面露一点惊奇，语气依旧平淡地说："你来看我？为啥？是我当初不让高权和你好，你应当恨我，你恨得对。"

小菲突然走上来，紧紧抱住她，长久以来压抑在心底的悲痛一泻而出，哭着说道："阿姨，你当初反对我和高权好，我是恨你。可是今天我知道高权牺牲了，世上最伤心的人里头，除了你，也有我呀！"

二人抱在一起，号啕大哭。秋英哭着哭着，一点点睁大眼睛，像是从梦中渐渐清醒过来。她终于从病中好过来了。

为了寻找高权，王铁山的双腿冻坏了，准备截肢的时候被高大山阻住了，他说我现在命令你们，只要腿上的伤没要他的命，就不能这么干！谁要是动手，我开除你们的军籍！……

夜静静地，高大山立在窗前遥望星空。一边的秋英在收拾一堆孩子衣服，都是高权穿过的，她忍不住泪水涟涟。

秋英说："我一看这些衣服哇，就想起了高权小时候那些事，他会说的第一句话就是爸爸，抱在外面，他见了穿军装的都叫爸爸。"秋英边说边抹眼泪。高大山心里也不好受，转身冲秋英说："行了，收起来吧。"

秋英不再作声，默默地收拾衣服。这时候楼下有人敲门。高大山说："这么晚了，是谁呀。"走下楼去开了门，只见大奎风尘仆仆地站在门外，肩上还扛着半袋子高粱米。

高大山说："是大奎来了，快进屋。"

大奎说："爹，这一阵子，我老是心慌，梦见你好几回，要不是地里的活忙，我早就来了。"大奎说着放下米，四处打量，看见了客厅里高权的遗像，一下子怔住了，吃惊地望着高大山:"权？权兄弟咋地了？"

高大山强忍悲痛地背过身去，哽咽着说："他，他牺牲了。"

大奎扑过去，抱起遗像叫了声："兄弟，哥来晚了，兄弟，哥来看你来了……"便大哭起来。秋英听到响动从楼上走下来，看见大奎这样，忍不住也哭了起来。大奎见秋英哭，忍住哭声，放下高权的遗像，扑通跪在高大山和秋英面前说："娘，你别哭了，哭坏身子咋整。高权兄弟没了，还有高敏高岭，还有我，我们为你们养老送终。"

高大山百感交集地说："大奎，起来，刚才我还在望天上的星星呢，想不到说来你就来了，来了好哇，就多住些日子，陪陪你妈，你妈也退休了，一个人在家呆着，连个说话的人也没有。"

大奎一边从地上爬起来，一边扶秋英坐下说："娘，从明天起，我天天在家陪你。"回头对高大山说："爹，你不知道，家里养的那头母牛，又生了两个小犊子，现在都长到腰那么高了。"高大山说："好，好，这不就一群牛了吗。"大奎说："可不是咋地。"

秋英说："大奎，你还没吃饭吧，我给你做饭去。"大奎说："娘，你歇着，我在车上吃过了，现在还饱饱的呢。”秋英说：“那我给你收拾床去，你就住高权那屋吧。”

秋英上楼去了。大奎冲高大山说：“爹，权兄弟是咋牺牲的呢？”高大山说：“巡逻，大风口突遇暴风雪，他抱着界碑冻死的。”大奎说：“上次我给他带去的狗皮褥子也不知权兄弟用没用上。”高大山说：“大奎，你对兄弟这份心难得呀，他用上了。”

大奎又动了感情，凝视着遗像说：“兄弟，哥来晚了，也没送上你一程。”

高大山刚平静下来的心又被他的话激起，站起说：“好了，天不早了，睡觉去吧。”

大奎上前抱住遗像说：“兄弟，哥还有好多话要说，你咋就去了呢。上次你叫了一声哥，哥这心里暖和了半年。这次来本打算到部队上再去看看你，可哥再也见不到你了。”说着又哭了起来。高大山在一旁忍着眼泪说：“大奎，别哭了，高权是为守卫阵地牺牲的，他是烈士，是咱高家的骄傲。”

大奎点点头，用衣袖小心地擦去流在高权遗像上的眼泪。

晚上高大山和大奎都睡不着，蹲在院子里说话。大奎在卷纸烟吸，烟头一明一灭，满天星斗也闪闪烁烁。

高大山说：“大奎呀，不知道为啥，你兄弟这一牺牲，我这心里反倒痛快了，像秋收割地的庄稼地似的。”大奎说：“爹呀，这么多年你也没忘记庄稼，啥时候回老家靠山屯去看看吧。俺娘埋在土里都等你一辈子了。”

高大山望着远天的星星没有言语。

大奎说：“靠山屯，咱老高家兴旺呀，孙子孙女一大帮子人，到时候你和娘都回去，俺给你们养老送终。”高大山眼角湿了说：“大奎呀，现在太忙，等以后离休了，一准和你回老家看看。”大奎说：“一大家子人，就盼着这一天了。”

高大山说：“想老家呀，这么多年了，有时做梦，都梦见家乡的蛤蟆叫。”

大奎说：“等你和娘老了，就是你们不回，我带着你的孙子们，就是抬也要把你们抬回去，老家的空气都是甜的，睡在热炕头上梦都是香的。”

高大山站起来，说：“时候不早了，睡吧。”大奎也跟着站起来：“爹，早晨还跑步不？”高大山说：“那不是跑步，那叫出操。”大奎说：“爹，明天早晨你喊我，我和你一起出……操……”

听尚守志汇报说医院还是决定要把王铁山的腿锯掉，高大山不由有点恼怒了，说：“啥，治了半年还没治好，又要锯掉？不行，你跟林院长说，王铁山的腿说啥也不能锯，让他们尽全力保住王铁山的腿，一个军人没了腿，那还是军人吗？”

尚守志说："林院长说，他们把军区总院最好的医生都请来了，没用。"

高大山站起说："我就不信，走，咱们去医院。"

高大山、尚参谋长等人来到医院里的时候，王铁山正躺在床上冲林医生、高敏等人说："锯腿，那还不如让我死了呢，这腿说啥也不能锯，除非我死了。"林院长看到高大山他们进来，忙招呼："司令员……"

王铁山说："司令，我不能没有腿呀，我是名军人。"

高大山走到王铁山病床，抓住王铁山的手说："王铁山同志，你放心，实在不行，就让他们锯我的腿给你接上。"回头冲林院长、高敏等人说："你们过来一下。"转身走向医生办公室，林院长、高敏等人紧跟在后面。

高大山严厉地问他们说："王铁山的情况到底怎么样？"

林院长看一眼高敏，高敏说："他双腿的冻伤十分严重，小腿部分肌肉已出现坏死的迹象，很可能要截肢。"

高大山说："你们这些医生怎么回事？动不动就要锯人家的腿！锯了腿他还怎么当兵？你们平常说起来总是头头是道，到时候就不灵了！"

林院长说："司令员，我来解释一下，高敏的意思是……"

高大山厉声说："我不听她解释，也不听你解释！我只问你们，不锯腿行不行？"

高敏说："不截肢就只能进行保守治疗，最坏的情况是大腿肌肉也可能坏死！"

高大山说："我就是不喜欢听你们这些话！啥叫最坏的情况？你们为啥就不能想想最好的情况，最好的办法是啥，你跟我说说？"

高敏赌气地说："爸，我们只能尽力而为。医生不是神仙！"

高大山转身欲走，回头高声地说："不管你们是不是神仙，都不能随便锯王铁山的腿！我现在命令你们，只要腿上的伤没要他的命，就不能这么干！我不准许！以后他的治疗情况，院长自己天天直接向我报告！没有我的批准你们要是动了手，我开除你们的军籍！"说完大步走了出去。

尚守志说："老王，高敏，请你们理解司令员的心情。"

林院长笑说："我跟他这么多年，还不知道他？他是心疼伤员，为他们着急！"

高敏说："他着急，我们就不着急？他着急了就能冲别人发火？"不由委屈地流下泪来。

李满屯说："算了算了，你爹那驴脾气你还不知道？你就忍着点吧，谁让你是他闺女呢。我们这不还要天天忍着呢！”

高敏说：“我忍？我都忍了他二十多年了！他以为他是谁？嫌我们没本事，他自己来当医生好了！”

尚守志笑说：“你说他是谁，他是司令，是你爹！好闺女，别哭了，你就是哭，他说过的话也是不会收回的！”

高敏还是止不住掉下泪来。

高大山最终还是不放心，又与林晚谈了一次话：“林医生，当年我都炸成那样了，你都把我救活了，怎么王铁山的一双腿都救不过来呢。”林晚说：“救活只是一方面，关键还要看他本人，奇迹只有他本人能创造。”

高大山似有所悟地说：“我明白了。”

他来到病房，冲王铁山说：“王铁山同志，你现在还是不是名军人？”

王铁山疑惑地望着他：“司令员，我当然是，除非你开除我军籍。”

高大山说：“是军人，你就给我站起来，站起来！”

王铁山挣扎一下，移动双腿，摇摇晃晃地下床，高敏等人想去扶，高大山说：“别管他。”

王铁山扶着床边站了起来，疼痛使汗水顺着脸颊流了下来。双腿在不停地颤抖。

高大山说：“这才是我希望见到的军人。”转身走了出去。谁也没有看到他眼里的泪水。

王铁山目送高大山走远，最后扑通摔倒在地。

晚上，高敏在给王铁山查体温、量血压的时候，王铁山说：“高医生，听林医生说，当年高司令人都快炸烂了，最后也站起来了。”高敏说：“他是他，你是你，不能比的。”王铁山说：“为啥？高司令是军人，我也是军人。高司令身上发生的奇迹，在我身上也要出一回。”边说边挣扎着坐起来。

高敏把床边的双拐递过来，王铁山不接，扶着墙向前迈步，没几步就摔倒了，高敏去扶，王铁山粗暴地说：“别管我。”挣扎着站起。高敏说：“要出现奇迹也不能胡来，总会有个过程。要相信科学。”王铁山说：“里外不就是锯腿嘛，我就不信，高司令能发生奇迹，我就不能。”

王铁山顽强地向前走去。高敏敬畏地望着王铁山。

这一天，高敏从医疗大楼里走出来，正好建国开车过来停在她面前。高敏吃了一惊：“你怎么来了？”建国说：“我今天来开会，有点事要跟你谈！”高敏说：

“那走吧！”建国让她上车，吉普车开到医院宿舍区高敏宿舍。

高敏给他倒了一杯水，平淡地说：“坐吧。有什么事？”建国看了看她说：“是这样，最近我听到了些消息，觉得还是应当来告诉你一声，让你精神上有所准备。”高敏看他说：“什么消息？”建国说：“裁军的消息。你一点风声也没听到？”高敏说：“没有。不是传了好久，又说守备区不裁了吗？”建国说：“据我得到的消息，这回可能是真的！”高敏审视似的望着他说：“哦，我知道你来的意思了。”建国说：“明白了就好。我来就是想告诉你，守备区要是撤销，我肯定调回省城去，你和小敏怎么办，过段日子，给我个话儿！”

高敏平静地说：“好吧，让我想想。还是老规矩，咱们的事，无论我做出了什么决定，你都先不要让我爸我妈知道！”

建国点头说：“行！”

满怀心事的高敏一进家门，小敏就喊着妈妈扑上去，玩着手里的拨浪鼓，显摆地说：“妈，大舅舅给我买的！”

大奎边扫地边走过来。高敏淡淡地说：“啊，谢谢你！”

大奎高兴地说：“谢啥，又花不了几个钱！谁叫我是她大舅哩。她一叫我大舅我心花就开了，就想给孩子买点小玩意儿！”

高敏不说话，抱着小敏径自上楼去了。大奎在楼下狐疑地望着她，愣了好一会，跟了上去。高敏正在房间叠小敏的衣服，回头看见手里还提着扫把的大奎，说：“啊，是你？”

大奎说：“大妹妹……”

高敏说：“你进来吧。”

大奎走进去，拘谨地站着，高敏给他让座，大奎这才坐下，望着高敏。

高敏说：“有事吗？”

大奎说：“有个事我想问问……你说你们医院那个人要锯腿，又说他是冻伤，要说这冻伤也不是啥稀罕病，你们咋就治不了哩！”

高敏脱口而出说：“哥，你说你有法子？”

大奎笑说：“要只是冻伤，那不算啥，咱们靠山屯那疙瘩，年年大风雪，都能冻掉鼻子。哪一年没有几个人冻伤胳膊腿，要是都锯，那靠山屯就没有囫囵人了！”

高敏眼泪都出来了，上前一把抓住大奎说：“哥，好哥！快帮我想办法！你要是真有法子治好了王铁山的腿，别说我，就连爸爸，都会感激你！”

大奎有点架不住说：“哎哟妹妹，看你说的，我这就回，这就回，给你弄草药去，一并我连方子也给你抄来，以后再碰上这样的事，你就不用慌了！我立马就走！”他转身就下楼，高敏比他跑得还快说：“哥，我去叫车，送你去车站！”

两天后大奎从乡下弄来草药，煮了药水，和高敏一起用药水给王铁山洗腿，然后将一种黑糊糊的药膏厚厚地抹在王铁山腿上，细心地用纱布裹起来，林院长和一帮医生在后边新奇地看着。

高敏熬了鸡汤送到王铁山病房里，轮值的护士站起说：“哎呀，什么东西，这么香啊！”高敏说：“你去吃饭吧，我在这儿守着！”护士高兴地出门去了。

高敏说：“王铁山，来，喝点鸡汤！”她大方地喂王铁山喝鸡汤，王铁山看她一眼，也不拒绝。

高敏说：“今天感觉怎么样？”王铁山说：“挺好的。吃完鸡汤，练起走路来，就更有劲了。”高敏说：“王铁山，我在你身上看到一种东西。”王铁山说：“什么东西？”高敏说：“那股疯狂劲，只属于男人的。”王铁山说：“我怎么能和高司令比，他是我最敬佩的领导。”高敏说：“不，你和我爸身上都有股共同的东西。”王铁山说：“做人要有信念，尤其是男人。”

高敏怔怔地望着王铁山，自语说：“世界上这些人，我最敬佩的就是我爸。当年和你谈恋爱，我就想找一位我爸这样的男人。”

王铁山说：“你还怪我当年离开你吗？”

高敏说：“都过去这么多年了，说这些还有什么用。”

王铁山说：“当年离开你，是因为我怕你受到伤害，我以为你和陈建国在一起会幸福的，我觉得我不配。”

高敏说：“别说了，提起当年我恨你，恨你的自私。”高敏的眼里已有了泪光。

王铁山自语说：“我以为你和建国那么门当户对……”

高敏说：“这话我不想再听了，我现在只关心你的腿。你要是还是个军人，就应该让我看到你像当年那样，自己站起来。”

王铁山的脸上渐渐露出刚毅的神情。

这些日子，大奎从高敏与王铁山身上隐隐感到了些什么，本想等王铁山伤势完全好了再回去，但想到地里的活儿，还是决定要走了。

晚上，高大山和大奎坐在院里，天黑黑的。高大山望着天空，望着最亮那颗星，好一会，说：“不能再多住几天？”

大奎说：“该锄二遍地了，你大孙女不是去年结的婚吗，我估摸着，这几天该生孩子了，怕你儿媳一个人忙不过来，我回去也能搭把手。”

高大山说：“一大家子人，也够你受的了。”

大奎说："这辈子操劳惯了，我还能挺住。"

高大山说："你说咱老家靠山屯就在那颗最亮的星星底下？"

大奎说："可不是咋地，咱靠山屯一大家子人，孩子天天念叨你，都盼你能回去一趟，我就跟他们说，想你们爷爷了，就望望头顶的星星吧，爷爷也想你们，他也在望星星呢。"

高大山动了感情，神情复杂地仰望着星空。

走的那一天，是高敏来送大奎的。她从提包里取出一双皮鞋："哥，这是我送给我嫂子的。"大奎推让说："你看这！你嫂子她老都老了，咋还能穿这样的鞋！妹妹，你还是留着自个儿穿吧！"高敏说："哥，我出嫁的时候，我嫂子也送给了我一双鞋，我一直留到这会儿。"

大奎不安地说："这这……"

高敏说："哥，你是不是我哥？"

大奎笑说："那咋不是？"

高敏说："咱亲不亲？"

大奎说："那还用说！"

高敏说："那你就收下，别把妹妹当外人！"

大奎想了想说："好，那我就收下。我回去告诉你嫂子，叫她再给你做十双鞋！"高敏笑说："那可不用，我有鞋穿！"她看表说："哥，快了，咱进去吧！"

大奎说："妹妹，我要走了，有句话憋在心里，这会儿还是把它说出来吧。"高敏说："哥，你说！"大奎说："哥这趟来，一直没见着俺妹夫。我咂摸着，妹妹你的日子过得不是很舒心，是不是？"

高敏脸上的笑容没了。

大奎小心地说："哥虽说是个乡下人，可哥不傻。哥咋觉得，妹妹你有心事，是不是？"

高敏不回答。大奎说："妹妹，哥这回走，心里七上八下的。高权兄弟没了，爹娘眼看着也老了，我又不能总在他们身边。城里这个家就全靠你跟高岭兄弟了。万一到了那个时候，你有心事，又不能跟爹娘说，身边又没有可靠的朋友，你就打张车票，回靠山屯去，在家里住几天，吃吃你嫂子给你做的饭，说不定你就撑过去了！"

高敏回头，眼里已全是泪花，说："哥，你的话我记住了。"

她心里不由想起王铁山。

第二十二章　裁军

这些天来，王铁山一直在医院的林间甬道上艰难地练习走路。他摔倒，爬起来，再摔倒，再爬起。高敏远远地走过来，看见了，奔过去，帮他站稳。王铁山说：“行，我能行。”

高敏说：“天天背着我这么练，就那么想早日出院？”王铁山说：“是啊，住院住了这么多天，可把我闷坏了！这几天，天天夜里梦见七道岭，梦见大风口！”

高敏说：“你这种人，就适合当名军人。”王铁山说：“如果有来世，我还当兵。”

高敏扶着他走回病房，拿出一件新织的毛衣，看他一眼，故作随便地放到床上，说：“不知道合身不合身，比着你原先的毛衣织的。好多年没织过，手都生了。呆会儿你穿上试试，不合适了我再改！”

王铁山说：“高敏，你工作这么忙，还有小敏，哪还有时间……”

高敏说：“没事儿，我值夜班时顺手织织就成了。好，我走了！”

她转身要走。王铁山喊住她：“高敏，谢谢你。”

高敏冲王铁山一笑说：“你也会说客气话了。”

王铁山尴尬地笑了笑。王铁山的腿有了起色，高大山稍稍放心了些，便又为演习的事忙乎开了。这会儿呆在作战室，面对着一个巨大的作战沙盘，严肃地思索。这时候在门外有人喊一声：“报告！”

高大山抬头见是尚守志和李满屯，说：“哟，是你们俩！快进来！你们俩平时可是走不到一块的，稀罕稀罕！老尚，你再来听听我关于大演习的几点新想法！”

尚守志看一眼李满屯，两人欲言又止。

高大山没有察觉，仍然兴致勃勃地说：“你们看，原先的方案分为三阶段走，第一阶段，边境线对面的蓝军向我发起突然袭击，我一线守卫部队投入全线抵抗，消耗并迟滞敌人，为二线部队完成动员赢得时间；第二阶段，蓝军凭借其机械化和火力优势突破我一线防御，试图长驱直入，我二线部队投入战斗，在预设战场与敌展开激烈战斗……”

李满屯打断他的话说：“老高……”

高大山抬头看着他们，这才觉出有点不对劲，说：“咋地啦？对了，你们两个一起来，一定有别的事？”

李满屯眼里溢出泪花。

高大山大惊说：“到底怎么啦？”

李满屯推推尚守志说："老尚，你说！"

尚守志眼里也有了泪光说："司令，你就一点也没听说？"高大山说："啥没听说？不就是有人怀疑，军区迟迟不下令，咱们准备了这么久的大演习搞不成吗！"

尚守志摇头。

高大山严肃地盯着他俩说："你们听到啥了，都说出来！"

李满屯说："老高，我咋听人说，这次大裁军，咱白山守备区要撤！"尚守志也说："我还听说，像我们俩这个年龄的干部，这回一刀切，都要下！"

高大山大怒，双手叉腰，走来走去说："你们这是打哪听到的！这是谣言！这是动摇军心！保卫科干什么吃的，给我查查这股风是打哪刮起来的！全区部队正在筹备大演习，军区吕司令就要下来，只要他一声令下，演习就要开始，你们两个老同志，又都是守备区的主要领导，怎么也会听信谣传呢？你们的觉悟哪去了！你们回去，给我检查！"

李满屯抹抹泪眼，笑说："司令，只要咱守备区还在，我们两个退休的事儿是假的，你就是要我写八份检查我都干！"

两人刚高高兴兴地走出去，胡大维便进来了，把一份文件递给高大山，说："司令员，这是军区今天刚刚发来的命令，政委让你马上看！"

高大山将文件放回一边说："什么命令这么重要？"

胡大维说："是尚参谋长和后勤部李部长退休的命令！"

高大山大惊，拿起文件一目十行地看一遍，手不自觉地抖起来，闷闷地坐下，对胡大维说："胡……胡秘书，你去把尚参谋长和李部长给我叫回来……"

胡大维要走，他又招手说："回来回来！"

胡大维茫然地看着他。

高大山将文件交给他说："把这个还给政委，告诉他我这两天身体不好，感冒……对，感冒，跟尚守志和李满屯两位同志谈话的事情，我就不参加了！"

胡大维看他一眼，答应着出门而去。好一会，高大山面色严肃地站起来，拿起话筒，想了想，又慢慢放下。他默默地望着沙盘，注意力渐渐又被沙盘上的兵力部署吸引过去。不知过了多久，他的手又不自觉地伸向了电话："陈参谋长吗？我是高大山啊。秋英很好。小敏也很好。你真想她就和桔梗一起来看看孩子，顺道也来看看我们的大演习准备得怎么样了！我当然有事！我们的大演习早都准备好了，上上下下铆足了劲儿，箭在弦上，不得不发呀同志！兵法上讲一鼓作气，再衰三竭，你和吕司令怎么老不下令呢！你们再不下令我老高可就自己搞了啊！……什么，还要再等等？再等等？还等啥，为了这次演习都等多少年了。再等，我们头发都等白了。”

守备区要撤的消息还是悄悄地传开了。

这天早晨，高大山一个人在雾中跑步，胡大维迎面走来，喊了声：“司令员！”高大山原地踏步说：“哎，是你？来，跟着我跑步！”胡大维被动地跟着跑说：“不是，司令员，我找你有点小事。”高大山说：“大星期天的，你还有啥要紧的事不能等到明天再说！”

胡大维说：“事儿比较急，我等不到明天了！”高大山停下说：“咦，这是啥事呀？说吧！”

胡大维说：“司令员，我这里有一份转业报告，请你给我签个字！”

高大山接过他递来的几张纸，随手翻了翻，瞪眼说：“这是谁的？马上要大演习了，谁在这个节骨眼上闹转业！”翻看后面的署名说：“胡大维。胡大维是谁？……”忽然省悟过来：“胡大维不是你吗？咋地，你要转业？”

胡大维说：“司令员，别想你那个大演习了，不会有大演习了！就我听到的消息，大裁军就要开始了，守备区被撤销的日子也不远了！司令员，我不能跟你比，守备区撤了你也就是个离休，我还年轻，得另谋职业，这时候趁大家还没明白你就让我走了，我就能先到地方上谋个好一点的位置。司令员，我都跟了你这么多年了，从没为自己的事求过你，这一回你看是不是就……”

高大山大怒说：“你给我住嘴！你说守备区要撤？说不会有大演习了？你敢再当着我的面说一遍！好哇，大演习就要开始了，你在这里散布谣言，扰乱军心！要是在战场上，我就要枪毙你！告诉我这些没影的事儿是谁讲的，这会儿我就把他抓起来！你要说不出这个人是谁，我就关你的禁闭！”他边说边把胡大维的转业报告撕碎，扔过去。

胡大维面露惧色，一步步后退，一边解释说：“司令，我不是这个意思？好了好了，我以后再跟你解释！”

他转过身，哧溜一声就不见了。

高大山第二天没见到胡秘书，问钱科长：“胡秘书怎么没来上班？”秘书科长说：“司令员，胡秘书请假了，不是说你批的吗？”高大山生气地说：“这种时候，他请什么假，谁批的？”秘书科长说：“你不知道这事儿？昨天他就走了！说他老婆住院开刀，急着回去，一会儿也等不了，又说早上给你说了，我就让他走了。停了一下，又说:“其实大家都知道，他是去军区活动转业的事儿了！”

高大山要发火又止住，自言自语说：“好哇，看样子革命又到了转折关头！没想到我高大山身边也出了个逃兵！”回头对秘书科长说：“等他回来，立即关他的禁闭！我这辈子，最恨的就是逃兵！”

秘书科长点头说：“司令员，刚刚接到军区电话通知，说后天陈参谋长要来，代表军区跟你、跟守备区党委班子谈话！”

高大山一怔，紧张地说：“找我谈话？找我谈什么话？……”意识到对方正注意自己，警觉了，朝他摆手，轻声地说：“去吧去吧，我知道了……”

现在轮到高大山不安了，夜晚，高大山在屋里转来转去的。秋英见他那样子，焦急地说：“哎呀，我说老高，你还磨道里的驴一样转啥哩，上上下下都传疯了，守备区要撤，你也不打个电话给咱那亲家，要是真的，咱得赶紧想办法动一动，你总不想一辈子老死在东辽城吧！”

高大山说：“都传遍了，都是谁在传小道消息！无组织无纪律！我给谁打电话？我谁也不打！要撤我的白山守备区，没那么容易！你还说对了，我就是哪儿也不想去，准备老死在东辽！”

秋英说：“你就倔吧，都啥时候了？你不打电话别人打，我听说刘副政委张副司令昨天就到军区去了。”秋英不觉越说越气，“你到底打不打这个电话？你这个人就是自私，一辈子自私！你想死在东辽城，我们不想，我和孩子们还想到省城住几天呢！你不打我打！”

高大山说：“你也不能打！为这种事情我高大山一辈子没打过电话！天要下雨娘要嫁人，别人怎么着我不管，可我不是他们，我是高大山！”

秋英说：“你就认死理吧！你是不撞南墙不回头，不见棺材不掉泪！你不为自个儿想，也得为高敏高岭他们想！高敏跟建国过成这个样子，守备区一撤销，建国还不是要调走，两个人还不是要散伙？高岭这孩子一心要考艺术学院，咱家要是能趁这个机会调进省城，孩子去上大学，离家也近点儿！”

她赌气去打电话。被高大山按住了话筒，说：“别打了。后天陈刚就要来了！”

秋英惊讶地看着他。

深夜了，高大山还在床上翻来覆去。秋英不耐烦地说：“这一夜你还睡不睡了？”

高大山坐起身子说：“我睡不睡又有啥关系？我操心的是白山守备区，是守备区的干部战士，要是真叫他们撤了，这些人咋办？还有几百公里的边防线，谁来守卫？我不懂！我也不相信！国家真的不要我们这些人了？国境线就不要人看着了？

当兵当到今天，我头一回当糊涂了！”

秋英说：“哎，说不定这是好事，以前守备区在，你走不了，守备区没了，他们总不能把你撂这儿不管吧？你的老首长、老战友都在军区，那么多人，只要你给哪一个说一声，咱也不求他们帮忙，就是在这个节骨眼上给他们提个醒儿，别把你忘了，也就调到军区去了！”

高大山想的仍是自己的心事，说：“不行。真有这样的命令，也是个错误！方向路线上的大错误！我不能不管！我是老共产党员，革命军人，我要给军区党委，给中央军委写信！他们可以不要我高大山，但是不能丢下我们守了这么多年的边防线！”说着他下床向外走，秋英在后面喊：“三更半夜的，你还上哪去……”

高大山回头大声地说：“好军人从来不下战场！我去战斗！”

秋英嘴里没好气地嘟哝着睡下说：“你就疯去吧你！神经病！”

高大山来到书房开始写报告，一根根抽烟，写上开头几个字看看不行，便把纸团成蛋儿扔到地下，渐渐的地下已经到处都是纸团，烟灰缸里的烟头也堆得满满的。他自言自语地嘟囔：“你说这话都在嘴边上的，一写咋就不顺溜了哩！这是啥笔呀，哪个厂出的，净欺负我们工农干部！”突然想起了什么，跑上楼砰砰砰砸门，喊：“高岭，起来！”

秋英从隔壁房间探出头来说：“高大山，你半夜三更地抽啥疯啊！”

高大山说：“谁抽疯？你才抽疯呢！养兵千日用兵一时，这时候不用他，供他上学干啥！”高岭睡眼惺忪地走出来说：“爸，啥事儿？”

高大山一把揪住他的衣领子往楼下走：“爸爸有急事！来，我说，你写！”高岭叫着说：“爸，爸，你放开我，你揪住我头发了！”

来到书房，高岭还一个哈欠接着一个哈欠的。高大山叉着腰，走来走去说：“你写，中央军委：我，高大山，一个老兵、老共产党员、老边防战士，我，以我个人，对了，还有白山守备区全体官兵的名义，坚决反对撤销白山守备区！我们一辈子都在守卫边防线，当年毛主席派我们来守卫边防，就想扎根一辈子，现在也不想离开，我们要一直守在这里，谁想让我们离开都不行！”

高岭趴在桌上写，忽然抬头说：“爸，咱白山守备区真撤了？”高大山说：“别打岔！你一打岔我的思路就乱了！”

第一批转业人员的名单已经下来，林晚是其中之一。高大山到医院去看她，两人在医院林阴道上边走边说，心里感慨不已。

高大山说：“小林呢，看样子这回你我都得脱军装了。”林晚说：“老高，我现在知足了，当年要不是你下令把我调到守备区医院来，我早就脱军装了，多穿这么多年的军装，我知足了。”

高大山神情复杂地说：“下一步有啥打算，你说，只要我能帮上忙的，我一定帮你。”林晚说：“我也到了退休年龄了，杜医生前几天说他们地方医院缺人，那家医院离我老家也不远，也算叶落归根了。我准备退了休就去他们医院应聘，只要不让我呆在家里，干什么都行。”

高大山说：“还是你们当医生的好哇，救死扶伤，一辈子也不会失业。不像我们，到现在，没用了，一个命令，军装说脱就脱了。”

林晚说：“老高，想开点，当年我就欣赏你那股猛劲，说干啥就干啥，还记得当年在朝鲜负伤那次嘛，你都被炸烂了，你能活下来就是个奇迹，没想到你又站了起来。”高大山说：“我那是听说让我脱军装急的。”林晚说：“这回咱们脱军装是大势所趋了，你可别想不开。”

高大山叹口气，不再说话了。

林晚说：“老高啊，咱们都老了，这一走，不知我们何时才能见面。”高大山说：“林晚，我知道你心里一直有我，有时我晚上猛不丁地想起当年来，心里也咕咚咕咚的。咳，谁让我是军人呢，谁又让我这辈子娶了秋英呢。到现在对当初的选择我也不后悔。”

林晚说：“老高，有你这句话我就知足了。”高大山望着林晚：“小林呢，咱们都是军人，出生入死的啥都见过，儿女情长啥的就忘在脑后吧，这样大家心里都净了。到地方来封信，报个平安。有机会老战友再聚聚。”

林晚站住，深情地说：“老高，这回你可不能趴下，在我林晚的心里，你高大山一直是虎虎有声的。”

高大山抬头，望着渺远的天空说：“林晚，你放心，我高大山不会趴下，我一直担心你一个人，后半辈子也该有个着落了。”

林晚有些动情说：“虽然我一个人，可我并不空虚，这么多年我的心里一直被一种精神感召着，它时时给我勇气，给我力量。”

高大山岔开话头说：“你什么时候走？”

林晚说：“后天的火车。”

高大山说：“到时我去送你。”

林晚说：“你那么忙，就别送了。”

高大山说：“我一定去。”

到了送行的那天，火车站热闹非凡。火车上披着条幅：“祝老兵安全顺利回乡。老兵，老兵，我亲爱的兄弟。”车站的喇叭里播放着《让我再看你一眼》，车厢里，窗口里外挤满了话别的战友。

林晚倚在一个车窗口上，目光在人群中寻找高大山。高大山匆匆走来，在窗口中找到了林晚，两人凝视着。高大山说：“小林子，再笑一个，就像当年那样。”林晚动情凄婉地笑了一下说：“老高，可惜我们没有当年了。”高大山拍着胸脯说：“有，谁说没有，跟以后比，我们还是年轻的。”林晚说：“你还是当年那样。你是个优秀的战士，也是个优秀的男人。”

高大山说：“不，我不是，起码对待你的问题上，我不是。”林晚拭泪说：“老高，有你这句话我就够了。秋英能跟你，是她的福气，也是你的福气。”

高大山也有些动情，掩饰地打着哈哈说：“你看，你看，咱都老大不小的了，今天是来送别的，咋说起这些话了呢。还是那句话，回老家后找个好老伴，下半辈子也有个依靠。”

林晚微笑，眼里含着泪。这当儿，火车鸣笛启动了。

高大山大声地说：“小林子，记住我的话，笑一个，拿出当年小林子那个样子来。”

林晚灿烂地笑，说：“老高，再见了。”高大山举手向列车敬礼，大声地冲列车说：“我们会再见的。”

送走了林晚，高大山心里反倒安了下来。早晨一家人在吃饭的时候，高岭对秋英说：“我爸今天的精神头儿好多了，馒头也多吃了一个！”秋英说：“我都跟他过一辈子了，他是越折腾越精神！”高大山说：“啥叫折腾，这是战斗！”放下碗就要走，秋英撵上去说：“老高，我求你了，无论如何，明天陈刚来了，你一定提醒他一下，别让军区首长把你和咱这一家子人忘了！”

高大山回头，瞪眼说：“秋英同志，我要严肃地跟你谈一次！这两天你不要再烦我了！明天陈刚一来，白山守备区的命运、守备区成千上万官兵和他们的家属孩子的命运，就要被决定了！我是这个守备区的司令，在这些人的命运、守备区的命运、几百公里边防线的命运没被确定以前，你不要再给我提你的事，我们家的事！”

秋英气得坐下，捡起身边一张报纸看一眼，远远地扔掉。

高大山被秋英一番话弄得气冲冲的，来到办公室刚放下公文包，电话铃就响了。他拿起话筒，眉头渐渐皱起来：“喂，谁？伍团长？你咋地啦？你哭了？你哭个什么劲儿你！什么？你也要转业了？政委跟你宣布过军区的命令？你不想走？不，我理解。我也不想让你走。可是铁打的营盘流水的兵，我们这些人总不能老在这儿吧？我去跟你说说？恐怕不行。你这一级干部的任免权在军区，我的话也不算数啊。我说你别哭行不行，这么半大老头子了，不就是转业嘛……”

他放下电话，心情沉重。想了想，突然拉开门，喊：“来人！给我派车，马上！我要到三团去！”

车到三团团部，伍亮红着眼圈上前给高大山庄重敬礼，高大山拉住他的手，直视他的眼睛说：“来，叫我看看，小伍子是不是还在掉泪！”

伍亮强笑说：“司令员，你来了，我就不哭了！”

高大山说：“好样的。我这趟来没有公事，就是来看看你，看看你们大家！你们打算怎么招待我呀？”

伍亮回头看看政委，眼睛一亮说：“司令员，上阵地看看怎么样？”高大山兴奋地说：“行啊！”伍亮说：“不坐车，骑马！”高大山说：“伍亮，你还养着马？太好了！”

伍亮回头对警卫员说：“给司令员和我带马！”又悄悄附耳对高大山说：“那马我一直给你留着！”

两人在营区里走着，高大山满眼留恋之情，说：“哎，叫我看看，这里变化大不大，我一生中最好的时光，都是在这里度过的。这个地方好哇！”伍亮和政委跟着他走，随声附和，不时交流一下会意的目光。一行人来到大风口哨所，全排已在列队等候。高大山视察过兵舍，又来到1045号界碑处，抚摸着界碑，眼睛都湿润了。到了山头上，高大山和伍亮驻马远眺，高大山情不自禁地说：“多好的地方。青山绿水，好地方啊！一辈子最好的时候都留在这儿了，你不遗憾吧？”

伍亮说：“不，我不遗憾。如果有来世，我还跟着你当兵。”

高大山说：“伍子，都说铁打的营盘，流水的兵，看来咱们都要被大水冲走了。”

伍亮说：“司令员，我真舍不得离开这里，离开你。”

高大山神伤地哼起了四野的歌。伍子随声附和着，两人越唱声音越大，泪水同时都模糊了双眼。

王铁山的腿已经好了，正在收拾东西准备出院，这时高敏走了过来，说：“今天非得走不可？”王铁山说：“今天守备区召开最后一次军人大会，我不能错过。”高敏说：“你是转业，还是留下？”王铁山说：“一切服从命令。”

高敏帮着他收拾好东西，两人向外走。王铁山说：“你别送了，这么长时间，多亏了你，要不是你，恐怕今天我还躺在床上。”高敏说：“谢我干啥，你能今天这样，靠的还是你自己。”王铁山说：“今天一走，不知啥时能见面。”高敏也伤感地说：“过一阵子医院说不定也要交给地方了。”

王铁山回头深情地望着医院说：“我会记住这里的每个日日夜夜的。”说完便转身离去。

高敏目送王铁山远去，神情失落。

高大山最不愿看到的那一天，还是来了。从此，戎马大半辈子的他终于给自己画上了句号。这是高大山的无奈，也是许多像高大山一样的军人的无奈。在变化的时代面前，他们无法抗争，他们只能面对现实。

来宣读文件的是陈刚。会议室里，高大山等守备区的领导与陈刚等军区来的人相对而坐，气氛严肃。陈刚拿出一份红头文件，咳嗽一声说：“现在，我代表军区党委，宣读一份命令。”

高大山坐得笔挺。

陈刚说：“中央军委命令，下列守备区予以撤销：辽西守备区，江东守备区，三峰山守备区，白山守备区。以上守备区的防务任务，移交守备五旅。”

高大山眼圈慢慢变红。

宣布消息的地点选在礼堂。礼堂里一时挤满了干部战士连同职工家属，值班军官跑上台，吹哨子喊口令：“各单位整队！各单位整队！开会时间到了！”有人在台下喊：“守备区都撤销了，还整什么队！”还有人喊：“不就是解散吗？快宣布吧，不然我们走了！”

值班军官无奈地跑到首长休息室，见高大山红着眼睛，闷声不响地坐着，愣了一下，还是报告说：“司令员，整不成队，没人听招呼了！”

高大山猛地站起，脚步咚咚地从侧幕走向舞台，用凛厉的目光扫视台下，大声地喊：“全体——听口令！”

台下嘈杂的吵闹声消失了。

“立正！以中央基准兵为准，向左向右看齐！”

人们不自觉地立正，队伍迅速靠拢，不分单位集合成一支队伍。

“稍息！”

队伍刷的一声稍息。

高大山说：“讲一下——”

队伍又刷的一声立正。

高大山敬礼说：“请稍息！今天把大家集合到这里，要讲什么事，你们大概都知道了！刚才有人讲，守备区要撤销了，还站什么队！这像是我们该说的话吗？我们是军人，同志们，只要上级还没让你脱下军装，你就是军人！军人是干啥吃的？

一切行动听指挥，和平时期守卫边疆，战争时期冲锋陷阵！假如说我们一生都在守卫的一块阵地不能不放弃，我们怎么办？同志们，我今天要跟大家说清楚，不是我们没有战斗力，不是我们守不住，也不是我们没有战死在阵地上的决心，随着形势的发展，是上级命令我们撤！不管我们多么不情愿，也不管我们多有意见，上级还是命令我们撤！同志们我们怎么走？我们能像一群乌合之众那样一哄而散？进攻时我们是英勇的战士，撤退时我们也是！我们应当紧紧拥抱在一起，高举着我们被牺牲的同志的鲜血染红的战旗，高唱着我们英勇的战歌，离开我们守卫的这个山头！同志们，上级命令向敌人打冲锋，是对我们的勇气、意志、忠诚的考验，现在让我们撤，也是对我们的勇气、意志和忠诚的考验！只有经得起这两种考验的人，才算是真正的军人！很快许多同志连身上的军装也要脱掉了，我们还有什么？我们只有一个军人的荣誉感和自尊心，只有我们的勇气、钢铁般的意志，只有我们对祖国的忠诚了，同志们！好，我现在问一句，有谁在我们撤下阵地的时候，不愿和大家在一起的，你们可以走了！愿意留下来的，就跟我一起，笔挺地站在这里！”

全场鸦雀无声。不少老兵热泪盈眶。

队伍中的王铁山，两行热泪流下来。高大山目视全场说：“现在，由白山守备区政治委员刘明福同志，宣读中央军委的命令！”

刘明福宣读军委命令的时候，高大山笔挺地坐着。军委命令宣读完了，政委大声地说：“现在我宣布，会议到此结束！各单位带回——”

高大山大喊一声说：“慢！”

他走到前台来，环视台下说：“同志们，守备区要撤销了！很快大家就要分开，我们在一起的日子不多了。可是我们不能这么走！我们应当像一群被迫撤离自己阵地的勇士，高举起被鲜血染红的旗帜，唱着战歌离去！同志们，现在我提议，我们再最后一起合唱一次军歌！我来指挥！”

他向前走一步，高声领唱起来：“向前向前向前……预备——唱！”

全场响起雷鸣般的歌声。王铁山在人群里，眼含热泪忘情地唱着，主席台后面的陈刚等人也站了起来，军人们个个热泪飞溅。

会议一结束，高大山像累坏了似的，垂头闷坐在书房里，悲愤难抑。秋英小心地走进来问：“老高，陈参谋长走了？”见高大山不答，秋英提高了声音：“老高！高司令员！”高大山还是不答。秋英走过来，看他说：“老高，我跟你说话呢！”高大山怒冲冲地说：“说呀，我不是听着的嘛！”秋英好声好气地说：“老高，我是问你，陈参谋长是不是走了？”“走了！好事干完了，他还不走？”“哎，你就没问问，军区下一步对你有啥安排？”“没问！也不想问！”秋英来了气说："前几天你还说，守备区撤销的事定不下来，你不准我提个人的事，我们这个家的事，这会儿守备区也撤了，也没有啥人的命运叫你操心了，你还不问问你个人的事，咱这个家将来搬到哪里去！我看你是这阵子折腾的，脑子有了毛病！"

高大山一下子跳了起来："我警告你，我这会儿心情不好，非常不好！你给我出去！"

秋英也不由来气了："你心情不好，我还烦着呢！好，我不惹你，这个家，咱不过了！"说完便往外走。

高大山却不愿放过她了："秋英，你站住！你刚才说啥？不过了？不过就不过，你吓唬谁！"

秋英说："今儿我不跟你吵……"忍不住又站住，"我就不信了，你不关心这个家，不关心我和孩子，你就不关心你自个儿？你当了一辈子兵，这会儿就不想当了？听说部队马上要恢复军衔制，你就不想穿一身新军装，挂上将军牌？照理说，凭你的资历和职务，早就该是将军了！……哼，将来见人家陈刚穿上了将军服，土地爷放屁——神气，我就不信你高大山不眼红！"

高大山一时中了计，冲她吼道："谁说我不想当兵了？将军不将军我不在乎，这么多年都过来了！可是要我脱军装，办不到！我高大山今年才五十九，比起别人我还小着呢！"

秋英手指着电话说："那你还不赶快打个电话？守备区都没有了，你留在这儿就是个光杆司令了，你得找个有兵的地方去呀！"

高大山说："打就打！谁怕谁！又不是为个人的事找他们！……哎，我还真得问问他们，打算让我高大山到哪去，他们不能就这样不管不顾地把我扔这儿了，他们得给我再找一块阵地！"说着拿起电话打起来："吕司令吗？我是高大山啊，对，小高，老师长，我可是你的老部下，你对我的情况最了解，白山守备区是叫你给撤了……咋不是你撤的呢？当初你要是给军委说句话……好好好，形势需要，撤了就撤了，可你不能不管我了！我今年多大了？我多大了你还不知道？我五十七，虚岁五十八……你非要那么算，我也才五十九，比起那个谁谁……我小高还小着呢，还能给咱部队上出一膀子力呢！什么，你也要……"

他慢慢放下电话，望着窗外。

秋英一直躲在他身后听，见他半天没回头，悄悄绕到前面看他的脸，他已是泪流满面。秋英害怕地说："老高……"

高大山突然伏在桌面上，孩子似的大哭起来。

秋英摇晃着他，喊道："老高，到底是咋啦，你说个话呀！"

高大山抬头，可怜巴巴地看着她说："吕司令说，我的离休命令已经下了，他自己这一回也要下……"

秋英颓然坐下，说："那咱不是去不了军区了？"泪珠子也从脸上落下来。

这一整天，高大山一直石头一样面壁坐在书房连饭都不吃。

秋英小心地推开一条门缝，轻手轻脚走进来，把饭碗放下，看了看桌上放凉的饭，说："老高，你都两天没吃饭了，吃点吧。"

高大山不答。

秋英在他身边坐下，拂泪说："你就是再这样坐着，你心里再难受，事情也没办法挽回了。算了，我也想通了，东辽这个地方挺好的，不去军区就不去，咱们就在这里住一辈子……"

高大山不答，一动不动。

秋英仍想着自己那点事说："咱不去就不去，反正高敏得跟建国一块调军区。到时候咱要是想闺女了，就一块坐火车去省城看看，也逛逛人家的大商场，参观参观新盖的大剧院……"

高大山像是什么也没听见。

秋英站起，端起凉饭，有点生气地说："行了行了，难受一两天就得了。连我都听说，这回是百万大裁军，像你这样穿不上将军服的老同志多着呢，又不是咱一个！你就是自己跟自己置气，不吃饭，饿坏了身子，穿不上还是穿不上！"

她背过身往外走。高大山慢慢地扭过头，愤怒地、仇敌似的盯着她。秋英有所觉察，站住却并不回头地说："你看我干啥？我还说错了？"

她走了出去。高大山慢慢地站起，扭头看了看身边冒热气的饭，又转了两圈，才坐下来吃一口，哇地吐出来，把筷子一摔，大叫说："猪食，呸，猪食。"

还在门外的秋英又走回来，疑惑地看着他，走进来小心地尝了一口，望着闷坐下来的高大山，小心地说："这饭咋不好吃呀？天天不都是这饭吗？"

高大山大叫说："苦！你这是饭还是药？你叫我吃药呢！"

秋英不跟他一般见识说："好了好了我知道了，不是饭苦是你的嘴苦。这饭不好吃我再给你做。说吧，想吃啥？"

高大山说："我想吃啥？我想吃天鹅肉你能做得出来吗？我就想吃人能吃的饭！"秋英说："你想吃天鹅肉也得有那个命。等着，我给你烙饼去，烙饼卷豆芽，再弄一锅酸菜窜白肉。要不就来点酸菜馅饺子，你看咋样？"

高大山又低下头不说话了。

拂晓时分，高大山从床上一骨碌爬起，一看表，吃了一惊："咦，都啥时候了，还不吹起床号！"

秋英被他吵醒了，说："你又瞎折腾啥？守备区都没有了，还吹啥起床号！"

高大山一怔，慢慢躺下，睁着眼睛发呆。

秋英却扯起了呼噜。高大山推了她一把说："你睡觉咋这么多毛病？睡就睡呗，打啥呼噜！"秋英醒过来，不理他，翻身睡去，一会儿又打起了呼噜。高大山摸摸索索地爬起来，穿衣起床，来到了空荡荡的操场，一个人跑起步来。

李满屯走过来，站在操场边上看，忍不住说："司令，还跑呢！"

高大山说："跑！"李满屯说："一个兵都没有了，都成光杆司令了，还跑啊！"

高大山说："跑！跑！我要一直跑下去。"

李满屯笑说："老高，拉倒吧，都这么大岁数了。"

高大山说："少废话，你也来！"他硬拉李满屯。李满屯抗拒着说："我不行，老胳膊老腿的。"高大山下令说："李老抠，立正！"

李满屯不自觉地立正。高大山说："以我为基准，一路纵队，跑步——走！"两个人一前一后在操场里跑起圈来。

高大山说："唱歌！唱咱四野的歌！"他起头，两个人边跑边唱。歌声中透着苍凉。

整个上午高大山都在空荡荡的营院转悠，风在没人走的路上吹动着落叶。一个小孩学着军人在走正步，嘴里喊着"一二一"。高大山站着，望着操场、办公楼，满目凄然。他久久地站着，风吹落叶声仿佛渐渐变成了隐隐的军号声、歌声、战士们操练的口令声和雄壮有力的足音。他眼里不知不觉闪出泪光，口中也轻轻地哼起了军歌。

高岭骑车经过，看见了父亲，下车默然伫立良久，推车走过来说："爸，你怎么又到这儿来了？回家吧。"

高大山神情恍惚地说："你今儿考试去了？高考都完了？"

"完了。"

"考得咋样？"

"还行。"

"听你妈说你报的是省城的艺术学院？"

"嗯。"

高大山回头，用怜悯的目光瞧儿子说："就你这样，人家要你？"高岭说："估计问题不大。面试已经通过，文化考试也过了。"高大山心不在焉地说："将来从艺术学院出来，也就是给人家剧团拉拉大幕啥的吧？"高岭说："爸，别这么说。我报的是编剧专业。"

高大山说："就是那种整天坐在家里瞎编乱造的人？"高岭说："爸，这你不懂。编剧就是作家。"高大山不屑地说："哼，好吧，你要是愿意，就去当个'坐家'吧。你这样只能当个'坐家'了……"他不再理儿子，丢下儿子默默地神情痛苦地望着他，顾自一个人在风吹落叶中踽踽独行，不觉走到了遍地落叶的办公楼前，只见几个战士将楼上的家具搬下来，装上一辆卡车。

高大山沉沉地问一战士说："这是往哪儿搬哪？"

战士看他一眼说："首长你还不知道吧，这儿打算交给地方了，市政府要在这里建开发区，这幢楼据说已经卖给南方的一家公司了！"

高大山变色，掉头就走，隐隐听得身后的对话："这老头儿是谁？看着怪怪的！"

"听说是这儿原来的司令。"

"怪不得呢。人到这时候，也怪可怜的！"

然后是卡车开走的声音。这一切使得高大山满脸怒气，他大步走着，迎面走来的尚守志和他打招呼他也不理，视而不见地继续朝前走。尚守志喊："老高，这是又跟谁斗气儿呢？你别走哇！我说，这地方都快成超级大市场了，咱们的干休所修好了没有啊，什么时候能搬去呀！"

高大山不回答，怒冲冲地回到家，一脚把门踢开，进来，又一脚把门踢上，正在摆餐桌的秋英和高敏都不由回头看他。秋英说："老高，你这又是咋啦？"高大山哼了一声，看看高敏，挖苦地说："你可有日子没回家了啊！是不是打算跟建国去军区啊？啥时候走给家里说一声，我们也开个欢送会！"高敏痛苦地望着父亲，他却径自回书房里去了。秋英说："高敏，别理他。哎，对了，你们医院是留在部队还是交地方，定下来了吗？"高敏坐下吃饭说："没有。"话还没说完，高大山又怒冲冲从书房走出来，秋英站起来喊："老高，吃饭了，你还上哪去？"高大山不回答，气冲冲出了门。

他来到作战室。一个青年军官正指挥几名战士将墙上地图取下来，胡乱塞进一个粗糙的木箱，见了高大山，忙回身给他打招呼。高大山说："你们打算把这些东西弄哪去呀？"

军官说："老司令，根据军区的指示，所有原白山守备区大演习的资料，都要集中起来，送军区档案馆归档。”高大山大怒说：“你说啥？归档？归什么档！”他冲动地走过去，抓起一张地图说：“这是啥？这是白山守备区指战员多少年的心血！是人的热情、盼望和生命！归档归档，归了档还有啥用？归了档就是废物，有一天送到造纸厂化浆！好了，你们也别归档了，我这会儿就帮你们处理！”他要撕地图，被军官拉住。

军官说：“老司令，别这样，这些都是珍贵的历史资料！”

高大山有些失态地笑起来：“哈哈，历史资料，说得对！这么快就成了历史资料了！……历史资料，对！不但这些地图，这个沙盘成了历史资料，我这个人也成了历史资料！历史资料，好词儿！哈！哈！行，行，你们收拾吧，该归档就归档，该烧就烧，想扔就扔，啊，好好干啊，干好了让他们给你们发奖章，立功！”军官同情地看着他，想了想说：“司令，这样行不行，你要是喜欢哪张地图，我悄悄地给你送家去！”正往外走的高大山站住了，慢慢回过头。军官说：“还有这个大沙盘，抬也抬不走，给哪哪不要，要不，也给你抬家去？”

高大山低沉地说：“你们不要了？”

军官说：“这东西太笨重，运不走，早晚是个扔！”

高大山点头说：“好！你们不要我要！这个沙盘，还有墙上的地图，都给我弄家去！”他往外走几步又回头说：“小心点，别给我弄坏了！弄坏了我要你们赔！”

军官笑说：“老司令你就瞧好吧，保证完完整整地给你送家去！”

高大山走到门外，抬头看见作战室的牌子还在那儿挂着，一把将它扯下来，提溜着往家走。

第二十三章　守营

秋英见他这样子，说：“老高，你又把啥破东西捡回家里来了？”高大山说：“跟你没关系！”他走进书房，将牌子朝书柜上面一扔。秋英跟着走进来说：“这么个破牌子你也往家捡，你快成捡破烂的了？”高大山说：“我乐意，你管得着吗！”他重新将牌子取下来，爱惜地用衣袖抹上面的灰，重新放好。秋英赌气出去了。高大山回头喊她说：“哎，你别走！等会儿把这屋子腾腾，我要放东西！”

他去叫来了几个战士，让莫名其妙的秋英指挥几个战士吃力地从书房往外搬家具。搬完，看着空荡荡的屋子，高大山拍着手，很是满意。

秋英说："你到底想拿这间屋子干啥？"

高大山说："我的事你甭管。到时候你就知道了！"

军官果然带几个战士把沙盘抬进高家来了，高大山在一边指挥说："小心点小心点！这边走这边走！"

小敏跑上楼向秋英报信："姥姥，姥姥，看我姥爷又把啥捡回来了！"秋英跑下楼来，惊讶地说："老高，你们干啥呢？"高大山不理秋英，指挥众人将沙盘抬进书房。秋英追进来说："老高，你把这个东西弄回来干啥呀！"高大山不理她，指挥战士们把沙盘在屋中放好。一个战士将一捆地图抱进来，一切放好了，高大山把军官和战士们送出门，一转身又回到书房，端详沙盘位置，这边挪挪，那边挪挪，找东西支稳沙盘腿。

秋英站在门口看，越看越生气。

高大山把地图捆打开，拿起一张往墙上贴，回头对她说："站那儿瞅啥呢，还不过来帮个手！"

秋英气愤地说："正经事你不干，你就胡折腾吧你！"扭头就走。

高大山对看热闹的小敏说："小敏，你来帮姥爷！"

小敏高高兴兴地过来帮他。

布置停当，高大山将作战室的牌子钉到书房门外，拍拍手，打量着，嘴里情不自禁地哼出两句军歌来。

高岭在一边默默地看着头发已经变白、显出老态的父亲，不知心里什么滋味。

一吃完晚饭高大山就哼着歌走向书房，秋英、高敏、高岭注意地望着他。

高岭问秋英说："妈，我爸今儿咋恁高兴？"

秋英低声地说："自从守备区被撤销，他就一直上火，跟我置气，今天人家把个大沙盘抬进家，他的气也顺了，也不置气了！"三人压低声笑了起来。

高大山一个人呆在书房改成的"作战室"里，面对沙盘坐着，他原先只是凭吊，渐渐地又进入了情况。突然，高大山发现了什么似的自言自语说："哎我原先咋就没想到这么干呢……要是敌人不进攻我防区正面……万一他们突击我侧翼兄弟防区奏效，就会这样兜个圈子绕回来，打我的屁股……如果是这样，我就预先在这里放上一支小部队，先堵住他的前锋，不让他长驱直入，包了我的酸菜馅饺子……"

他越来越入戏，连高岭进门都没觉得。高岭默默望着父亲，一时心潮起伏。

天亮的时候，营房的门口挤满了各种地方的车辆，乱成一团，喇叭声呐喊声像是闹翻了天了。

“这是怎么的啦？卫兵！卫兵呢？”跑步过来的高大山看见，异常的生气。

一个穿着没有领章帽徽军衣的中年人推车走过说：“老司令，你还不知道？卫兵撤了，这地方正式交给地方了，你看看这门，牌子都换了！”

高大山一看那新钉上去的牌子，竟是“东辽科技发展公司夹皮沟商贸有限公司”，他又回头看那些拥挤的车辆说：“可是这样也不行啊！这样怎么能行呢？”他大步走到卫兵原来站的台子上，朝那些车喊了起来：“都别乱，听我的命令！你，往后退！”那司机知道在喊他，不服，说：“你算老几呀？我凭什么往后退！”旁边的人对那人说道：“他是这里原来的老司令！”司机不禁一怔，下意识地顺从。

“所有人都听我的口令。”

高大山接着继续吼了起来，“退，再退。”

车辆们随着高大山的手势，转眼间前进、后退，后退、前进，慢慢地，营房门口的秩序正常了起来。

高大山随后来到了办公楼前。

这里也林林总总地钉了许多新牌子。一辆地方轿车快速驶来，吱一声停下，差点碾着了高大山。

“你找死呀你，站在那儿！”司机伸出头喊道。

高大山想发作，突然甩了甩手，转身离开。

回到房里，高大山闷闷地坐着，突然拿起电话打起来：“军区老干处吗？我是谁？你是谁？我别发火？我发火了吗？我是高大山！我问你们，我们这些人啥时候才能搬进干休所呀！这个地方，我一天也不愿呆了！你赶快给我找个地方，我要搬走！对，我要搬走！”他放下电话，伏在沙盘上，悲愤难抑。

一直到晚上高大山还是坐立不安。一家人都在看电视，秋英说：“老高，你要坐就坐下，要站你就站着，你坐下又站起来，站起来又坐下，看着你我就头疼！”高大山看看她，走到一边去。高敏满腹心事地盯着电视看，播放了些什么她却一点也不知道。

秋英说：“我说高敏，你今儿咋回来了，又不是星期天？”

高敏不答。秋英着急地说：“你看你这孩子，你咋不说话呢！都到这时候了，你和小敏也没跟建国走，下一步你们医院咋个办，也不给我们透一声，你到底是想咋地！”

高敏静静地说：“妈，爸，我今儿回来就是想正式告诉你们，我和建国离婚了。”

一时间，秋英和高大山都震住了，吃惊地望着高敏。高大山急急地说："高敏，你说啥？你跟建国离婚了？"

高敏不看他们，说："对！"高大山红了脸，转着圈，突然大怒说："这是啥时候的事儿？事先为啥不跟家里说一声！你眼里还有没有我这个爸，还有没有你妈！"

高敏强硬地说："爸，妈，离婚是我个人的事。和建国离婚是我和他之间的事。我都大三十的人了，我的事你们不要管了！"

秋英说："你个人的事！你还是这个家的人呢！你也太胆大了，这么大事也不先跟家里说一声！……快说，你啥时候跟建国离的婚？还没办手续吧？事情能不能挽回了？"

高敏说："爸，妈，你们不要再逼我。实话说吧，我和建国几年前就分居了。就是为了照顾双方家长的脸面，才一直拖着没正式离婚。这回正好守备区撤销，建国要走，我们医院也要交地方，我们才决定把手续办了……"

高大山又吃了一惊说："你们医院要交地方？"

高敏说："对。"

高大山说："以后你也不是军人了？"

高敏说："没错。"

高大山呆呆地看着她，突然转身，弓着腰一步步艰难地向书房走。

秋英惊讶地看着他。

高敏说："妈，我想把小敏留在家里几天。明天我要出门。"秋英回头吃惊地望着她苍白的脸说："高敏，闺女，是不是建国逼着你离的婚？是不是他先变了心？……这不行！他不能就这样撇下你们娘俩，一甩手就走！我得打电话给你婆婆，不，给你公公，我要向他们给你讨个公道！我知道你心里苦，可是你千万要想开，不要往绝路上想！我这就打电话！"她站起来就去打电话："喂，给我接军区陈参谋长家，怎么？我得通过军区总机要？你们是不是搞错了，我是高司令家！我是秋主任！你们知道？你们知道还让我通过军区总机要？这是规定！什么时候的规定……"

高敏说："妈，电话别打了。是我要和建国离婚的。这事不怪他！"

秋英放下电话，吃惊地望着她。然后无力地走回来坐下，慢慢流出泪来。

秋英说："高敏，你可真叫我操心呢。我原先想着，你爸这一离休，咱们家也就这样了，好在还有你，要是你跟建国去了军区，和你公公婆婆住在一块，日子过得红红火火，我这心里头会觉得这个家还有盼头！这下完了，你离了婚，还带着个孩子，又到了地方，以后一个人咋过呢？你刚才也瞧见了，就是你爸也不想让你离婚，你不离婚就可以不脱军装，他离休了，高权不在了，你再转了业，他会想，他这个老军人家里，怎么一下子连一个穿军装的也没有了。你爸他受得了别的，受不了这个！”

高岭一直情绪激动地站在远处望着他们。

高敏突然泪流满面，激动地提起手提袋出门。秋英追过去喊：“高敏，告诉妈，你要到哪儿去？你刚才说要出去几天，看你现在这个样子，你不说个地方，我咋能放心呢！”

高敏突然可怜起她说：“妈，我不上哪去。这些天我心里乱得很，我想一个人出去走走，我回靠山屯，到大奎哥家呆几天。”

秋英点头说：“那好，你愿去就去吧，到了这时候，我也管不了你们了……”说着，眼泪便下来了。

书房里的高大山一个人闷坐听着她娘俩的对话，秋英走进来在高大山身边坐下，拿起他的手，努力现出一丝笑容，说：“老高，离婚叫他们离去，孩子大了，他们的路由他们自己走去。”

高大山不语。

秋英说：“没人当兵就没人当兵，你当了一辈子兵，咱这一家子就是三辈子没人当兵，也够了！”

高大山回头，笨拙地用手抹掉秋英脸上的一滴泪，勉强笑着反倒安慰起她来：“对。家里没人当兵就没人当兵。我都当一辈子兵了，咱们以后一家就当老百姓……”他忽然又松开秋英的手，走到窗前去，心情沉重地站着。

外屋的电视上正在播放全军授衔的消息。

高大山走出来看到电视画面上出现了穿着新将军服的军人，个个气宇轩昂，心情复杂地啪一声关上电视，又走回书房。他打开柜子门，看着挂在里面的各种年代的军衣，他情不自禁地抚摩着，眼里闪出泪花。

门外传来高岭的敲门声：

“爸，是我！”

高大山迅速在脸上抹一把，关上柜子门，回身说：“进来！”

高岭进门，注视着父亲。

秋英无声地跟进来。

高大山看看高岭说：“你怎么啦，好像有点不对劲儿！”高岭说：“爸，妈，有件事我要跟你们说一声，今天我改了高考志愿。”高大山不在意地说：“哦，又不考艺术学院了？”高岭说：“爸，妈，我决定了，报考军区陆军学院！”

秋英大惊说：“儿子，你要当兵？”

高岭说：“对！”

高大山有点惊讶，上上下下打量他，摇头，轻视地说：“你也想去当兵？你不行。你不是那块料。算了吧。你还是该干吗干吗去……当兵，你不够格！”

高岭说：“爸，我咋就不能当兵！”

高大山说：“我说你不够格你就不够格。你打小时候就像个丫头片子似的，听见人打枪就哭鼻子，没一点刚性。你不行。还是考你的艺术学院，以后去剧团里拉拉大幕啥的，恐怕人家也能给你一碗饭吃。”

秋英想起什么，上来拉住高岭，紧张地说：“儿子，咱不去当兵啊！你爸说你不合适咱就别去了啊孩子！咱家当过兵的人太多了！你爸、你姐、你哥，都当过兵，你就别当了！”

高岭说：“可我已经报了志愿。爸，妈，你们的话我不听，我说去就去！”他一跺脚转身摔门走了。秋英拉住高大山说：“老高，你说他能考上吗？”高大山转身去看沙盘，不在意地说：“甭管他。他考不上，就他那小身板，一体检人家就给他刷下来了。”夜里，高秋两人躺在床上。秋英想着高敏的事儿，说：“难道当初是我错了？”高大山说：“知啥错了？”秋英说：“高敏和建国的事呗。”高大山一时无语，秋英说：“我现在心里真不好受。”高大山说：“啥好受不好受的，过去就过去了。”秋英说：“当初想建国知根知底的，咱们家和陈家又门当户对的，两个孩子肯定错不了。唉……”

高大山说：“我就不说你了，当初要不是你要死要活的，高敏能嫁给建国？过去的事不说了，睡觉。”秋英想想便暗自垂泪。高大山说：“高敏回老家，散散心也好，那是她的根。”秋英说：“我也想回老家，可惜老家啥人也没有了，现在又退休了，乡亲们也不会正眼看我了，咱帮不成人家办啥事了。”

高大山辗转不眠，下床立在窗前，遥望星空，想起大奎临走时的话来：

“爹，咱老家靠山屯就在那颗最亮的星星下面……”

秋英见他这样，躺在床上说：“老高，睡吧，别着了凉。”

几天后，高敏风尘仆仆地回来了。

一进门，小敏就向她扑过去：“妈妈……”

秋英说：“哎呀你可回来了！到底跑哪去了？”高敏说：“我不是告诉过你，去靠山屯了吗？”秋英说：“我把电话打到靠山屯，说你走了好几天了。你大奎哥跟咱家两头都急死了，还以为你真出了啥事儿了！”

高敏掩饰地说：“啊，没事，我这不是回来了吗。对了，爹，娘，这是大奎嫂子给你们做的鞋，她每年都给咱家每个人做一双鞋，放在那儿。这不，让我给你们一人带回来一双！”说着取出两双鞋，递给秋英和高大山。秋英的注意力被转移，上下看着说：“哎哟老高，你还别说，大奎媳妇的针线活还真不赖。就是这怎么穿出去呢！”

高大山坐下，脱下皮鞋，换上它，走了几步，说：“我看挺好，穿着挺舒服。我就穿它了！”

高敏继续往外掏东西说：“小敏，这是你大舅妈给你捎的干枣；爸，这是大奎嫂子给你带的老家的烟叶；妈，这是今年的新小米，大奎哥要我带回来的！”

高大山说：“高敏，你们王院长前两天来过电话，说你们医院交地方的事已经办妥了，问你还愿不愿意回去上班。”

高敏说：“不。爸，妈，我正想跟你们说呢。省城有家医院，愿意聘我去做外科医生，我已经答应了，过两天我就带着小敏一起走！”

秋英意外地看看高大山，回头说：“怎么这么快？这回你不是一时心血来潮吧？再说了，既是你不和建国过了，还到省城干啥去？到那里你一个人又上班又要带小敏，忙得过来吗？”

高敏说：“妈，这是我自己的事，我已经决定了！”

她匆匆上楼。秋英回头看高大山，不满地说：“老高，你怎么不说话，你总得有个态度吧！”高大山哼一声，也转身往书房里走。

高岭真的考上了陆军学院。

拿回录取通知书这天，他爸还不相信。高大山斜着眼睛看他说：“就你？他们真要你了？你就是被录取了，以后当了兵，也不会是个好兵！”

高岭大声地说：“爸，你怎么就不相信我呢！我做了啥，叫你这么瞧不起我！”

高大山勃然变色说：“我瞧不起你，是因为打小你就不像个当兵的材料！小子，你也把当兵看得太容易了吧？你是不是觉得，现在部队换装了，当了兵就能穿上漂亮的军装，戴上军衔，满大街晃花小丫头们的眼？你爸我当了一辈子兵了，啥样的人能当个好兵你不知道，我知道！当兵是为了打仗，和平时期在边境线上吃苦受罪，忍受寂寞，亲人分离，枪声一响你就要做好准备，迎着弹雨往上冲，对面飞过来的每一颗子弹都能要了你的小命！你可能连想也没想就被打死了，一辈子躺在烈士陵园里，只有到了清明节才有人去看你一眼！”

秋英大声地阻止他说："高大山你胡说些啥！"

高大山一发不可收说："你今天让我把话说完行不行？儿子，不是我这个爹反对你当兵，我是想问你，你下决心考军校时想过这些吗？我看你没有，你是可怜我，当了一辈子兵，突然当不成了，你是觉得家里突然没有一个人当兵，你爸心里空落落的难受，你是为这个才不当编剧了，要去当兵。可你要是当不好这个兵，担不了那份牺牲，哪一天当了逃兵，你爹我就更难受、更丢脸！"

高岭说："爸，你说完了吗？"

高大山一怔说："说完了，你说吧！你现在好像也长大了，能跟你爹平起平坐了，说吧！"

高岭说："爸，我要说我当兵不是为了你，你信吗？"

高大山不语，等着他往下说。

高岭说："你不信。不过不管你信不信，我这兵都当定了！爸，就是你当了一辈子兵，打了多少年仗，身上留下三十八块伤疤，你也没有权利怀疑和嘲笑我的决定！新技术革命正在带来新军事革命，因此，你能当个好兵的时代已经过去了，以后就是你儿子做优秀军人的年代了！我就是为了这个，才当的兵！"

高大山有点发愣，久久地站在原地，吃惊地望着他。高岭却不说了，转身向外走去。高大山回过神来："这个小兔崽子，你竟敢说你老子不行了？"追过去朝上楼的高岭喊："我还没老呢！这会儿让我上前线，打冲锋，老子还是比你行，要不咱们试试！"

高岭不理他。

这时电话铃响起来，秋英走过去接电话说："啊，是高大山家。我是秋英。你是老干处张处长？什么事你就跟我说吧。要进干休所了？什么？老高他们这一批人都去省城，进军区的干休所？哎哟这太好了，我太高兴了？什么时候搬哪！当然越快越好！谢谢谢谢，我们等着！"

她放下电话，喜形于色说："老高，你听见了吧，我们要去……"高大山说："我们要去省城了是不是？你盼了这么多年，想了这么多年，没想到我退下来了，你的愿望倒实现了，高兴了，是不是？"秋英说："我这会儿就是高兴，我不跟你吵，我得赶紧告诉孩子去！"跑上楼说："高敏，高岭，这下好了，咱们一家都去省城，高敏你也不用一个人带着小敏了！"

高大山慢慢地走进书房，关上门，怅然若失地看着地图、沙盘，自言自语说："真的要搬走了！真的要离开这块阵地了！"他坐在沙盘前，用悲凉的眼光看它上面那些山头和沟壑。"不，我就是不能把东辽的山山水水都带走，也要把你们搬走，咱们一起走！别人不要你们了我要，要搬家咱们一起搬！”

夜里，秋英已经上床睡下了，高大山还在翻腾东西。秋英问：“三更半夜的，你又犯啥神经了？”高大山说：“当年那个东西呢？”秋英说：“当年啥东西呀，要是破烂早就扔了。”

高大山从一个小盒子里找出了那把长命锁。

“找到了，找到了。”

秋英说：“又把它翻出来干啥？你不说要压箱子底吗？”

高大山深情地望着长命锁说：“高权离开家时，就应该让他带去，可那时都把我气糊涂了，也不想让他带，明天高岭就参军了，让他带上吧。”

秋英也动了感情说：“这是你们老高家的传家宝，也该传给高岭了。”

高大山拿着长命锁敲开了高岭的房间，说：“你明天就要走了，把它带上，这是你爷爷奶奶留给你姑的。”说着不由动了感情：“当年在淮海战场上和你妈分手，我留给了你妈，明天你要走了，你把它带上。”

高岭神情凝重地把长命锁拿在手里。

高大山说：“高岭，你记住，以后不管你走到哪，你都姓高，是我高大山的儿子，你哥高权没有给我丢脸，他光荣。”

高岭立起，激动地说：“爸，你放心，我不会给你丢脸，我要在部队不干出个人样来，就不回来见你。”高大山说：“好，我就想听你这句话。”转身欲走，想想又回过身来：“我明天就不送你了，让你妈去，咱们就在这告别吧。”

高大山举起手向高岭敬礼。高岭忙回敬，一老一少在敬礼中凝视。

干休所派人到高家搬家。秋英指着地下捆好的箱箱柜柜，对干休所李所长说：“这一件里头是瓷器，装车时小心点儿；这一件里头是我外孙女的玩具，要是半路上弄丢了，她可不愿意……”

李所长频频点头说：“秋主任你放心，丢不了丢不了！”

高大山还在他的“作战室”里闷坐着。秋英走进来，小心地说：“老高，走了！”高大山像没听见一样。秋英只好又重复一遍说：“老高，走了，车在外头等呢。”高大山回头看她，像看一个陌生人。秋英走过来扶起他，埋怨说：“不叫你走的时候你打电话催人家，一天也不想在这儿呆了，真要走了，你又磨蹭上了！”

高大山环顾房子，看到了立在门口的李所长，指指沙盘说：“嘿，李所长，记住，别的东西可以不要，这东西一定得给我运过去！”

李所长笑着点头说：“知道了高司令！”

房子里所有的物品都搬上了车。上了车，高大山又回过头来，久久凝望这所房子。突然，他下车走回去。秋英和李所长吃惊地望着他。

他屋前屋后地转，提了一把锈坏的铁锹走回来，对秋英发火说："你也太拿豆包不当干粮了，把它也忘了！没有铁锹到了干休所你要种个菜啥的，拿手抠哇！"

秋英要跟他分辩说："你你……"李所长拉拉她，从高大山手里接过旧铁锹说："对！高司令说得对，这东西不能忘，带上带上！"

秋英怀里抱着高权的遗像，一边上车一边念叨说："高权，咱们走了，去干休所了。"高大山上了车，李所长拿过杯子和安定药递过来，却被他粗暴地推开。

车出了院子，高大山似乎想起了什么，突然以命令的口气说："停车。"车刚停下，高大山便跳了下来，凝视守备区大院，抬手最后敬完一个军礼后，恋恋不舍地离开了。

"给我药。"坐在车里的高大山对李所长说。李所长递过药，又把水给他送过来。高大山吃过药，闭上了眼，两行热泪从他的眼角流了下来。秋英仍抱着高权遗像，泪眼朦胧地叨叨着说："高权，咱们去新家了，看好了路，别走丢了……"

一行人来到干休所，新家已大致布置完毕。秋英在新家里走着，看着，一副满意的样子。高大山背着手走来走去，看哪儿哪儿不顺眼。他踢踢墙边一个花盆，喊："老秋，秋英！"秋英见状，忙跑了过来。高大山说："这东西怎么放的，原先不在这个地方！"

秋英看看他说："我觉得放在那儿挺好……行行行，你告诉我，它原先在哪，我挪回去！"高大山推开一间空荡荡的房子，怒冲冲地看。

李所长进门说："高司令，你找我？"

高大山说："我的东西呢？"

李所长说："不是都运过来了吗？"

高大山发火说："啥都运过来了？我当面给你交代过的东西！"

李所长恍然说："啊，你是说那个沙盘吧？我嫌那个东西太大，一个没用的东西，运回来你家里也不好放啊，我以为你给我开玩笑呢！"

高大山大怒说："你把它扔掉了是不是？你干吗不把我也扔掉！它没用？它比我有用多了！这干休所我不住了，你把我、把这些东西统统给送回去，我还住我的老房子！"

李所长说："对不起高司令，是我疏忽了。我马上带人去东辽，把它运回来。那沙盘我没扔，我留着一手呢。"李所长一边说一边赔着笑，然后退了出去。

秋英来到干休所院里，手里提着空菜篮子，满眼都是陌生。李满屯夫妇迎面走过来，手里提着买回来的菜。

李满屯说："哎呀，秋主任！搬过来了？"

秋英说："搬过来啦！昨儿搬过来的！你们来得早，都熟悉了吧？"

李妻说："也就早个十来天，还不是太熟。咋样，都归置好了吧？"

秋英说："差不多啦。"

李妻心满意足地说："这地方还不赖，是吧？"

秋英也高兴地说："是啊，到底是省城。盼了一辈子，咱也进了大城市了！"

三个人都笑了。

李满屯说："哎，司令呢？"

秋英皱眉头说："在家发脾气呢！昨天到今天，都没出那个房子！哎对了李部长，有空了你去俺家看看他，陪他说说话。这一离休，又进了干休所，在家里可老虎了，一天到晚大吼大叫，我真是怕他了！"

李妻看一眼男人，过来人似的说："都这样，你问问他刚下来那会儿，要不是嫌人肉腥，他就把我吃了！"

李满屯笑说："行。没问题。我去！"

几天后，李所长在楼下指挥战士们从大卡车上抬沙盘下来。一群干休所老头围过来看热闹。二野老头甲说："这是谁呀，闹恁大动静！"

二野老头乙说："都到了这儿了，他还想指挥千军万马呀！"

众人笑。李所长悄悄告诉他们说："高司令的！高大山！"

众说："噢，原来是他！"

沙盘一到，高大山的眉眼就充满了笑意。李所长指挥战士们将沙盘抬进空房子，放好。高大山跟在后面，虽然心里高兴，但还是忍住了高兴劲，冷眼看着。李所长笑着说："高司令，东西给你运来了，还好，没弄坏！"高大山前后左右地看着，突然发现一个蹭破的地方，先是哼了一声，随后说："还说没弄坏，这是咋回事？"

李所长去那儿摸摸，赔笑说："司令，这东西太大，车厢都装不下，磕的。"

高大山沉着脸说："好。那就谢谢你们了。"

李所长遇到大赦一样擦汗，带战士们离开，回头赔笑说："不谢不谢，我们应该做的。高司令，以后有事要我办，就打电话，我们保证尽力为首长们服好务！"

他逃一样带着人离开。

放沙盘的房间里，地图已一张张挂好。高大山把"作战室"的牌子钉在门前，然后走进去，泡上一杯茶，入定一样坐下来。

第二天清早，高大山从床上惊起，喊："几点了几点了？秋英……"

秋英惊醒说："你管他几点呢！"

高大山生气地说："你说啥呀！不上班了？"一怔，哑住了。秋英看他一眼，哼一声，继续睡。高大山躺倒，睁大眼睛，猛地坐起来，生气地说："这是啥地方，也不吹号！就是想听个号音，我才进他这个干休所。想不到还是听不到！"

秋英不理他，继续睡。高大山翻来覆去折腾。秋英睡不成，爬起来，发火。秋英说："高大山，你还让人睡不让人睡！"高大山暂时安静下来。可秋英睡意全消，睁大眼睛躺着。

秋英说："哎对了，你咋不去跑步了？去吧去吧！"

高大山怏怏地说："连个起床号也不吹，我还跑啥……"

显然，高大山来到新环境，一时还不太适应。起床后，他便一个人在"作战室"闷坐。秋英走进去对他说："我说老高，你也不出去走走，你是在家捂酱呢，你看人家老李、老尚，都在院里打太极拳呢。"

高大山回身怒吼道："我出去干啥？他们爱干啥干啥，反正我不去。过得这叫日子啊？这是监狱，我是囚犯！"

秋英不理他，哼一声，走出去。

高大山对早上不吹军号越想越别扭，他起身出了屋子，向干休所走去。

李所长在干休所长办公室里正看报，高大山一进门便冲他说："所长同志，我给你提条意见。"

李所长说："老司令，我们哪做的不好，您只管提。"

高大山说："咱们这咋不放号哇。"

李所长笑说："老司令，你说这个呀，咱这是干休所，住的都是像您一样的老干部，都喜欢自由，睡个懒觉啥的，咱要是放号，影响人家，有意见。"

高大山说："狗屁，干休所是部队的，部队就要有号声。"说罢，也不再与李所长理论，转身向外走。李所长只好赔着笑，在后面把他送出了所长室。

秋英早看透了高大山的心思，他想办什么事，就得非办到不可，否则，家里就没有安生的日子了。她一大早就来到音像商店，边问边比画问售货小姐："同志，请问你这儿卖的有没有能放军号的磁带？"

小姐说："大妈，我们这儿没有。你到那边八一音像城看看，他们说不定有。"

秋英说："谢谢。"秋英按小姐的指路，来到另一家音像商店。

她接过磁带说："这上头真的啥号音都有？"

一个年纪很轻的老板说："阿姨，这里头啥都有。这是军号大全，要啥号有啥号。"

秋英如获珍宝说："那我要了，多少钱？"

第二十四章　军号

第二天一早，秋英醒来就看表，见时间快到了，便悄悄下了床，来到厅里。她拿出收录机，放上磁带，按下播放键。然后闭上眼睛等待着。半晌，什么也没听到。她重新折腾，胡乱按每一个键，突然，收录机里播放出嘹亮的起床号音。里屋正睡着的高大山从床上一跃而起，迅速穿衣，扎腰带，跑步出门。秋英在后面看着他，开心地乐了。

干休所院内。老干部们有的在打太极拳，有的练剑，有的遛鸟。高大山抱着双拳跑步。尚守志在和一群老干部比画太极拳。

二野老干部甲说："那是谁呀，还在出操？"

尚守志说："噢，我们的老司令，高大山。"

另一老干部说："他是不是刚来呀？"

尚守志说："对。刚来一个星期。"

众笑说："我们刚来那会儿也这样。"冲着高大山："老高慢点跑，别闪了腰。"

高大山正跑着，吕司令迎上来说："小高，你给我站住！"高大山不理他，继续跑。吕司令有些生气，忍了一下说："嘿，这个小石头！"随后大声地说："高大山，听口令：立正！"

高大山站住，继续原地跑步。吕司令走过去说："我叫你立正，你咋不执行命令！"

高大山说："你跟我一样，已经不是司令了！"

吕司令说："嘿，我说你这个小高，我不当司令就管不了你了？"

高大山说："我也不是小高，我是老高！"

吕司令说："在我跟前你永远是小高！"

高大山说："老高！"

吕司令说："小高！"

高大山说了句老高就跑步离开了。

吕司令对身边的干部说：“这个小高，到这会儿还不服呢！”大家都笑了。

高大山被秋英喊回家吃饭，他一边吃一边看表，而秋英则在旁边屋子里鼓捣收录机。这次她放出的是熄灯号。饭桌旁。高大山坐在饭桌旁，感到很疑惑，走到窗前向外看，大发脾气说：“这是放的什么号？天还亮着呢，放什么熄灯号！”

秋英急忙按键，熄灯号戛然而止。秋英出门前说：“老高，这时候该放啥号？”

高大山也不看他说：“操课！该吹操课号！”秋英回去，来回倒带，忙得汗都出来了，终于放出了操课号。

高大山走进他的“作战室”，拿起用了多年的公文包出门，忽然醒悟过来，一下将它扔得远远的，回去坐下。

秋英小心翼翼地走进来。

高大山回头对她说：“好，这个李所长知错就改，好。军队的干休所还是军队，应该放军号。好！”

干休所小树林中。两拨老干部正在棋盘上杀得难分难解。尚守志和李满屯为一方，二野的老干部为另一方。

尚守志说：“四野拱卒！”

对方说：“二野跳马！”

尚守志说：“当头炮！”

对方说：“将军！四野犊子完了！”他和同伴唱起二野的军歌来。

尚守志不服气地说：“再来再来！”李满屯转身就走。

二野老干部唱：“社会主义好，社会主义好，社会主义国家人民地位高，反动派，被打倒，四野的人夹着尾巴逃跑了！”

李满屯回头说：“四野的人从来不当逃兵，我去搬兵，回头杀你们一个落花流水！”李满屯来到高家，敲门。秋英出来开门说：“是李部长，怎么啦？”李满屯说：“老高呢？大事不好大事不好，四野战败了！老高在哪？”秋英说：“出去遛弯了！”李满屯急急下楼说：“那我走了！去晚了阵地可能又被二野突破了！”秋英莫名其妙说：“这个老李，不会跟高大山一个毛病吧？”

李满屯在小树林外遇到高大山说：“哎呀司令，大事不好，咱四野连战连败，你要再不出山，咱就得举白旗了！”

高大山虎起脸说：“胡说！四野是常胜军，从黑龙江打到海南岛，谁能打败四野，胡说！”

李满屯拉着他的手走到棋摊前，指着尚守志说：“你看你看，他都输了两盘了，再输下去，咱四野的人就真的没脸了！你快上！”

高大山生气地甩开他的手说：“扯淡！我不弄这个！”说罢，扬长而去。

围观的人在背后嘻嘻哈哈地笑了。

尚守志发愁地看着高大山说：“老高这股劲，啥时候才能下去哟！”

天刚刚放亮，秋英便睡眼惺忪地爬起，走到厅里放号。她把磁带放进去，闭着眼睛打哈欠，按键。收录机里放出的是紧急集合号。

高大山从梦中惊醒，迅速爬起，穿衣，扎腰带，跑出。秋英手忙脚乱地按键，号音仍旧，又突然止住。跑到门外的高大山停下，疑惑地走回来。秋英将磁带倒回来，按键。这次放出的才是起床号。她高高兴兴地往门外走，与高大山撞个满怀。高大山瞪起眼，一步步走过来。秋英一步步后退。高大山逼视她说：“这几天的号都是你放的？”

秋英畏惧地点点头。

高大山说：“你欺骗我！你用这些假军号欺骗一个老兵！”

秋英想解释说：“老高，我不是……”

高大山走到收录机前，将磁带取出，翻来覆去地看，厉声地说：“这军号能是你随便放的吗？号音就是命令，就是指挥员的意志，是胜败的关键，军队的生命！你怎么敢拿这盘假号音来糊弄我！这东西你打哪弄来的？说！”

秋英说：“老高，你这会儿不是兵了，你离休了，你是个军队的离休干部，是个老百姓了。可你天天还是离不了号音，听不见号音你就闹心，我可怜你……就去街上买了一盘！”

高大山瞪眼说：“街上连这个也敢卖了？”

秋英说：“嗯。街上啥都卖，街上还卖军歌呢。啥时候的军歌都有！”

高大山说：“四野的老歌也有？”

秋英说：“有。”

高大山一把拉住她的手朝外走说：“走走，你带我去买一盘回来！”

秋英说：“你这会儿到哪去呀，这时候人家会开门？要去也得等到吃过早饭！”

高大山已经忘了军号的事，高兴地说：“那好，吃了饭你带我去！”

高大山把新买的磁带放进收录机，一脸好奇地按键。收录机里响起四野军歌。他激动地跑出去，喊：“秋英！老秋！快来！真是四野的军歌！”发现秋英不在，失望地说：“不在家？这时候出去买菜！这么好的歌也不听！”他摇头叹息，跑回去，坐下听，随声唱起来，用力拍打着沙盘。墙上的地图渐渐在他眼前化作当年战争的场面。想着想着，高大山禁不住泪花闪烁，情绪高涨。

这时，厅内的电话铃一声声响起，打断了高大山的歌声。他不高兴地走出来接电话。“谁呀？对，我是高大山，啥事儿？”

电话里传来李所长的声音：“高司令，让家里来个人，所里分西瓜呢！”

高大山说：“来个人？家里没人！分西瓜？分什么西瓜，我不吃西瓜！”他放下电话，走回去继续听军歌、唱军歌。这时，秋英进门，喊：“老高，楼下头分西瓜呢，你咋不下去呀！”

高大山按下停止键，站着，生气。秋英捶着自己的腰说：“哎哟老高，我一天几回上楼下楼，腰都累折了，你就不能可怜可怜我，下楼分一回西瓜？”

高大山生气地说：“分西瓜，分西瓜，干休所都成了啥了，自由市场？还有没有一点部队作风了？”楼下，李所长正指挥战士们分瓜。老干部们挤成一团，都去抱大的。李所长喊：“各位首长不要乱，都能分到。大家看到了，西瓜有大有小，要大小搭配，请大家排好队……”

高大山在人群后面背着手转了几圈，突然大吼道：“都给我住手。”众人一怔，望着他。他接着说：“你看看你们，都成啥样子了，比老百姓都不如。”

几个老干部，醒过来说：“老高，你不挑拉倒，还不让我们挑哇。”

分头又挑，又抢。高大山气呼呼地走了。

高大山回到家中，一进门，秋英便惊异地望着他说：“西瓜呢？”

高大山说：“还西瓜呢，一群老干部、革命功臣，枪林弹雨中命都不要，你去看看这会儿，分个西瓜也抢！”说罢，背着手走进“作战室”。

楼下的李所长见地上还剩下几个西瓜，便问道：“还有谁家没拿？还有谁家没拿？”忽然想起来说：“还有高司令家没拿。小刘，小李，抱几个西瓜给高司令家送去！”

小刘、小李抱着几个小西瓜进门，对秋英说：“阿姨，所长让我们给你们家送西瓜来了！”秋英说：“就放那儿吧，麻烦你们送一趟！”

高大山走出来看西瓜，虎起脸对小刘小李说：“我说了，我不吃西瓜，让你们拿走，让他们抢去。”

小刘看看小李说：“这……”

小刘小李慌忙地说：“首长，阿姨，我们走了！”

两人匆匆逃走了。高大山围着西瓜走来走去，越来越生气。他抱起一个西瓜，向窗下扔去。

西瓜落到楼下地上，炸开了。众人忙躲开。秋英的声音传下来："老高，你这是干啥……"高大山大喊大叫说："你甭管！我今儿不吃西瓜！"又一个西瓜摔下来。

秋英也提高了声音说："你都给它摔出去呀！"高大山的声音说："我说过，今儿我不吃西瓜！让他们去抢，去夺。"

老干部在他窗户下越聚越多，仰着脖子朝上望。

老干部甲说："这老高，脾气还不小呢！"

老干部乙说："我说老高，你现在不是司令了，你和我们大家都一样了，你这样干，以后让李所长还咋工作呀！"

高大山大喊大叫说："我老高今天就是不吃西瓜。不吃，就不吃。"

他把最后一个西瓜摔下来，砰一声关上窗户。

中午，秋英把饭端到桌上，没好气地冲"作战室"喊："高大山，出来吃饭！"高大山坐着不动。秋英非常生气，嘟哝着说："爱吃不吃！"她自己坐下吃。高大山自己走出来，坐下吃饭，吃一口，扑地吐出来，仇敌似看秋英一眼，起身就走。

秋英说："你不吃啦！"

高大山回头说："你是要我吃饭，还是要我吃猪食？我吃了一辈子你做的猪食，打今儿起不吃了！"

秋英气极地说："你……"

高大山说："咋？我让你虐待了一辈子，这会儿觉醒了，我就是不受这个虐待了！"他走进"作战室"，砰的一声关门。秋英自个儿吃，也不管他。突然，她吃不下去，趴在桌上哭起来。

秋英满腹委屈，如果不找个人诉诉，她是平静不下来的。她拿起电话，带着哭腔说："高敏，你回来吧，你爸他绝食了！他嫌我做的饭不好吃，要和我斗争到底。闺女，你不知道，妈这些日子是咋过的，简直是白区的生活。"

高敏正在医院里上班，她对着电话筒说："妈，我这儿忙得很！晚上还有一个手术！"

这时，一护士走过来说："高主任，4床病人情况不好！"高敏回头说："好，我马上就来！"随后对电话说："妈，我真是走不开，你去找尚叔叔、李叔叔他们，还有爸爸的老首长吕司令吕伯伯，让他们来劝劝爸爸，我一下班就回去！"护士又来催她。她匆匆放下电话，走向病房。

到了晚上，高大山还在"作战室"里一个人闷坐。秋英把尚守志夫妇、李满屯夫妇迎进门后，对他们说："哎呀尚参谋长、李部长，你们可来了，快去看看他吧。我可是没法了！"

尚守志看看李满屯说："大姐，有你说的那么严重吗？"

秋英抽泣着说："你们去看看就知道了！"

众人走向"作战室"。

李满屯抬头看看说："这牌子我看着咋有点眼熟哩？"

尚守志说："啥叫个眼熟，它就是白山守备区作战室门前挂的那一个！"在他们身后，尚妻对李妻说："这个老高，到底是司令，折腾起来也比俺那老头子水平高，厉害！"

李妻说："可不是。俺那一位再闹腾，也没敢把白山守备区的蔬菜大棚搬回家来种啊！"

尚守志说："回头说，你们这是批评他，还是表扬他！"

到了"作战室"门前，尚守志和李满屯有点畏缩了，两人开始推诿，谁也不愿去摸老虎屁股。

尚守志说："老李，你前头走！"

李满屯说："别别，咱得按序列来，司令部在前，后勤部在后！你走前头！"

尚守志说："那我就敲门？"

李满屯说："敲！"

尚守志说："老高要是冲着我发火，骂我一通，我就说是你撺掇着我来的！"

李满屯说："现在是救命要紧，骂你一顿咋啦？想想你我当年做他的部下，还少挨他的骂了？"

尚守志说："也是。这就好比在战场上，自己的上级身陷重围，粮弹两绝，再不去相救他就得完蛋，就是挨上一顿骂，咱也得上！"

李满屯说："对！上！"

尚妻说："你们俩还在这儿嘀咕啥呢！快点进去看看呀！"

高大山慢慢回过头来，用阴鸷的目光看他们。尚守志和李满屯在门外站着，面面相觑，一时不知怎么办好，只顾赔着笑说："司令！晚上好！"

高大山慢声、严厉地说："你们干啥来了？"

尚守志看看李满屯说："啊，没事儿，没事儿，就想到你这儿串串门。对不对老李？"

李满屯说："对对！"

高大山说："要是还来找我去下棋，你们就走。我再说一遍，我不会跟你们同流合污！”

尚守志用目光向李满屯求援。李满屯上前一步说：“司令，俺不是为这事来的，俺是为别的事来跟你商量，对不对老尚？”

尚守志说：“对对！”

高大山说：“要是为别的事，你们就说；要是为我家里的事、为我的事，你们趁早别开口！我老高家里的事从来不让别人插一腿！”

尚守志和李满屯二人脸上有些挂不住，变颜变色的。高大山慢慢回过头去，不再理他们。

尚守志向李满屯示意，回头说：“老高，那我们走了！”

高大山不回头说：“不送！”

尚守志帮他关上门，然后四人灰溜溜地往回走。

出了屋，尚守志松了口气，对秋英说：“我看这事儿，只有去请吕司令。我和老李两个人加一块儿也镇不住他！吕司令不一样，老高是他一手带大的，他不听我们的，不敢不听他的！”

“那你们快去，我们在这儿陪着大姐！”

吕司令听说后便大声嚷嚷起来：“谁呀，整啥景呢，还绝食了，是想蹲禁闭咋地？”转身几个来到了高家门前。吕司令说：“是不是这儿？”尚守志说：“对对，就是这儿！”吕司令擂门喊道：“高大山，你小子还成精了你，给我开门！”

一开门，秋英便哭着说：“司令，你可来了，高大山在家闹得我都不想活了……”

吕司令说：“小秋，你哭啥玩意儿？别哭！我就不信咱们这么多人，就治不了他一个高大山！”进了门，他问道：“他在哪儿？”

尚守志用手指着说：“那边！”

吕司令走到“作战室”门前，抬头看牌子说：“哈，我说你这个高大山，还真能折腾啊！家里头还弄了个作战室，你打仗的瘾比我还大嘛！”然后推门而入，叉腰站着，大声说：“高大山在哪里，给我滚出来！”

高大山依旧在屋里坐着，只是回头看着吕司令。

吕司令说：“你看我干啥？不认识我了？怎么不给我站起来？”说着，突然严厉起来：“我命令你给我站起来！”

高大山还是坐着。

吕司令说：“嘿嘿，我说你还真来劲了啊！高大山，听口令……”

高大山不情愿地站起。

吕司令说："立正！"

高大山慢吞吞地立正。

吕司令进屋，浏览沙盘和地图，不觉被吸引说："哈，大家都装修房子，你这房子装修得有特点啊！"走近沙盘和地图说："这是哪儿呀？噢，这不是白山守备区嘛！这儿是七道岭，这儿是大风口！"吕司令渐渐忘了来的目的说："哎高大山你过来，别像个木头橛子一样戳在那儿！你这儿怎么放了一个营啊，我记得清清楚楚，这地方是一个连嘛！"

高大山也忘了跟秋英赌气，说："司令，我把这地方的兵力部署给改了！你想一想，这儿地形过于突出，三面受敌，只放一个连，一旦有情况根本撑不住！放上一个营，每一个防御正面都有一个连，敌人要想轻而易举地突破，它万万不能！"

吕司令说："可你这个营的兵力打哪儿弄哇。我可没有给你随便招兵买马的权力！"

高大山说："司令，我这只是一个设想，并没有真的改变军区确定下来的兵力配置。但是，边境形势一紧张，你肯定就会未雨绸缪，给我增加兵力，那时候我手头不是有兵了？"

吕司令说："你这个小高，还是挺有心眼的嘛！"

李满屯插上来说："司令，那时候你就得多给我给养，要不我到哪去给这么多人弄吃的呀！"

门外几个女人，一时都看傻了。李妻说："你看看这些男人，像不像一群孩子？你说叫他们来干啥的，一说打仗，他们把自己姓啥都忘记了！"尚妻忧虑地说："真能忘了也好，就怕他们忘了一会儿，过一会儿又想起来，又跟你闹腾……"

这时，吕司令一拍脑袋，回头问尚守志："哎对了，咱们干啥来了？"

尚守志想了想，一阵恍然之后，用手指指高大山。

吕司令说："噢，我想起来了！"回头对高大山说："高大山，我听说你现在成了精了，在家变着法儿虐待女同志，还说啥要绝食，不吃小秋做的饭，是不是？我看你是活得不痛快了，想蹲禁闭了！小秋，去把饭热热，给他端来，我看他敢不给我吃下去！"

秋英说："司令员，饭都在火上热着呢，我给他端来，他要是还不吃呢？"

吕司令说："我站在这里命令他吃，他敢不吃！"

秋英马上从厨房里端出了饭来。

“高大山，给我一点面子，吃！”吕司令说道。

高大山说：“司令，不是我不吃，是她做的饭实在难吃，我吃了一辈子了，这会儿离休了，解放了，可以不吃了，我就不吃了！”

吕司令不相信：“瞧你说的，真有那么难吃？小秋，再去盛一碗，我陪着他吃！”

秋英有点为难，吕司令再一次说道：“我叫你去你就去，叫高大山把我折腾的，还真有点饿了呢！”

秋英只好又盛了一碗端来，吕司令吃了一口，半天才伸长脖子咽下去，大喘气，一时说了实话：“哎呀小秋，这饭这么难吃，怪不得高大山要绝食呢！”

高大山高兴了，他随即站了起来：“怎么样？怎么样？我说她做的饭难吃吧！就是这样的饭，她让我吃了一辈子呀同志们！你们说我现在拒绝继续吃她做的饭，有没道理！是我虐待她还是她虐待我？”

吕司令说：“小秋，要是这样，我就得站在高大山立场上了。你这做饭的手艺真不咋地，你得提高！”

秋英说：“这饭我都这么做大半辈子了，以前他也没说难吃呀。当着孩子们还老夸我呢！”尚妻和李妻冲他使眼色说：“司令员，你说哪去了？你把你来干啥的都忘了！”

吕司令猛醒说：“对了，我是来帮小秋的！高大山，你听着，饭是不好吃，可是你还是得吃！你要不吃，就是有意绝食，这是和人民为敌嘛！我就要关你的禁闭！”

高大山说：“为啥敌？明天我就去吃食堂，和战士们一块吃。”

吕司令说：“听说你还把西瓜摔了，脾气不小哇？”

高大山说：“吕司令，我看着那些人为几个西瓜挑来拣去的，我心里堵得慌。”说到这，他用手指心口：“就这，我替这些人脸红，当年，打仗时命都不要，现在是咋了？我吃不下去，我闹心。”

吕司令说：“啥闹心不闹心的，等过了这阵子就好了。”

送走了吕司令一行人，已是深夜了。秋英一个人在厅里坐着就睡着了。高敏开门进来喊她，她才醒了，但还是坐着不动，眼泪滴落，说道：“你可回来了！小敏呢？”

高敏说：“我把她放幼儿园了！”

秋英说：“闺女，你再不回来，你爸就把我给折腾死了！”

高敏说：“我爸呢？”

秋英说："折腾了一天，打中午到晚上啥也没吃，一个人睡去了！"

高敏到厨房里端出饭，狼吞虎咽地吃着说："妈，我爸他到底是咋啦？这饭不是挺好吃的吗？"

秋英流泪说："我也不知道。以前他从不这样对我。"

高敏说："我看不是饭的事吧。还是离休这一关爸爸没有挺过来！"

秋英说："我也知道是这么个事儿。可是咱家这个人跟人家不一样。今儿连吕司令都来了，也没能劝得了他。还有谁的话能说到他心里去呀！"

高敏吃着饭，想，突然地说："妈，我想起一个人，说不定他能让爸爸回心转意！"

秋英说："谁？"

高敏笑说："伍亮叔叔！你想想，就是你跟爸爸呆在一起的时间也没有伍亮叔叔和他在一起的时间长！爸爸还没从战场上把你捡回来时，他们俩就在一起了……对，我跟伍亮叔叔打长途电话，让他抽空来一趟！"

秋英生气地说："这么大闺女了不会说话！啥捡回来？"

高敏冲她抱歉地笑说："妈，我说错话了！"

第二天早晨，高大山端着饭盆来到食堂前，站在战士队列里。听战士们唱《十八岁，参军到部队》，高大山受到了感染，嘴唇下意识地动着。打过饭后，高大山便在食堂里和战士们围坐在一起很香地吃着。

李所长过来说："高司令，要不明天给你单开一桌。"

高大山说："这挺好，我就愿意吃这样的饭，七个碟八个碗的我还不稀罕呢。"

李所长笑呵呵地与高大山逗着趣。吃过饭，高大山在外边转悠，看见秋英朝他走来。

秋英说："老高，我求个事行不？"

高大山说："啥事？还求我？"

秋英说："以后别去吃食堂了，人家不笑话你，笑话我，说我做了半辈子饭，还不好吃。"高大山说："这点我倒没想过，你怕人笑话？"

秋英说："要不你跟我去菜市场，要吃啥你随便点。"

高大山说："真的？"

秋英说："我还骗你。"

高大山说："那行，不过钱得给我。"秋英把钱袋递过去，高大山一把抓过说："那咱们走。"

路上，两人一前一后，高大山就是不肯与她太近，他总要故意和她拉开一点距离。

秋英说：“你快一点啊，要是这么走天黑也走不到，咱就甭买菜了！”

尚守志夫妇迎面走过来，看见高大山和秋英，惊异地说：“哟，老高，你们也去买菜啊！”高大山背过脸去看别处，装没听见。

秋英热情地接上话茬说：“是啊，你们买回来啦？”

二人答说：“买回来了。你们快去，有特新鲜的黄瓜，顶花带刺儿，去晚了就没啦！”

秋英回头喊：“老高，你听见没有，快点儿！”

高大山却装模作样地说：“你说啥？”

尚守志两口子笑着走了过去。

菜市场里人群熙熙攘攘的，高大山挑了几条黄瓜，放到了秤上。

小贩说：“两块八角五分。”

高大山拿过三块钱递过去。小贩欲找零。高大山说：“不用找了，农民不容易。”

秋英上来拉高大山说：“有你这么买菜的吗？”

高大山说：“咋了，农民就是不容易嘛，那几毛钱还找啥找。”

秋英说：“你这叫过日子，你这叫败家。”

说完抢过高手中的钱袋向前走去。

高大山站住说：“你……”

回到干休所时，陈刚从对面走来。高大山远远看见他，扭头往回走。陈刚看见了他，微笑着，紧赶几步，喊：“老高，高大山！站住！”

高大山只好站住，背对他，微微回头说：“哟，是陈大参谋长！”

陈刚说：“我都看见你了，你见了我跑啥跑？”

高大山说：“你把话说清楚，谁见了谁就跑？”

陈刚赶上来说：“好了老高，咱们别斗嘴了。我也离了，前几天搬进来的。好久不见，刚把家安顿下来，就想去看看你和秋英，老战友了，好久不见，真想好好聊聊！”

高大山又要走，说：“你是大首长，我是你手下的兵，你跟我还有啥聊的！”

陈刚说：“高大山，你这个犟驴！你给我站住！你怎么搞的嘛你！你是不是因为高敏和建国离婚了，咱们不是亲家了，就不打算跟我来往了！老家伙，孩子是孩子，他们的事情他们管，咱们是咱们！到了啥时候，咱们也是战场上出生入死的战友，感情是鲜血凝成的！走，跟我到家里去，咱们弄壶酒，好好唠嗑唠嗑！”

高大山被他生拉硬扯着走了。

秋英在菜市场上也遇着了桔梗，她刚要躲开，却被桔梗一把揪住。

桔梗说：“哟，这不是秋英妹子嘛！”

秋英说：“哎呀是大姐！你怎么也在这儿？”

桔梗说：“我们家也搬进来了，就住你们家不远，4号楼4号！”

秋英高兴地说：“是嘛！”

桔梗说：“菜买完了吧？”

秋英说：“买完了！”

桔梗说：“走走走，到你们家坐一会儿去，可想死我了！”

秋英说：“我也是！”

桔梗和秋英边说边聊，不知不觉到了秋英家。

桔梗说：“你们家住这儿呀，秋英妹子，这屋子叫你收拾得这么利索！”

秋英说：“大姐，你笑话我！”

桔梗说：“你们家的老爷们儿呢？”

秋英说：“谁知道他，咱不管他，坐。对了，中午你不能走了，就在这儿吃饭！”

桔梗说：“那哪成啊，我们家陈刚咋办？”

秋英说：“今儿我说不让你走你就不能走。陈参谋长饿了叫他到我这儿来。他要是不愿来，把高大山打发过去陪他。就咱们老姊妹俩吃！”

桔梗说：“那最好，活了一辈子了，天天侍候男人，侍候孩子，今儿咱们也改改规矩，不侍候了，侍候侍候自个儿！”

高大山被陈刚拉到他家里，进了屋，高大山看了看说：“你们家老娘们呢？”

陈刚说：“出去啦。咱别管她，她不在家清静！”

高大山说：“不是有好酒吗，拿出来吧！”

陈刚拍头说：“你不是戒酒了吗？”

高大山说：“那是过去，现在是现在。”

陈刚说：“戒酒还分个时候，好，你别急，我弄俩小菜。”

一会工夫，两个开始对饮起来。

高大山敲着盘子说：“我说陈大参谋长，你这弄的是啥菜呀！腌黄瓜，花生米，炒鸡蛋，这也能请客？”

陈刚说："老高，你忘本了！炒鸡蛋咋啦？咱这一辈子，炒鸡蛋就是好菜，有几粒花生米就能下酒！你忘本了忘本了！"

高大山笑了："好，喝酒！"

高大山抬头忽然看见屋内挂着陈刚和桔梗穿婚纱的照片。高大山不认识地说："这是谁呀？还新郎新娘的。"

陈刚笑道："不怕你笑话，这是我和桔梗补拍的结婚照，你忘了，咱们当年结婚时，连一张照片也没留下，现在都兴这个，我们俩一合计，也赶了一回时髦，咋地，你和秋英啥时候也照一个？"

高大山低头说："我哪有你们幸福哇。"

陈刚说："老高，你别不知足，秋英哪点对不住你了，这么多年，又给你当妹子，又当老婆的，你是都占了，还不知足咋地。要说对不起，是你对不起她。"

高大山说："我咋对不起她，这么多年我一直让着她。"

陈刚说："还让着她，就凭她为你生三个孩子，哪个孩子让你操心了。现在咱们都这么大岁数了，还指望谁，谁也指望不上了，老伴老伴嘛，不就是老年一个指望。"

高大山闷头喝酒。

高家那边，桔梗和秋英两人也在喝酒。桔梗说："你叫我想想……我说妹子，有句话我要问你，你跟高大山结婚头一天，他是不是没上你的床？"秋英说："大姐，这都几十年的事了，你咋又把它翻出来了你？你是不是嫌菜少，拿你这老妹子下酒呀！"桔梗说："妹子你甭多心。你就告诉我有没有这事，那天夜里，高大山为啥不上你的床？"秋英说："说出来你可别笑话我……"桔梗说："不说拉倒！我也犯不着管别人家的私房事，喝酒！"秋英说："这么难喝还喝？"桔梗说："喝！好不容易难受一回，喝！"

两人一杯来一杯去的，秋英转眼显出了醉态。

她说："大姐，有句话我都憋在心里几十年了。我要说了，你不能笑话我！"

桔梗也是一脸的醉样，她说："不笑话！"

秋英说："高大山当初在战场上把我捡回来，就是看我长得像他那个冻死在靠山屯老家的妹妹小英。小英脖子后头有个痦子，我脖子后也有一个。你瞧是不是？他救我的时候，其实没打算要我，是我生了心要嫁他，我觉得他能把我从死人堆里救出来，一定是个好人。我呀，就死气白赖地跟着他，说我一个黄花大闺女，叫他这个男人抱过了，我就是他的人了！"

桔梗笑说："你还真有办法！"

秋英也笑说："他叫我闹得没办法，部队又急着要走，就给了我一把他妹妹小英带过的长命锁，说打完了仗来娶我。"

桔梗说："后来你就去找他，我们就在东辽车站碰上了。"

秋英说："不错。"桔梗笑望着她，沉吟说："妹子，今儿我说句话，不不，我还是别说，说了你会觉得我是在打趣你和高大山。"

秋英抓住她，不依不饶地说："你说！你快说！说了我才知道你是不是安着坏心眼儿！"

桔梗说："说就说！高大山打跟你认识那天就把你当成他妹子了。后来他虽说知道你不是，和你做了夫妻，心里还是一直把你当成了他妹子。"

秋英脸红说："你胡说！"

桔梗说："我不胡说。你想想，就说你做饭这事吧，你自己觉得饭做得好不好吃？"

秋英说："好不好吃的吧我也把孩子们都养大了，他高大山也吃了一辈子，也没饿着他。不过话又说回来了，连吕司令那天都说我做的饭难吃，那我做的饭可能真不好吃！"

桔梗说："这不就对了。以前孩子们说你做的饭难吃，高大山却说你做的饭好吃，那是他把你当成妹子护着你。他亲妹子已经在雪窠子冻死了，他不愿意哪怕是自己的孩子再一星半点地伤了你这个妹子！秋英，你一辈子都被这个男人小心护着，你是个有福的女人啊你！"

秋英怔怔地坐着，突然眼泪汪汪起来。

秋英说："大姐，可这会儿他为啥不一样了呢，他动不动就跟我吵，说我的饭像猪食。一辈子都吃了，这会儿他咋就咽不下去了呢？"

桔梗说："这还不简单？他变了，他老了，不再把你当妹子，把你当媳妇了。你现在成了他媳妇，做的饭不好吃，他当然要发脾气，要冲你嚷嚷了！"

秋英想着，渐渐明白了，说："大姐，你还甭说，你的话还真把我的心像盏灯似的给拨亮了！以前过日子时他啥都能容我，那是他不把我当成老婆，这会儿他不能容我了，是他把我看成他老婆了！"

桔梗拍手说："哎呀，可明白过来了！"

秋英呜呜地哭了。

桔梗说："明白了明白了，咋又哭起来了？"

秋英抬头说："大姐，我是高兴。我也觉得，一辈子我们过得都不像一对夫妻，像是一对兄妹，没想到这会儿老了老了，他跟你吵吵闹闹，倒过起正经夫妻的日子了！”

桔梗笑说：“那你还不谢我？”

秋英破涕为笑，喝酒，醉态地说：“那就谢你一杯酒！哪天我还要和这个老东西一块照一张结婚照呢！穿婚纱的，向你们学习。”

桔梗醉态地说：“我看你是喜欢疯了？你能把高大山拉到照相馆，跟你照结婚照？”

秋英说：“我都成了他老婆了，他还不跟我照一张结婚照？他去也得去，不去也得去……”

夜里，两伙酒会都散了，高大山和秋英两人躺在床上。秋英说：“你现在还把我当妹子不？”

高大山不言不语。

秋英说：“今天要是桔梗不说，我还真没还过魂来。”

高大山说：“这么多年也难为你了。”

秋英坐起，激动地说：“老高，你说啥？”

高大山说：“难为你了，秋英。”

秋英捂脸哭了起来，高大山坐起，边劝边揽过她。

秋英说：“当年结婚，咱们连一张结婚照也没留下。你看人家桔梗和陈刚，那才叫夫妻过的日子。”

高大山说：“那有啥，咱补一个不就行了。”

“真的？”

“真的！”

几天后，高家的墙上多了一幅结婚照。

高大山和秋英边看电视上的烹饪节目边记录。

秋英说：“这个菜看着就让人馋，咱也买点菜回来试试！”高大山说：“试试就试试，走，买菜！”

到了菜市场，秋英和肉贩子讨价还价，而高大山远远地站着看。

秋英说：“哎这肉新鲜不新鲜呀，不是注水的吧？”

肉贩子巧舌如簧说：“阿姨，你看你说的，咱咋能干那缺德没屁眼儿的事儿呢？你看我像那种人吗？这五花肉多好啊，来二斤？”

秋英说：“多少钱一斤？”

肉贩子说：“人家都卖七块，我看你常来照顾我的生意，给你一个人便宜点，六块五！”

秋英说："太贵了，人家都是六块。"

肉贩子说："阿姨你看你，一个月挣那么多钱，哪在乎这三毛五毛的呢？六块四！"

秋英说："六块一！"

高大山渐露不悦。

肉贩子说："六块三，再也不能少了，再少我连裤子也赔掉了！"

秋英说："不卖就算了，我走了！"

高大山大步走过来说："里外不就两毛钱吗？小伙子，来二斤！"

肉贩子说："还是这位大爷痛快！"飞快地割下一块肉，扔到盘秤里说："二斤八两，三六一十八，三三见九，去掉二两一块二毛六，总共十七块六毛四，四分不算，你给十七块六毛钱得了！"

秋英抓紧钱袋子说："十七块！"

肉贩子说："你看阿姨，我已经便宜你了，再便宜我就活不下去了！"

秋英说："十七块！你要卖就卖，不卖拉倒！"

高大山从秋英手里夺过钱袋子，不耐烦地说："哎呀你在这扯啥犊子呢，不就几毛钱嘛。来，小伙子，这是十八块，别找了！"他把钱扔给肉贩子，提起肉走。

肉贩子笑说："大叔，你等等！这就是你的不对了。阿姨天天来买我的肉，俗话说漫天要价，就地还钱，她跟我讨价还价才是做生意。像你大叔这样，不叫买菜，叫施舍。大叔，这四毛钱我还得找给你。我要真是穷人，你多给我四毛钱也救不了我，有钱你该去捐助希望工程！"

这时，站在背后的陈刚和桔梗笑出了声。

陈刚拍拍高大山的肩说："老伙计，学着点吧，真要学会买菜过日子，也不容易！"

秋英对尴尬的高大山说："还愣着干啥，还不回家做饭去。"

高大山说："做红烧肉。"

两人与陈刚夫妇打了招呼，往家里走去。

第二十五章　团聚

时光飞逝，转眼间，高岭已从一名士兵，成长为一名少校军官。不久，他又接到上级的命令，把他从驻岛部队调到了军区作战部任参谋。现在看来，子承父业的任务，光荣而艰巨地落到了他的头上。而他的父亲高大山则慢慢地老了，但显而易见的是，现在的高大山已经习惯离休后的生活了。

这天傍晚，高大山掀日历牌，说道："又是一个周末。"

秋英说："你最怕过周末，一到周末你就百爪挠心。"

高大山走到电话旁说："要不给孩子们打个电话，让他们明天回来聚一聚。"秋英说："你就打嘛，这还用跟我请示，这个家你不是领导嘛。"

高大山往秋英身旁推电话说："你打，你打，这样的电话还是你打合适。"

秋英故意地说："我不打，又不是我想孩子。"

高大山拿起电话，又放下。站起来又坐下，一副坐卧不宁的样子，不停地叹气。

秋英忍不住说："看你那难受的样子，打个电话你就不是高大山了咋地。"

高大山说："不是那个意思，这种电话我没打过不知咋说。"

秋英拿起电话说："你不知咋说，我就知道咋说呀。当年，你不是嫌孩子多，闹吗，这回你不怕闹了。"

高大山嘿嘿笑着，凑过来看秋英打电话。

秋英说："高敏吗，明天干啥，没啥要紧的事就回来吧，你爸又闹心了，别忘了把小敏带回来。"秋英很有成就感地望着高大山。

高大山说："还有高岭一家呢。"

秋英说："你急啥，我这不是拨号哪吗！"然后冲电话说："是高岭吧，我是妈，明天回来一趟，别忘了带小山，和你媳妇刘英，干啥，来了你就知道了，没事了吧，挂了，有事明天说。"

秋英放下电话，用手指高大山说："你呀，你呀……"高大山憨厚地笑着。

高敏带小敏先回到家。一进屋，高大山便牵着小敏的手说："想姥爷了吗？"

小敏说："上星期不是刚见面吗，还没来得及想呢。"

高敏说："小敏，怎么跟姥爷说话呢。"

高大山批评高敏道："小敏这么说话没什么不好，讲话一定要讲真话，实事求是。"

小敏拉着高大山弯腰，附在高大山耳边说："我想姥爷了。"

高大山脸笑成了一朵花说："好好，我就知道小敏，想姥爷了。"

秋英说："高岭一家来了。"

说话间，高岭一家走进屋来。身穿少校军服的高岭和上尉军服的刘英显得英气勃发，跑在前面的是他们三岁的儿子小山。

高大山上前抱起小山说："小山，来，让爷爷扎扎。"一边用下巴上的胡子蹭着小山。

高岭说："爸，今天让我们回来有事？"

高大山一本正经地说："没事就不能回来了。"

刘英拉一把高岭说："看你，咋说话呢。"

高岭冲刘英说："我这性格可都是爸教出来的，直来直去，不会拐弯。"

高大山讥讽地说："当年你还不是要当啥作家，拉大幕啥的吗，你没看那些电视剧，有话不好好说，非得绕着弯说。"

秋英说："看你爷俩，一见面就呛呛，还有完没完。"

高大山说："有完，这就完，你别站着了，孩子们都回来了，中午整啥吃呀。"

秋英说："你就别操心了，反正不给你做猪食。"

秋英边说边张罗起来，高敏和刘英也帮着弄了一桌饭菜，一家人围在一起吃饭。高大山和高岭举杯。秋英说："高岭一家我是不用操心了。"转脸冲高敏说："你都这么大岁数了，心里到底咋想的，总不能这么耍单吧。"

见高敏不吭声，秋英试探地说："小敏是个诚实的孩子，不会撒谎，是不是？"

小敏说："是！"

秋英看看高大山说："小敏好孩子，告诉姥姥，你妈工作的地方，有没有哪个叔叔跟她特别要好？"

小敏歪着头想了想说："有……"

秋英说："小敏知道是哪个叔叔？"

小敏说："张叔叔、王叔叔，还有刘叔叔，他们跟我妈都很好。"

秋英失望地看一眼身边的高大山，直起身来。

高敏说："妈，我的事，你别管。"

秋英无奈地叹了口气。

夜里，高大山和秋英并排躺在床上。秋英说："我说老高，高敏的事咱可不能不管了，这么一年年的，她一个人带着小敏过，也不着急，你说这闺女是不是越长越傻呀。不趁着年轻漂亮，抓住个男人，再过几年谁还要她呀！"

高大山说："你当这是打仗，上了战场，一个冲锋，抓个俘虏回来呀！"

秋英赌气说："你不管我管。她自己不着急我着急。我找人给她介绍一个。我就不信，省城这么大，几百万人口，就没一个合适的！"

高大山翻了一个身说："有个金镢头，不就少个柳木把儿，你着啥急呀！"

秋英哼一声说："我看你就不是她爹！"

天下无难事，就怕有心人。经过一番串联，桔梗还真给高敏物色了一个人选。桔梗在高家坐着，看秋英给高敏打电话。秋英说："高敏，你下了班赶紧回来一趟啊，你桔梗阿姨就在咱家坐着呢，说有一个研究生，岁数不大……你看你这闺女，你自己要是能解决，还能耽误这么多年？……你要还是这样，我就真不管了！"秋英生气地摔掉电话。但对面的高敏却没有理她。

这天，趁着高敏回家来，高大山也忍不住探探她的心思。

高敏把一杯茶放到高大山面前。

高大山说："你妈给你张罗那么多男朋友，你真的一个也没有看上的。"

高敏说："爸，这么长时间，我一直在想一个问题。"

高大山说："啥问题。"

高敏说："我和建国结婚，又有了孩子，又离婚，这么一折腾，我以为能忘掉王铁山，可我错了，我越是这么折腾，王铁山在我脑子里越清晰。"

高大山严肃地望着高敏。

高大山说："小敏，当初你和王铁山，我是站在你这一边的，可你不明不白地就答应了你妈。"

高敏说："爸，怪我当初年轻，并不懂爱情。"

高大山说："你现在懂了。"

高敏说："我懂了，所以我下定决心去找王铁山。"

高大山说："他们团当年一个不留都转业了，你知道他现在的情况吗？"

高敏说："知道一些，他转业先回老家当了副乡长，后来又去林场当了副场长，他不愿意和那里一些不怎么样的领导同流合污，一气之下放弃了公职，听说他现在到处打零工。"

高大山说："一个堂堂守备区营职干部，专给人打零工，王铁山要是在部队，我可以交给他一个团。你打算什么时候找他去？"

高敏说："明天就去，我的决心已下，不管他现在干什么，我都要把他找到。"

秋英得知这个消息已经是几天后了。

秋英冲高大山说："你说什么，高敏去找王铁山了？"

高大山说："别大惊小怪的，高敏大了，成熟了，她去找她认为最重要的。我们就该支持她。"

秋英说："一个王铁山，转业兵，现在还不知干什么呢，他哪点能和研究生、博士比。"

高大山说："秋英，你不要总是研究生、博士生地挂在嘴边，要是当初不是你把建国和高敏硬捆在一起，高敏能走到今天嘛。"

秋英说："你是说，是我害了高敏？"

高大山说："害不害的不敢说，反正咱们都这么大岁数了，该懂得尊重孩子的意愿了，不要老想着地位啥的，转业兵咋了，我现在是个离休的老兵，我没觉得有啥不好。"

秋英说："我不想害人，更不想害自己的孩子。"

高大山说："行了，不该操心的，你我都不要操了。"

几经周折，高敏终于找到了一条可靠的消息：王铁山已去了一座山里生活。

那是一个茫茫的林海。

林海里有一个小木屋。这天，王铁山正在小木屋前劈柴，身边的狗突然向远处吠了过去。

王铁山抬头一看，往前边走来的竟是高敏。王铁山放下了斧头，就朝高敏走去。

"高……高敏，怎么是你。"王铁山说。

高敏如释重负地说："王铁山，我终于找到你了。"说到这，她的眼泪奔涌而下。高敏一字一顿地说："王铁山，你是个懦夫，你为什么要躲着我？"

王铁山不语，望着高敏。

高敏说："王铁山，别以为你躲在这个山沟里我就找不到你了，只要你还活着，不，就是你死了，我也会找到你的墓地。"

王铁山渐渐神情激动，嘴角牵动，想说什么。

高敏说："王铁山，你是懦夫，是逃兵，当年你在医院不辞而别，一直到守备区撤销，你比兔子跑得都快。"

王铁山说："我不是逃兵。当年在医院不辞而别，正是想当名好兵，守备区正在筹备演习，你知道，为了这次演习，我等了多少年。最后演习还是没能实现，我们三团建制没了，全体转业。"

高敏说："你知道我找过你多少次吗？"

王铁山说："你找过我？"

高敏说："我知道你转业后当过副乡长，后来又辞了工作，到一家商场当过保安，还到工地上打过工。”

王铁山激动地说：“高敏，你别说了。离开部队，我就没了根，干啥都没心思，我不是不想找你，我早就听说你离了婚，可我，现在这个样子。”

高敏说：“那你就心甘情愿当一辈子护林员。”

王铁山说：“在这里有狗陪着我，还有枪，我觉得自己还是名士兵。”

高敏说：“王铁山，你别说了。你这种人我理解，你跟我爸一样，你们的思想和情感一直停留在过去。”王铁山说：“高司令咋样，他身体还好吗？”

高敏说：“这次我来找你，就是我爸让我来的。”

王铁山说：“我了解你爸，给他当过秘书，他又把我从连长降到排长，为了保住我的腿，他冲你们这些医生发火。”

高敏说：“我爸说，他要见你。”

王铁山说：“见我？”

高大山家里，一家三口坐在客厅里。

秋英说：“说啥，王铁山要来咱们家。”

高大山说：“来咱家咋了，他是我的下级，就不能来看看我，高敏当年治好了他的腿，他就不能来看看高敏？”

秋英说：“我早就看出来了，你们这是设套让我往里钻呢。”

高敏说：“妈，看你说的。”

秋英恍然说：“我说呢，给你介绍研究生你不见，博士生也不见，原来你一直没有忘记那个王铁山。”

高大山说：“这就叫感情。就像当年你到部队来找我，非要嫁给我一样。”

秋英说：“我可不想拿高敏和我比。”

高大山说：“比不比的，其实都一样。当年你非得让建国和高敏结婚，结果咋样？现在孩子大了，她自己的事自己定吧，不要手把手按的了，咱们死了，孩子就不生活了？”

秋英说：“我信命了。”

高大山冲高敏说：“王铁山说啥时候来？”

高敏说：“他一会儿就来。”

秋英说：“你们等你们的，我知道你们嫌我碍事，我出去走走。”

秋英刚刚出门不一会儿，就有人敲门。

高敏冲高大山说：“爸，他来了。”

高大山示意高敏去开门，自己站起来冲着门口，想想不妥，又把身子转过来，背冲着门口。高敏开门后，王铁山走了进来。他穿着一身军装，没有领章帽徽。

王铁山立正冲高大山背影说："报告司令员，前白山守备区三团二营副营长王铁山来了。"高大山转身，眼里盈满了泪水。王铁山向高大山敬礼。高大山下意识还礼。

高大山冲王铁山说："你，终于来了，坐吧。"

王铁山坐下说："司令员，我对不住你，这么多年也没来看你。"

高大山缓缓坐下说："你这不是来了么？"

高敏为王铁山倒了杯水。

王铁山说："司令员，我到地方这么多年，没混出个人样来，我没脸见你。"

高大山说："我理解你，王铁山，要是守备区不撤，我交给你一个团，我放心。你天生是当兵的料，前几天军分区要成立预备役师，我推荐了你，给你一个团，或者当一名作训科长，我想，你是称职的。"

王铁山说："司令员，其实干什么都无所谓，只要每天能摸到枪，我心里就踏实。"

秋英进门，手里提着菜。王铁山站起身说："秋主任，你好。"

秋英说："这不是王铁山吗，你来了正好，中午咱们包饺子。"

高敏说："妈，我来帮你。"

母女两人进了厨房，而高大山则领王铁山走进了"作战室"。

高大山说："看看看看，我这个司令，如今也就只能领导它们了！"

王铁山看见沙盘和地图，眼睛亮起说："司令员，这不是咱白山守备区吗？"

高大山高兴说："这上头都是哪里，还能认出来不？"

王铁山激动地说："这是七道岭，这是大风口，这是咱白山守备区部队守卫的全部边防线！"

高大山遇到了知音说："不错，我表扬你！离开部队这么多年，还没有忘记自己的阵地！"王铁山眼里闪出泪光说："司令员，我一天也没有忘记过，我做梦都想回七道岭、回大风口！"

高大山眼里放光说："王铁山，你的心思跟我的一样！好！我也是做梦都想回白山守备区，回咱边防三团，回七道岭和大风口！"

王铁山看着沙盘上插的小旗，已完全忘记了自己的身份说："司令员，你这么部署兵力不对呀。你该这么着呀！要是那样，敌人从这边进来，你就抓瞎了！"

高大山从他手中夺下小旗子说："别动别动！不要干扰指挥员的决心！你这一挪动，我的整个部署都乱套了，还是得这样……"

两人争论，渐渐面红耳赤。

王铁山说："司令员，虽说那回你在大风口将我从连长降为排长，我对你的兵力部署还是有意见，到这会儿我也认为自己没错！你说我们边防一线军人没有撤退的任务，这话对，可我们也不能眼看着要吃亏就死呆在一个地方啊。咱解放军的老传统不是有一条叫做灵活机动的战略战术吗？我把一个排的兵力减少到一个班，守在大风口，是想……"

高大山打断他的话说："你当时那样做就是不对，我现在还是不同意……"

秋英和高敏端饺子走出厨房，路过"作战室"门口，往里边看。听到屋里二人越争论越激烈。

王铁山粗红着脖子说："我有坚持正确意见的权利！"

高大山怒不可遏地说："你要是还犯这样的错误，我还要再撤你一回！"

秋英说："高敏，前些天你还说你爸，离休这么长时间，不穿军装了，也还是个假老百姓。今天我看你这一位，百分之百也是个假老百姓。你也不是给自个儿找个男人，你干脆就是给你爸找个伴儿！"

高敏说："妈，你年轻时候那么糊涂，老了眼毒起来了！"

秋英说："胡说！"然后招呼"作战室"里的人说："好了好了别吵了，国家大事一天半天也吵不完，出来吃饺子吧！"

清晨，高大山起来晨练，一个老干部迎面走来。

老干部说："老高，还跑哇？"

高大山说："跑！跑！不跑咋行！"老干部冲高大山的背影摇头啧舌。

小树林里，李满屯在下棋。有人忽然吆喝一声说："分萝卜了……"

李满屯马上有些神不守舍说："老高，你来你来，分萝卜了！"

高大山说："下棋！"

李满屯说："老高，分萝卜了！"

高大山说："李满屯，不就是几个破萝卜吗？下棋！"

李满屯说："老高你来下。分萝卜了，我得去瞅瞅！"

李满屯跑走后，高大山坐下，回头说："这个老李，几个萝卜就勾走他的魂了！"众人笑。

高大山抓起棋子说："将军！"他的一句话让对方大吃一惊。

李满屯跑到卸萝卜的空场上，在萝卜堆里挑萝卜。

李所长说："哎，我说李部长，咱得扒堆分，大小搭配，你不能光挑大的。"

李满屯抱起几个大萝卜说："所长我就要这几个了，你再扒堆分，我就不要了！"他乐哈哈地跑掉。

这时，高大山走来，一脸得意的表情，嘴里哼着两句四野的军歌。

李所长说："高司令，赢了？"

高大山说："赢了赢了！所长，哪一堆是我的？"

李所长说："一家一堆，随便挑！"

高大山说："几个萝卜，有啥挑的！"然后招呼身边的人说："谁爱吃谁吃吧！都吃掉！"他自己先拿起一个削着吃，还招呼别人说："吃吧，挺水灵的！"

李满屯抱着一个萝卜跑回来说："所长，这萝卜看上去挺大的，咋就糠了呢？我得换一个！"说着，他跑到别人萝卜堆里去拣。

李所长说："我说李部长，这都分好了，你不能换！"

李满屯嬉皮笑脸说："换一个换一个！我就换一个！"他换了一个萝卜跑走。

周围家属小孩议论说："这是谁呀？真不像话！"

高大山也鄙夷地瞧了他一眼，然后蹲下去拾萝卜。

不一会儿，李满屯又抱着一个萝卜跑回来。

李满屯说："哎呀所长，我还得换一个，这一个也是糠的！"

李所长拦他说："李部长，你不能再换了，再换人家就有意见了！"

李满屯又到别人家萝卜堆挑拣说："换一个换一个，我就换一个！"

家属孩子的抱怨声大了说："真是的！换了一个又换一个，值几个钱呀！"

高大山看不下去，丢下萝卜站起，喊："李老抠！你累不累呀？为个萝卜你跑来跑去，成啥样子了！"

李满屯脸上有些挂不住说："老……老高，我和我老伴都爱吃个萝卜，萝卜不好，闹心！"高大山指着脚下的萝卜说："我不喜欢吃，这堆都归你了，拿去！"说完，背着手走了。

李满屯尴尬地站在那里。

回到家，高大山生气地在屋里转来转去。秋英走出来说："不是分萝卜吗？咋没拿回来？"

高大山说："别跟我提萝卜！这个李老抠！丢白山守备区的脸！丢四野的脸！"

秋英说："咋啦？"

高大山说："不就几个萝卜吗？他自己颠颠地跑来，挑了几个大的就往家抱！抱就抱呗，一会儿他来换一个，一会儿又来换一个，我说了他两句，他不高兴！"

秋英想了想说："我明白了，你一不留神，又成了人家的司令了，对不对？"

高大山哼一声，拍一下脑袋说："真是，一不留神，又忘了自己是老百姓了。不过这个李老抠，太不像话，可恨！"

秋英说："老李也那么大岁数了，你以后别人前人后老抠老抠地叫了，让他脸上多挂不住哇。"

高大山说："叫他一声老抠咋地了，只要他的毛病不改，我就一直叫下去。老抠，老抠，这个李老抠。"

秋英说："我说你呀，就是死犟眼子。"

高大山觉得在家里闷得很，便去了小树林，看别人下棋，还大声支招："跳马呀跳马呀，四野的骑兵咋不使啊，你光让它在那儿闲着吃草料哇！"

李满屯在背后拉拉他说："老高，你来，我有句话跟你说。"

高大山跟他走说："啥事呀，说！"

李满屯窝囊地说："老高，你以后别再叫我老抠了！"

高大山笑说："咋，都叫一辈子了，这会儿又不让我叫了？"

李满屯说："都这么大岁数了，怪难听的。"

高大山哈哈大笑说："你自个也知道难听了！那分萝卜的时候……"

李满屯说："就别提萝卜了，就为那回分萝卜，我孙子都看不起我，背地里也叫我李老抠！"

高大山哈哈笑，笑完了答应说："行，不叫了不叫了，以后不叫了！"然后继续支招。

这一天，李所长在干休所前，张张罗罗地，他带了一辆大轿车过来，招呼等在那里的老干部说："去体检的首长们请上车！去体检的首长们请上车！"等老干部上了车，李所长开始查人头。

高大山家门前停下一辆小车。高大山拿着一把剪树的剪子走出来。看见了车，他说："这车咋停这了，当不当正不正的。"

司机下车说："首长请你上车。"

高大山说："上啥车，我没要车呀。"

司机说："今天所里组织老干部去检查身体。"

高大山说："检查啥身体，我好好的没病没灾的，我不去。"

司机说："首长，你还是去吧，其他首长都去了。"

高大山不耐烦地说："他们是他们，我是我。"

他转身欲走，想起了什么似的又回头冲司机说："你是这干休所的司机，我咋没见过你。”

司机解释说：“我就是你的司机，可这么多年了，你一回车也没用，你咋见过我。”

高大山说：“我不愿坐车，对不起呀小同志，你该干啥就干啥去。对了，以后有空就来家坐坐，我就喜欢和你们这些小同志聊天。”

司机说：“首长，那我就走了。”

高大山说：“回去跟所长说，就说我老高没病。”

司机说：“是。”

高大山目送车远了，便拿着剪子，除花坛里的草。

干休所院内的甬路上，尚守志和高大山相遇，他拉住了高大山，说：“老高，你昨儿没去体检？”

高大山说：“没有。我不去干那玩意儿！”

尚守志说：“你应该去！”

高大山瞪眼说：“我干吗应该去？”

尚守志说：“老高，以前我和你一样，不服老，可这回我才知道，不服老还真不行。我正想去告诉你呢，李老抠这回就检查出毛病来了，住院了。”

高大山说：“你是说李满屯？”

尚守志说：“就是他！”

高大山有些惶惶然说：“这不大可能吧，前几天还好好的呢，为了萝卜还楼上楼下地跑，咋说住院就住院了呢？”

尚守志说：“咱们这些人都是老机器了，说不定啥时候就出故障。”

高大山说：“老尚，明天你跟我跑步。”

第二十六章　更替

这天，高大山在“作战室”里对孙子喊口令说：“立正！”小山立正。高大山说：“稍息！”小山稍息。高大山说：“现在上课！”小山立正。

高大山高兴地说：“孙子，这一套你这么小就会了？好好好，将来一准是个好兵！现在爷爷命令你，稍息！”小山稍息。

高大山说：“好，现在爷爷教你辨认等高线。这弯弯曲曲一条一条的就是等高线。每一条线代表一个等高。等高知道吗？”

小山说："知道。就是相等的高度。"

高大山大为高兴说："好，我孙子聪明，是个当兵的料，像爷爷！以后一定比你爸有出息！咱们接着讲，这等高线越密的地方，地形就越高……"

小山说："我明白，就像垒积木一样，积木朝上垒的越多，积木就越高！"

高大山拍拍他的脑袋说："好，领会能力很强，口头表扬一次！"

王铁山和高岭站在门口看着，面带笑容。

高大山抬头看见了他们说："啊，你们来了！好，下课！"

小山举手敬礼："指挥员同志，我可以走了吗？"

高大山说："可以。对了，听口令，解散！"

小山跑走后，王铁山和高岭走了进来。

"爸，上回你们争论的那个问题，你想出高招了？"高岭说。

高大山哼了一声说："那根本就不是个问题。你也是军区的大参谋了，你来看看，他把一个坦克团放在这里，把一个步兵营放在这里，敌人从那个方向进犯，其实这里地形对我不利，我军能挡住敌人一时，也挡不住他们增加兵力连续突击。你也给我们评判评判！"

高岭笑而不答。

高大山不高兴地说："你笑啥？你是不是看不懂啊！这么复杂的排兵布阵，你能看出点门道吗？"

高岭还是笑。

王铁山说："高大参谋，你别光笑，有啥好的主意，说出来呀！"

高岭说："爸，我不是不说，是怕说出来伤你们的自尊！"

高大山瞪眼说："别唬人！有话就说！"

高岭说："爸，咱得约法三章，我说出来了，你一不能生气，二不能骂人，三不能动拳头。"

高大山哼哼着说："那得看你说的有没有理。有道理的我就不动拳头。"高岭说："爸，你们看世界军事革命走到哪一步了？你们还在这里研究二十世纪三十年代的战术问题！这些问题早过时了，现在我们面对的威胁不是一段边境线对面的一部分敌人可能发起的常规战争，我们面对的是被新一代智能型武器武装起来的大规模高强度新型战争！这场战争首先就不是局部的、战役的和战术的，而是战略的，是大战略。战场不再是七道岭或者大风口，甚至也不是整个东辽或者东北，不是过去意义的陆地、海洋和天空，而是陆、海、空、天四位一体的战争，是立体化的战争！战争甚至使国境线和界碑都失去了原有的意义。如何打赢这样一场战争，才是我们这一代军人想的问题！”

王铁山和高大山大为失落。

高大山盯着高岭说：“你是说，我们这一套已经过时了，成小儿科了，该扔垃圾堆里去了？”

高岭有点怕他，笑说：“爸，咱可是有约在先，我要是说得对，你一不能生气，二不能骂人，尤其是不能动拳头！”

高大山说：“在没有查明情况做出判断之前我不会动拳头。小子，你这一套理论挺玄乎，打哪听来的？我怎么知道你不是唬我老头子？”

高岭说：“爸，要不这样，过几天我给你带几本书回来。你先学学，再说我该不该挨骂的事，行不行？”

高大山说：“行！我还就不信了，就凭你小小毛孩子，才穿破几套军装，就敢跟我讨论战略战术了！”

秋英和刘芳在外面喊：“吃饭吃饭！别吵了。原先还只有两个假老百姓，这会儿又加上一个作战参谋，咱们家以后就更不得安生了！”

夜里，高大山手拿一本书，戴上老花眼镜，吃力地读。读着读着，他啪的一声把书扔下，大怒，背着手在屋里疾走。

过了一会儿，他又慢慢地回去捡起书，坐下看，又扔掉，神情沮丧。

秋英穿睡衣走过来说：“老高，这都啥时候了，你还睡不睡？”而后注意地看他说：“老高，你的脸色可不好看，咋啦？”

她上去摸高大山的脑门，被他一下挡开。

夜里，高大山躺在床上依然怒气未消。秋英说：“不就是觉得高岭讲的有道理吗？不就是觉得自个儿落了伍，跟不上趟了吗？不就是一辈子没服气过别人，这会儿觉得不服不行了吗？”高大山一动不动地躺着。秋英说：“别怄气了，你想想，你也要强一辈子了，该轮到别人了。再说你是败在你儿子手下，也不丢人呀！有人要问，那是谁的儿子，你还可以跟他们拍胸脯子，说：‘咋，我高大山的儿子！’”

高大山翻身睁开眼睛，大声地说：“你咋知道我服气了？我还是不服！不服！”

他翻身睡过去，背对秋英。秋英暗暗发笑。高大山一手捂住胸口，神色有些失常。秋英惊慌地说：“老高，你咋啦？”

高大山说：“你……甭叫，我……就是有点……心疼！”

秋英说：“要不我去叫医生！”

高大山说："你就知道医生，这是医生能看好的病？"

秋英不再说什么。

早晨，高大山正和秋英吃饭，高岭回来了。秋英招呼他说："正好你回来了，赶紧吃饭！"

高岭走向"作战室"，一惊，回头说："爸，你咋把它锁上了？"

高大山不抬头说："烦它！一见它就头晕，锁上了！"

秋英对高岭眨眼睛。高岭说："爸，我想进去看看，行吗？"

高大山说："干吗？一堆破玩意儿，小儿科，二十世纪三十年代的战术问题！"

高岭说："爸，我真想进去看一看，我有用！"

高大山把钥匙扔给他说："去吧，瞻仰一个老兵晚年的旧战场，看到好笑的地方就笑，千万别因为他是你爹，你就忍着！"

高岭开了锁，进屋后把门关上了。

高大山继续吃饭，一边警觉地看着"作战室"的门。

秋英说："高岭今儿是咋地啦？饭也不吃，进去就不出来了！"高大山慢慢站起，走过去，悄悄推开一道门缝。

"作战室"里，地图被重新挂到墙上，沙盘被掀开，高岭全神贯注地研究着什么。

高大山背着手走进去。高岭回过头，并不吃惊地说："爸，你过来看看，你为啥要在这里布置一个营呢？"

高大山说："儿子，说实话吧，为啥你又对它有了兴趣！"高岭说："爸，有件事我想现在就告诉你。为了积累未来反侵略战争的经验，军区决定组织一场有海、陆、空及新型导弹部队参加的大型合成演习。演习范围包括原白山守备区。我已向军区首长提出申请，到一个机械化步兵团任团长，回到你当年守卫的地方，参加这场大演习，首长们批准了！"

高大山大为激动说："儿子，你说你要回到七道岭和大风口去？你要当一名步兵团长？"

高岭说："是的，爸！"

高大山又开始在地下转圈子说："好儿子！好儿子！我说我高大山有运气，他们还不信！好，儿子，你这会儿是不是觉得，爸爸当年在这张沙盘和这几张地图上下的工夫对你指挥部队参加大演习有点用？"

高岭说："是，爸！过些日子就是你七十大寿，我要参加演习，就不能在你跟前尽孝了！”

高大山激动地望着高岭，笑着，眼里忽然涌满泪水，他想说点什么，只挥了一下手，没说出来，就转身走到沙盘跟前去。高岭激动地望着父亲。高大山让自己镇静，回头，目光明亮地望着高岭说：“说吧，哪里有问题，需要请教老兵！”

父子俩友好地探讨了一番军事后，高岭要回去了。

高大山目视儿子出了门，便高兴地在地下转起圈来。

秋英看着他可笑的样子说：“老高，出了啥事儿，你高兴成这样？你这个身体不比过去了，可不能激动啊！”

高大山回头，故作严肃地说：“你看我像激动的样子吗？我儿子当个团长我激动啥？不就是个团长吗？他这个岁数我早就当团长了！”

秋英一惊说：“高岭要下去当团长了？”

高大山沉稳地坐下，神气地说：“对。我的儿子怎么样？”

高大山生日那天，一家人面对一桌寿宴坐着，只是没有高岭。

秋英招呼着家里人说：“好了，今天是你爸的七十大寿，都把杯子举起来，为你爸的健康长寿干杯！”大家把杯子刚刚举起，高大山拦住了大家，说：“慢！”他边说边看表，然后对王铁山说：“把你那个啥玩意儿拿来给我用用，我给高岭打个电话！他们的演习应该结束了。”

打完电话，高大山心里还是有点空落落的，他说：“你说大奎咋还不来，每年这时候早就该来了。”

秋英不高兴了，说：“你过七十大寿他就该来。你别急，也许过几天就该来了。”

高大山说：“大奎肺不好，这是老病了，老家的人得的很多，我爹我娘都是这个病去的。”

秋英说：“别瞎想，大奎才五十多岁。”

正说着，外边有人敲门，高大山立即敏感地站了起来。

“谁呀？”他一边问着一边抢先开门去了。

门外站着一个人，肩上扛着一袋高粱米，看见高大山时，他突然说了一声：

“爷爷，我可找到你了。”

高大山一愣，问：“你是谁。”

“我是大奎的儿子，小奎。”那人说。

“小奎？……快，快，快进来，你爹呢？”

“我爹，去了都两个多月了。”小奎进门后，把米放下，平静地说。

“咋，你说你爹去了？”

“我爹走之前跟我说，等新高粱米打下来，一定让我给爷爷送来，他说，爷爷这辈子就爱吃这一口。”

高大山慢慢地蹲下来，解开口袋，掏出一把高粱米在手里握着，眼角流下了泪水。

小奎说：“爷，我爹还说，爷爷你离开老家这么多年来，都没回去一趟，希望在你有生之年一定回去看一看，靠山屯也想你呀。”

高大山立即背过身去，一个男人和一个老人压抑不住哭出声来。

几天后，高大山决定回家一趟了。夜里，他在卧室翻腾着衣服，找出了一身军装。

秋英说：“你这是干啥呀？”

高大山说：“收拾，收拾，回老家。”

秋英说：“你都这么大岁数了，一个人回呀。”

高大山说：“那还陪呀。”

秋英坐下说：“老高，让我也回去吧，我也进你们高家门这么多年了，我也该回去一趟了。”

两人于是跟着小奎，一起回了靠山屯。

进村的时候，小奎一边一个扶着他们往家里走。走到院门前时，高大山停住了。

大奎媳妇领着一家人出来迎候。大奎媳妇见了高大山和秋英，颤巍巍地喊一声：“爹！娘！您二老可回来了！”

高大山颤声地说：“你是大奎家的？”

大奎媳妇说：“爹，娘，我就是你们的媳妇。进门四十年了，我还是头一回见二老，媳妇给你们磕头！”

她颤巍巍地跪下，孙子，重孙，一大家子都一起跪下。

秋英也赶上前扶她说：“快起来快起来，你也这么大岁数了，这使不得！”

大奎媳妇说：“娘，爹，我岁数不大，就是岁数再大，在公婆面前也是媳妇。爹，娘，这就是咱家，快进家吧！”

众人齐齐地说：“爷爷奶奶进家吧。”

高大山被眼前景象感动了，望着跪满院子的人，老泪纵横。

高大山说：“这就是我留在靠山屯的骨血，我高家的骨血，高大山我活了大半辈子，今天真高兴！”

进了屋，高大山一眼瞅见当初自己一家子和大奎的合影，旁边是大奎的遗像。

高大山望着这张遗像，突然大恸，回头对大奎媳妇说：“大奎在哪？我的孩子在哪？我要去看他，这会儿就去！”

大奎媳妇说：“爹，你已经到家了，歇歇再去吧！”

高大山说：“不，现在就去！”大奎媳妇急回头张罗说：“小奎，东西我早就准备好了，你提着，跟我陪你爷去上坟！小奎媳妇，你在家陪你奶奶！”

一行人来到了老高家坟地。大奎媳妇在前面引着路，她在一处坟前停下对高大山说：“爹，这是我爷我奶的坟，旁边就是我姑的坟。”说完，她和小奎上前祭奠了一番。

高大山说：“你爷奶的坟不是早就没了吗？”

大奎媳妇说：“这是大奎后来修的，还为我姑修了一座空坟。”

高大山在两座坟前长跪不起，他的耳边又响起那个声音：“哥，哥，快救我……”

高大山说：“妹妹，英子，没脸见你的哥回来了！爹，娘，不孝的儿子高大山回来了。我对不起你们，对不起英子，我没有把她带大成人，我今天向你们请罪！看看今天高家的子孙吧，人丁兴旺，你们该高兴。”

他磕了三个头。泪水在眼里打圈，却忍着，坚持着不让它流下来。

大奎媳妇大声地喊着：“娘，大奎，爹来看你了，你活着的时候那么想让爹回来一趟，不就是想领他到娘的坟前瞧一眼吗？这会儿爹回来了，爹到底回来看你娘和你了！”

高大山皱着眉头看着。大奎媳妇和小奎跪下给两座坟点纸。

高大山默默地看着。

大奎媳妇站起，待完全平静之后，说：“爹，你儿子的坟你也见了，咱们回家吧。”

高大山被动地跟她走两步，突然一回头，啊的一声，爆炸般哭起来。

大奎媳妇说：“爹，爹，你咋啦？”

高大山像方才那样突然地止住哭声。

小奎说：“爷，咱走吧。”

高大山说：“你们先走，我想一个人跟大奎呆一会儿，把篮子也给我留下。”

小奎看大奎媳妇，大奎媳妇默默点头。小奎将手里放纸钱的篮子交给高大山。高大山轻轻摆手，让他们离开。

大奎媳妇和小奎一步三回头地走下山坡。

高大山待他们走远后，在大奎坟前蹲下来，开始点纸。他把点着的纸朝大奎娘坟前也放了一束，然后回到大奎坟前。

高大山一滴滴落泪说："大奎，孩子，这会儿就咱爷俩了……这些年你每一次去，你的心思我都知道……你想让我回来认认你娘的坟……可我不是一个人哪，我有我的职责，我还有一个家呀……我知道，你娘她也是个苦命的女人，可是我咋回来呢……我老高这一辈子，第一对不起的是你姑，第二对不起的是你，第三对不起的就是她了……"

高大山说："我是个唯物主义者，是个革命军人，我不相信人死有魂啥的，可我也是个人，有感情啊。我知道你这会儿啥也不会知道了，可我还是想让你知道，孩子我心里想你呀，你这么早就去了，我心里难受，你走了，有些话我就再没有一个人可以说了……以前，你每次来，我都跟回了一次靠山屯似的，现在你不在了，有谁还给我去送高粱米呀……孩子，爹想你呀，我这辈子，没为你做啥，你怪爹吗？"

后山有座早年修的水库，刘二蛋、小奎陪高大山走上山顶，回头看着辽阔的水库。

刘二蛋说："大山哥，自打你帮屯子里弄回了炸药，俺们就年年干，年年干，一年干一点，整修了八年，到底把水库修成了！大山哥，亏了你了，要不是你，咱靠山屯人咋能吃上大米呀，做梦都不敢想的事儿！"

高大山大声喊："好！八年修一个水库，只靠自己的力量，乡亲们了不起！"

刘二蛋说："自打修了水库，一年一年的就再不遭灾了。大山哥，乡亲们念叨你呀！"

高大山一挥手说："那算个啥！应该的应该的！"他环顾四周，猛然发现山顶上醒目地立着一座高碑。

刘二蛋说："大山哥，你看看那是啥？"

高大山说："那是啥？"

刘二蛋说："去看看就知道了！走，去看看！"

高大山说："看看就看看。"

走到高碑跟前，高大山才看清高碑上写着：

高大山将军碑

高大山一惊，回过了头去。

"你们真的给我立了块碑？"

“可不是咋地。上头的文儿还是请城里的先生编的哩，不信你念念！”刘二蛋说。

高大山回头往下看着碑文上的自己。

高大山，本县靠山屯人，出身农家，早年参加革命，戎马一生，战功卓著……公历纪元一九六〇年，我县遭水灾，靠山屯四百六十余口无越冬棉衣，将军多方奔走，筹得救命棉衣五百余套，棉被二百余条，全屯灾民得存活命，功德施于当世，恩泽被于子孙……凡我屯人，世世代代应不忘将军大恩，故立此碑。

靠山屯全体乡民××××年××月××日

看完碑文，高大山转过身来，他看了看眼前的刘二蛋，看了看山下的屯子，忽然扑通一声跪在了脚下。刘二蛋连忙上前将他拉起。

“大山哥，你这是干啥？你咋跪下了？”

高大山却不让他扶，他就那样久久地跪着，嘴里喃喃地说着：

“我高大山，何德何恩呢？靠山屯呀，我对不起你呀！十几岁我离开这里，那时我恨这里呀。那时，我娘死了，我爹也死了，妹子英子，也死了，还有王丫，那时我就发誓，这一生一世再也不回来了。”

高大山说着说着，不觉潸然泪下，声音随着也哭泣了起来：

“可现在我回来了，我在外面漂泊了大半生，我又回来了。我高大山，没给家乡做过啥功德，我心里不好受哇！”

刘二蛋在一旁拉着高大山。他说：“大山哥，啥也别说了，一九六零年你救了一屯子人，要不是你批给我们炸药，这水库咋能修起来，一屯子人一直念着你的好哇。”

高大山这才慢慢地站了起来，朝着高碑，对刘二蛋说道：

“二蛋兄弟，明天组织人，把它推倒。”

刘二蛋说：“这是干啥，大山哥你这不是往靠山屯人心窝子里插刀子吗？”

高大山说：“你们要是不推倒也行，反正我不那么看，这块碑是立在我高大山心里的一个耻辱桩，一看见它，就在我心上抽鞭子，让我高家不忘靠山屯父老乡亲的恩德，高天厚土，苍天在上，我一个小小高大山有何德何望呀……”

刘二蛋说：“大山哥，快别这么说。”

第二天，高大山带着秋英，爬到了村后的山头上，他告诉她：“落叶归根，我要是死了，就埋在这里，这里有我一大家子人，有爹，娘，还有英子妹妹和大奎，到时我就不寂寞了，也不想家了。”

“那我呢。”秋英问。

“到时你也一快来呀，跟我躺在一起。”

“咋地，你还没吃够我给你做的猪食呀？”

高大山深情地一把揽过秋英的肩膀。

“我的好妹子，这辈子，吵吵闹闹，风风雨雨的，让你受苦了。你说句实话吧，这辈子嫁给我后悔不？”

“后悔有啥用哇，都快一辈子了，要是还有下辈子，我只给你当妹妹，不当老婆了。”

“这么说你还是后悔了？”

“后不后悔的，你自己琢磨去吧。”

高大山的眼里笑了，笑眼里慢慢地渗出了亮晶晶的泪水。

秋英顺势把头倚在高大山的肩膀上，她的眼里也悄悄地闪出泪花。

两人默默地微笑着……